J. F. Powers

Ein Zweig in frischem Triebe

HERDER / SPEKTRUM

Band 4124

Das Buch

Die Geschichte des außergewöhnlichen Durchschnittsmenschen und seltsamen Heiligen Joe Hacket. Joe, ein in seiner Jugend dem schwachen Geschlecht zugetaner Leichtathletikstar, Sohn eines Kohlegroßhändlers, trägt sich schon früh mit dem Gedanken, entweder Priester oder ein erfolgreicher Geschäftsmann zu werden. Zwischen Geist und Kohle entscheidet er sich schließlich für den Klerikerstand, in der mutigen Hoffnung ein Heiliger der kontemplativen Sorte zu werden, sich also auf einem durchaus nicht überlaufenem Gebiet zu profilieren. Alles läuft ganz normal bei Joe – und doch ganz anders. Er wird statt dessen zunächst einmal, irgendwo im Mittleren Westen, Vorstadtpfarrer, dem nicht nur der Alkohol, die Einsamkeit und seine Oberen zu schaffen machen, sondern der sich auch noch mit seinem „modernen" Kaplan Bill herumzuschlagen hat. Bill arrangiert sich auf eine Weise mit den Verhältnissen, wie das dem eigenwilligen und unabhängigen Joe nie einfallen würde. Joe läßt sich auf keine faulen Kompromisse ein, versucht, so sehr er auch gebeutelt wird – gradlinig zu bleiben, und nimmt schließlich seine Chance wahr, ein ganz und gar unkonventioneller „Heiliger" zu werden. Aus dem Joe, der in vielem einfach nicht aus seiner Haut kann, der scheinbar „fertig" ist, wächst allmählich – wie ein Zweig in frischem Triebe – etwas unerwartet Neues. Die sympathische Liebeserklärung an einen starken schwachen Antihelden. Ein spannendes Lesevergnügen, das sich in die großen Romane von Greene, Bernanos auf ganz eigene Weise einreiht: lakonisch, pointiert und scharfsinnig, voll hellblitzender Ironie und schwarzem Humor.

Der Autor

James F. Powers, geb. 1917 in Jacksonville/Illionois, „einer der größten lebenden Erzähler" (Frank O'Connor). Sein Roman „Morte D'Urban" erhielt die wichtigste amerikanische Auszeichnung für Literatur, den „National Book Award".

J. F. Powers

Ein Zweig in frischem Triebe

Roman

Aus dem Amerikanischen
von Adelheid Zöfel und Maja Ueberle-Pfaff

Herder
Freiburg · Basel · Wien

Titel der amerikanischen Originalausgabe: Wheat that springeth green.
Alfred A. Knopf, New York 1988, © by J. F. Powers

Originalausgabe

Herstellung: Freiburger Graphische Betriebe 1992
Umschlaggestaltung: Joseph Pölzelbauer
Umschlagmotiv: Fernando Botero, Liegender Priester 1977, Öl/Lwd., Privatsammlung
ISBN 3-451-04124-3

1
Guckt mal!

»Guckt mal!« sagte Joe, schon im Schlafanzug und in Hausschuhen, als er ins Wohnzimmer kam, um den Leuten auf der Party gute Nacht zu sagen. »Oh, schaut mal, wer da ist!« riefen sie. Sie freuten sich, daß sie ihn noch einmal sahen. Aber Ivy kam aus der Küche und schnappte ihn sich. »Gute Nacht«, sagte er. »Gute Nacht, gute Nacht«, antworteten alle, traurig, daß er wieder ging. In der Küche sagte Ivy: »Roscoe«, aber Roscoe war nur eine Katze, »was soll ich dem Jungen denn noch sagen?« (Ivy hatte ihm gesagt, wie immer: »Stell ja nichts Böses an, Junge.«) Sie scheuchte ihn die hintere Treppe hinauf. Er schlüpfte wieder ins Bett. Aber dann ging er die vordere Treppe wieder hinunter, versteckte sich hinter den schweren Türvorhängen und lugte vorsichtig hervor. Er wollte, daß die hübsche, schwarzhaarige Frau in dem orangefarbenen Kleid ihn sah. »So was«, sagte sie, »›Guckt mal‹ ist wieder da.« Er kam hinter den Vorhängen hervor und sagte zu ihr (warum, wußte er auch nicht): »Ich esse Käse.« Sie und die anderen Leute von der Party und sogar Mama und Papa *lachten*. Es war ein Witz! »Ich esse Käse! Ich esse Käse!« Onkel Bobby, Mamas Bruder, hob ihn hoch und trug ihn durchs Zimmer und kniff ihn dabei in den Hintern, allerdings nicht stark. »Ich esse Käse! Ich esse Käse!« Aber Onkel Bobby legte ihn rein und schleppte ihn aus dem Zimmer, die vorderen Treppen hinauf. Onkel Bobby legte einen Silberdollar auf den Tisch neben Joes Bett. »Paß gut drauf auf, Kumpel, sonst läuft er weg.« Joe glaubte nicht, daß die Münze weglaufen würde. Tat sie auch nicht. Also rannte er die vordere Treppe hinunter und blieb hinter den Vorhängen stehen, diesmal ohne die Nase herauszustrecken. »Letzten Sonntag sind wir mit dem Jungen in die Kirche gegangen«, erzählte Papa gerade den Leuten auf der Party. »Der neue Pfarrer redete dauernd von dem Ein-Dollar-pro-Sonntag-Club, und ich war schon am Einschlafen, als der Junge plötzlich ganz laut sagte: ›Papa, was will *die* denn?‹« Die Leute auf der Party lachten, und Joe kam grinsend hinter den Türvorhängen hervor, doch dann wußte er nicht, was er sagen sollte. Aber die hübsche, schwarzhaarige Frau sagte: »Du gehst jetzt in die Kirche, Joe?« – »Ich gehe in die Kirche«, sagte er. Die Leute auf der Party *lachten.* Es war ein Witz! »Ich gehe in die Kirche! Ich gehe in die Kirche!« Die Leute von der Party lachten, aber nicht mehr ganz so laut wie vorher. »Ich esse Käse! Ich esse Käse!« Die Leute von der Party lachten, aber nicht mehr ganz so laut wie vorher. »Gute Nacht, gute Nacht«, sagten sie, und Papa sagte: »Gute *Nacht.*« Mama brachte Joe die vordere Treppe hinauf. Sie sagte, er müsse jetzt aber im Bett bleiben. Er sagte ja. »Versprochen?« fragte sie. »Versprochen«, antwortete er. Mama gab ihm einen Kuß. Er gab Mama auch einen. Mama hatte ihn gern. Papa auch. Onkel Bobby auch. Die Leute auf der Party auch. Ivy auch. Roscoe nicht, aber der war nur eine Katze. Frances von nebenan mochte ihn nicht, aber sie konnte überhaupt Jungen und Witze nicht leiden. Bei ihrer Geburtstagseinladung – es waren keine Jungen da –, als Frances und ihre Freundinnen im Garten ein Spiel machten und Joe auf der Steinmauer saß und ihnen zuschaute, da machte das Geburtstagspony Kaka ins Gras. »Kaka!« rief Joe. Frances' Freundinnen und das Dienstmädchen lachten. Es war ein Witz! Aber Frances schrie ganz laut: »Halt den Mund! Du kleiner Scheißer!« Frances mochte keine Witze. Aber ihre Freundinnen mochten Witze. Das Dienstmädchen auch. Die Leute von der Party auch. Sie waren traurig, weil Joe ins Bett mußte. Nein, wenn er wieder hinuntergehen würde, dann würde er sein Versprechen nicht halten, und das wäre etwas Böses. Auf Ameisen herumtrampeln war böse. Oder wenn man Roscoe einen kleinen Tritt versetzte. Aber Roscoe machte auch manchmal was Böses. Er fing Vögel und fraß sie auf, aber nicht die ganzen Federn. Joe hatte ihn verpetzt, aber Ivy hatte gesagt: »Na ja, das macht er halt.« Ivy meinte, daß Roscoe an Gott dachte, wenn er schnurrte, aber

Joe glaubte das nicht so recht. »Junge, *merkst* du das denn nicht?« Nein, Joe merkte es einfach nicht. »Ivy, was macht Gott, wenn ich was Böses anstelle?« – »Viel.« – »Was?« – »Du tust dir dann weh – du fällst hin und haust dir den Kopf an und beißt dir auf die Zunge – solche Sachen.« – »Ivy, das ist aber was Böses.« – »Das denkst *du*.« – »Ivy, warum tut Gott was Böses?« – »Junge, das ist *seine* Sache. Halt jetzt den Mund.« – »Halt-den-Mund-Sagen ist auch was Böses, Ivy.«

2
Das Kreuz tragen

Wenn Joe nicht wußte, was er machen sollte, ging er in den kleinen Turm, der aus dem Speicher herausragte. Dort war er vor und nach Ivys Tod hingegangen, um zu beten, und neuerdings ging er hin, um Papas Herbert Tareytons und Onkel Bobbys Camels zu rauchen, und manchmal, um das zu sein, was er später als Erwachsener vielleicht mal werden würde – und dann sah er einen von Papas Lastwagen (HACKETTS KOHLE IST HEISS) unten auf der Straße vorbeifahren, und manchmal führte er Ferngespräche, seine Faust war das Telefon, seine Zigarette eine Zigarre, und dann bestellte er kurzfristig eine Million, und wenn er Kirchenglocken hörte, drehte er manchmal seine Baseballmütze herum, so daß der Schild hinten war, zeigte sich am Fenster (kein Balkon), lächelte auf die drunten versammelte Menschenmenge hinunter und segnete sie mit der rechten Hand, während in seiner linken Hand die Zigarette hinter seinem Rücken vor sich hin qualmte.

Wenn er beschloß, Geschäftsmann zu werden, dann wollte er so einer sein wie Onkel Bobby und das Leben genießen. (Es war wirklich schade, daß er nicht ein Geschäftsmann wie Papa werden wollte, denn er war ja schließlich Papas Sohn, aber er wollte nicht.) Es wäre dann kein Problem mehr, wie jetzt manchmal beim Sport und in Menschenansammlungen, daß er ziemlich klein war für sein Alter (neun) – Onkel Bobby (einunddreißig) war auch klein. Das Problem wäre dann nur, daß er wie Papa sein würde und nicht wie Onkel Bobby.

Onkel Bobby ging zu einem Friseur im Untergeschoß der First National Bank (acht Stühle) und ließ seine Koteletten ganz kurz abrasieren, Papa ging in eine kleine Klitsche in der Nachbarschaft (zwei Stühle) und ließ sich dort die Koteletten abrasieren. Onkel Bobby hatte in seiner Wohnung eine moderne Küche, aber er aß auswärts; Papa kam zum Mittagessen immer nach Hause. Onkel Bobby war jünger als Papa (und als Mama), aber es lag nicht nur daran. Onkel Bobby war ein Energiebündel und hatte dauernd irgendwelche tolle Ideen, und bei Papa war das beides nicht so. Es war Onkel Bobbys Idee gewesen, HACKETTS KOHLE IST HEISS auf die Lastwagen zu schreiben und auf den Zaun links im Baseballstadion und dann noch WER DIESES ZEICHEN TRIFFT GEWINNT EINE TONNE (NUR DIE HEIMMANNSCHAFT) – das war allerdings Papas Idee gewesen.

Onkel Bobby, der über Papa und sich selbst sagte »Er ist Kohle, ich bin Eis«, und über Joe »Er ist ein bißchen von beidem«, hatte die Eis-Seite des Hackett-Unternehmens ausgebaut, indem er nicht mehr an Privathaushalte lieferte und sich dafür auf Hotels und Behörden und auf Kühlwagen (Güterwagen mit Kühlanlage) konzentrierte, und er hatte das Geschäft auf Soft Drinks ausgedehnt (nachdem er sich mit Joe darüber beraten hatte) und jetzt auch noch auf Leichtbier.

Wenn Joe beschloß, daß er Geschäftsmann werden und eines Tages in die Fußstapfen seines Vaters treten würde, dann würde Onkel Bobby, der bisher nur Angestellter war, zum gleichberechtigten Partner von Hacketts aufsteigen.

Onkel Bobby und Joe waren richtige Kumpel, was beide von Papa nicht behaupten konnten. Wenn sie in Onkel Bobbys Chrysler-Coupé unterwegs waren, einem hellbraunen Wagen mit einem dünnen roten Streifen, einem Klappsitz und Rädern mit Sportfelgen, dann hupten sie die Miezen an (so sagte Onkel Bobby, der aus Kansas City kam), die mit ihren hohen Absätzen durch die Gegend stöckelten, und sagten »Olala!« und »Mannomann!« zueinander. Aber Joe war eher zurückhaltend, wenn er Leute nicht kannte, und Onkel Bobby war anders. Bei dem Friseur im Gebäude der First National Bank (wo Joe jetzt auch hinging), wenn Onkel Joe da zu dem Schwarzen, der Schuhe putzte, meinte: »Wie läuft's so, Alter?«, dann sagte Joe überhaupt nichts und grinste nur, oder wenn Onkel Bobby »Hallo, Süße« zu der Friseuse sagte, die kleine Löckchen hatte wie Betty Boop und eine Uniform trug wie eine

Krankenschwester, nur in Rosa, mit Stöckelschuhen und ohne Strümpfe. Während sie ihm die Haare schnitt, redete Onkel Bobby immer darüber, wie schlapp er von seinen anstrengenden Rendezvous sei und ob er wohl Chancen bei ihr hätte, und blinzelte dabei Joe und den Friseuren zu. (Joe wünschte sich, er könnte blinzeln wie Onkel Bobby, schnell wie das Züngeln einer Schlange, aber er konnte es nicht, das merkte er, wenn er zu Hause vor dem Spiegel übte, es *dauerte* immer.) Beim Bäkker in der Einkaufspassage holte sich Onkel Bobby die Kekse direkt vom Ladentisch und aß sie und gab auch Joe welche, und die Miezen, die dort arbeiteten (und die zuerst »Nein, nein!« riefen), die brachte Onkel Bobby immer zum Lachen, und sie quietschten und kicherten, wenn er sagte, er würde *sie* vernaschen, wenn sie sich nicht in acht nehmen würden. Er legte den Arm um sie und küßte sie, und dann sagte er »Komm her, *Kanone*« – manchmal nannte er Joe so oder *As* –, «bedien dich!« Joe hätte das gern gemacht, aber er blieb stehen und grinste nur. Am Schluß zahlte Joe dann für alles aus Onkel Bobbys Geldbeutel und behielt das Wechselgeld, und manchmal sagten die Miezen dann ganz außer Atem, während sie sich durch die Haare fuhren und ihre Uniformen wieder zurechtzupften: »Was für ein Paar!«

Onkel Bobby – ein Nicht-Katholik, er mußte nicht in die Kirche – hatte viel Spaß am Leben. Und wenn Joe beschloß, Geschäftsmann zu werden und nicht Priester, dann konnte er irgendein Mädchen heiraten, das er kannte, vielleicht Frances, auch wenn sie zwei Jahre älter war, sie konnte ja konvertieren (wie Mama, als sie Papa geheiratet hatte), aber wahrscheinlich würde sie das doch nicht machen, weil sie so schnippisch war und immer widersprechen mußte (als Joe versucht hatte, zu ihr »Hallo, Süße!« zu sagen, hatte sie beide Male geantwortet: »Halt den Mund!«). Oder er konnte unverheiratet bleiben, wie Onkel Bobby, und dauernd mit Frauen ausgehen. Auf jeden Fall konnte er, wenn er Geschäftsmann wurde, egal, ob verheiratet oder nicht, hier im Haus wohnen bleiben und sich den Turm heizen lassen, und da wäre dann sein Arbeitszimmer.

Wenn er beschloß, Geschäftsmann zu werden, konnte er auch gute Werke vollbringen, wie Josef von Arimathäa, der reiche Kaufmann, der für das Grab unseres Herrn bezahlt hatte.

Wenn er Priester würde, könnte er nicht mehr hier im Haus wohnen. Das war der große Nachteil beim Priesterdasein, daß man immer umziehen und vielleicht in einer heruntergekommenen Gegend wohnen müßte, die aussah wie die Umgebung der Hackett-Fabrik, die in der Nähe der Bahngleise stand. Wenn er allerdings Priester in einem religiösen Orden würde, dann könnte er irgendwo draußen auf dem Land wohnen, in einem College, und könnte mit den Studenten reden und mit ihnen die Bahngleise entlang spazierengehen (auf dem Land waren die Gleise anders), und vielleicht konnte er auch aufregende Abenteuer erleben und außerdem noch gute Werke tun, wie in den Father-Finn-Büchern (»›Mein Gott!‹ rief der Atheist«), aus denen Schwester Agatha in der Schule am Ende des Tages vorlas, wenn die Schüler brav gewesen waren. Aber Schwester Agatha hatte Joe geraten, nicht in einen Orden einzutreten, obwohl sie selbst einem angehörte. Vielleicht wenn er beschloß, ein Weltgeistlicher zu werden, wie Schwester Agatha es ihm und den anderen Jungen aus der Klasse in ihren Gebeten immer nahelegte, dann würde es ihm nichts ausmachen, in einer heruntergekommenen Gegend zu wohnen, wenn er, wie unser Herr, die Armen liebte, und das würde er ja bestimmt tun, wenn er Priester wurde. Aber das war der andere Nachteil beim Priesterberuf – man mußte dauernd versuchen, so zu sein wie unser Herr.

In dem Theaterstück, das die Klasse an Ostern aufführte, trug Joe das zwei mal vier Meter große Kreuz, aber die feindselige Menschenmenge war viel feindseliger, als sie das bei den Proben einstudiert hatten – manche von den Jungen waren neidisch darauf, daß Joe unser Herr war, und (zum Beispiel Catfish Toohey, dessen Vater bei Papa als Fahrer arbeitete) sogar auch neidisch darauf, daß er Joe war. Joe bewegte das lange Ende des Kreuzes hin und her und hielt sich dadurch die feindselige Menschenmenge vom Hals, und als er das dritte

Mal stürzte, gelang es ihm, mit einem der Arme des Kreuzes wie mit einem Hammer auf Catfishs Fuß zu landen. Catfish schrie ganz laut und hüpfte auf dem anderen Fuß auf und ab, worüber manche Leute im Publikum lachten, und Iggy Bukers Vater schrie: »Noch mal!« Nach der Aufführung hatte Schwester Agatha Joe aufgefordert, sein Verhalten zu rechtfertigen. »Catfish hat mich viel härter geschlagen, als er eigentlich sollte, und da habe ich eben zurückgeschlagen.« Schwester Agatha war entsetzt gewesen. »›*Da habe ich eben zurückgeschlagen!*‹ Wenn das *jeder* machen würde. Und dann noch mit dem *Kreuz*! Joe, was soll denn unser Herr davon halten? Überleg dir das mal!«

Das war wahrscheinlich das Schlimmste am Priesterberuf, daß man sich *das* überlegen mußte. Natürlich mußte sich das eigentlich jeder überlegen, aber bei den anderen Leuten war es eben etwas anderes, sogar bei den Nonnen. Nicht einmal der heiligen Mutter Gottes, sondern nur den Priestern hatte unser Herr die Macht gegeben, Brot und Wein in seinen Leib und sein Blut zu verwandeln und Sünden zu vergeben. Diese Fähigkeit konnten wir hier auf Erden gar nicht richtig verstehen in unserem sündigen Zustand, hatte Schwester Agatha im Unterricht gesagt. »Aber denkt daran, Kinder, das nächste Mal, wenn es ein Gewitter gibt – Donner und Blitz sind *nichts* im Vergleich zu der Macht des Priestertums, nicht mehr als das Summen einer Fliege.«

Das machte alle Nachteile wett.

An einem Nachmittag in diesem Sommer gab es ein schreckliches Gewitter, als Joe und Frances gerade dabei waren, seine Zigaretten zu rauchen, und zwar in Frances' Garage, die früher einmal ein Stall gewesen war und wo es immer noch nach dem Pony und den Pferden roch, und Joe hatte ihr von der Macht des Priestertums erzählt.

»*Religion*«, sagte sie und schlug die Beine übereinander, so daß er ihre Strapse sehen konnte, aber nicht besonders deutlich, weil es so dunkel war. »Religion ist wie der Weihnachtsmann, nur eben für alte Leute, die Angst vor dem Sterben haben.«

»Frances, du mußt nicht daran glauben, wenn du nicht daran glaubst. Aber wenn du daran glaubst und *dann* nicht glaubst – *das* ist die Sünde wider den Heiligen Geist, hat die Schwester gesagt.«

»Scheiß auf die Schwester«, sagte Frances.

Sollte er also versuchen, möglichst viel Spaß am Leben zu haben und außerdem gute Werke vollbringen? Aber dann müßte er auf den guten Platz im Himmel verzichten (wenn es einen Himmel gab; Frances meinte, es gebe keinen), den er hätte, wenn er Priester würde.

Das waren Fragen, auf die Joe in diesem Sommer keine Antwort fand, und eines Abends, als er von den Leuten auf der Party gefragt wurde, was er denn mal werden wolle, wenn er groß sei, sagte er, um ganz sicher zu gehen:

»Entweder Geschäftsmann oder Priester.«

»Ach, mach doch *beides*, Schatz, wie Father Stock«, sagte Mama, und die Leute auf der Party lachten, und Joe wußte, daß sie aus dem gleichen Grund lachten, aus dem sie alle Father Stock, der in seinen Predigten immer so viel vom Geld redete und mit Vornamen William hieß, insgeheim nur Dollar-Bill nannten.

In der Acht-Uhr-Messe an diesem Sonntag kam Joe als erster Ministrant aus der Sakristei, und er mußte daran denken, die Glocke an der Wand des Chorraums zu läuten, und das tat er auch, aber entweder zog er zu stark an der Kette, oder er ließ nicht schnell genug wieder los, jedenfalls löste sich die durchlöcherte Metallkugel, in der sich die Glocke befand und die so groß war wie ein Basketball, von der Wand und stürzte mit Donnergetöse auf den Boden und drehte sich, und die Glocke darin machte ein Geräusch wie ein merkwürdiges Todesröcheln. Joe blieb stehen und wollte das Ding wieder an der Wand befestigen oder zumindest aus dem Blickfeld der Gemeinde schaffen, aber Father Stock, der hinter Iggy, dem zweiten Ministranten, kam, flüsterte: »Nein, nein, Junge, geh weiter.«

Also ging Joe weiter, und das Ding lag auf dem Boden, und alle konnten es sehen und ihm Vorwürfe machen, weil er es heruntergezogen hatte. Während der ganzen Messe schämte er sich, und wenn er nicht mit dem Rücken zur Gemeinde stand, schämte er sich sogar noch mehr, also während der Predigt (Father Stock forderte die Gemeinde dringend auf, nicht nur persönlich zum Gemeindefest zu kommen, sondern auch alle nicht-katholischen Freunde und Nachbarn mitzubringen) und während der Kommunion (die Leute, die warteten, bis sie an der Reihe waren, konnten sich das Ding genau ansehen, und sie konnten sich auch Joe genau ansehen, als er neben Father Day stand, dem neuen, aber nicht mehr ganz jungen Assistenten aus Irland, und ihnen den Teller unters Kinn hielt).

Nach der Messe, in der Sakristei, lächelte Father Day mit seinem Affengesicht Joe an, aber Father Stock warf Joe einen verärgerten Blick zu, nachdem er Iggy losgeschickt hatte, um nach dem Küster zu suchen. »Lösch die Kerzen, Junge. Sie kosten ein Vermögen.« Joe achtete sorgfältig darauf, daß die Kerzen nicht qualmten, und ging mit der Lichtputzschere zurück in die Sakristei. Father Day lächelte ihm wieder zu.

»Du heißt Hackett?« Father Day hatte eine heisere Stimme und einen starken irischen Akzent.

»Ja, Father.«

»Hacketts Kohle ist heiß? Richtig?«

»Ja, Father.«

»Aha. Wir sehen dich bei der Fete, was?«

»Father?«

»Beim Gemeindefest, Jack.«

Jack? »Ja, Father. Ich mache beim Wettrennen mit.«

»Ah, beim Wettrennen. Das muß ich sehen. Und wirst du gewinnen?«

Joe wußte, daß er gewinnen und dadurch wettmachen würde, daß er die Glocke runtergezogen hatte, aber er sagte bescheiden, wie Tom Playfair in den Father-Finn-Büchern: »Ich werde mein Bestes tun.«

»Ich wünsch' dir Kraft, Jack.«

»Ja, Father.«

Auf dem Weg von der Kirche nach Hause dachte Joe über seine Unterhaltung mit Father Day nach (er freute sich, daß Father Stock, mit dem er eigentlich nie redete, zugehört hatte), und beim Frühstück erzählte er Mama und Papa davon (allerdings nicht von der Sache mit *Jack*, und die Glocke ließ er auch unerwähnt), und er ahmte Father Days irischen Akzent nach.

»Drinks«, sagte Papa und stand vom Tisch auf.

»John.« Mama folgte Papa aus dem Zimmer und rief Joe noch zu, »Papa geht es nicht gut. Wir gehen heute nicht in die Kirche. Iß deine Backpflaumen, Schatz.«

Nach dem Frühstück suchte Joe überall und ging schließlich nach oben, und als er vor der verschlossenen Tür des Elternschlafzimmers stand, fragte er – zögernd, denn manchmal fand man die Sachen ja, wenn man nicht fragte: »Wo ist die Zeitung?«

»Oh«, sagte Mama drinnen im Zimmer. »Oh. Ist sie schon gekommen?«

»Klar.« Die Zeitung hatte draußen vor der Tür gelegen, als Joe in die Messe ging.

»Oh, hier ist sie!« Mama reichte ihm die Seite mit den Comics und den Sportteil.

Joe ging hinunter ins Wohnzimmer und las die Zeitung auf dem Fußboden liegend. Mama kam herein und setzte sich mit einem Teil der Zeitung hin, aber immer, wenn Joe zu ihr hinüberschaute, las sie gar nicht. Er dachte, sie wollte die Comics (Mama las sie immer, Papa nicht), also beeilte er sich.

»Schatz. Wenn ich wegen Papa den Arzt rufen muß, dann brauchen wir eventuell was aus der Apotheke. Deshalb solltest du heute nachmittag zu Hause bleiben.«

»Ich kann nicht. Ich mache beim Wettrennen mit.« Da merkte er, wie verrückt das eigentlich war, was Mama gesagt hatte. »Ruf doch den Arzt *jetzt gleich* an. Ich geh' *jetzt gleich*.«

Mama stand auf und machte ein ganz trauriges Gesicht, und Joe dachte schon, sie würde wieder mal sagen, es sei ja sinnlos, überhaupt mit ihm zu reden, und würde aus dem Zimmer gehen, aber das machte sie nicht – sie reichte ihm den Teil der Zeitung, den sie vorhin die ganze Zeit *nicht* gelesen hatte.

Und da war auf der ersten Seite ein Foto von einem von Papas Lastwagen – HACKETTS KOHLE IST HEISS. Und über dem Bild stand mit Großbuchstaben *»HEISSE« WARE!* Und unter dem Bild stand in kleiner Schrift, daß der Lastwagen mit einer Ladung kanadischem Whiskey erwischt worden sei.

»Der Lastwagen ist gestohlen worden, Schatz.«

Also nicht Onkel Bobby.

»Oder ausgeborgt.«

Onkel Bobby.

»Deswegen geht es Papa ganz schlecht. Und mir auch.«

Joe auch. Das war schlimmer, als daß Tom Kanes Mutter Schwester Agatha vor der ganzen Klasse beschimpft hatte, schlimmer, als daß Iggy Bukers Vater betrunken zum Ostertheater gekommen war, schlimmer als – nein, nicht schlimmer, als wenn man in die Hosen machte, was Delbert Freeman dauernd passierte (man sagte das allerdings nie zu ihm, weil er sich so gut prügeln konnte).

»Wir möchten, daß du im Haus bleibst, Schatz.«

»Weil« – Joe schaute auf die Comics und sah Mama nicht an – «weil ihr vielleicht was aus der Apotheke braucht?« *Feigling!*

»Ja, deswegen, Schatz.«

Er blieb nicht an den Tischen mit den Erfrischungen stehen und machte auch keine Glücksspiele, obwohl er viel Geld dabei hatte, und jedesmal, wenn er einen aus seiner Klasse sah, schlug er schnell eine andere Richtung ein, obwohl er ziemlich beliebt war oder jedenfalls gewesen war, und verschwand in der Menge. Er wollte zwar, daß die Leute merkten, daß er gekommen war und nicht wegblieb, aber er wollte auch nicht allzuviel Aufmerksamkeit erregen, bis er das Wettrennen gewonnen hatte. Damit konnte er vielleicht wieder ausgleichen, daß er die Glocke heruntergerissen hatte, und vielleicht würden sie sogar das Bild in der Zeitung vergessen – obwohl er fürchtete, daß er das wahrscheinlich nicht schaffen würde.

»Jack!«

»Hallo, Father.«

Joe wollte eigentlich weitergehen, aber Father Day packte ihn am Arm und hielt ihn fest, während er sich die Klagen einer armen alten Frau anhörte (das gehörte zum Beruf, ein weiterer Nachteil, wenn man Priester wurde). Zwischendurch sagte er immer mal wieder »Ah, ja« und »Oh, nein«, bis er sich endlich loseisen konnte.

»Komm, Junge. Ich lad' dich ein.«

Es war Joe schrecklich peinlich, als Father Day zu den beiden Frauen am Eisstand sagte: »Ah, meine Damen, bitte schön, für Jack, meinen jungen Freund, eine Eiskrem.« Eiskrem!

Father Stock machte am Eisstand die Kasse, und Joe dachte, Father Day müßte sicher nichts bezahlen, weil sie ja beide Priester waren, aber er *mußte* zahlen. Joe bedankte sich und wollte dann alleine weitergehen (was nicht unhöflich war, denn Father Day mußte jetzt einer jungen Frau mit Baby zuhören), aber er wurde wieder am Arm gepackt. Von da an blieb Joe immer stehen, wenn Father Day irgend jemandem zuhören mußte – manche von den Leuten kannten Joe und waren vermutlich überrascht, daß Father Day ihn Jack nannte. Das war Joe peinlich, aber es gefiel ihm, wenn er »mein junger Freund« sagte und »Er ist sehr schnell«.

Es war interessant, mit Father Day zusammen von einem Stand zum andern zu wandern und Geld auszugeben (Joe wechselte seinen Fünf-Dollar-Schein), und die Leute folgten ihnen, denn wo sie auftauchten, war immer was los. An einem der Glücksräder gewann Father Day (»Ich bin der Mann, der in Monte Carlo die Bank gesprengt hat«) ein halbes Pfund Speck und schenkte es der armen alten Frau (die zu den Leuten gehörte, die hinter ihnen hergingen, und die dann schnell wieder weglief, um den Speck in ihrer Kühlbox zu verstauen). An der Bude, wo man mit verbeulten Baseball-Bällen nach Milchflaschen warf, gewann Joe eine Plastikpuppe und schenkte sie

Frances, die mit ein paar katholischen Freundinnen unterwegs war. Es war Joe allerdings peinlich, als er sah, daß Father Day wie ein Mädchen warf, *von unten*. Und als sie wieder zu der Bierbude kamen und Father Day noch eine Flasche konsumierte (»Ein ganzes Dutzend von diesen Minis würde ja noch nicht mal ein *Pint* ergeben«), war es Joe wieder peinlich, wegen des Bildes in der Zeitung, und er war erleichtert, als sie weitergingen.

»Noch eine Eiskrem, Junge?«

»Lieber nicht, Father – wegen des Wettrennens.«

»Ach ja, das Wettrennen! Ah, Schwestern!« Father Day zog seinen schwarzen Hut vor Schwester Agatha und Schwester Margaret. »Mein junger Freund hier macht beim Wettrennen mit, und er ist schehr snell.«

Father Day lachte über seinen Versprecher, Joe auch, aber Schwester Agatha und Schwester Margaret lachten nicht – sie gingen zum Eisstand.

»Zwei Eis, bitte«, bestellte Schwester Agatha.

Father Stock rief Father Day zu: »Könnten Sie schnell ins Pfarrhaus gehen, Father? Teller und Löffel für die Schwestern.«

»Ach, das ist unnötig«, versicherte Schwester Agatha. »Zwei *Waffeln*, bitte.«

»Oder Hörnchen«, sagte Schwester Margaret.

»Nein, nein«, sagte Father Stock und schüttelte seinen quadratischen Kopf.

»Kein Problem, kein Problem«, sagte Father Day und eilte ins Pfarrhaus.

Schwester Agatha machte ein verärgertes Gesicht. Sie ging auf Joe zu und flüsterte: »Father Day weiß, daß dein Vater John heißt – er denkt, du heißt auch so – *deshalb* nennt er dich *Jack*.«

Joe flüsterte verlegen zurück: »Schwester, das *weiß* ich.«

Schwester Agatha flüsterte: »Dann hättest du den Father korrigieren müssen, und zwar gleich, das wäre *nicht* unhöflich gewesen. Denk in Zukunft daran.«

»Ja, Schwester«, flüsterte Joe.

Schwester Margaret murmelte vor sich hin: »Oh, was sich die Leute wohl *denken*!«

Father Stock rief: »He, Junge!«

»Ja, Father.«

»Lauf und sag Father Day, ich hätte gesagt, er soll *dir* die Teller und die Löffel geben.«

»Ja, Father.«

»Und sag ihm, ich hätte gesagt, er soll sich nicht beeilen mit dem Zurückkommen.«

»Ja, Father.«

»Dann lauf.«

»Ja, Father.«

»Geh endlich!«

»Ja, Father.« Und ehe Father Stock ihn noch länger aufhalten konnte (es war unhöflich, wenn man nicht antwortete, wenn man angesprochen wurde), *rannte* er los.

Er traf Father Day, als dieser gerade mit den Tellern und den Löffeln aus dem Pfarrhaus kam, alles säuberlich in eine Serviette gewickelt, und teilte ihm mit, was Father Stock gesagt hatte.

»Das hat er gesagt? Daß ich nicht zurückkommen soll?«

»Daß Sie sich nicht *beeilen* sollen, Father.«

»Er ist der *Chef*«, brummelte Father Day vor sich hin, und sein Affengesicht sah ganz anders aus, *älter*, und er reichte Joe die Teller und die Löffel und ging wieder Richtung Pfarrhaus.

»Father, kommen Sie nicht mit?«

»Nein.«

»Aber dann verpassen Sie das Wettrennen, Father.«

»Ich seh' es mir vom Fenster aus an. Möge Gott dich schnell laufen lassen, Jack.«

»Ja, Father.«

Joe rannte zurück zum Eisstand und hielt dabei die Teller und die Löffel gut fest, damit sie nicht klapperten. Father Stock wickelte sie aus, steckte die Serviette in seine Tasche, winkte Schwester Agatha und Schwester Margaret herbei und sagte zu einer der Frauen, die am Eisstand bedienten: »Zwei doppelte Portionen für die Schwestern. Kostenlos.«

Joe ging vom Stand weg, weg von einem verdreckten alten Mann, der wie ein Landstreicher aussah und der zu der Frau sagte, die ihm ein Eis reichte: »Kostenlos.« Sollte das ein Witz sein?

»Geben Sie das Geld dem Father«, sagte die Frau streng.

Der alte Mann leckte an seinem Eis.

»*Father*«, sagte die Frau.

Father Stock sagte: »Fünf Cents, Mister.«

Der alte Mann leckte an seinem Eis. »Holen Sie sich doch das Geld.«

Joe war erstaunt, als er sah, wie Father Stock sich über die Theke beugte und mit einer raschen Bewegung wie beim Brustschwimmen das Eis auf den Boden fegte. Die Kugel – es war nur eine – löste sich von der Waffel und fiel ins Gras.

»Das ist aber nicht nett«, sagte der alte Mann, ging in die Hocke – Joe sah, daß er keine Socken anhatte – und versuchte, die Eiskugel mit der Waffel aufzulesen, aber er schaffte es nicht und wollte gerade die Finger nehmen, als Father Stock ihn hochzog und auf das Pfarrhaus deutete. Der alte Mann hielt immer noch die Waffel in der Hand und kaute mit dem Zahnfleisch darauf herum.

»Ich nehm' mir diesen Vogel vor«, sagte Father Stock zu den Frauen hinter der Theke, und zu Joe sagte er: »Kümmere du dich um das Geld, solange ich weg bin, Junge.«

Die Frauen ermahnten Joe, er müsse auf kanadische Münzen achten (»Jemand hat versucht, dem *Father* eine anzudrehen!« – »Wie kann man nur!«), und erklärten ihm die Kasse, und Joe gab das Wechselgeld heraus, während die Frauen die Bestellungen entgegennahmen und sich über die Teller auf der Theke wunderten (Schwester Agatha und Schwester Margaret waren verschwunden), die eine wollte das Eis zurück in die Kühlbox stellen, die andere war dafür, die Teller stehenzulassen, damit Father Stock sie gleich sehen konnte, wenn er zurückkam. Es war nicht viel Betrieb. Eine Frau allein hätte es gut geschafft, und die andere hätte sich natürlich hinterher die Hände waschen müssen, wenn sie nach Fathers Stocks Rückkehr wieder bedient hätte, aber sie hätte gut das Wechselgeld herausgeben können. Joe wollte das den Frauen eigentlich sagen, aber er fürchtete, es würde gar nichts bringen, und deshalb sagte er nichts. Aber als er dann nicht mehr länger warten konnte – er hatte beobachtet, daß sich die Leute drüben bei der Kirche versammelten –, stieß er hervor: »Ich muß jetzt gehen.« – »Ach du liebe Zeit!« – »Kannst du nicht *warten*?« Was *das* hieß, wußte er – er *konnte* jetzt nicht gehen –, und er war zu verlegen, um etwas zu sagen, also wandte er sich von den Frauen ab, damit sie sein Gesicht nicht sehen konnten. Am liebsten hätte er geheult, aber das tat er nicht, sondern schnüffelte nur. »Ach du liebe Zeit!« – »Was ist denn *los*?« Er wurde noch verlegener und starrte auf die Kasse. »Hat dir doch jemand einen gegeben?« – »Einen Dime oder einen *Quarter*?« Er schüttelte den Kopf, nicht verlegen, sondern verärgert. »Hat jemand etwas *gesagt*?« – »Ach, du armes Kind!« Da merkte er, daß sie wußten, wer er war, und daß sie das Bild in der Zeitung gesehen hatten.

»Was ist denn das?« sagte Father Stock, als er zurückkam und sah, daß das Eis in den Tellern auf der Theke schmolz. Aber er hörte den Frauen gar nicht zu, sondern zischte nur »Pssst!«, denn Schwester Agatha kam gerade auch zum Eisstand zurück. »Schwester«, sagte Father Stock, »Sie und die andere Schwester, Sie haben Ihr Eis nicht gegessen. Wo ist die andere Schwester?«

»Drüben, in der *Kirche*«, erklärte Schwester Agatha. »Sie *betet*. Für *Sie*, Father. Oh, wie *haben* Sie nur diesen armen, alten Menschen behandelt!«

»Sachte, sachte, Schwester. Ich hab' ihm ins Gewissen geredet und ihn dann laufen lassen. Hab' ihm noch einen Dollar geschenkt.«

Joe war sehr erstaunt, als er das hörte, und dachte, Schwester Agatha müßte sich auch wundern, aber falls sie es tat, zeigte sie es jedenfalls nicht.

»Und das ist noch nicht *alles*, Father. Sie haben erreicht, daß Joe den Wettlauf verpaßt, mit Ihrem – mit Ihrem *Geldwechseln*.«

»Schwester, das war *nicht* meine Absicht – und das ist es,

was zählt, zum Glück gilt das für uns alle hier auf Erden. Komm mit, mein Junge. Kümmern Sie sich um das Wechselgeld, solange ich weg bin, Schwester, und essen Sie Ihr Eis. Essen Sie auch das von der anderen Schwester.«

Joe folgte Father Stock durch die Menschenmenge, hinüber zur Kirche, wo das Rennen stattgefunden hatte und wo Schwester Martina jetzt die Teilnehmer für den nächsten Wettkampf zusammentrommelte. Joe gab die Hoffnung auf, Father Stock könnte veranlassen, daß das Rennen wiederholt wurde, was er durchaus hätte tun können.

»Schwester, dieser Junge hat ohne jedes eigene Verschulden den Wettlauf verpaßt. Sorgen Sie dafür, daß er einen von diesen Säcken bekommt.«

»Es tut mir leid, Father, aber sie sind schon alle vergeben. Es sei denn« – Schwester Martina erhob die Stimme –, »jemand ist bereit, seinen oder ihren Sack abzugeben?«

Ein Mädchen, das noch nicht in seinen Sack geschlüpft war, in die sechste Klasse ging und eine Hornbrille trug, sagte: »Ich geb' meinen Sack ab.«

»Das ist sehr nett von dir, Dolores«, sagte Schwester Martina (die in der sechsten Klasse unterrichtete).

Father Stock lächelte dem Mädchen zu und lächelte Joe zu und sagte (zu Schwester Martina): »Ich muß zurück zu meinem Stand«, und verschwand.

Joe ging zu dem Mädchen und flüsterte ihr etwas ins Ohr, in der Meinung, sie müsse sich darüber eigentlich freuen: »Laß ruhig. Ich will deinen Sack gar nicht. Ich mache bei diesem Wettkampf nicht mit.«

»*Schwesterrr!*«

Schwester Martina kam angelaufen. »Was ist denn jetzt wieder los?«

Joe verschaffte sich als erster Gehör. »Schwester, bitte, ich will ihren Sack gar nicht. Ich mache bei diesem Wettkampf nicht mit.«

»Schwester, er *muß* aber!«

»Ich *muß* gar nichts!«

»Der Father hat es *gesagt*!«

»Das hat er *nicht*!« gab Joe zurück.

»Nein«, sagte Schwester Martina, »aber der Father *erwartet* es.«

Joe hätte am liebsten geheult, aber er tat es nicht. »Schwester, ich *will* aber nicht.«

»Schwester, er *muß* aber!«

»Niemand *muß*, aber *einer* von euch beiden sollte.« Schwester Martina ging wieder weg und rief den anderen Teilnehmern zu, sie sollten sich aufstellen.

»Du weißt ganz *genau*, daß du es machen *mußt*«, sagte das Mädchen zu Joe, streckte ihm die Zunge raus, warf den Sack auf den Boden und trampelte darauf herum. »Vielen Dank, daß du mir den Platz weggeschnappt hast. Du *Waschlappen*.«

»Brillenschlange.«

Als Joe den Sack aufhob, wußte er gleich, warum das Mädchen nicht hineingeschlüpft war – der Sack war dreckig, was ihn eigentlich nicht weiter störte, aber unten war er ganz feucht, und das störte ihn, und außerdem stand RIESENKARTOFFELN darauf.

Joe ging hinüber zum Start. Den Sack trug er in der Hand, um Kraft zu sparen. Die anderen verausgabten sich, indem sie herumhüpften und mit ihren Säcken umfielen. Joe wollte auch Zeit gewinnen, damit man möglichst spät erst merkte, daß er mitmachte. Als der Augenblick dann doch kam, wurde er von den Jungen ausgelacht, die wußten, daß er der schnellste Läufer in der fünften Klasse war (wenn nicht sogar in der ganzen Schule), und auch von ein paar Mädchen, sogar von dem Mädchen, das letztes Jahr in ihn verliebt gewesen war, und von Frances und ihren Freundinnen. Frances hielt ihre Plastikpuppe hoch und sagte zu ihr (eigentlich galt es natürlich ihren Freundinnen): »Guck mal, da ist Papa!« Joe lächelte Frances zu und alle anderen auch, niemand sollte merken, wie er sich eigentlich fühlte, daß er hier beim Sackhüpfen mitmachen mußte, sonst würde er wahrscheinlich wütend und würde anfangen, zu heulen und sich zu prügeln, und verlor womöglich, wenn er den Jungen verdrosch, auf den er es eigentlich abgesehen hatte – Delbert Freeman, der durch die Gegend latschte und so tat, als wäre seine Orangenlimo eigentlich Whiskey, und dabei die Augen verdrehte und »Hick!« machte.

»Hosenscheißer!«

Delbert Freeman hörte es nicht, aber dafür Schwester Martina, und sie schrie:

»Auf die Plätze, fertig, los!«

Joe legte sehr schnell los, und weil er schon öfter beim Sackhüpfen mitgemacht hatte, wußte er, daß er auf die Leute achten mußte, die gleich am Anfang umfielen. Als er aus dem Gewühle heraus war, verlangsamte er sein Tempo ein bißchen, um Kraft für den Endspurt zu sparen. Er konzentrierte sich ganz auf den Sack und manövrierte sehr geschickt; wenn er sprang, zog er den Sack hoch, und wenn er nach unten kam, ließ er ihn ein bißchen lockerer. (Das anfeuernde Geschrei der Menge galt nicht ihm.) Er lag an dritter Stelle, aber er war schnell und holte das Mädchen aus der siebten Klasse ein, das aussah wie Katinka aus *Toonerville Folks.* Sie bewegte sich unregelmäßig, und womöglich stolperte sie gleich, dann würde sie auch ihn zu Boden reißen, also ließ er ihr mehr Platz und fiel ein bißchen zurück, aber er holte wieder auf, zog gleich und überholte sie. (Jetzt galt das Geschrei der Zuschauer *doch* ihm, sie jubelten ihm zu.) Er kam immer näher an den Spitzenreiter heran, einen großen Jungen aus der achten Klasse, der auf dem Jungenklo während der großen Pause Wings rauchte (zehn Cents die Packung) und der sich vielleicht nicht halten konnte, Joe holte ihn ein und setzte zum Endspurt an, und da stürzte er.

»Sein Alter ist ein Schmuggler!« Delbert Freeman.

»Sein *Onkel!*« Catfish.

Joe sprang auf und heraus aus dem Sack. Er ging nicht auf Catfish los, sondern auf Delbert Freeman, aber da sah und hörte er Schwester Agatha (»Joe, *nicht!*«) und wechselte die Richtung ... und rannte weg ... bis nach Hause, wo er in den kleinen Turm hinaufraste und das tat, was er schon den ganzen Tag am liebsten getan hätte, er weinte.

3

Der Blick unter die Röcke

Beim letzten Wettkampf in diesem Frühling gewann Joe seine Strecken, den Hundert-Meter- und den Zweihundert-Meter-Lauf, und er war der Schlußläufer bei der Vier-mal-hundert-Meter-Staffel, die seine Mannschaft gewann. Aber dann wurde er beim *Sechzehnhundert*-Meter-Lauf eingesetzt, weil der beste Langstreckenläufer seiner Mannschaft sich den Knöchel verstaucht hatte. Sein Trainer, Father »Germany« Zahn, ein alter Sprinter, war ganz dagegen gewesen. Joe gab ein schnelles Tempo vor, um die Gegner herauszulocken und fertigzumachen, und dann ließ, wie erwartet, seine Kraft nach, aber es war wie ein Wunder, er kam wieder und holte sich den dritten Platz, und dieser Punkt war letztlich entscheidend dafür, daß die *Immaculata* die verhaßte *Cathedral* besiegte.

Joe war für den Rest des Schuljahrs der Held der Schule, bei Lehrern *und* Schülern – aber das Schuljahr war nicht mehr lang, die Sommerferien fingen an, und der Aschenbahn-Star konnte, im Gegensatz zu den Stars von Football und Basketball, die allgemeine Bewunderung nur kurz genießen. Aber Joe hatte im zweiten Highschool-Jahr in einer wichtigen Sportdisziplin ein Abzeichen gemacht, was an der *Immaculata*, wo die Maßstäbe hoch angesetzt wurden, eine ziemliche Seltenheit war. Er holte heraus, was er konnte, indem er sein hellblaues Sweatshirt mit dem schneeweißen *I* trug, solange das Wetter es erlaubte, oder sogar noch ein bißchen länger – er hoffte auf einen Sommer, der für die Jahreszeit zu kühl sein würde. Und er freute sich auf den Herbst und die Football-Saison, obwohl er das Spiel eigentlich ja gar nicht so besonders mochte und zu klein dafür war, aber die *Immaculata* konnte ihn im hinteren Feld einsetzen, weil er so schnell war – der Footballtrainer, Father »On« Wisconski, der beim letzten Wettkampf dagewesen war, hatte angeblich gesagt (der Schüler, der die Läufer betreute, einer von Joes Bewunderern, hatte es gehört): »Diesen kleinen Scheißer würde ich gern auf die *Cathedral* hetzen.«

Daran dachte Joe immer, als er im Sommer trainierte. Statt bei Hacketts Bleistifte zu spitzen und Schreibmaschine zu üben, blieb er zu Hause und mähte den Rasen, der etwa zwei Acre groß war, und jätete die Blumenbeete, übte Schnellstart und Abwehr, machte Liegestütze und übte Klimmzüge am Apfelbaum und aß viel.

Als der Juli kam, wurde es aber doch einer dieser Sommer, in denen der Asphalt auf den Straßen schmilzt, und Joe verbrachte mehr Zeit in dem kühlen Kellereingang. Dort saß er im Liegestuhl und las regelmäßig die *Sporting News* und verfolgte die Spieler, die er gesehen hatte, ehe sie in die obere Liga kamen oder nachdem sie wieder abgestiegen waren; außerdem las er regelmäßig *Anthony Adverse*, ein sehr langes Buch; und gelegentlich steckte er auch die Nase in Butlers *Lives of the Saints* und in *Radio Replies* von Rumble und Carty (ein Geschenk von Schwester Agatha, die jetzt in Green Bay stationiert war), ein Buch, das die Fragen beantwortete, die ihm vielleicht von Laien und von Gegnern der Kirche gestellt würden, wenn er Priester wurde, aber da war er sich in diesem Sommer gar nicht so sicher.

Anfang Juli, als die Hitze durch die Mauern des Kellereingangs drang und das Moos vertrocknen ließ, verabschiedete Joe sich von den Mücken und trug seinen Stuhl nach innen, in den Keller, und schloß die Tür. Dort saß er dann unter einer verstaubten Glühbirne und rauchte (English Ovals; den Rauch blies er in den offenen Heizkessel, um nicht erwischt zu werden) und trank (Bier und Ale; davon gab es hier im Keller jede Menge – oder *hatte* es zumindest gegeben). Hier entdeckte er, was ihm bis zu diesem Sommer ein Geheimnis gewesen war: warum manche Sterne die ganze Nacht leuchteten, und er erfuhr den speziellen Genuß, den Kitzel, den ein Athlet empfindet, der seine Kräfte verschleißt und das Schicksal herausfordert – er stellte sich vor, er würde im Herbst ausgewechselt *(»Versager!«)* und ausgebuht.

Und während er an diesen Tagen im Keller seinem Körper mit Rauchen und Trinken zusetzte, mißbrauchte er auch seinen Geist mit den kleinen Heftchen, die er verschämt in einem Zigarrenladen in der Innenstadt kaufte, zu dem er immer wieder ging, um sich neue zu beschaffen, immer wieder das gleiche, das wußte er, und er war regelmäßig enttäuscht von den Bildern (»Verträumt«, »Nocturne«) und von den Geschichten (»Die Band spielte, und von den anderen Festgästen durch eine große Topfpalme geschützt, umschloß Randy mit seiner Hand eines von Dianes Äpfelchen mit den zarten Rosenknospen«).

Er konnte sich in diesen Tagen selbst nicht über den Weg trauen.

Wenn er dann plötzlich seine Lektüre in den Heizkessel stopfte und hinaus in die Hitze des Tages floh, mochte es vielleicht so aussehen, als hätte er sich plötzlich entschlossen, sein Leben zu ändern, als würde er sich einfach nur im Vorgarten betätigen und mit dem Rasensprenger herumhantieren und den Kiesweg rechen, für kurze Zeit am Morgen und am Nachmittag. In Wirklichkeit aber konnte seine Lektüre jederzeit wieder aus dem kalten Heizkessel herausgeholt werden, und er hatte von dem auf bestimmte Zeit begrenzten Sonderangebot für Erwachsene Gebrauch gemacht, das *Seemore Products of Hollywood* anpries und das dem Adressaten umgehend geschickt werden sollte, in einem neutralen braunen Umschlag. Wochen waren vergangen, seit der Adressat einen Dollar in ein Kuvert gesteckt und mit J. Hackett unterzeichnet hatte – keine besonders gute Idee, weil es bedeutete, daß er zweimal am Tag den Postboten abfangen mußte, damit die unzensierten Posen (»Was das Männerherz begehrt!«) nicht dem anderen J. Hackett in die Hände fielen, der unter dieser Adresse wohnte. Sollte er nicht lieber hinschreiben und seine Bestellung rückgängig machen und *Seemore* mitteilen, das Geld solle den Armen gegeben werden? Oder sollte er sagen, er sei an eine nicht existierende Adresse in einer weit entfernten Stadt gezogen? Oder daß er kürzlich geheiratet habe und deshalb nicht mehr interessiert sei? Oder daß er kürzlich gestorben sei, mit vorzüglicher Hochachtung, Mrs. J. Hackett?

Es war auch kein Zufall, daß er immer dann im Garten beschäftigt war, wenn Frances und Dora, das neue Dienstmädchen (über einundzwanzig mit einer Bombenfigur, wie die Männer von der Tankstelle immer sagten, Joe sagte so was nicht, nicht mal dort), aus dem Haus kamen, um sich bei der Steinmauer in der Sonne zu bräunen. Schon bald beugte sich ein freundlicher junger Nachbar (so mochte man den Eindruck haben) über die Mauer, mit einer Erektion, aber ohne viel zu sagen und ohne angesprochen zu werden, und in Gedanken erwog er die Möglichkeiten in den Körpern da unten und manchmal in der Unterhaltung.

Wenn Dora, wie so oft, sagte: »Rex macht es nichts aus, wenn ich mit anderen ausgehe, solange es nichts Festes ist, und mir macht es nichts aus, wenn er das auch tut«, dann schien Frances das zu verstehen. Aber Joe mußte darüber nachdenken, denn Rex und Dora (sie schien diese »anderen« bei ihrem Nebenjob als Aushilfskassiererin im Orpheum und im Palace kennenzulernen) waren offiziell verlobt und wollten heiraten, sobald Rex seinen Militärdienst hinter sich hatte. Joe machte sich auch Gedanken über das Grundstück, das Rex und Dora mit seinen Gewinnen (beim Würfeln) und ihren Ersparnissen zu kaufen hofften, was nach Joes Meinung nicht sehr viel sein konnte. Dora nannte das Grundstück, das »ganz in der Nähe« von Fort Bone lag, wo Rex stationiert war, ein *Rasthaus.* Davon verstand Joe nur sehr wenig, bis auf das, was er diesen Sommer durch seine Lektüre erfahren hatte (Randy traf sich mit Diana in einem Rasthaus namens Red Rooster) und durch die Filme, in denen die Mädchen mit hohen Seidenhüten und schwarzen Seidentrikots Zigaretten an die Gäste verkauften, die an kleinen Tischen mit Nachttischlämpchen saßen. Joe dachte, daß manche von den Orten, aus denen er spät abends in seinem Radio Swing-Musik hörte (zum Beispiel »Frank Dailey's Meadowbrook« und »das wunderschöne Glen Island Casino«), vielleicht solche *Rasthäuser* waren, echte, aber das, was Rex und Dora da im Auge hatten, war nichts anderes als eine Kneipe an der Landstraße, und auf dem Schild war mit einer Schablone so was wie Dew (oder Do) Drop Inn geschrieben. Aber selbst das war ein bißchen hoch gegriffen, fand Joe, wenn er hörte, daß Rex hinter der Bar stehen und sich um die Bestellungen kümmern wollte, während Dora die Bedienungen dirigieren sollte, und an Abenden, wenn besonders viel los war, selbst einspringen würde, zumindest so lange, bis der Betrieb richtig lief. »Das geht bestimmt schnell. Rex meint, wir verlangen einen Dollar für eine Flasche Bier, die zehn Cents kostet, und nach Mitternacht vielleicht noch mehr. Seine alten Kumpels kommen alle.«

»*Dora!*«

»Was?«

»Was *sagst* du da!«

»Was?«

»Sie *kommen* alle!«

Bei so was lachten die beiden dann immer, und selbst wenn sie auf dem Bauch lagen, das Gesicht nach unten und den Po oben (so sah Joe sie am liebsten), schaute er betont in die Ferne, als würde er ihrem Gespräch gar nicht zuhören – er wußte nicht, ob Frances dachte, er könnte nichts verstehen, oder ob es ihr egal war oder ob sie ihn in Verlegenheit bringen wollte. Manchmal blickte sie dann plötzlich zu ihm auf und sagte: »Bist du *immer noch* da?« Und einmal sagte sie, aber zum Glück ohne aufzuschauen, denn er wurde ganz rot:

»Dora, was haltst du von dem Spanner da oben?«

»Was? Wer?«

»Joe. Er trinkt, weißt du. Was wäre, wenn *er* mal abends betrunken ankäme?«

»Was? Wo?«

»Im *Rast*haus.«

»Na und? Was soll dann sein?«

»*Dora!*«

»Was? Ist er noch nicht im geschäftsfähigen Alter?«

»Dora, er will doch *Priester* werden.«

»Ach, tatsächlich?«

»Vielleicht«, sagte Joe, »vielleicht steige ich einfach in den Familienbetrieb ein.«

»Jederzeit, Junge«, meinte Dora.

Und Frances lachte.

Bis zu diesem Sommer war Joe nur als Kunde zu Hedblads Tankstelle gegangen, im Reo oder im Pierce-Arrow, normalerweise tagsüber, aber Ende Juni, als er noch seinen hellblauen Sportpullover trug, fing er an, abends zur Tankstelle zu gehen und sich mit den Typen von der Nachtschicht über Sport zu unterhalten. Inzwischen war das schon zur abendlichen Routine geworden (es sei denn, er fuhr abends mit dem Reo zum Baseballstadion). Dale, der Jüngere, hatte auch eine Weile die *Immaculata* besucht, aber er gehörte nicht zu den Leuten, die Joe kannte, er war kein Sportler und auch sonst nicht besonders wichtig, sondern einfach nur einer von denen, die man eine Weile in der Schule herumlaufen sieht und dann nicht mehr. Rock war schon über einundzwanzig und stammte aus Chicago und fand sich selbst unglaublich toll – er behauptete, er hätte mal Ralph (nicht Al) Capone gesehen, den er *Bottles* nannte, und er hätte in der Nähe vom Wrigley Stadium gewohnt, dem Heimstadion der *Chicago Cubs.*

Wenn Rock und Dale zu tun hatten, wurde Joe inzwischen damit betraut, das Telefon zu beantworten, Straßenkarten auszugeben oder den Gehweg abzuspritzen. Die Gespräche drehten sich jetzt nicht mehr so viel um Sport, sondern um Autos und Mädchen. Joe gab nicht vor, viel von Autos zu verstehen, er wußte nicht, wie der Reo oder der Pierce unter der Kühlerhaube aussahen, und er hätte auch nicht so getan, als würde er viel von Mädchen verstehen, wenn nicht Dale gedacht hätte – Rock nicht –, er hätte Erfahrung, weil er so blasiert war, so *blasé.* (*You're blasé* war einer von Joes Lieblingssongs). Dale (Rock nicht) war beeindruckt davon, in welcher Gegend Joe wohnte und welche Klamotten er trug, und wahrscheinlich auch von der Art, wie Joe ganz beiläufig ein Heft mit obszönen Zeichnungen in die Hand nehmen und ungelesen wieder beiseite legen konnte und wie er ganz beiläufig darauf hinwies, daß ein Auto wartete, während sie sich gerade über Mädchen unterhielten, und wie er sich neulich ganz beiläufig eine Packung Pariser an der Tankstelle kaufte (als wären es Zigaretten). »Hast du schon mal einen dabei verloren, Joe?« – »Könnte ich nicht behaupten, Dale. Du etwa?« *Blasé.*

Wenn Joe also gefragt hätte, was er mit Dora machen sollte, dann hätte er an der Tankstelle einiges an Prestige eingebüßt, zumindest bei Dale. Aber Dale war für einen Mann ziemlich ernsthaft und hatte nichts im Kopf außer Autos und Mädchen und hätte ihn nicht ausgelacht, im Gegensatz zu Rock. Aber wenn Joe Dale um Rat gefragt und Rock es dann von Dale erfahren hätte? Rock war ein ziemlich primitiver Typ. Zuerst nannte er Joe *Sportsfreund* – »Hey, *Sportsfreund*« –, aber jetzt war es *Aufreißer.* Das war Joe einerseits peinlich, aber andererseits fühlte er sich auch geschmeichelt, was allerdings nicht der Fall war, wenn Rock ihn fragte, wie oft er es denn treibe, wie oft er rübersteige, oder wenn er ganz lasch seine Hand ausstreckte, die Handfläche nach oben, als wären seine Finger gebrochen, und flüsterte: »Riech mal meine *neue* Mieze.« Das machte er jeden Abend, bis Joe einmal antwortete: »Tut mir leid, Rock, ich hab' 'nen Schnupfen.« *Blasé.*

Manche von den Sachen, die Joe an der Tankstelle hörte, konnte er nicht gar nicht glauben. Angeblich war es ein sicheres Anzeichen dafür, daß eine Frau gerade Sex gehabt hatte, wenn sie ganz dunkle Ringe unter den Augen hatte, behauptete Dale, und oft, wenn eine Frau wieder wegfuhr, nachdem er ihr Auto vollgetankt, das Öl überprüft, die Windschutzscheibe geputzt und ihre Augen genau inspiziert hatte, schüttelte er den Kopf und sagte: »Wieder eine.« Joe nickte dann höchstens. *Blasé.* Wenn Mr. Hedblad tagsüber da war, dann riefen angeblich – behauptete Rock – irgendwelche scharfen Frauen bei der Tankstelle an, sogar im Sommer, und sagten, sie könnten ihren Wagen nicht starten – *das* war der *Code* –, und schon war Mr. Hedblad (den Rock *Pferdeschwanz* nannte) mit seinem Abschleppwagen unterwegs. »In dem hast du ihn doch auch schon gesehen, Joe.« – »Klar.« *Blasé.* Joe konnte sich das bei Mr. Hedblad nicht so richtig vorstellen, er war schon älter, hatte eine Glatze, war verheiratet und trug immer eine schwarze Fliege aus Leder. Aber es gab andere Sachen, die Joe an der Tankstelle hörte und an denen er nicht zweifelte. Offenbar hatten sehr viel mehr Leute, als er gedacht hatte – junge Burschen wie er selbst, aber auch viele Mädchen – Probleme mit dem sechsten Gebot.

Das zeigte Joe, wie es in der Welt zuging und womit er zu tun haben würde, wenn er Priester wurde.

Es zeigte ihm auch, daß er selbst nicht so verkommen war. Was ihn erleichterte, aber doch nicht so ganz.

Er war das, was der heilige Augustinus (der Gott gebeten hatte, ihn keusch zu machen, aber noch nicht gleich) gewesen war, bevor er anständig wurde – ein lasterhafter junger Mann.

Eines Abends versprach Joe Gott, wenn die unzensierten Posen am nächsten Tag kämen, würde er sie verbrennen, ohne sie sich anzuschauen, und danach zur Beichte gehen (in der italienischen Kirche im Stadtzentrum), aber sie kamen nicht, zum Glück.

Also war Joe Anfang August immer noch damit beschäftigt, in Gedanken, Worten und Taten zu sündigen.

Abends fuhr er oft zum Baseballstadion (auf dem Schild am Zaun links stand inzwischen HACKETTS KOHLE – BESTE QUALITÄT; nichts mehr mit *heiß* und daß man eine Tonne gewinnen konnte – Onkel Bobby war jetzt in Kalifornien, im Immobiliengeschäft), und dann saß er allein zwischen den Familien und tat so, als würde er sich brennend für die Flugrichtung der fehlgeschlagenen Bälle interessieren, aber in Wirklichkeit schaute er nur den Frauen unter die Röcke.

Spät abends lag er dann im Dunkeln, nur in Schlafanzughosen, weil es so heiß war, und hörte Radio – Tanzmusik aus Frank Daileys Meadowbrook, aus dem wunderschönen Glen Island Casino, dem Aragon, dem Trianon (»Lee Bennett kommt nach vorne, um seine musikalische Frage ›Wer?‹ zu stellen«), dem Cotton Club (»Duke Ellington und sein berühmtes Orchester setzen das Programm fort, mit dem Titel ›Caravan‹«), aber wenn das Licht auf der anderen Straßenseite anging, über der Garage, dort, wo Dora wohnte, stand er auf und griff zu Mamas Opernglas.

Nachmittags, wenn er sich über die Steinmauer lehnte, war er immer noch der nette Nachbar mit der Erektion, aber er wartete jetzt auf eine Gelegenheit, mit einer der Sonnenanbeterinnen allein sprechen zu können. Und schließlich war es soweit.

»Dora.«

»Was?«

»Du weißt ja noch, was du gesagt hast.«

»Was?«

»›Jederzeit‹, hast du gesagt.«

Schweigen.

»Dora.«

»Was?«

»Du weißt schon.«

Schweigen.

»Dora.«

»Das kostet was, Junge.«

»Okay.«

»Zehn Dollar.«

»Okay.«

»Das heißt, zwanzig.«

»Okay.«

Schweigen.

»Dora.«

»Was?«

»Wann?«

Schweigen.

»Heute abend, Dora?«

»Ich bin erst um halb zehn fertig.«

»Das ist doch nicht zu spät.«

»Aber wenn mich jemand heimbringt, kann es sehr spät werden.«

»Ich hol' dich ab. Mit dem Reo.«

»Nein, mit dem großen.«

»Okay, mit dem Pierce. Am Orpheum?«

»Am Palace.«

Mr. *Blasé* schwitzte in seinem weißen Leinenanzug, als er

mit laufendem Motor im Parkverbot vor dem Palace wartete. Er rauchte. Die große Anzeigetafel ging aus, es wurde dann ein bißchen dunkler in der Straße, und sie kam in ihren hohen Stöckelschuhen aus der Vorhalle mit der Klimaanlage angeklappert und hätte die *hintere* Wagentür aufgemacht, wenn er sich nicht hinübergebeugt und die Tür zum Beifahrersitz geöffnet hätte. Sie setzte sich neben ihn und sagte: »Heiß«, und er fuhr los. Er konnte ihr Parfüm riechen und dachte, daß sie kein nettes junges Pärchen waren, das zu irgendeiner Schulparty fuhr, sondern ein lasterhafter Jugendlicher und eine scharfe Frau, die was Bestimmtes vorhatten (französisch), aber das Problem war das gleiche – was sollte er sagen?

»Mußt du die Tafel abstellen, wenn du gehst?«

»Ich muß *überhaupt nichts* machen.« Sie kramte in ihrer Handtasche herum. »Gib mir eine.«

Er holte seine English Ovals heraus, drückte den Zigarettenanzünder am Armaturenbrett, zog ihn wieder heraus, aber nicht zu früh, und hielt ihn ein bißchen weg von ihr, so daß sie sich vorbeugen mußte – und fuhr dabei die ganze Zeit durch den Verkehr. Randy hätte es nicht besser machen können.

»Puuh! Du *magst* diese krummen Stinkdinger?«

Nicht gerade das, was Diane sagen würde, dachte er und schwieg.

Fröhlich: »Weißt du, warum mir dieser Schlitten gefällt, Junge?«

»Nein.«

»Sieht aus wie ein Leichenwagen.« Sie lachte bei der Vorstellung.

»Ach was.«

»Riecht auch so.«

»Ach was.« Er holte seine (eigentlich Mamas) kleine silberne Taschenflasche hervor. »Scotch, Baby?«

Sie fing an zu schimpfen. »Du bist wohl verrückt geworden, Junge! Du sollst doch beim Autofahren nicht trinken! *Du* sollst nicht trinken! Willst du denn, daß wir *beide* verhaftet werden?« Sie keuchte, was ihn in Erregung versetzte.

Er trank einen kleinen Schluck aus der Flasche und packte sie dann wieder weg.

»Außerdem, nenn mich nicht Baby«, sagte sie.

»Nenn mich nicht Junge«, sagte er.

»Ich nenn' dich, wie ich will.«

»Ich nenn' dich, wie ich will.«

Sie sagte dann nichts mehr, und er sagte auch nichts, und sie fuhren schweigend weiter. Eigentlich hatte er vorgehabt, am Drugstore zu halten, aber statt dessen hielt er an der Tankstelle, was er nicht getan hätte, wenn er nicht gesehen hätte, daß Dale vorne den Gehweg abspritzte. »'ne Stange Luckies«, rief Joe ihm zu – er kannte ihre Marke von den Nachmittagen in der Sonne mit ihr und Frances, da hatte er gut aufgepaßt –, und Dale lief schnell in die Tankstelle.

»Ich hab' welche in meiner Wohnung.«

»Nehmen wir noch ein paar mehr mit.«

Als Dale aus der Tankstelle herauskam, tauchte auch Rocky auf, und während Dale das Geld für die Stange in Empfang nahm und die Windschutzscheibe putzte, vor allem an der Beifahrerseite, und dabei über das Wetter redete, ohne es allerdings zu schaffen, die Beifahrerin in ein Gespräch zu verwickeln, spritzte jetzt Rock den Gehweg ab, den Schlauch zwischen die Beine geklemmt, etwa dreißig Zentimeter von der Öffnung entfernt, wobei er die ganze Zeit feierlich zum Auto hinüberschaute, was sehr peinlich war. Als Joe wegfuhr, konnte er im Rückspiegel sehen – was sie zum Glück nicht konnte –, wie die beiden Typen dastanden, Rock lachend, Dale kopfschüttelnd.

»Du kennst diese Schwachköpfe?«

»Sie kennen den Wagen.«

Er fuhr die kleine Straße hinunter, so daß sie beim Aussteigen auf der richtigen Seite saß, um ins Haus zu gehen, und dann beugte er sich hinüber und öffnete die Tür. Einen Augenblick lang lag sein Arm auf ihren Beinen oberhalb der Knie, aber nicht sehr hoch.

»Danke fürs Mitnehmen und für die Zigaretten, Joe.« Joe, nicht Junge.

Ja, aber er hatte Angst, daß sie ihm gute Nacht sagen würde, daß sie es sich anders überlegt hätte und daß er der Dumme wäre – nichts würde passieren, was hätte passieren können, um sie daran zu hindern, *Frances* zu erzählen, wie der Abend verlaufen war.

»Laß mir ein paar Minuten Zeit, ehe du raufkommst, Joe.«

»Okay.« Blasé.

Er fuhr den Wagen in die Garage, ging ins Haus, wusch sich die Hände und das Gesicht, die Achselhöhlen und zwischen den Beinen (wohin er etwas Talkumpuder schüttete), kämmte sich die Haare, pinkelte und ging dann in sein Zimmer, um seine Taschenflasche aus einer Flasche White Horse, einer Anleihe aus der Vorratskammer, wieder aufzufüllen. Dann ging er zur Garage zurück, zum Auto, um den Rosenstrauß – er lag hinten auf dem Boden – zu holen.

Die Tür oben an der Treppe stand weit offen – wegen der Hitze oder seinetwegen? Er konnte die Dusche hören, aber bevor er eintrat, klopfte er höflich – keine Antwort. Ihre Wohnung (wie sie es nannte) war nur ein einziges großes Zimmer mit Kochgelegenheit und einem Bad, dessen Tür im Moment weit offenstand – wegen der Hitze oder seinetwegen? Ein kleiner sirrender Ventilator drehte sich über der aufgeklappten Couch, ihrem Bett, mit Kissen und Leintuch. Er wollte sich natürlich nicht dorthin setzen, auch nicht auf den klobigen Sessel, wegen der Hitze, also entschloß er sich für einen Stuhl mit steiler Rückenlehne, von dem aus er direkt ins Badezimmer blicken konnte. Als er so dasaß, mit seinem in grünes Wachspapier gewickelten Strauß, fiel ihm ein, wie er auf sie wirken würde – wie ein altmodischer Verehrer in einem Film, Harold Lloyd oder so jemand –, also legte er den Strauß auf den Fußboden. Dann stand er auf, um die Jalousie am Fenster herunterzulassen, durch das ein Spanner vom Haus gegenüber hereinschauen konnte, wenn auch nicht besonders gut. Er ging wieder zu seinem Stuhl zurück, nahm einen kleinen Schluck aus der Flasche und griff dann nach seinen Zigaretten, vergaß sie aber völlig, als sie aus der Dusche kam, und wegen ihrer Sonnenbräune sah es aus, als hätte sie einen weißen Badeanzug an.

»Oh, hallo«, sagte sie.

Er nickte. Blasé.

Sie hielt ihm ein Handtuch hin. »Reib mir den Rücken.«

Er ging, *ohne* sich zu beeilen, ins Bad und rieb ihr den Rükken – sie war weicher, als er gedacht hätte. Weiter unten, wo er sie auch reiben wollte, es aber nicht tat, war sie weißer, breiter, als er gedacht hätte, und vermutlich auch weicher.

»Reib auch meinen Hintern ab.«

Also machte er das, und sie war es auch.

»Mach's richtig.« Sie spreizte die Beine und griff nach ihm, um ihn unten abzutasten. »Mann.«

Er *genoß* – seltsamerweise – seine Verlegenheit und griff nach ihr und legte die Hand auf eins ihrer Äpfelchen mit den zarten Rosenknospen.

»Du *unverschämter* Kerl!« Sie zog ihm das Handtuch weg und drückte es an ihren Körper, oberhalb der Taille, und redete mit ihm, aber nach unten hin. »Solltest dich schämen! Stell dich in die Ecke!«

Er wußte, daß das ein Witz sein sollte, aber er ging aus dem Badezimmer, blasé, aber steif, ein bißchen behindert durch seine Erektion, und er beugte sich steif nach den Blumen hinunter, in denen ein kleiner Briefumschlag steckte – das war etwas, was ihm Sorgen machte und was er hinter sich bringen wollte.

Sie kam hüpfend und munter nur in ihren schwarzen Pumps aus dem Bad. »Für *mich*! Oh, Süßer, das wär' aber nicht nötig gewesen!«

»Es ist im Briefumschlag.«

»Was?«

»Du weißt schon.«

Nachdem sie es gezählt hatte – er hatte sich für dreißig entschieden – und ihn umarmt hatte, nur ganz leicht und kurz, weil sie ja den Strauß in der einen und den Briefumschlag in der anderen Hand hielt, trat sie einen Schritt zurück und starrte ihn unten an. »Mannomann.«

Er genoß seine Verlegenheit, bot ihr aber blasé seine Flasche an. »Wie wär's mit 'nem Schluck?«

»*Jetzt?*«

»Nicht jetzt?«

»Später, Süßer.«

Er nahm trotzdem einen.

»Du bist furchtbar, genau wie Rex. Ich muß die ins Wasser stellen.« Sie ging hüpfend und munter mit den Rosen zur Spüle. »Zieh die Kleider aus, Süßer.«

Das war auch so etwas, worüber er sich Sorgen gemacht hatte und was er hinter sich bringen wollte, und weil ein Mann in Unterwäsche komisch wirkte, trug er gar keine. Es wirkte auch komisch, wenn ein ansonsten nackter Mann Schuhe und Socken trug, aber er behielt seine an, weil es ihm nicht so ganz behagte, wie der Fußboden aussah.

»*Mann.*« Sie hatte die Rosen in eine Pappmaché-Vase gestopft, so wie sie Bestattungsunternehmen verwenden, und hatte sie auf den kleinen Tisch bei der Couch gestellt. Am anderen Ende der Couch, dem offenen Ende, breitete sie ein Handtuch aus. »Hast du Überzieher mitgebracht?«

»Oh, klar.« Er hatte die Dinger nicht vergessen, er hatte nur nicht genau gewußt, wann er sie brauchen würde, also ging er jetzt zu dem Stuhl, zu seinem Mantel. Sie half ihm, das Ding überzuziehen, wobei sie vor ihm niederkniete. »Oh, *Mann.*« Sie stand wieder auf und stieß ihn mit dem Hintern an.

»Ich sollte besser die Tür zumachen«, sagte er.

»Nein. Das gehört dazu.«

»Wie meinst du das, Dora?«

Sie lachte ihn an. »Nein, es kommt niemand – außer dir, wette ich.« Und damit ließ sie sich auf das Sofa plumpsen, wo das Handtuch lag, zog die Beine an und klappte sie auseinander, so daß er ihren Hintern sehr gut sehen konnte und auch die Sohlen von ihren Pumps, und dann, mit beiden Händen, mit gespreizten Fingern nach unten drückend, teilte sie die Haare zwischen den Beinen und die Lippen. »Kannst du's sehen?«

»Mhm.«

»Hol mal das Licht näher ran.«
Er holte die Stehlampe näher heran.
»Siehst du jetzt mehr?«
»Mhm.«
»Was siehst du?«
»Weißt du doch.«
»Gefällt's dir?«
»Mhm.«
»Gefällt's dir *sehr*?«
»Mhm.«
»Küß es.«
Er zögerte.
Sie lachte ihn an. »Du mußt nicht.« Sie streckte die Beine aus und umschloß eines ihrer Äpfelchen mit den Rosenknospen mit der Hand. »Küß es.«
Er tat es.
»Saug dran.«
Er tat es.
»Jetzt die hier.«
Er tat es.
»Doppeltes Programm, was?«
Er hob den Kopf – »Mhm« – und senkte ihn wieder.
»Wette, du hättest gern ein *anderes* Mädchen.«
Er schüttelte den Kopf, ohne ihn zu heben.
»Du bist süß. Ich meine, ein anderes Mädchen *und* mich.«
Schweigen.
»Zwei auf einmal, meine ich.«
Schweigen.
»Hättest du das gern?«
Er nickte, ohne den Kopf zu heben.
»Kostet was.«
Er nickte nibbelnd.
»Ich schau' mal, was ich tun kann. Das reicht jetzt. Steck ihn rein.«
Er und sie taten es.
Schweigen.
»Ächze«, sagte sie.

Er tat es.

»Stöhne«, sagte sie.

Er tat es.

Schweigen.

»Dora, ich weiß nicht, wie lang ...«

»Das ist völlig in Ordnung, Süßer. Nächstes Mal schaffst du's länger.«

»*Heute abend?*«

»Klar. Immer zu.«

»Okay.« *Okay!*

»*Noch nicht!*«

Er sah in die Richtung, in die sie schaute, hinter ihm, und da sah er *sie* – sie hatte sich hinter den Vorhängen versteckt, in diesem Schrankding, und war nackt bis auf Büstenhalter und Pumps – er geriet in Panik und ging aus Dora raus und auch raus aus dem Kondom!

»Oh, *Scheiße*!« sagte Dora und fischte danach.

Frances lachte ihr zu und sagte zu ihm: »Und jetzt *besorg's mir.*«

Ein bißchen später hatte er es ihr besorgt, während Dora zuschaute, und dann, ein bißchen später, wieder Dora, aber jetzt von hinten, während Frances zuschaute, und dann, ein bißchen später, Frances von hinten, aber im Stehen, während Dora zuschaute und Kaffee machte. Ehe er an diesem Abend ging, dachte er an das »Kostet was« und fragte: »Was sind die Unkosten?« Und Frances sagte: »Wir schicken dir am Ende des Monats eine Rechnung.« Sollte das ein Witz sein? Nein, und natürlich war das Ganze Frances' Idee, er bekam Ende August eine *aufgeschlüsselte* Rechnung für die Dienstleistungen, für die von Frances am ersten Abend, für ihre und Doras am folgenden Abend. Während dieser drei Wochen ging er nur einmal abends an der Tankstelle vorbei, am Anfang, nur kurz, um Kondome zu holen – eine große Packung. Um seine Kosten decken zu können, mußte er vom *Christmas Club* an der First National Bank zurücktreten und auf sein normales Konto zurückgreifen – nein, *tief hineingreifen.* An dem Abend, als er seine Rechnung zahlte (ehe Frances kam), sagte Dora, die auf seinem Schoß saß: »Ich will dich ja nicht in Unkosten stürzen, aber es wäre nicht *fair*, für sie weniger zu verlangen.« – «Gern geschehen, und ich will ja dafür zahlen. Es macht mir Spaß, mit euch beiden Geschäfte zu machen«, sagte der beschwipste, lasterhafte junge Mann mit der Weisheit des Salomon, die noch dadurch gesteigert wurde, daß er an ihr herumfummelte. Er bekam von den beiden Mädchen alles, was er sich ausgehandelt hatte, und sogar noch mehr, genau wie sie von ihm – sie nannten ihn »Arm und Hammer«. Den dreien fiel nichts mehr ein, was sie nicht schon getan hätten, obwohl er anfangs noch gezögert hatte, aber nur anfangs, und jetzt war er wirklich blasé.

Dann ging alles zu Ende

»Wie wenn einem die Nase läuft, stimmt genau, Dick, nur ist es eben der Penis«, sagte Father Zahn. Er legte die Hand über die Sprechmuschel des Telefons und fragte Joe: »Wie lange?« – »Wie meinen Sie das, Father?« – »Wie lang geht es schon so?« – »Was? Oh. Etwa eine Woche.« Father Zahn wiederholte es ins Telefon. »Also, was ist die übliche Methode, Dick? Ich verstehe. Also kein Football. Ich kann nicht behaupten, daß ich das bedauerlich finde, aber On Wisconski ist bestimmt sauer. Er ist hinter dem Jungen her, und deshalb hat der Junge sich an mich gewandt. Ich erzähle On irgendwas – vielleicht perniziöse Anämie – irgendwas, nur nicht die Wahrheit. Du weißt ja, wie er ist. Er mußte 'nen anderen Knaben rausschmeißen. ›Sie sind nicht mehr die gleichen, wenn sie erst mal auf den Geschmack gekommen sind.‹ *Ich* weiß das ja nicht so genau. Aber im Frühjahr ist der Junge bestimmt wieder fit! Gut. Sprinter – mein Bester. Leider.« Father Zahn legte die Hand über die Sprechmuschel. »Er hat gefragt, ob *du* das bist. Er bringt das wieder in Ordnung. Alles streng vertraulich.« Father Zahn wiederholte den Teil übers Telefon. »Seine Familie soll nichts davon erfahren, Dick. Nein, nein, ich weiß, daß die andere Partei auch behandelt wird – die anderen Parteien, besser gesagt. Nein, ihre Namen will er nicht nennen, Dick –

würdest du das tun? Danke, Dick. Ich weiß, das machst du. Und schick mir die Rechnung. Er kommt gleich vorbei.« Father Zahn legte auf. »Du hast gehört, Joe, Dr. Leonard erwartet dich. Im Ärztehaus. Beeil dich lieber. Ach, übrigens, wie lang ist es her seit deiner letzten Beichte?«

»*Madre di Dio*! Verheiratet?« – »Nein, Father.« – »Du arbeitest – hast Job?« – »Nein, Father.« – »Was machst du?« – »Nichts, Father.« – »Schüler?« – »Ja, Father.« – »Wie alt?« – »Fünfzehn, Father.« – »*Madre di Dio!* Krank?« – »Nein, Father.« – »Bei guter Gesundheit?« – »Ja, Father.« – »Als Buße betest du bis zur nächsten Beichte jeden Tag einen Rosenkranz.« – »Ja, Father.« – »Noch nicht alles. Du rennst eine Meile morgens, eine Meile abends. Gut als Reue. Gottes Segen.«

4

Im Seminar

Joe wußte aus seiner Lektüre, daß die größten Heiligen härene Hemden getragen hatten. Katharina von Siena. Bernhard von Clairvaux. Und dieser Thomas Becket, als er in der Kathedrale ermordet wurde, hatte eines getragen, in dem es von Ungeziefer wimmelte. (Das führte allerdings die Idee der Buße etwas zu weit, fand Joe.) Er hatte gehört, daß härene Hemden immer noch getragen wurden, sogar in den Staaten, von strengen, kontemplativen Orden – den Kartäusern, den Trappisten. Aber er hatte noch nie eines gesehen, bis er und ein paar seiner Mitseminaristen eines Abends ins Arbeitszimmer des Rektors auf »Tee oder Bier« eingeladen wurden. Es gehörte zu den Grundsätzen des Rektors, eines eleganten grauen Mannes, der neu an dieser Stelle war, jeden Seminaristen mindestens einmal im akademischen Jahr zu sich einzuladen.

Das härene Hemd, das er nun sah, war ärmellos, eigentlich kein Hemd, sondern eher eine Weste aus grobem, braunschwarz meliertem Material, Ziegenhaar, wie Joe später erfuhr, gewoben wie ein Kettenpanzer oder ein Topfkratzer. Es hing über einem Kleiderbügel, der an einem Arm der Stehlampe neben dem Sessel des Rektors befestigt war. Kein angenehmer Anblick. Es hing da, weil man Fragen dazu stellen sollte, dachte Joe, und aus diesem Grund wollte er keine Fragen stellen. Aber Cooney, sein bester Freund, tat es.

»Mein *Cilicium* – mein härenes Hemd«, sagte der Rektor. »Frisch aus der Reinigung.« Als der Rektor sah, daß Hrdlicka (eine schlichte Seele) ihm glaubte, meinte er zu Joe: »Nein, ein alter Freund hat es mir zum Scherz geschickt« – als ob Joe (ziemlich welterfahren) und nicht Hrdlicka Hilfe bräuchte. Und dafür mußte Joe den Rektor bewundern.

Als Joe das härene Hemd das nächste Mal sah, drei Monate

später, sah er es absolut nicht als Witz. In diesen drei Monaten, während und nach den jährlichen Exerzitien – sechs Tage, während deren die Seminaristen den Zustand ihrer Seele überdachten, belehrt von einem Experten auf diesem Gebiet, der von außerhalb kam –, hatte Joe einen großen Schritt nach vorne gemacht, im spirituellen Sinne. Oh, er hatte immer noch einen weiten Weg vor sich, aber er konnte jetzt zurück und nach unten schauen, wie jemand, der einen Berg besteigt, und er konnte sehen, wo er vorher gewesen war. Er konnte sich selbst sehen, wie er gewesen war, als er ins Seminar eintrat, da drunten in den Vorgebirgen der Gefühlsduselei, im Tiefschlaf und davon träumend, daß er eines Tages große Dinge für Gott, für die Kirche und seine Gemeindemitglieder tun und dadurch die Welt verbessern würde. Er konnte sich selbst sehen, wie er später gewesen war, an den niedrigeren Hängen der Wirklichkeit, wie er aufwachte und Angst hatte, daß auch er außer Puste kommen würde, wenn man ihn auf die Probe stellte, wie andere vor ihm, nach dem zu urteilen, was in den Gemeinden, die er kannte, passierte oder nicht passierte, von der Welt ganz zu schweigen. Und jetzt hatte er sich wieder verändert – diesmal endgültig, glaubte er. Er war erwachsen geworden. Jetzt wußte er, was er tat oder jedenfalls zu tun versuchte – es war schlicht und ergreifend die schwierigste Aufgabe auf der Welt: Gott kennenlernen, mehr so werden wie Gott, in Frömmigkeit wachsen. Frömmigkeit war, wie der Exerzitienmeister sagte, das einzige erstrebenswerte Ziel, das eines Priesters und daher auch der Anwärter auf das Priesteramt würdig war. Frömmigkeit war das Entscheidende im Leben der Heiligen, der Punkt, wo all diese wunderbaren Leben konvergierten und wonach die ganze Welt dürstete. »Und außerdem«, hatte der Exerzitienmeister gesagt, »könnt ihr nichts geben, was ihr nicht selbst habt, Jungs.«

Also waren Joe und ein paar andere in ihrem Streben nach Frömmigkeit zu spirituellen Übungen übergegangen, die ihre physische Seite hatten. »Loslassen!« hatte der Exerzitienmeister gerufen, und sie hatten alle ihre schlechten Gewohnheiten losgelassen – bei Joe Rauchen, Süßigkeiten, kleine Zwischenmahlzeiten, Billard und Handball – und frequentierten die Kapelle. Sie waren etwa ein Dutzend an der Zahl, die da betend und meditierend knieten, stundenlang. Manche setzten sich jedoch auch zwischendurch hin – Mooney und Rooney beispielsweise. Joe allerdings nicht, Cooney auch nicht und Hrdlicka auch nicht. Aber im Seminar geht es auch nicht anders zu als sonst auf der Welt, und die Zahl derer, die in der Kapelle wachten, kniend oder sitzend, schrumpfte täglich – bis auf fünf, nur eine Woche nach den Exerzitien.

Diese fünf – Joe, Cooney, Hrdlicka, Mooney und Rooney – wurden von ihren Kameraden mit einigem Kopfschütteln bedacht, Quietisten genannt, »Loslasser« und so weiter (was ja nicht anders zu erwarten war, wenn man auch nur ein bißchen was von der Kirchengeschichte wußte, von den internen Kämpfen zwischen Asketen und Opportunisten), und sie waren auch für einige der lebenslustigen Lehrenden und für den Rektor Anlaß zur Beunruhigung. Man glaubte allgemein, daß sich der Rektor der Gunst des Erzbischofs erfreute, nicht aber der seiner ehrwürdigen Berater, die sich an ihre Zeit im Seminar erinnerten und unglücklich darüber waren, wie es jetzt geleitet wurde – als Club, sagten sie. Die Voraussetzungen für Konflikte, im Seminar und in dessen unmittelbarer Nähe, waren also gegeben, und Joe bemühte sich, diesen aus dem Weg zu gehen.

Er riet den Mitgliedern der kleinen Gruppe (sie schienen in ihm ihren spirituellen Kopf zu sehen), ihre vom Himmel gesandten Möglichkeiten, deren es viele gab, dazu zu nutzen, auch die andere Wange hinzuhalten. Und er zeigte sich als Vorbild, wann immer er konnte, wenn er etwa »Frommer Joe« oder einfach nur »Frömmler« genannt wurde. (»Hallo, Frömmler!« begrüßte ihn Lahmarsch Boekenhoff jeden Morgen im Waschraum, und Joe, der zwar in Versuchung war, etwas anderes zu erwidern, murmelte immer nur sehr höflich: »Guten Morgen, George.«) Aber nicht alle Mitglieder der kleinen Gruppe hielten sich so tapfer. Mooney und Rooney – es tat beiden später leid, aber sie verwiesen auf das schlechte Beispiel des heiligen Petrus im Garten Gethsemane, als mildernde Umstände für sich selbst – hatten mit ihren Verfolgern böse Worte und Handgreiflichkeiten ausgetauscht. Mooney und Rooney waren außerdem aufgrund der vielen Stunden, die sie in der Kapelle verbrachten, mit ihrem Studienpensum in Verzug geraten, genau wie Hrdlicka. Die drei mußten sich von Joe und Cooney, die ausgezeichnete Studenten waren, Nachhilfeunterricht geben lassen, und Mooney und Rooney kamen nun wieder mit. Was das akademische Wissen anging, sah es für Hrdlicka schlecht aus – aber *er* erzielte in spiritueller Hinsicht große Fortschritte. Manchmal machte Hrdlicka in der Kapelle auf Joe den Eindruck, als wäre er nicht mehr von dieser Welt, sondern befinde sich in einem Zustand mystischer Ekstase. Er erinnerte Joe dann an ein altes Bild des heiligen Aloysius, mit Heiligenschein, Lilie, Geißel, den Blick himmelwärts gewandt.

Und dann, an einem Abend Anfang Dezember, kam Hrdlicka in Joes Zimmer und sagte: »Ich überlege mir, ob ich nicht aus dem Seminar austreten soll.«

»*Was!*«

»Um zu den Trappisten zu gehen.«

»Oh«, sagte Joe, eher erleichtert als erfreut. »Das ist etwas *anderes*, Al. In deinem Fall scheint das einleuchtend. Soso. Die Trappisten. Da hast du dich ja ziemlich darüber ausgeschwiegen, stimmt's?«

»Ich habe nicht gewußt, ob sie mir antworten, wenn ich schreibe. Deshalb habe ich nichts gesagt.«

Hrdlicka reichte Joe den Antwortbrief der Trappisten, und Joe las ihn, überrascht, daß sie eine Schreibmaschine besaßen. »Dann brauchst du jetzt also ein Empfehlungsschreiben des Rektors, Al. Hast du es *ihm* denn schon erzählt?«

»Noch nicht, Joe. Ich hab' gedacht, ich erzähle es erst mal dir.«

Das freute Joe, als spirituellen Kopf der kleinen Gruppe, aber im Gedanken an den Umgang mit der höheren Autorität, bei dem – das wußte er aus seiner Lektüre – so vielen guten Männern Fehler unterlaufen waren, sagte er: »Erzähl's lieber dem Rektor, Al. Am besten gleich.«

Hrdlicka ging, um genau das zu tun, aber er war schon bald wieder zurück – so bald, daß Joe dachte, der Rektor sei nicht da. Dann sah er, was Hrdlicka in der Hand hielt – das härene Hemd.

»Joe, er meint, ich sollte die Sache zwei Wochen überdenken. Dann will er mir ein Empfehlungsschreiben geben, wenn ich es mir nicht anders überlegt habe. Er sagt, in der Zwischenzeit kann ich das hier tragen.«

Joe tastete das härene Hemd ab, was er an dem Abend im Arbeitszimmer des Rektors nicht getan hatte, zuerst mit den Fingern, dann mit dem Handrücken. Schließlich sagte er: »Mensch!«

»Joe, ich glaube, der Rektor denkt, wenn ich das trage, überlege ich es mir anders.«

»Das wirst du nicht tun«, sagte Joe, und er hatte recht.

Ein paar Tage vor Weihnachten, an einem Mittwochnachmittag (Mittwochnachmittage waren im Seminar »frei«), brach Hrdlicka zu den Trappisten auf, mit einem Empfehlungsschreiben des Rektors und außerdem mit dem härenen Hemd – ein Abschiedsgeschenk des Rektors. Joe begleitete ihn zum Bahnhof.

Da sie früh dran waren – Joe hatte ein Taxi hergewinkt, als sie auf den Bus warteten –, setzten sie sich hin und redeten. Ehe er sich's versah, bat Joe Hrdlicka um das härene Hemd! Er sagte, da, wo Hrdlicka hinging, gebe es jede Menge davon. Hrdlicka war im Prinzip bereit, Joe diesen Gefallen zu tun, aber in der Praxis war es nicht möglich, denn er *trug* das Hemd gerade. (Joe hatte gedacht, es befinde sich in Hrdlickas Koffer.) Joe gab zu, daß es peinlich für Hrdlicka sein könnte, wenn er als Novize, noch ehe er das Schweigegelöbnis abgelegt hatte, die Trappisten bitten würde, das härene Hemd einem Freund zu schicken. Aber weder Joe noch Hrdlicka wollten einfach so aufgeben. Dann rief Joe »Hey!« und eröffnete Hrdlicka seinen Plan. Sie gingen auf die Herrentoilette in zwei nebeneinanderliegende Kabinen, wo sie sich von der Taille aufwärts entkleideten, und Hrdlicka reichte Joe das Hemd über die Trennwand.

Auf diese Art bekam Joe das härene Hemd. Der einzige Schönheitsfehler war – Joe schämte sich, wenn er an Thomas Becket dachte –, daß Joe in der Kabine zu heikel gewesen war, das härene Hemd in die Manteltasche gesteckt hatte und dann noch den einfältigen Hrdlicka getäuscht hatte, indem er sich gewunden und gesagt hatte: »Mensch!«

Als Buße war Joe zu Fuß zum Seminar zurückgegangen, fünf Kilometer gegen den Nordwind, die ganze Strecke, mit eiskalten Ohren, bis auf ein paar Minuten in einem kleinen Lebensmittelgeschäft, wo er sich eine Packung Waschpulver kaufte.

Das härene Hemd zu tragen war ein Gefühl, wie wenn man an einem heißen Sommertag von einem wirklich schludrigen Friseur kommt und einen dauernd die abgeschnittenen Haarspitzen kitzeln, nur noch viel schlimmer, und deshalb war Joe, der ja nur ein Mensch und kein Masochist war, immer sehr froh, wenn er das Ding ausziehen konnte. Das tat er abends. Er wusch es dann im Geräteraum von Hand – im Waschraum war zu viel Betrieb – und hängte es zum Trocknen über den Heizkörper, über ein Handtuch, so wie er es bei einem Wollpullover gemacht hätte.

Als Folter für das Fleisch und als Stärkungsmittel für den Geist tat das härene Hemd vermutlich seinen Dienst, aber Joe befand sich in bezug auf die Weiterentwicklung seiner Frömmigkeit immer noch am gleichen Punkt wie vorher – er steckte immer noch im ersten Stadium seiner erhofften spirituellen Entwicklung, war auf dem reinigenden »Weg« –, und er befürchtete, daß er nie den kontemplativen Weg erreichen würde, ganz zu schweigen vom vereinigenden. Die kleinen appetitanregenden Häppchen spiritueller Verzückung, die, wie Joe gelesen hatte, auch dem Anfänger gelegentlich gewährt wurden – obwohl man sie nicht mit dem Festmahl selbst verwechseln sollte, denn sie würden einem bald wieder entzogen werden –, wurden ihm nicht gewährt. Er gab aber nicht auf. Er war immer noch dabei – in der Kapelle, mehrere Stunden täglich, strebsam, betend.

Mooney und Rooney strengten sich auch schrecklich an in

der Kapelle, aber im Gegensatz zu Joe und Cooney (der allerdings sagte, es sei ein unfairer Vorteil, wenn man ein härenes Hemd trug, vergleichbar mit dem Tragen eines Schlagrings) beschwerten sie sich offen und wollten Ergebnisse sehen – vor allem Mooney.

»Joe, ich komm' einfach nicht weiter.«

»Gehen wir ein Stück spazieren, Chuck.«

Während dieser Krise, die sowohl Mooney als auch Rooney ins Schwanken brachte, unternahm Joe häufig mit beiden oder mit einem von ihnen Spaziergänge auf dem Seminargelände. Wenn es wirklich zu kalt war, um herumzulaufen, was an jenen Tagen im Januar oft der Fall war, sagte Joe, es würde sie *besser* machen, weil es eine Qual sei, und dann war Mooney dazu bereit, Rooney allerdings nicht. Mooney begriff, daß Kasteiung kein Selbstzweck war, sondern ein Mittel zum Zweck, ein Läuterungsprozeß, der das austrieb, was an einem Mann schlecht war, und das übrigließ, was gut an ihm war, etwas, was Leute, die wesentlich klüger waren als Mooney, Leute, die die kleine Gruppe als »spirituelle Athleten« bezeichneten, einfach nicht begriffen oder nicht begreifen wollten. Bedauerlicherweise las Mooney, der sonst kein großer Leser war, gern sensationelle Sachen – über die selige Angela von Foligno, die sich selbst bestrafte, indem sie das Wasser trank, mit dem sie gerade die Wunden eines Leprakranken gewaschen hatte, über St. Ben Joe Labre, der die Läuse zurückholte, die ihn verlassen hatten, und sie fromm wieder unter seinen Ärmel schob, und ähnliches – Joe konnte diesen Geschmack nicht teilen (und er hoffte auch, daß es nie dazu kommen würde, gleichgültig, wie weit er in seinem Streben nach Frömmigkeit gedeihen würde). »Chuck, deine Augen sind größer als dein Magen«, sagte Joe zu Mooney und zitierte Papst Pius XI.: »›Heiligkeit ist die entscheidende und wichtigste Begabung des katholischen Priesters‹, Chuck. ›Ohne sie führen auch die anderen Gaben nicht weit; mit ihr kann der Priester, selbst wenn *seine anderen Talente mager sind* [Joes Hervorhebung], Wunder bewirken.‹ Joe schrieb Mooney noch mehr

Gebete und Entsagungen vor. »Ich habe ein Schokoladenpapier in deinem Papierkorb gesehen, Chuck.«

Auf diese Art redete Joe – wobei seine Worte in der eisigen Luft kleine Dampfwolken bildeten – mit Mooney und manchmal auch mit Rooney auf ihren Spaziergängen über das Seminargelände, und zwischendurch blieb er stehen, um etwas besonders zu betonen. Am liebsten blieb er an einer Stelle stehen, von wo aus sie quer über die Straße ein Reklameplakat sehen konnten, auf dem ein liebenswürdiger älterer Kleriker abgebildet war (offensichtlich ein Protestant, aber das war nicht so wichtig), der schnuppernd die Nase in die Luft streckte, während er unter einem Fenstersims vorbeiging, auf dem gerade ein frischgebackener Kuchen abkühlte. »Da hast du's«, sagte Joe dann immer. »So sehen die meisten Leute den Klerus. Und sie haben *recht.*«

Joe hatte den Eindruck, daß dieses Plakat, zusammen mit seinem Kommentar – er äußerte sich vernichtend über die bierseligen Abende im Arbeitszimmer des Rektors –, eine festigende Wirkung auf den schwankenden Mooney hatte, aber mit der Zeit wurde es immer schwieriger, Mooney dazu zu bringen, an dieser Stelle stehenzubleiben, und es war völlig unmöglich, wenn Rooney mit dabei war. Ohnehin wurde nach einer Weile das Plakat ausgetauscht. Und Rooney – mit den Worten »Es tut mir leid« – verließ die kleine Gruppe.

Am nächsten Abend, als Joe gerade aus seinem Zimmer gehen wollte, um in der Kapelle zu beten, kam Mooney herein.

»Joe, ich bin dafür einfach nicht geschaffen«, sagte er. »Ich will ein guter Priester werden, sonst nichts, und vielleicht für die Armen arbeiten.«

»Chuck, du kannst nicht geben, was du nicht selbst hast – nicht einmal den Armen.«

»Ja, ich weiß, Joe.«

»Da siehst du's, Chuck. Und Thomas von Aquin sagt uns, Chuck, ›um die Pflichten des heiligen Ordens zu erfüllen, reicht gewöhnliche Rechtschaffenheit nicht aus; überragende Güte ist erforderlich; denn diejenigen, die die Orden erhalten und daher höher stehen als das Volk, mögen auch in Frömmigkeit höher stehen‹.«

»Mögen?«

»Er meint ›müssen‹ – du weißt doch, wie vorsichtig er sich ausdrückt.«

»Ja. Aber ich komme einfach nicht weiter, Joe.«

»Chuck, *ich* komme auch nicht weiter. Und Cooney – ich weiß genau, daß der auch nicht weiterkommt. Da hast du's.«

»Was meinst du mit ›da hast du's'‹? Joe, ich wollte, du würdest das nicht dauernd sagen.«

»Wir sitzen alle im gleichen Boot, Chuck. Das will ich damit sagen.«

»Joe, vielleicht wollen wir nicht alle im gleichen Boot sitzen wie du. Bist du je auf die Idee gekommen?«

»Rooney, meinst du?«

»Ich meine *mich*. Ich hab' genug«, sagte Mooney und wandte sich zum Gehen. »Es tut mir leid.«

»*Mir* tut es leid«, sagte Joe. Es klang selbstgefällig, aber er war wirklich gekränkt.

Und somit war die kleine Gruppe auf zwei Mitglieder geschrumpft – wenn es überhaupt noch so viele waren. Am nächsten Abend stellte Joe nach einer Vorlesung im Auditorium die Frage: »Father, wie kann man Heiligkeit für den Durchschnittsmenschen so attraktiv machen wie Sex?« (Schließlich hatte der Sprecher Léon Bloy zitiert: »Es gibt nur ein Leid – kein Heiliger zu sein.«), und Cooney, der neben Joe saß, lachte wie alle anderen auch.

Früh am nächsten Morgen wurde Joe in das Büro des Rektors gerufen, wo sich schon die Tabakwolken zusammenbrauten, wallend in der Wintersonne, und der Rektor, wie ein netter grauer Teufel in seinem Element, mit rauchendem Kopf, mit rauchender Hand, winkte Joe in einen Sessel.

»Joe, ich habe erfahren, daß du mein härenes Hemd hast.«

Joe überdachte die Worte des Rektors, ehe er antwortete: »Nein, Father.«

Der Rektor lächelte. »Ich versuch's noch mal, Joe. Ich habe

erfahren, daß du das härene Hemd hast, das ich Mr. Hrdlicka gegeben habe.«

Joe war wieder dabei, die Worte des Rektors zu überdenken, als dieser ihn unterbrach: »Ja?«

»Ja, Father.«

»Nun, Joe, ich möchte es zurück.«

Joe überdachte diese Forderung in Anbetracht der Gegebenheiten. »*Jetzt*, Father?«

»Trägst du es gerade, Joe?«

»Ja, Father.«

»Also, dann morgen früh. Zur selben Zeit, am selben Ort.« Der Rektor lächelte, und das Gespräch war beendet.

Joe erhob sich und ging. Er fand, daß er seine Sache gut gemacht hatte und daß der Rektor vermutlich erwartet hatte, sein Besitzanspruch auf das härene Hemd, sein Recht, es zurückzufordern, würde in Frage gestellt. Das lag Joe völlig fern, ausgerüstet, wie er war, mit Vorbildern heroischen Gehorsams – zum Beispiel der heilige Johannes vom Kreuz (unter den Mystikern einer der bedeutendsten, die es gab, vielleicht die Nr. 1), der von seinen Vorgesetzten ins Gefängnis geworfen und mit stinkendem Fisch ernährt worden war.

Daß er ins Büro des Rektors gerufen worden war, wußten alle; Joe merkte es an diesem Morgen zwischen den Kursen, obwohl er es niemandem außer Cooney erzählt hatte, und er hatte Cooney gebeten, für sich zu behalten, worum es in dem Gespräch gegangen war. Offensichtlich hielt sich Cooney daran, denn die Fragen, mit denen Joe im Lauf des Tages konfrontiert wurde, zeigten bei aller Direktheit, daß die anderen nichts wußten. Ob er nach Rom gerufen worden sei, um sich zu verteidigen – und dergleichen mehr –, und die üblichen halbernsten Anspielungen aus Manichäismus, Jansenismus, »Entsagung« und so weiter. Das härene Hemd wurde erwähnt, aber nur nebenbei.

Als Joe es an diesem Abend wusch, überlegte er, ob er die Rückgabe an den Rektor geheimhalten sollte (außer Cooney gegenüber), zumindest so lange, bis die Sache ihren Neuigkeitswert verloren hatte. Wäre das – die Geheimhaltung – für alle Beteiligten das beste? »Das härene Hemd? Oh, das trage ich nicht mehr, schon seit mehreren Monaten. Ich bin jetzt wie du, Lahmarsch.«

Am nächsten Morgen erschien Joe pflichtbewußt mit dem härenen Hemd (verpackt in eine Plastiktüte) zur gleichen Zeit, am gleichen Ort und erfuhr dann, daß der Rektor während der Nacht einen Herzschlag erlitten hatte und im Krankenhaus lag. Joe sprach ein Gebet für den Rektor, ging mit dem härenen Hemd zurück in sein Zimmer und verstaute es, immer noch verpackt, in der untersten Schublade seiner Kommode, wo er früher seine Laster versteckt hatte – Erdnüsse, Popcorn, Süßigkeiten, Zigarren, Zigaretten. Dann besuchte er die Kapelle, was er zur Zeit immer tat, ehe er in den ersten Kurs ging.

Zwischen den Kursen las er die Mitteilung am Anschlagbrett, daß man aufgefordert sei, für den Rektor zu beten, der, wenn alles gutgehe, »bald« wieder im Seminar sein werde – was nach Joes Auslegung mehrere Wochen bedeutete. Joe sprach noch ein Gebet für den Rektor und eilte in sein Zimmer, und kurz darauf eilte er in den nächsten Kurs. Es juckte ihn wieder überall, denn er trug das härene Hemd.

Früh an diesem Abend sickerte die Neuigkeit durch – Cooney erzählte es Mooney, und Mooney plauderte es weiter –, daß der Rektor am Morgen vor der Nacht, in der er den Herzschlag erlitt, Joe befohlen hatte, unter Androhung von Buße, dem härenen Hemd zu entsagen und es wieder abzuliefern. Das stimmte zwar ungefähr, aber Joe spielte es für seine Besucher etwas herunter. Es kamen mehrere am späteren Abend, nachdem die Neuigkeit sich ausgebreitet hatte – der letzte Besucher war Mooney, der Joe aus dem Weg gegangen war, seit er die kleine Gruppe im Stich gelassen hatte.

»Oh, wenn man sich überlegt, daß der Rektor wollte, daß du es ihm zurückgibst!« sagte Mooney. »Und *jetzt!* Joe, trägst du es jetzt?«

»Ja, erst mal schon.«

»Behalte es an, Joe. Zieh es nicht aus!«

»Abends muß ich es ausziehen. Ich muß es waschen.«

»Joe, ich würde das *nicht* tun.«

»Ich schon, Chuck.«

»Aber Joe – *für den Rektor!*«

Frühere Besucher hatten Joe zu verstehen gegeben, daß sie seiner entschiedenen Spiritualität zwar nicht weniger skeptisch gegenüberstanden als bisher, daß sie aber glaubten, er verdiene jetzt ein bißchen Sympathie und Verständnis. Joe war der Überzeugung, daß alle so dachten, was ihn und das härene Hemd anging, bis Mooney mit der verrückten, abergläubischen Idee daherkam – was wäre, wenn sie sich ausbreitete? –, das Leben des Rektors könnte davon abhängen, daß er das härene Hemd trug.

»Aber ich würde es *nicht* tun, Joe. Oh, wenn man es sich *überlegt!*«

»Hör auf damit«, sagte Joe. So brachte er Mooney zum Schweigen und ging hinunter zur Kapelle, wo er zur Abwechslung einmal nicht allein war. Offensichtlich litt Cooney noch immer an »Schleimbeutelentzündung an beiden Knien«, denn er war abwesend, aber ein paar andere waren an diesem Abend da – ungefähr ein Dutzend, darunter Rooney und Mooney.

Joe war der letzte, der an diesem Abend die Kapelle verließ, der einzige, der sehr lange blieb. Man hatte also den Eindruck, daß die anderen nur mal vorbeigekommen waren, um ein paar Gebete für den Rektor zu sprechen, und das, was Joe befürchtet hatte, nachdem er mit Mooney, diesem Schwachkopf, gesprochen hatte – daß nämlich die kleine Tugendbewegung wieder aufgelebt war und ihre Kraft daraus bezog, daß er das härene Hemd nicht ablegte –, trat nicht ein, Gott sei Dank.

Joe wusch es an diesem Abend, was er sowieso getan hätte, und als er am nächsten Tag von Mooney gefragt wurde, ob er darin geschlafen habe, sagte er kurz angebunden: »Nein.« Und genauso, als er am folgenden Morgen gefragt wurde. Am nächsten Morgen wurde er nicht gefragt.

»Ich habe gehört, der Rektor ist außer Lebensgefahr«, sagte Mooney.

»Gott sei Dank«, meinte Joe.

Die Tage vergingen, und soweit Joe sagen konnte, hatte niemand bis auf Mooney – der sich jetzt so benahm, als hätte er das nie getan – je von ihm erwartet, daß er das härene Hemd um des Rektors willen dauernd tragen würde. Das härene Hemd wurde Joe gegenüber in diesen Tagen nie erwähnt, nicht einmal nebenbei, was seltsam war. Und es gab noch etwas anderes, was seltsam war – leicht zu bemerken, schwer zu definieren. Joe stellte fest, daß gewisse Leute ihn nie anschauten – sie blickten zur Seite oder über seinen Kopf hinweg oder nach unten, aber nie ihm in die Augen. Er ging zu Cooney, um mit ihm darüber zu sprechen.

»Hat irgend jemand etwas gesagt?« fragte Cooney.

»Nein. Ich wollte, jemand würde was sagen.«

»Mach dir deswegen keine Gedanken!«

»Also *ist* da irgend etwas!« sagte Joe. Selbst sein bester Freund blickte ihm nicht in die Augen.

»Joe, es gibt Leute, die ...«

»Ja?«

»Die es nie *gebilligt* haben, daß du das härene Hemd trägst – aus Gründen, die du schon weißt. ›Sonderrolle‹ und so weiter.«

»Ja? Ja?«

»Und jetzt gibt es Leute – es sind die gleichen und noch ein paar andere dazu – die *miß*billigen, daß du es trägst. Gerade trägst du es, stimmt's?«

Joe nickte.

»Ja, also diese Leute glauben, daß dir befohlen worden ist, es nicht zu tragen, und daß du dich deshalb *in flagrante delicto* befindest.«

»Stimmt doch gar nicht!« rief Joe und berichtete Cooney wahrheitsgemäß über das Gespräch, was er schon vorher einmal getan hatte, und erwähnte wieder seinen Versuch, der Anordnung – »Wunsch«, sagte er, war vermutlich ein besseres Wort dafür – des Rektors zu entsprechen.

»Hör zu, Joe«, sagte Cooney. »Was mich betrifft, kannst du das härene Hemd ruhig weiter tragen, obwohl ich immer noch sage, es ist ein ungerechter Vorteil, wie das Tragen eines Schlagrings. Aber diese Leute meinen – das ist der Grund, weshalb du zur Zeit noch unbeliebter bist, und natürlich spielt der

Herzschlag, der gerade dann kam, auch eine Rolle –, sie meinen, daß du gegen die *Absicht* des Rektors verstößt.«

Joe dachte kurz darüber nach. »Ich verstehe«, sagte er und ging, um noch mehr darüber nachzudenken.

Er mußte ganze drei Tage darüber nachdenken, ehe er zu einem klaren Entschluß gelangte. Dann mußte er bis zum Mittwoch nachmittag warten, und als es soweit war, nahm er den Bus ins Stadtzentrum. Er trug das härene Hemd in einer Plastiktüte. Im Krankenhaus fand er den Rektor in einem Einzelzimmer, wo er mit einem Taschenbuch im Bett lag.

»Ah, was ist das?« fragte der Rektor.

Joe befürchtete, der Rektor könnte seine Plastiktüte meinen und denken, darin würde sich ein Geschenk für ihn befinden. Deshalb sagte er: »Nein, Father«, was nur im Kontext von Joes Überlegungen einen Sinn ergab. »Ich bin nur zufällig vorbeigekommen.«

»Ach, ja?« meinte der Rektor verwundert und schaute Joe in die Augen.

»Nein, Father, das stimmt so nicht.«

Der Rektor lächelte, und Joe kam sich dumm vor, fühlte sich aber besser.

»Setz dich hin, Joe!«

Joe setzte sich. »Wie geht es Ihnen, Father?«

»Besser, sagen sie.«

Sie sind grauer, dachte Joe, aber immerhin schaffte er es, *das* nicht zu sagen.

»Was bedrückt dich, Joe?«

Joe schaute auf den Fußboden, wo er die Tüte abgestellt hatte, weil sie zuviel Aufmerksamkeit auf sich gelenkt hätte, wenn er sie in der Hand behalten hätte, und dann schaute er wieder den Rektor an. »Erinnern Sie sich, Father, ich sollte Ihnen das härene Hemd zurückgeben?«

»Jetzt, da du es erwähnst, Joe, ja.«

»Father, ich möchte, daß Sie wissen, ich habe es an dem Morgen zu Ihrem Büro gebracht, aber Sie ...« Joe kam sich wieder dumm vor.

»Ich habe unsere Verabredung nicht eingehalten«, sagte der Rektor und lächelte.

»Das war ja nicht Ihre Schuld, Father.« Als ob das extra gesagt werden müßte. Joe griff nach der Tüte und stand auf. »Father, das härene Hemd ist da drin«, sagte er. »Es ist frisch und sauber. Ich habe es gewaschen.«

»Nicht jetzt, Joe. Nicht hier. Wenn ich wieder da bin. Das ist ja bald.«

Joe, der gerade die Tüte auf das Bett legen wollte, neben die Füße des Rektors, behielt die Tüte also in der Hand. Diese Entwicklung der Dinge hatte er nicht erwartet, aber er ließ sich nicht von seinem Vorhaben abbringen. »Father, ich muß Ihnen eine Frage stellen«, sagte er. Der Rektor warf ihm einen seltsamen Blick zu. »Es geht um Ihre Absicht, was das härene Hemd betrifft.«

»Ich habe gedacht, du solltest aufhören, es zu tragen, Joe, sonst hätte ich dich nicht darum gebeten. Aber unter den gegebenen Umständen – du hast es weiterhin getragen, stimmt's?«

»Ja, Father.«

»Und du möchtest, daß ich sage, ob das richtig oder falsch war?«

»Ja, Father.«

»Nun, das kann ich nicht, unter den gegebenen Umständen, Joe. Du mußt es selbst entscheiden. Ich habe mir Sorgen um dich gemacht, Joe. Deine Frage damals bei dem Vortrag!« Der Rektor schüttelte den Kopf beim Gedanken daran. »Danach *mußte* ich das härene Hemd zurückverlangen. Aber jetzt weiß ich es nicht. Jetzt sieht alles anders für mich aus, hier. Und du auch, Joe. Deshalb würde ich sagen, mach mit dem härenen Hemd, was du für das beste hältst. Trag es, oder trag es nicht! Ich vertraue dir. Jetzt bin ich müde. Du solltest besser gehen.«

Joe bat den Rektor um seinen Segen, kniete nieder und ging; das härene Hemd nahm er in der Plastiktüte wieder mit.

In den darauffolgenden Tagen – der Rektor war in derselben Nacht gestorben – spürte Joe, daß man ihm Vorwürfe machte, so wie man einem kleinen Hund dafür Vorwürfe machen würde, daß er einen Unfall verursacht hätte, bei dem er ohne Verletzung davongekommen und bei dem ein anderer gestorben war. Er spürte, daß noch mehr Leute als vorher ihn noch weniger mochten. »Wann wird er endlich bereuen und das härene Hemd ausziehen?« sagten sie in seiner Vorstellung. Er hatte nämlich niemandem von seinem Besuch im Krankenhaus erzählt und hatte auch nicht vor, es zu tun.

Mooney, einer der wenigen, die noch mit ihm redeten, fragte: »Kommst du weiter, Joe?«

»Kann ich nicht gerade behaupten, Chuck.«

»Trägst du es immer noch?«

»Ja.«

»Aber nicht nachts?«

»Nein.«

»Das könnte doch der Grund sein, warum du nicht weiterkommst, Joe. Hast du das schon mal gedacht?«

»Ja.«

Ja, Joe hatte schon daran gedacht – oh, nicht als Heilmittel, wie Mooney meinte, sondern als Hinweis auf das Wesen seines Versagens. Er war, nach den Maßstäben der Heiligen, zu heikel, das wußte er – nicht schlampig genug. Warum machte es ihm denn so viel aus, wenn Leute barfuß über den Flur gingen oder auf Socken, was irgendwie noch schlimmer war? Er hatte seine Slipper immer griffbereit beim Bett stehen und trug sie oder seine Schuhe, lieber noch die Schuhe, wenn er auf den Flur ging. Ja, das war vielleicht seine Schwierigkeit – in gewisser Weise der Grund für sein Versagen. Selbst wenn er das härene Hemd Tag und Nacht trug – und das könnte er –, was wäre mit seinen Gefühlen für andere, für seine Mitmenschen, denen neben Gott seine Hauptsorge gelten sollte? Das Seminar war eine Gemeinschaft, und zudem noch eine eng verwobene, und es war nicht der Ort für extremen Mystizismus, für ein Wachsen in Frömmigkeit über einen bestimmten Punkt hinaus – einen niedrigen Punkt, gemessen an den Heiligen. Kein Ort, wo er sich je befinden würde, keine Gemeinde würde je der Ort dafür sein. Und wäre nicht genau das für ihn – er wußte etwas über das Leben des Geistes (nicht viel, aber ein bißchen) und war trotzdem nicht fähig, sich dem ganz zu widmen – wäre nicht genau das für ihn eine Art härenes Hemd? Der Rektor hätte viele Jahre ein solches tragen können, Tag *und* Nacht – vermutlich taten das alle alten Priester –, und Joe, der das Kratzen schon fühlen konnte, ehe er noch ordiniert wurde, war seiner Zeit voraus. Vielleicht war es töricht gewesen zu hoffen, daß er *alles* haben könnte, daß er direkten Kontakt mit Gott aufnehmen könnte, zu denken, daß er die Menschheit übergehen könnte, aber er gab noch nicht auf. Nein, er würde das härene Hemd weiterhin tragen (es sei denn, der neue Rektor, wer immer das sein mochte, würde ihn auffordern, es nicht zu tun), er würde es tagsüber tragen und abends waschen, bis es abgetragen war. Und wenn er dann immer noch nicht weitergekommen war, dann würde er sich einfach mit dem härenen Hemd abfinden, das so viele trugen.

5
Ordiniert

Joe war in der Gemeinde gewesen, als das letzte Mal ein neuer Priester seine erste Messe in der Gemeindekirche zelebriert hatte. Das lag einige Jahre zurück, aber es hatte seither kein Pfarrerwechsel stattgefunden. Also wußte Joe – und Toohey zweifellos auch –, was sie erwartete, als sie sich an jenem Samstagabend in der Pfarrei meldeten, um Father Stocks Planung für den folgenden Morgen zu erfahren.

»Also du, Michael« – Toohey –, »du übernimmst die um zehn Uhr, und du, Joseph, die um elf. Und da es hier Sitte ist« – und soweit Joe wußte, sonst nirgends in der Diözese –, »wird von dem neuen Priester oder den neuen Priestern eine Sonderkollekte gemacht. Also, weil ihr jeweils die Messe des anderen assistiert und weil ihr beide Priester seid – keine Sorge, ich werde das der Gemeinde sehr deutlich sagen –, wird der Konzelebrant dem Hauptzelebranten helfen, die Sonderkollekte einzusammeln. Auf die Weise sparen wir Zeit. Irgendwelche Fragen?«

Nur eine, dachte Joe. Warum?

»Keine Fragen. Gut. Also, gleich nach der normalen Kollekte (die natürlich von den Kollektoren gemacht wird) kommt ihr beide vom Altar herunter. Die Kommunionschranke ist offen, und ein Kollektor erwartet euch dort mit den Körben. Der Hauptzelebrant nimmt einen, der Konzelebrant den anderen. Der Hauptzelebrant übernimmt die eine Seite des Mittelgangs, der Konzelebrant die andere. Also, ihr befindet euch jetzt im hinteren Teil der Kirche – geht hinüber zu den Seitengängen, der Hauptzelebrant nimmt den einen, der Konzelebrant den anderen. Vergeßt nicht, die beiden mittleren Abschnitte sind breit, und ihr habt bisher erst die *Hälfte* davon gemacht – ihr müßt noch die andere Hälfte machen, von den Seitengängen aus. (Ich kenne Kollektoren, die das vergessen.) Aber fangt nicht von hinten an, tretet nicht von hinten an die Leute ran. Geht zurück in den vorderen Teil der Kirche und arbeitet euch wieder nach hinten durch, so wie vorher, damit euch die Leute kommen sehen. Das gleiche gilt, wenn ihr die Seitenabschnitte macht – geht nach vorne und bewegt euch nach hinten. Wenn ihr diese Abschnitte erledigt habt, kommt *gemeinsam* zurück durch den Mittelgang. Laßt die Körbe an der Kommunionschranke stehen, und zwar auf der anderen Seite, auf der Altarseite. Keine Sorge, es kommt dann gleich jemand aus der Sakristei und holt die Körbe noch vor der Kommunion. Tja, das wär's so ziemlich. Irgendwelche Fragen?«

»Nur eine. Warum?«

»*Warum*, Joseph? Warum *was*?«

»Warum sollen *wir* die Kollekte machen?« Joe suchte mit seinen Blicken bei Toohey Unterstützung – törichterweise, wie er gleich merkte.

»›*Wir*‹, Joseph?« fragte Father Stock. »Spricht Joseph für dich, Michael?«

»Nein«, erwiderte Joe. Er wollte sich von Toohey absetzen, ehe dieser sich von ihm absetzte. »Ich spreche auch nicht für mich. Ich spreche für die Kirche.« *Peng!*

Die Fotos an den Wänden von Father Stocks Büro – hauptsächlich Gruppenaufnahmen von Pfarrern bei Ehemaligentreffen und bei den jährlichen Exerzitien, aber auch von ein paar Individuen, Bischöfen und Päpsten – blickten auf sie herunter und warteten, genau wie Joe, was wohl als Nächstes passieren würde.

Toohey erhob sich. »Ich geh' dann mal, Father, wenn das alles war.«

Father Stock nickte. »Komm morgen früh rechtzeitig in die Sakristei, Michael. Gute Nacht.«

Also verschwand Toohey, der zu weiteren Studien nach Rom geschickt wurde, was bedeuten konnte, daß er eines Tages Bischof sein würde. Und Joe, der als Vikar in eine Gemeinde geschickt wurde, was bedeuten konnte, daß er eines Tages Pfarrer sein würde, saß fest.

Father Stock beantwortete das Telefon – «Acht, neun, zehn, elf steht im Gemeindeblatt« – und legte auf. »Also gut, Joseph. Sprich für die Kirche.«

»Vielleicht hätte ich das nicht sagen sollen, Father. Aber wenn wir die Kollekte machen, ist das eine Herabsetzung der Messe und des Priestertums, finde ich.«

»Ich nicht.«

»Na ja, ich schon, und ich glaube nicht, daß ich da allein stehe.« Die Kirchenleute an den Wänden, selbst die Bischöfe und Päpste, die streng die Stirn gerunzelt hatten, als Joe für die Kirche gesprochen hatte, waren jetzt alle auf seiner Seite, vor allem die toten. »Father, würde es nicht so aussehen, als wollten wir die Gelegenheit nutzen, um ein bißchen Geld herauszuschlagen? Oder als wollten *Sie* das?« *Peng*!

»Ich werde deutlich sagen, daß das nicht der Fall ist.«

Joe konnte nicht anders – er mußte den Mann dafür ins Herz schließen. Selbst ein Laster, in diesem Fall Gier, konnte die guten Seiten an einem Menschen zum Vorschein bringen. Aber der Mann hatte trotzdem unrecht. »Father, vielleicht sollte ich das nicht fragen, aber welchen Nutzen ziehen Sie – ich meine, die Gemeinde – daraus? Dreihundert Dollar? Vierhundert? Fünfhundert?«

Father Stock schien das für eine angemessene Frage zu halten, ganz im Rahmen dessen, was ein Priester einen anderen Priester fragen würde, und antwortete mit unverhülltem Bedauern: »Keine fünfhundert.«

Joe wußte nicht recht, ob er weitermachen sollte, ob er sagen sollte, was er dachte – er befürchtete, der Mann könnte sich gekränkt fühlen und zurückschlagen. Joe selbst hätte so auf das reagiert, was er jetzt dachte – obwohl seine Überlegungen darauf abzielten, den Willen dieses Mannes (vorübergehend) aus seiner langen sklavischen Abhängigkeit von rein finanziellen Überlegungen zu befreien, was ihn befähigen würde, nicht nur das Richtige zu tun, sondern auch davon zu profitieren. *Wie oft bot sich hier auf Erden dazu die Gelegenheit?*

»Father, ich habe ein bißchen Geld von meiner Familie bekommen, um mir ein Auto zu kaufen – ich brauche jetzt eines, da ich ordiniert bin –, aber es ist mir egal, was für einen Wagen ich fahre. Was würden Sie – ich meine, die *Gemeinde* – zu fünfhundert sagen?«

Father Stock erwiderte ernsthaft: »Die Gemeinde nimmt immer gern eine Spende entgegen, die mit guten Absichten und ohne Einschränkungen gemacht wird. Sei morgen früh rechtzeitig in der Sakristei, Joseph. Gute Nacht.«

Joe war am nächsten Morgen rechtzeitig in der Sakristei, noch vor Toohey, und räumte die Meßgewänder von Father Stocks Assistenten weg, der die Neun-Uhr-Messe gehalten hatte und der beim Verlassen der Sakristei sagte: »Nimm keine Holzgroschen an.« Aber Joe war optimistisch und hoffte, daß sein Vorschlag – sein starker, aber nicht übertriebener Respekt vor der Messe und dem Priestertum – Father Stock hatte unruhig schlafen lassen. Vielleicht war der Mann so angeekelt von sich selbst, daß er beschlossen hatte, die Sonderkollekte abzusagen oder sie wenigstens den Kollektoren zu überlassen. Als Father Stock und Toohey die Sakristei gemeinsam betraten, dachte Joe sogar, Toohey hätte die gute Botschaft schon erfahren (daß die Sonderkollekte abgesagt war, zumindest was die neuen Priester betraf). Vielleicht sollte die Situation, obwohl sie möglicherweise nicht mehr durch eine Spende von Joe verbessert werden konnte, dazu dienen, ihn in bezug auf Glauben und Hoffnung etwas zu lehren. An beidem mangelte es ihm nämlich und auch an Wohltätigkeit, wenn er nicht blind und rasch handelte, ehe man es als Bestechung auslegen konnte.

»Meine Spende, Father. Mit den besten Absichten, hoffe ich, aber auf alle Fälle ohne Bedingungen.«

Father Stock nahm den nicht zugeklebten Briefumschlag mit einem Nicken entgegen, schaute aber nicht hinein, holte auch nicht den Scheck heraus, sprang nicht vor Freude auf und ab und rief nicht »Bravo!« – er legte den Umschlag einfach nur beiseite, auf den Schrank mit den vielen Schubladen, in denen die Meßgewänder zusammengelegt aufbewahrt wurden, und widmete sich dann den Wasser- und Weinkännchen, die er auffüllte.

Joe – er hatte etwas mehr Anerkennung erwartet als nur ein Nicken – schlüpfte in seine Soutane und seinen Chorrock. Er hatte seine eigenen Gewänder mitgebracht, weil er nicht das Risiko eingehen wollte, hier in der Sakristei nicht seine Größe zu finden, Männergröße 36, kurz, und daß die kleinen Ministranten sich dann über ihn lustig machen würden. Und ehe Father Stock, der gerade die Kerzen auf dem Altar anzündete, wieder in die Sakristei zurückkam, fragte Joe Toohey: »Hat er irgend etwas über die Sonderkollekte gesagt?«

»Werd doch endlich erwachsen«, sagte Toohey, der Feigling.

Father Stock kam in die Sakristei zurück, schaute auf seine Taschenuhr und verkündete dann: »Jetzt.«

Der Konzelebrant verließ die Sakristei, läutete die Glocke in der durchlöcherten Metallkugel neben der Tür (riß sie aber nicht herunter) und führte den Hauptzelebranten zum Altar. *»Introibo ad altare Dei«*, und damit begann die Zehn-Uhr-Messe.

Der Hauptzelebrant wie auch der Konzelebrant hatten in der Kapelle im Seminar geübt, die Messe zu lesen, aber der Hauptzelebrant war im Gegensatz zum Konzelebranten der geborene Zeremonienmeister; seine Beherrschung der liturgischen Anweisungen war in den Kursen sehr beeindruckend gewesen, genau wie seine Qualitäten als Quarterback beim Football, sein Fingerschnipsen bei Zeremonien in der Kapelle – der Hauptzelebrant war also in seinem Element.

Als es Zeit war für die Predigt, ließen sich Hauptzelebrant und Konzelebrant auf den Steinsitzen im Chor nieder, während der Prediger (Father Stock) aus der Sakristei herauskam und auf die Kanzel stieg. Er las die Bekanntmachungen vor, die letzte bezog sich darauf, daß sowohl der Hauptzelebrant als auch der Konzelebrant frisch ordinierte Priester und frühere Mitglieder der Pfarrei seien – nichts über die Sonderkollekte. Die Predigt war zwar vorhersagbar (glücklich die Gemeinde, die Gott und der Kirche in einem einzigen Jahr zwei neue Priester gibt, deren Beruf dieser Tage ein so schwieriger ist), aber sie war, wie auch die Ankündigungen, spannend und letztlich ebenfalls befriedigend – nichts über die Sonderkollekte.

Die Messe ging weiter, der Hauptzelebrant machte seine Sache weiterhin sehr gut, während der Konzelebrant durch die Geräusche der normalen Kollekte abgelenkt wurde; noch nie hatte er das alles so deutlich wahrgenommen – das Schlurfen der Schuhe der Kollektoren und das Klirren der Münzen.

Nachdem die Kollektoren sich zurückgezogen hatten, herrschte Schweigen im Kirchenschiff – erfreulich für den Konzelebranten. Father Stock war nach der Predigt in die Sakristei zurückgegangen, aber er gehörte zu den Pfarrern, die, wenn sie nicht selbst die Messe lesen, überall herumwuseln, Fenster öffnen und schließen, Stehplatzinhaber in Kirchenbänke scheuchen, die Eingangstreppe auf Raucher überprüfen. Er hatte offenbar die Sakristei durch die äußere Tür verlassen, war vorne um die Kirche herumgegangen und dort wieder hereingekommen, denn der Konzelebrant bemerkte die Unruhe und konnte hören, wie er rief: »Die neuen Priester werden eine Sonderkollekte machen. Ich habe sie darum gebeten. Seid also großzügig, ihr Guten«, woraufhin sich der Konzelebrant vom Altar abwandte (aber so, daß man es kaum merkte) mit einer leichten, fließenden Bewegung, und er sah einen Kollektor mit zwei Körben den mittleren Gang heraufkommen und hörte, wie der Hauptzelebrant, der jetzt neben ihm stand, aber in die andere Richtung blickte, ihm zuflüsterte: »Also los, Freundchen.«

Sie gingen dem Kollektor entgegen, der Hauptzelebrant nahm den einen Korb, der Konzelebrant den anderen, und während der Hauptzelebrant die eine Seite des Mittelgangs abschritt und dabei immer wieder stehenblieb und dann weiterging, wanderte der Konzelebrant die andere Seite hinunter, ohne stehenzubleiben – er hatte das nicht geplant, auch das nicht –, wobei er sich die Hand vor den Mund hielt, als wäre ihm übel und als würde ihm immer übler, und er ging immer weiter (»Ihr befindet euch jetzt im hinteren Teil der Kirche«), bis ihm ein Kollektor den Korb abnahm und die innere Tür in die Vorhalle für ihn öffnete.

Er rannte die Treppe hinunter, stieß die Feuertür auf und befand sich in dem dunklen Tunnel, der zur Schule führte; die gekachelten Wände verstärkten und vervielfachten den Klang seiner Schritte, so daß er erst merkte, daß er nicht allein war, als er stehenblieb, um die Tür am anderen Ende zu öffnen, und die Lichter angingen.

»Joseph!«

Er lief weiter, die Feuertür fiel langsam hinter ihm ins Schloß, und er befand sich nun in einem Gang, der nur durch Nachtlichter erhellt war; von den zahlreichen Türen, die ihm zur Auswahl standen, entschied er sich für KNABEN und nicht für die offensichtliche, aber kühne Alternative, und in der Dunkelheit verkroch er sich in der nächsten Kabine, verriegelte die Tür, und als er auf den altmodischen, hohen Toilettensitz klettern wollte, hätte er sich fast in seiner Soutane verheddert, aber er zog sie hoch, stellte sich hin und kauerte sich dann auf den Sitz.

Schritte im Flur. Die Lichter gingen an.

»Joseph?«

Schweigen.

»Joseph!«

Schweigen.

»Joseph, ich weiß, daß du da drin bist.«

Schweigen.

»Joseph, du solltest dich schämen.«

Schweigen.

Die Schritte entfernten sich. Die Lichter blieben an.

Er wollte herauskommen, je früher, desto besser, aber nicht zu früh. Als er herauskam, ganz heraus, auf den Gang, erwartete er eigentlich, dort dem Mann zu begegnen, aber das geschah nicht. Um keine Aufmerksamkeit auf sich zu lenken und um die Gemeinde nicht möglicherweise noch mehr zu verwirren, ging er zur Vordertür hinaus und außen herum zur Sakristei. Er erwartete mit Sicherheit, dort dem Mann zu begegnen, aber das geschah nicht. Angesichts dessen, wo und wie der

Konzelebrant das letzte Mal gesehen worden war, war es für die Gemeinde vermutlich eine positive Überraschung, als er aus der Sakristei kam und seine Aufgaben wieder wahrnahm.

Joe hatte erwartet – und gewünscht –, dem Mann nach der Messe in der Sakristei zu begegnen, aber das geschah nicht. »Was ist passiert, nachdem ich weg war?« fragte er Toohey. »Mußtest du alles allein machen, oder was?« Aber Toohey schwieg, und als Joe ihm beim Ablegen der Meßgewänder helfen wollte, wich er ihm aus. Also kümmerte Joe sich um seine eigenen Angelegenheiten und verwandelte sich vom Konzelebranten zum Hauptzelebranten – er hätte bei der Albe und beim Gürtel ein bißchen Hilfe brauchen können. Inzwischen hatte Toohey die Sakristei verlassen und war in seinem neuen – zu neuen – schwarzen Anzug auf den Kirchenrasen gegangen, wo er diejenigen, die ihm nahe und teuer waren, segnen würde (und diejenigen, die den Segen von neuen Priestern sammelten) und wo Father Stock die Rolle des populären Seelenhirten spielen würde, der er gar nicht war, während er doch eigentlich in der Sakristei sein und die Situation mit Joe klären müßte oder Joe die Situation mit ihm.

Wie sah die Situation denn überhaupt aus? Hatte der Mann nach dem, was während der Zehn-Uhr-Messe passiert war, es sich vielleicht anders überlegt? Wollte er es nicht zugeben, weil er ein Pfarrer war? Und erklärte das seine Abwesenheit? Oder bedeutete der Briefumschlag (er lag immer noch auf dem Schrank), daß die Situation unverändert war? Das gleiche noch mal bei der Elf-Uhr-Messe? Wenn dem so war, dann war jetzt der Zeitpunkt gekommen, es mit dem Mann auszutragen. Hören Sie zu, Father, lassen Sie das mit der Sonderkollekte in meiner Messe lieber sein, oder lassen Sie es die Kollektoren erledigen. Andernfalls mache ich nicht weiter. *Peng!* Immer sachte, Joseph. Selber immer sachte, Father. Ich bin zwar klein für mein Alter, aber ich bin jetzt ein großer Junge, ja, ein Priester. Wenn Sie die Sache vor das Ordinariat bringen wollen, Father – gut, mir wäre das nur recht. Eigentlich sollte *ich* das tun. *Peng!* Ob ich es tue oder nicht, hängt davon ab, was in der Elf-Uhr-Messe passiert. Ich werde abwarten und sehen, was passiert. Okay, Father? [Toohey kam in die Sakristei zurück und suchte sich aus den Beständen eine Soutane und einen Chorrock aus – kein Problem für ihn, er trug eine Durchschnittsgröße.] Vergleiche sind unfair, ich weiß, Joseph, aber schau dir doch mal Michael an, *er* beklagt sich nicht. Michael ist ein Feigling, Father, Michael bringt's nicht, Father. Und was ist mit ... Nein, sag nichts mehr über die Spende, sie spricht für sich. Und nichts über den Glaubenszwiespalt des Mannes – zu vage. Nichts über die Halsstarrigkeit und die Gier des Mannes. Sag nichts darüber – sie sprechen für sich selbst. Aber trag es aus mit dem Mann, kläre die Situation, solange noch Zeit dafür ist. Ja, aber *wie*? Wo zum Teufel steckt der Mann?

Toohey, der bei der Tür zum Chorraum stand, trat plötzlich hinaus und läutete die Glocke, aber Joe hatte auch während seines Zwiegesprächs mit dem Mann ein Auge auf den Feigling gehabt und blieb nicht zurück. Und so begann die Elf-Uhr-Messe.

Der Hauptzelebrant las die richtigen Gebete, machte die richtigen Bewegungen, aber glücklicherweise – das heißt, für ihn und für die Gemeinde (und für die Zelebranten und Gemeinden überall) – hängt die Wirksamkeit der Messe von der Gnade Gottes ab, die genausowenig reduzierbar wie rückerstattbar ist, und nicht von der geistigen Verfassung des Hauptzelebranten, der in diesem Fall nachlässig und abgelenkt war wie ein Mann, der auf einem Fluß treibt, in einem Boot ohne Ruder, blind für die Szenerie am Ufer, da er das Tosen des nahen Wasserfalls hört.

Als es Zeit war für die Predigt, ließen sich der Hauptzelebrant und der Konzelebrant auf den Steinsitzen im Chor nieder, während der Prediger aus der Sakristei trat und auf die Kanzel stieg. Er verlas die Ankündigungen, er predigte, er ging zurück in die Sakristei – alles genau wie vorher.

Der Hauptzelebrant ging zurück zum Altar und hörte bald, wie vorher, die Geräusche der normalen Kollekte. Nachdem die Kollektoren sich zurückgezogen hatten (der gefährliche Augenblick), herrschte Schweigen im Kirchenschiff – was den

Hauptzelebranten erfreute. Dann hörte der Hauptzelebrant, wie ausgerechnet der *Konzelebrant* zur Gemeinde sagte: »Father und ich, beide frisch ordiniert und aus dieser Pfarrei – wir werden jetzt eine Sonderkollekte durchführen. Der Pfarrer hat uns darum gebeten. Also seid großzügig, ihr Guten«, woraufhin sich der Hauptzelebrant verzweifelt vom Altar abwandte. Er sah, wie ein Kollektor mit zwei Körben den Mittelgang herunterkam, sah, wie der Konzelebrant die Kommunionschranke öffnete und dort auf den Hauptzelebranten wartete.

Dieser ging also zum Kollektor, nahm den Korb entgegen (der Konzelebrant hatte den anderen schon an sich genommen) und machte die eine Seite des Mittelgangs (hallo, Mom, hallo, Dad), der Konzelebrant die andere. Sie kehrten über die Seitengänge zum vorderen Teil der Kirche zurück, der Hauptzelebrant im einen, der Konzelebrant im anderen, ohne dabei zu vergessen, daß sie erst die Hälfte des breiten Mittelabschnitts gemacht hatten, und nun arbeiteten sie sich wieder zurück zum hinteren Teil, wie vorher, so daß die Leute sie sehen konnten. Und das gleiche machten sie bei den Seitenabschnitten, von vorn nach hinten, und danach kamen sie *gemeinsam* den Mittelgang wieder zurück, ließen die Körbe an der Kommunionschranke stehen, auf der Altarseite, um es dem Kollektor – bei dieser Messe, dem Assistenten von Father Stock – zu erleichtern, aus der Sakristei zu kommen und sie zu holen, und um zu verhindern, daß irgend jemand aus der Gemeinde nach vorne rannte und sie sich schnappte. Dann ging die Messe weiter.

Nach der Messe, in der Sakristei, nichts, absolut gar nichts. Das Schweigen des Hauptzelebranten bedeutete: »Du gewinnst, ich verliere, du Feigling«, das des Konzelebranten: »Habe meine Pflicht getan, und mir hast du's zu verdanken, daß du die deine getan hast, Freundchen«, und der Konzelebrant ging zuerst, der Hauptzelebrant wollte gerade gehen – die Leute erwarteten ihn und seinen Segen auf dem Kirchenrasen –, da griff er nach dem Umschlag (er lag immer noch da) und nahm ihn wieder an sich. Oh, hätte er das nur nicht getan!

Denn der Umschlag war jetzt leer, so wie seine Spende. Und um noch tiefer zu sinken, legte er den Umschlag, statt ihn zu zerknüllen und auf den Boden zu werfen, zurück auf den Schrank, einfach so.

6

Draußen in der Welt

Während seiner letzten Jahre im Seminar wurde Joe von den meisten gemieden; manchmal wurde er als unbequemer Zeitgenosse bezeichnet, was ihn nicht weiter störte, manchmal als Widerling, was ihm sehr wohl etwas ausmachte. Seine Unbeliebtheit war in gewissem Sinne schmeichelhaft: »Wenn die Welt dich haßt, wisse, daß sie mich vor dir gehaßt hat«, aber das war in Joes Fall zu weit hergeholt. Außerdem suchten zu viele schräge Vögel und Versager in der Heiligen Schrift Trost, und Joe zählte sich zu keiner der beiden Kategorien. Da er aus einer mehr als wohlhabenden Familie kam und anders als die meisten seiner Mitschüler das Leben ausgekostet hatte, bevor er ins Seminar eintrat, konnte man auf ihn nicht herabsehen. Seine Ansichten konnten nicht dadurch angefochten werden, daß man es als eine Art Hochmut abtat, wenn er die Kirchenväter zitierte, obwohl seine Kritiker das oft versuchten. »Hochmut?« hatte er erwidert. (Erwidert hatte er im Seminar häufig.) »Ich würde *euch* ja zitieren, wenn ihr jemals etwas Zitierwürdiges von euch geben würdet.« Das war sein Stil.

Es war nicht so sehr seine (allgemeine) Unbeliebtheit als eine Äußerung, die er im Beichtstuhl hörte (»Wir müssen achtgeben. Eine Ich-bin-heiliger-als-ihr-Haltung ziemt sich nicht vor Gott«), die Joe etwa einen Monat vor seiner Ordination veranlaßte, seinen Mitmenschen etwas mehr Barmherzigkeit entgegenzubringen. Vielleicht war die Zeit für die anderen zu kurz, um in ihm noch eine Veränderung bemerken zu können – jedenfalls wurde er auch weiterhin von den meisten gemieden.

Ungefähr einen Monat nach der Ordination fand im Nebenzimmer eines Restaurants ein erstes kleines Klassentreffen statt, zu dem man ihn hatte einladen *müssen* (so sah er das), und Joe gab acht auf sich (das heißt, er hielt den Mund) und hörte sich geduldig die klerikale Fachsimpelei an. Er fand sogar Geschmack daran, wenn auch nicht so sehr wie die anderen an der großen Zwölf-Personen-Tafel. Mooney und Rooney machten begeistert mit. Aber Joe wurde die Zeit lang, und mit dem Gedanken ›O je, ich kann's nicht lassen‹ sagte er: »W. G. Ward. Sagt euch der Name was? Nein? Also, Ward, und nicht Newman war der erste Konvertit der Oxford-Bewegung. Er sagt, jeder Priester ohne persönliche Erfahrung mit Christus, *welche nur aus der Kontemplation erwachsen kann*« – Joe hatte diese Worte betont, um seinem Standpunkt Gewicht zu verleihen –, »sollte sich auf eine einsame Insel zurückziehen, um allein zu leben und niemandem zu schaden.«

»Worte«, sagte Cooney, der sich dieser Tage besonders weltläufig gab. »Harte Worte, Joe.«

»Nicht härter als die Worte, die der Herr zu Martha sprach«, erwiderte Joe.

»Aber *du* bist nicht der Herr!« riefen einige der klugen Köpfe am Tisch. Joe ignorierte sie. Er zitierte Lukas 10, wo sich Martha beklagt, daß sie alle Hände voll zu tun hat, um den Herrn und die Jünger zu bedienen, und Hilfe von Maria gebrauchen könnte, die nur dasitzt und der Unterhaltung lauscht, und der Herr antwortet: »Maria hat den guten Teil erwählt.«

»Versuch mal, das dem Ordinariat beizubringen«, sagte Rooney, der vorher geklagt oder geprahlt hatte, daß er die ganze Arbeit in der Pfarrei, in der er Assistent war, allein bewältigen müsse.

»Kontemplation ist schön und gut«, sagte Mooney. »Ich weiß, ein paar Heilige sind ganz darin aufgegangen. Aber sie ist etwas Zusätzliches. Wir müssen uns fragen, Joe, ob wir den Pfad der Vollendung einschlagen wollen oder die Arbeit leisten – und es ist eine riesige Arbeit –, zu der wir ordiniert worden sind. Wie viele von uns können beides gleichzeitig?«

»Dieser sogenannte Unterschied ist der größte Fehler der

gesamten Theologie«, erwiderte Joe. »Warum nicht *beides* tun? Oder es wenigstens versuchen?«

»Tut ihr beides beim ›Heiligen Glauben‹?«

Cooney unterbrach: »Laut Lefty Beeman« (einem Problempriester, der ständig die Stelle wechselte, früher beim ›Heiligen Glauben‹ gewesen war und nun mit Cooney als Vikar bei St. Isidor arbeitete) »erledigt der Vikar beim ›Heiligen Glauben‹ die Arbeit und der Pfarrer die Kontemplation.«

Joe erwiderte: »Ich kann mich natürlich mit Beeman nicht messen, was meine Tätigkeit angeht. Wie lange war er dort? Sechs Monate?« Das war nicht nur grausam, sondern auch wirkungslos, und Joe bereute es. Er sagte nichts mehr und hörte zu, wie die anderen die Situation beim »Heiligen Glauben« diskutierten.

»Gleich zwei komische Käuze in einer Gemeinde.«

»Wirklich eine merkwürdige Berufung.«

»Verrückt.«

»Nicht fair Joe gegenüber – als Neuer, meine ich.«

»Nicht fair dem Pfarrer gegenüber, meinst du wohl.«

»Nicht fair der *Gemeinde* gegenüber.«

»Der Erzbischof wird nachlässig.«

Seine Berufung an die Pfarrei vom »Heiligen Glauben« als Assistent Father Van Slaags, des einzigen bekannten Kontemplativen der Diözese (unter den Pfarrern), war durchaus nicht verrückt, glaubte Joe. Nein, das Ordinariat mußte von seinen schweren Zeiten am Seminar erfahren haben, wo er der einzige Kontemplative gewesen war – er hatte sich nicht wirklich als tauglich erwiesen, das wußte er, aber sein Ruf ging ihm nun einmal voraus –, und der Erzbischof hatte sicherlich entschieden, beim »Heiligen Glauben« zwei Gleichgesinnte zusammenzubringen. Sicher, es war eine eigenartige Berufung, aber sie erschien denjenigen noch merkwürdiger, die sich daran erinnerten, wie sehr sich der alte Erzbischof bemüht hatte, in den Gemeinden ein Gleichgewicht herzustellen, indem er Athleten mit Ästheten zusammensteckte, Gelehrte mit Hohlköpfen, fette Kühe mit mageren. Vom neuen Erzbischof hieß es, er fände, seine Priester hätten genug in der Gemeinde zu tun, ohne sich auch noch aneinander aufzureiben; er war allerdings nicht darauf aus, es *allen* recht zu machen – Pokerspielern, Hi-Fi-Fans, Fotografen, Astronomen, Aktivisten, Liturgikern -, und manche seiner Ernennungen rochen nach altmodischer Therapie: ein Vorort-Säufer, dem man den Führerschein entzogen hatte, konnte sich in den Korridoren eines städtischen Fünfhundert-Betten-Krankenhauses unter der Fuchtel von Nonnen wiederfinden; ein Verschwender landete in einer Gemeinde mit dem sogenannten Kumpel- oder Kommissar-System, in der der Assistent bei allen Ausgaben über zwei Dollar fünfzig stellvertretend für Pfarrer und Gemeinde entscheiden darf.

Joe glaubte, daß seine Ernennung auf ähnliche, wenn auch nicht gleiche Weise die besondere Rücksichtnahme des Erzbischofs spiegelte, durch dessen Weisheit und Gnade sowohl Pfarrer als auch Assistent beim »Heiligen Glauben« den bissigen Verdächtigungen entgingen, die in der modernen Welt das Los der Kontemplativen und noch mehr der Möchtegern-Kontemplativen sind. Ohne sich ständig entschuldigen oder erklären zu müssen – was sie bei so gut wie jedem anderen Priester der Diözese hätten tun müssen –, konnten sie weiterarbeiten und gleichzeitig um ihre persönliche Heiligung und Erlösung beten (und um die ihrer Gemeinde). Und genau das taten sie, wenn auch ansonsten nicht alles beim »Heiligen Glauben« vollkommen war.

Ein Problem war die Haushälterin, Mrs. Cox, eine dralle, scharfzüngige Fernsehsüchtige, die zu Father Van Slaag Van sagte und ihn am Telefon ihren Freunden gegenüber »der alte Schlamper« nannte. (Und Joe war ziemlich sicher, daß er derjenige war, den sie mit »der Zwerg« meinte.) Ein weiteres Problem war Mrs. Cox' Haustier, eine Bullterrier-Hündin namens Boots, die nach den Knöcheln schnappte, sofern man keine Waffe bei sich trug. (»Sie ist ganz in Ordnung«, pflegte die Haushälterin mit einem herzhaften Lachen zu sagen. »Sie haßt nur einfach Männer.«) Joe hatte im Schirmständer einen

Spazierstock gefunden, den er immer, wenn er sein Schlafzimmer verließ, bei sich trug.

Auch Father Van Slaag war nicht unproblematisch. Joe hatte gehofft, den größten Teil seiner Freizeit in der Kirche, in Gegenwart des Heiligen Sakraments, verbringen zu können, aber Father Van Slaag tat das bereits – der Mann lebte praktisch in der Kirche. In der ersten Zeit waren Pfarrer und Assistent regelmäßig längere Zeit nicht im Pfarrhaus, bis sich Joe selbst fragte: »Hirte, was ist mit den Schafen?« Diese Frage, die ihm Satan (dem zweifellos jedes Mittel recht wäre, einen Priester hochzuscheuchen und aus der Kirche zu vertreiben) oder der Erzbischof eingegeben haben mochte, erledigte sich von selbst, als Joe feststellte, daß er sich nicht konzentrieren, geschweige denn sich versenken konnte, solange Father Van Slaag in der Kirche war, und der war immer schon dort, wenn Joe sie betrat. Da Joe nicht fragen wollte, wann er frei hatte oder wann Father Van Slaag arbeitete, stellte er einen alten Betschemel in sein Zimmer, der bisher als Blumenständer gedient hatte. Hier setzte er nun seine spirituellen Übungen fort und – nicht die geringste seiner Pflichten – nahm das Telefon ab, nicht selten, während er noch auf dem Betschemel kniete.

So war Joe, wenn auch nicht viel in der Kirche, so doch häufig auf den Knien. Wenn er jedoch seine Knie betrachtete, die nur leicht schwielig waren (kein Vergleich mit denen, die er einmal im Duschraum des Seminars bei Trappisten gesehen hatte, die zu Gast waren – knubbelige graue Gebilde wie die Hornwarzen an den Beinen von Pferden), schien ihm, daß er noch einen langen Weg vor sich hatte. Die Frage stellte sich, ob ein Diözesanpriester – nicht ein wirklich einzigartiger wie Father Van Slaag, sondern lediglich ein ungewöhnlicher wie Joe – mit einem Amt in der Welt und für die Welt, das auf ihn abfärbte, es überhaupt je weit bringen konnte; ob er nach einer gewissen Zeit stetigen engen Kontaktes zu den Gemeindemitgliedern, der ihn auf subtile Weise beeinflussen würde, nicht in spiritueller und vielleicht sogar geistiger Hinsicht aufhören würde, erwachsen zu sein. Was für Höchstleistungen in anderen Bereichen menschlichen Strebens galt – in Kunst, Wissenschaft und Sport –, daß nämlich Erfolg sich nur durch verdammt viel Plackerei einstellte, mußte nach Joes Ansicht auch auf die Spiritualität zutreffen. Es gab nicht soviel Konkurrenz, aber man brauchte besonders viel Durchhaltevermögen. Die heute so populäre Vorstellung, daß die beste Art der Spiritualität einfach so kommt und ein Nebenprodukt alltäglicher apostolischer Aktivität ist oder, wie einige von Joes Kritikern im Seminar behauptet hatten, im Grunde damit identisch ist – das hatte Joe nie geglaubt, und er glaubte es auch jetzt noch nicht.

»Das Leben des Priesters«, sagte Joe auf ihrer nächsten kleinen Zusammenkunft, zu der er, wie ihm schien, in letzter Sekunde eingeladen worden war, »das Leben eines *jeden* Priesters, eines jeden *Menschen* muß, um in dieser Welt fruchtbar zu sein – ganz abgesehen von der nächsten –, Kontemplation als Grundlage haben. Dies gilt insbesondere für *unser* Leben, denn andernfalls besteht es aus bloßer Aktivität – der Berufskrankheit der Diözesangeistlichen.«

»He«, sagte Rooney. »Ich will mir dieses Zeug heute nicht anhören. Ich bin hier, um mich zu entspannen. Ihr habt ja keine Ahnung, wie es ist, eine Gemeinde mit vierhundert Familien ganz allein zu leiten.«

»So?« erwiderte Joe. »Zufällig mache ich das beim ›Heiligen Glauben‹ auch.«

»Es soll noch mehr solche Gemeinden geben«, sagte Cooney.

»Bob«, sagte Mooney zu Rooney, »wir haben alle unser Kreuz zu tragen.«

»*Trotzdem* will ich mir dieses Zeug heute nicht anhören«, sagte Rooney. »Ich hatte einen schweren Tag.« Also war Joe ruhig, und die klerikale Fachsimpelei, in die er sich ohnehin nur eingemischt hatte, weil sie ihm zu lange dauerte, wurde fortgesetzt.

Als Joe am Ende des Treffens das Restaurant verließ und zum Parkplatz ging, kam ihm Rooney nachgelaufen. »Tut mir leid, Joe«, sagte Rooney. »Aber ich hatte wirklich einen schweren Tag heute.«

»Bob, ich weiß schon, was du meinst.«
Sie gingen nebeneinander zu ihren Autos.

In den folgenden Wochen trafen sich Joe und Bob häufiger als je zuvor, abgesehen von der kurzen Zeit im Seminar, in der Bob sich dem kontemplativen Leben verschrieben hatte.

Joe hoffte, daß Bob das aktive Leben nun doch skeptischer sah und daß es nicht nur ihre Mühsal als überarbeitete Assistenten war, die sie einander wieder nähergebracht hatte, aber in jedem Fall hatte er in Bob einen Freund gefunden. Sie kannten die Telefonnummer des anderen auswendig und trafen sich, wann immer es ihre Pflichten erlaubten – Bob hielt beim »Heiligen Glauben« auf dem Weg von der Innenstadt nach Hause, Joe fuhr zu St. John Bosco, Bobs Pfarrei, wenn er im nahegelegenen Krankenhaus einen Besuch hinter sich hatte.

Anders als die Pfarrei vom »Heiligen Glauben« war St. John Bosco ein Neubau mit bezahlten Sekretärinnen, der modernsten Ausstattung und reihenweise Gesprächskreisen und Gruppen, die sich häufig überlappten. Die Pfarrei war für einen zuviel – selbst für ihn, sagte Bob, wenn er sich nicht jede Sekunde dort aufhielt, und das konnte er nicht. Der Pfarrer, Monsignore McConkie oder Mac, wie Bob ihn nannte, war ein gutaussehender silberhaariger Lebenskünstler, der vor langer Zeit überall Mitglied geworden war, wo man nur Mitglied werden konnte, und der jetzt morgens, wenn – falls – er aufstand, zugab, daß er zu tief drin steckte, daß er ein ernsthaftes Alkoholproblem hatte und von Bob erwartete, daß der ihn und die Gemeinde bei allen Anlässen »repräsentierte«, denen Mac auf Weisung seines Beichtvaters und seines Arztes fernbleiben sollte. Die schlimmsten – schlimm, weil sie kein Ende fanden – waren Mittagessen des Clubs für Geschäftsleute in großen Hotels. Bob nahm an drei oder vier solcher Essen pro Woche teil, und gelegentlich kam er im Anschluß daran gut oder schlecht gelaunt bei Joe vorbei.

Joe, der sich gewöhnlich um diese Tageszeit im Büro aufhielt – den alten Betschemel hatte er inzwischen dort aufgestellt –, bot seinem Besucher etwas zu trinken an, was er von

St. John Bosco übernommen hatte, und sie diskutierten, was sie gerade besonders beschäftigte: Boots, wenn sie Bob auf dem Weg ins Haus angefallen hatte; Mrs. Cox, wenn das Fernsehgerät im Wohnzimmer deutlich zu vernehmen war; Probleme von universeller Tragweite. Dazu zählten die Kirchenfinanzen, ein Thema, über das sich Bob Gedanken machte und das Joe, obwohl er es, ebenso wie Buchhaltung, im Seminar verächtlich abgetan hatte, nun zwangsläufig zunehmend interessierte. Wenn man nach einigen Briefen des Ordinariats in den Akten urteilte, war er seit langer Zeit der erste, der sich ihrer annahm. Was für die Einnahmen galt – nicht ausreichend –, galt ebenso für die Gruppen: nur zwei von ihnen, die Gesellschaft von Heiligen Namen (Männer) und die Christlichen Mütter (deren Ehefrauen), trafen sich regelmäßig. Widerstrebend räumte Joe ein, daß man etwas für die Jugend oder zumindest für junge Leute und Jungverheiratete tun müsse – Bob hatte schon Ideen –, aber dann machte Joe wieder einen Rückzieher und sagte, er wolle nicht mehr abbeißen, als er kauen könne: eine versteckte Anspielung auf die Situation bei St. John Bosco.

»Da sei Gott vor!« sagte Bob. »Aber wir sitzen trotzdem im selben Boot, Joe.«

Daß sie im selben Boot saßen (ein wiederkehrendes Bild in all ihren Diskussionen) und daß Bob schlimmer durchgeschaukelt wurde, akzeptierte Joe, aber er war nicht der Meinung, daß diejenigen, die für ihre Misere verantwortlich waren – wenn man den Erzbischof nicht mitrechnete, waren es zwei, ein Mystiker und ein Trinker –, sich so wenig voneinander unterschieden, daß es praktisch keine Rolle spielte. Eines Nachmittags meinte Joe zu Bob, es seien seltsamerweise die Father Van Slaags und nicht die Monsignore McConkies, die die Welt in Bewegung hielten, die durch ihre Gebete und ihre Selbstverleugnung Gottes gerechten Zorn besänftigten. Obwohl Bob das – wie alle Nicht-Kontemplativen – ungern hörte, wußte er, daß diese Aussage den offiziellen und altehrwürdigen Glaubenssätzen der Kirche entsprach.

Joe hätte sicher noch überzeugender gewirkt, wenn er davon gesprochen hätte, was er in der Nacht zuvor gesehen hatte. Er war in Father Van Slaags Zimmer gegangen, um sich über Boots und den Fernseher von Mrs. Cox zu beschweren, hatte dieses Vorhaben aber sofort aufgegeben und statt dessen um die Erlaubnis gebeten, die Umschläge für die Sonntagskollekte von einem anderen Großhändler zu bestellen; dann hatte er sich zurückgezogen, um über das nachzudenken, was er durch die Schlitze der alten, fast knopflosen Soutane gesehen hatte, die Father Van Slaag als Nachthemd trug – die schwieligen grauen Gewächse an den Knien, die Hundebisse an seinen Knöcheln. Großer Gott! Jetzt verstand er, worüber er sich die ganze Zeit gewundert hatte: warum Father Van Slaag nichts gegen Mrs. Cox' Hund und ihre Fernsehwut unternahm. Er benutzte sie, diese Kreuze, als Mittel zur Heiligung und Erlösung und verlieh damit seinem Leben einen Sinn, den es sonst nicht gehabt hätte. Aus Vorsicht und aus Achtung gegenüber Father Van Slaag erzählte Joe weder Bob noch irgend jemandem sonst, was er in jener Nacht gesehen hatte. Jedesmal, wenn Bob später befand, ihre Pfarrer sollten eingesperrt werden – Mac in ein Sanatorium, Van in ein Kloster oder eine Höhle –, war Joe still, sah im Geiste diese Knöchel und Knie vor sich und empfand Ehrfurcht und Demut. Er war zu dem Schluß gekommen, daß Father Van Slaag – nicht nur in dem Sinn des Wortes, der auf alle zutrifft, die sich im Zustand der Gnade befinden, sondern so, wie man von den großen Mystikern und Märtyrern spricht – ein Heiliger war.

Vor jener Nacht in Father Van Slaags Zimmer hatte Joe versucht, die Arbeit für Gott und die Menschheit zu tun, zu der er ordiniert worden war, und sich gleichzeitig zugunsten des ersteren bis zu einem gewissen Grad vor der letzteren zu schützen; jetzt fand in ihm eine Veränderung statt. Er überschlug sich zwar nicht gerade vor Freundlichkeit, aber er schirmte sich doch nicht mehr so ab wie vorher und unterschied nicht mehr so scharf zwischen den religiösen und den sozialen Ansprüchen der Gemeindemitglieder. Mrs. Cox bemerkte es. »Was?« sagte sie. »Wieder unter den Sterblichen?«

In dieser Veränderung steckte auch ein Stück Verzweiflung, ein Aufgeben seiner selbst und des kontemplativen Lebens überhaupt. Warum auch nicht? Wenn er sich an Gottes Stelle versetzte und von oben herab sah, wie der eine Mann Boots mit dem Spazierstock abwehrte und der andere sich von ihr übel zurichten ließ – weil er damit die große Sündenlast der Welt ein wenig tilgte und die Zwangsvollstreckung aufschob –, dann war das ein Unterschied wie Tag und Nacht. In einer solchen Gesellschaft zählte Joe überhaupt nicht. Dennoch wußte man ja nie, wo man in spiritueller Hinsicht stand, das war das Vertrackte – nur Gott wußte es. Joe mußte darauf hoffen, daß er, ohne es zu wissen, ein Spätzünder war. Er dachte an Kardinal Merry del Val, der als Staatssekretär unter Pius X. wie viele andere der überarbeitete Assistent eines Heiligen gewesen war und sich dann doch vielleicht selbst als einer entpuppt hatte: unter seinen persönlichen Habseligkeiten fand man nach seinem Tode zwei Unterkleider aus Stacheldraht und eine Geißel, an der getrocknetes Blut klebte. Seine Freunde in hohen wie in niedrigen Positionen waren von diesen Bußinstrumenten schockiert. Zwar war es ganz nett – und erbaulich –, so etwas zu wissen, aber es konnte einen auch entmutigen, wenn man darüber nachdachte, und es wirkte einschüchternd wie Father Van Slaags Knöchel und Knie. Joe tröstete sich mit der Bibel, mit »Wer sein Leben retten will, wird es verlieren« und »Es ist keine Liebe größer als die, sein Leben für seine Freunde hinzugeben«, obwohl das in seinem Fall etwas weit hergeholt war. Im Grunde war er so: nicht *er* hatte sein spirituelles Leben geopfert – es war für ihn entschieden worden, durch seine Berufung an die Pfarrei vom »Heiligen Glauben«. Alles, was er seither getan hatte und wofür ihm vielleicht Anerkennung gebührte, war, daß es ihm nicht mehr leid tat um die Zeit, in der er die Routinearbeiten für die Gemeinde erledigte und die er sonst betend verbracht hätte. Den alten Betschemel hatte er eines Morgens in sein Zimmer zurücktragen wollen, als plötzlich das Telefon klingelte; der Schemel stand immer noch dort, wo er ihn abgestellt hatte, und da Mrs. Cox ihm zuvorgekommen war, diente er wieder als Blumenständer. Es machte ihm nichts aus. Obwohl er dieser Tage wesentlich weniger betete, tat er es, wenn er dazu kam, intensiver (wie von Merry del Val empfohlen), und obwohl er schwerer arbeitete und mit mehr Menschen sprach, fand er Gefallen daran. Um ehrlich zu sein, hatte er schon immer eine Schwäche für die Menschen gehabt, eine Schwäche, die er im Seminar unterdrückt hatte, die er sich jetzt gönnte und in eine Stärke, eine Tugend verwandelte.

Wenn ihm danach war, konnte er mit Menschen gut umgehen, und jetzt war ihm danach. Er glänzte in Entbindungsstationen (»Bringen Sie uns noch eine Runde Orangensaft, Schwester, aber diesmal mit Schuß«), glänzte auf Versammlungen des Pfarrgemeinderats, die häufiger stattfanden, seit er beschlossen hatte, sich um Jugendliche, junge Leute und Jungverheiratete zu kümmern (»Worauf warten wir noch? Ich bin da«), glänzte zu Hause (»Kompliment an die Köchin, Mrs. Cox«). Gelegentlich saß er sogar abends mit Mrs. Cox zusammen, wenn im Fernsehen ein Match übertragen wurde; zuerst hatte er sie dazu bringen müssen umzuschalten und ihr die Regeln erklären müssen, aber das war jetzt beides nicht mehr nötig, und es war erfreulich zu sehen, wie ihr Interesse am Sport zunahm, und zu wissen, daß es echt war (bei so vielen Frauen war es das nicht) – von einer Besprechung nach Hause zu kommen und sie und Boots vor dem Endspiel der Baseball-Meisterschaft vorzufinden. Für Boots war Joe allerdings immer noch persona non grata, und er führte im Haus immer noch den Spazierstock mit sich, den er auf der Veranda stehenließ, wenn er ausging, und an sich nahm, wenn er wiederkam.

Doch Joes beste Stunden waren jene, in denen er als Priester für andere Menschen von Nutzen sein konnte – Krisen, Tragödien und gewöhnliche Todesfälle; er ließ sich stärker auf sie ein als je zuvor. »Nachdem ich jahrelang versucht habe, auf dem Wasser zu wandeln, weißt du«, berichtete er Bob, dem die Gemeindemitglieder (und Mac) zunehmend auf die Nerven gingen, »ist es schön, an Land zu kommen und den warmen Sand zwischen den Zehen zu fühlen.«

Das hieß nicht, daß Joe nicht auch ab und zu die Menschen

überhatte. Das schon. Und wenn das vorkam, nach einem schweren Tag, oder wenn es ihn dringend nach flotterer Gesellschaft verlangte, fuhr er nach St. Isidor, wo man dem Alkohol kräftig zusprach, und spielte Poker mit Cooney und der Gang, und am nächsten Morgen kam er nur schwer aus den Federn. (Er glaubte nicht an Beemans Lösung: »Schwächere Drinks und mehr davon – auf die Weise kriegst du mehr Flüssigkeit in dich rein.«). Alles in allem fühlte er sich jedoch als Priester und als Mensch wohler, und das schien auch anderen so zu gehen – auf jeden Fall Mrs. Cox und Cooney, der wieder sein bester Freund wurde.

»Joe«, sagte Cooney eines Abends bei St. Isidor, »weißt du, wer du bist?«

»Wer?«

»Ich sag's mal andersrum. Weißt du, wer Van ist?«

»Wer?«

»Maria. Du bist Martha, Joe.«

Nur hin und wieder, spät nachts, bevor er einschlief, oder früh am Morgen, bevor er loslegte, kam es vor, daß Joe zurückblickte und bedauerte, wie sehr er sich verändert hatte.

Ein harter Tag. Als er sich zum Frühstück hinsetzte, hatte Joe lediglich vor sich hingemurmelt: »Jemand sollte dieses Mistvieh vergiften« – er meinte Boots –, und jetzt redete Mrs. Cox nicht mehr mit ihm. Am Vormittag hatte er versucht, in der Entbindungsstation zu brillieren, und nichts weiter gesagt als: »So, das ist also der kleine Scheißer«, und die Mutter hatte ihn gebeten zu gehen. Am Nachmittag besuchte ihn eine junge Immobilienmaklerin, die er fast schon soweit hatte, der Welt zu entsagen und bei den Karmelitinnen einzutreten, und jetzt erfuhr er, daß sie befördert worden war und nun doch der Welt erhalten bleiben würde. Am frühen Abend hielten Tex und Candy, zwei angehende Konvertiten, die sich im Hinblick auf ihre Eheschließung mit Margaret beziehungsweise Mike unterrichten ließen, den Termin nicht ein, und nach einigen Telefongesprächen stellte sich heraus, daß sie zusammen durchgebrannt waren. Während Joe das in seinem Büro Margaret und

Mike beizubringen versuchte, saß im Wohnzimmer ein alter Mann aus der Gemeinde, den ein Fehlbetrag von neun Dollar auf seinem Konto aus dem Gleichgewicht gebracht hatte – unter Joes neuem System, eigentlich Bobs, erhielten Beitragsleistende am Ende des Jahres einen Spendennachweis – und der, obwohl Joe alles versuchte (er bot sogar an, den Betrag auf der Stelle zurückzuerstatten) sich nicht von der Stelle rühren wollte, bis er mit dem Pfarrer gesprochen hätte.

»Er ist in der Kirche«, sagte Joe und flüchtete.

Später fuhr Joe zum Pokerspielen nach St. Isidor, und auch dort erwartete ihn eine harte Nacht. Er war gekommen, um sich zu entspannen, aber die anderen ließen ihn nicht in Ruhe. Bob, der Mac gerade ins Sanatorium gebracht hatte (und den das etwas traurig stimmte, obwohl es sicher das Beste war), setzte Joe zu, er solle Van dazu überreden, ins Kloster zu gehen. Beeman riet Joe nicht zum ersten Mal, Boots in die Augen zu sehen, denn das habe er beim »Heiligen Glauben« stets getan. »Und laß dir nicht anmerken, daß du dich fürchtest«, sagte er und schlug vor (obwohl er zugab, davon nur gehört und es nie selbst ausprobiert zu haben): »Faß sie locker unter's Kinn. Versuch's mal.« Als Joe den Neun-Dollar-Irrtum erwähnte, riet Beeman ihm, in Zukunft zu sagen: »Wir machen alle mal Fehler. Deshalb haben Bleistifte ja auch Radiergummis. Versuch's mal.« Als Joe von der jungen Dame sprach, die befördert worden war und ihn so enttäuscht hatte, sagte Bob: »Teufel auch, kann man ihr nicht verdenken.« Dann besaß er noch die Frechheit – vermutlich in Anlehnung an seine zweiwöchige Erfahrung als Kontemplativer –, Joe unbefugt falsch zu zitieren: »Da draußen ist es irgendwie einsam, und gefährlich ist es auch, wenn man versucht, auf dem Wasser zu wandeln, und es tut gut, hereinzukommen und den warmen Sand unter den Fußsohlen zu spüren.« Joe war dankbar für Cooneys Kommentar: »Bob, du bist nie ohne deine Schwimmflügel draußen gewesen«, aber kurz darauf bezog er das reuevoll auf sich selbst. Und Cooney, der das vielleicht ahnte, versuchte es wieder mit »Weißt du, wer du bist?«, aber Joe machte ihm einen Strich durch die Rechnung, indem er »Martha« antwortete. Dann sagte Cooneys Pfarrer, einer der wenigen wirklich guten Pokerspieler der Diözese und Moderator der wöchentlichen Fernsehsendung, zu Joe: »Du hast dich selbst erkannt, Baby«, und fragte ihn, ob er je darüber nachgedacht habe, wie sehr er dem Erzbischof Dank schuldete, weil dieser ihn zu Father Van Slaag geschickt hatte. Joe sagte, das habe er, aber unglücklicherweise beließ er es nicht dabei.

»Van hat nur einen Fehler«, sagte er. »Er tut seine Arbeit nicht.« Joe hatte das oder etwas dergleichen nie zuvor über die Lippen gebracht und bereute es sofort. Die reine Wahrheit, sicher, das wußten sie alle, aber aus seinem Munde war es Verrat.

Von diesem Zeitpunkt an machte Joe, der vorher keinen einzigen Einsatz gewonnen hatte, ein Spiel nach dem anderen. Später, viel später, nachdem sie noch lange herumgestanden und eine Menge über Autos und Autofahren geredet hatten, verließ Joe St. Isidor mit Bob, so glaubte er, und das nächste, was er, von einem Alptraum abgesehen (»Mrs. Boots, halten Sie Cox fest!«) wieder wahrnahm, war, daß er im Bett lag und es Morgen war. Er konnte und wollte sich nicht mehr daran erinnern, wie die Nacht zu Ende gegangen war, aber er besaß die Geistesgegenwart, die Polizei nicht anzurufen, nachdem er aus dem Fenster gesehen und festgestellt hatte, daß sich sein Wagen nicht an seinem üblichen Platz in der Einfahrt befand. Er nahm ein heißes Bad, und während er sich einseifte, entdeckte und untersuchte er die Bißspuren an seinem rechten Knöchel – oberflächliche Wunden, fünf an der Zahl. Sie bewirkten, daß er an Christus dachte, aber weh taten sie nicht. Er bepinselte sie mit einer antiseptischen Tinktur, zog sich an und ging, nur mit einem Lineal bewaffnet, die Treppe hinunter (sein Spazierstock lag auf der Veranda). Dann machte er sich wieder an die Arbeit.

7

Alltag

Das Ende eines Tages, eines Monats, eines Jahres; der Nachmittag vor dem Jahreswechsel, und die anderen Mitarbeiter der Wohlfahrtsorganisationen der Erzdiözese waren früh gegangen, so hatte Joe jedenfalls angenommen, bis Mrs. Hope hereinschaute.

»Ein junger Priester möchte Sie sprechen, Father.«

Joe war froh, einen jungen Priester zu sehen, der sich auch wie einer kleidete.

»Ed Butler, Father.«

Der Name sagte Joe nichts, aber um des jungen Mannes willen sagte er: »O ja. Setzen Sie sich.«

»Es geht nicht um die Wohlfahrt, Father.«

»Gut.«

»Father, ich möchte Sie um Ihren Rat bitten.«

»Tun Sie's nicht.«

»Bitte?«

»Das ist er – mein Rat.«

Father Butler runzelte die Stirn – weil er solche Leichtfertigkeit mißbilligte oder den Rat ernst nahm; in jedem Fall bewies er damit, daß er, wenn auch ordentlich gekleidet, ein Kind seiner Generation war. »Dann fürchte ich, daß es zu spät ist, Father.«

»Nun ja, das ist es meistens.«

Father Butler runzelte die Stirn. »Der Pfarrer geht in den Ruhestand, wissen Sie.«

Joe nickte und hoffte, daß die Identität des Pfarrers sich bald klären würde.

»Ich hatte die Idee« – der junge Mann schien die Idee zu bereuen –, «daß ich eine Sammlung für ihn veranstalten könnte. Aber die Leute leisten soviel Widerstand – Father, Sie würden es nicht für möglich halten.«

Jetzt bestand über die Identität des Pfarrers so gut wie kein Zweifel mehr. »Ich würde es für möglich halten.«

Father Butler runzelte die Stirn. »Weshalb ich zu Ihnen kam, Father: Sie sind doch aus der Gemeinde, sagt der Pfarrer.«

»Moment mal. Steckt *er* dahinter?«

Father Butler errötete. »O nein, Father.«

»Er hat Sie nicht dazu angestiftet?«

»O nein, Father.«

»Aber er weiß von der Sammlung?«

»Father, das macht es ja so schlimm – so *traurig*.«

Ja und nein, dachte Joe. »Haben Sie schon mit Toohey gesprochen? Er ist *auch* aus der Gemeinde, wissen Sie.«

»Ich habe ihn gerade im Ordinariat gesprochen, Father. Bilden Sie ein Komitee, das war sein Rat. Nur habe ich das schon versucht. Keiner ist gekommen.«

»Ha. Was hat Catfish dazu gemeint?«

»Wie bitte?«

»Was hat Toohey gesagt, als Sie ihm das erzählt haben?«

»Das habe ich ihm nicht erzählt, Father.«

»Hätten Sie tun sollen, Father. Sie hatten ihn an der Angel, und Sie haben ihn entkommen lassen. Hat er Ihnen irgendwas gegeben – außer Ratschlägen?«

Father Butler errötete. »Ich wollte nichts anderes von ihm, Father. Und auch von Ihnen nicht, glauben Sie mir.«

Joe glaubte ihm. »Okay. Ich rate Ihnen, vergessen Sie das Ganze. Dies könnte einer der seltenen Fälle sein, in denen die Stimme des Volkes wirklich die Stimme Gottes ist. Nennen sie ihn immer noch Dollar Bill?«

»Das könnte sein.«

»Ist so, meinen Sie.«

»Father, wenn Sie so lange Pfarrer wären wie er – sechsunddreißig Jahre –, und Ihnen würde das passieren ...«

»Ich kann mir Schlimmeres vorstellen.«

»Vielleicht müßten Sie in einer Gemeinde tätig sein, um zu verstehen, was ich meine.«

Joe rümpfte die Nase; ihm mißfiel das hochmütig-bescheidene Auftreten des jungen Mannes – es war typisch für Männer in der Gemeindearbeit und erinnerte ihn an sich selbst. »Ich war auch in einer Gemeinde, Father – nicht lange, nur fünf Jahre. Wie lange arbeiten Sie schon in einer?«

Father Butler runzelte die Stirn. »Sieben Monate und dreizehn Tage«, sagte er feierlich – dann mußte er über sich selbst lachen.

Das macht ihn Joe sympathischer. »Kein leichtes Leben, Father?«

Father Butler lächelte und stand auf. »Es war nett, Sie kennenzulernen, Father.«

»Nein, das war es nicht, und es tut mir leid.«

Joe brachte den jungen Mann zum Fahrstuhl und drückte den Abwärts-Knopf. »Sieben Monate und *wieviel* Tage?«

Der Fahrstuhl kam. »Okay, Father. Ich hab' kein leichtes Leben.«

»Nun ja, da sind Sie nicht der einzige.«

Als es nach fünf Jahren beim »Heiligen Glauben« Zeit für eine neue Stelle geworden war, fand der Klerus – die wenigen, die für Joe einen Gedanken übrig hatten –, er solle eine eigene Pfarrei erhalten. Seine Jugend sprach jedoch gegen ihn – und die patriotische, aber idiotische Gewohnheit des Erzbischofs, ehrenvoll entlassene Kaplane zu Pfarrern zu machen. Joe würde also, sagte der Klerus, wohl wieder als Assistent hinausgeschickt werden, wahrscheinlich in eine große Pfarrei, deren Oberhirte die Kontrolle verloren hatte oder sich mit seinen Vikaren anlegte oder beides. (Einer dieser Pfarrer, mit drei Vikaren, stand in Verhandlungen wegen Joe: er bot dem Ordinariat zwei für einen.) In Anbetracht seiner vielversprechenden pastoralen Tätigkeit beim »Heiligen Glauben« ergab es keinen Sinn, sagte der Klerus, wenn Joe zur Wohlfahrt geschickt wurde, oder nur dann, wenn er in absehbarer Zeit den dortigen Leiter ablösen sollte – und wenn dem so war, sollte er dann nicht lieber noch eine Zusatzausbildung in Sozialarbeit absolvieren? Gute Frage, hatte Joe damals gedacht, *wenn* er nicht für Höheres auserkoren war. Was der Erzbischof ihm gesagt hatte (sie hatten sich zufällig beim Friseur im Gebäude der First National Bank getroffen), bedeutete, daß er als Friedensstifter zur Wohlfahrt geschickt wurde.

»Neue Kämpfe, neue Siege, Father?«

»Wir werden sehen, Exzellenz.«

Kämpfe? Orientierte sich das Bild des EB an dem Joe, der er in seinen letzten Jahren im Seminar gewesen war? Damals hätte eine Charakterskizze etwa folgendermaßen lauten können: »Intelligent, gute Familie, vermögend, aber unausgegorene Ansichten zum Thema Frömmigkeit (und Pazifismus), geht einem auf die Nerven.« Die Stimmung gegen Joe hatte damals gerade ihren Höhepunkt erreicht – doch war das auch bis zum Erzbischof vorgedrungen und hatte ihn beeinflußt? *Siege?* Sprach der Erzbischof vielleicht mit allen so, die eine neue Stelle antraten, ausgenommen mit Zugvögeln wie Lefty Beeman und vielleicht sogar mit denen? War Joes Idee, daß man ihn als Friedensstifter zur Wohlfahrt geschickt hatte, vielleicht gar nicht die Idee des Erzbischofs?

Das war möglich, aber die Wohlfahrt hatte noch nie zwei Priester gleichzeitig beschäftigt, was die Vermutung nahelegte, daß der Ärger, wenn es welchen gab, sich eher auf den anderen, den Leiter, bezog.

»Paddy sagt, Sie sollen vorläufig sein Büro benutzen«, hatte man Joe an seinem ersten Tag bei der Wohlfahrt erklärt, und er benutzte dieses, Paddys, des Direktors Büro jetzt, sieben Jahre später, immer noch. (Joe hatte es sich sofort zum Prinzip gemacht, Paddy vor den Mitarbeitern Monsignore zu nennen, aber er hatte es nicht durchgehalten und wurde nun von den Mitarbeitern Joe genannt, was er immer noch besser fand als ›Kurzer‹ oder ähnliches, wie man ihn früher hinter seinem Rücken genannt hatte, aber jetzt nicht mehr. Er hatte entdeckt, daß man den Direktor mochte und respektierte (zwei ganz verschiedene Dinge, was Klerus und Laien betraf, und sich gegenseitig beeinflussend), daß der Ärger mit dem

Direktor, bei Joes Ankunft einem schlanken, inzwischen schmächtigen Diabetiker, darin bestand, daß er sich, selbst wenn er weder im Krankenhaus war noch im Sportclub, wo er wohnte, selten in seinem Büro aufhielt (so oder so keine Empfehlung) und daß bestimmte Mitarbeiter, wie Joe erfuhr – nicht vom Direktor –, bei ihm in der Kreide standen (so oder so keine Empfehlung, auch nicht für wohltätige Zwecke). Nicht, daß es in der Bibel keine Beispiele für Begünstigung gäbe, nicht, daß von Unterschlagung die Rede gewesen wäre.

Paddy hatte von Hause aus Geld (Öl) und war sehr vermögend, was Joe, im Gegensatz zu manch anderen Geistlichen, ihm nicht zum Vorwurf machte. Und Paddy war, soweit Joe wußte, der einzige Priester der Diözese, der den Erzbischof beim Vornamen nannte – da dieser Albert hieß, war das nach Joes Ansicht ein beachtliches Privileg. Ein, zwei Dinge sprachen also für ihn. Und wenn man seine Nicht-Anwesenheit und seine Vetternwirtschaft einmal vergaß, war er kein schlechter Direktor.

Offensichtlich waren Paddys Verbindungen – ein Muß für jemanden in seiner Position – ausgezeichnet: immer ging am Ende des Jahres eine Spende ein, die den Fehlbetrag auf Heller und Pfennig ausglich.

Auch mußte man Paddy zugute halten, daß Joe ihn nach sieben Jahren immer noch mochte (und wahrscheinlich Paddy ihn auch). Joe hatte nach sieben Jahren nicht den Eindruck, daß es viel ändern würde, wenn man Paddy durch einen jüngeren Mann ersetzte, oder daß *irgend etwas* bei der Wohlfahrt irgendeine Veränderung bewirken würde. Ihr Auftrag war gewaltig, und wenn man die Lage der Dinge betrachtete, sogar grotesk – es ging um die Rehabilitierung und den Schutz der Familie –, und ihre Mittel waren bescheiden, ein paar Groschen gegen die herzzerreißenden Realitäten des Lebens hienieden. Die Wohlfahrt tat ihr Bestes, nicht mehr und nicht weniger als früher ohne Joe.

Was Joe gesehen hatte (»Wir werden sehen, Exzellenz«), war, wie wenig er ausrichten konnte (was dem Erzbischof bekannt sein mußte). Er hatte ein paar neue Telefonapparate anschließen lassen, ein paar gebrauchte Schreibtische aufgestellt, den Nennwert der Essensbons für Obdachlose erhöht (Inflation) und einen Kummerkasten installiert (»Laßt euch begraben«) – mehr hatte er bei der Wohlfahrt nicht verändert. Sie hatte ihn verändert, fand er. Sie hatte ihm jedenfalls alle Flausen ausgetrieben, er könne ein guter Friedensstifter sein.

»Joe, deine Zeit wird kommen«, sagte Lefty Beeman zu Beginn des Sylvesterabends in der Robin-Hood-Gaststube des Hotels »Garrison«, während sie anstelle des Desserts noch einen Drink bestellten, nach dem sie, falls sie nicht noch einen weiteren brauchten, zum Pokern nach St. Isidor fahren wollten. »Klar, das war ein Flop, als dieser junge Kerl, wie hieß er gleich, seine Ausbildung in Sozialarbeit abgebrochen und sich in Luft aufgelöst hat. Man hätte ihn nie ordinieren sollen. [»Oder ihm zumindest nicht erlauben, ohne Begleitung zu reisen«, sagte Joe.] Joe, als ich gehört habe, daß er in Washington sein eigenes Apartment hat – die größte Verführung zur Sünde in der heutigen Welt ist das Apartment, nicht das geparkte Auto. Wir könnten mehr Gutes tun, sagen sie, diese jungen Kerle, wenn wir nicht in Pfarrhäusern leben. Hängt davon ab, was ihr mit gut meint, geb' ich zurück. Schade, daß St. Franziskus von Assisi und dieser andere, der Apostel Westindiens (von dem sie nie gehört haben, geschweige denn von dem Land), keine eigenen Apartments hatten – hätten mehr Gutes tun können. Soll keine Kritik an dir sein, Joe, obwohl ich mich gewundert habe, als du aus Trinity ausgezogen bist, aber das war, bevor ich dorthin verlegt wurde. Ich würde auch ausziehen und im Sportclub wohnen, wenn ich die Wahl hätte, aber bei unserem bekloppten System ist das nicht möglich. Laß mich gar nicht erst davon anfangen. [»Werde mich hüten«, sagte Joe und winkte der Kellnerin, bevor er Lefty fragte: »Noch einen?«] Danke. Joe, sei zufrieden mit dem, wo du bist. Und glaub nur nicht, du wärst in einer Gemeinde glücklicher. Wärst du nicht. Hat sich eine Menge verändert, seit du in einer warst, und alles zum Schlechten. Ich fürchte um die Zukunft der Gemeinden. Also sei zufrieden, wo du bist, Joe. Ich wäre das auch. Ich weiß, ich weiß, du brauchst es nicht auszusprechen – einen Radikalen könnten sie bei der Wohlfahrt sowieso nicht gebrauchen. Laß mich gar nicht erst davon anfangen. [»Werde mich hüten.«] Joe, als du zur Wohlfahrt versetzt wurdest, nachdem du dich beim ›Heiligen Glauben‹ so gut geschlagen hattest (offen gesagt, ich nicht), hab' ich mir gesagt: ›Joe ist ein Kind reicher Eltern, und der Große Albert (der zweite Vorname des Erzbischofs war Magnus) möchte ihm einen Blick auf die andere Seite des Lebens verschaffen.‹ Aber das erklärt nicht, warum du immer noch dort bist. [Joe schüttelte den Kopf.] Joe, du mußt der einzige aus deinem Jahrgang sein, der noch keine eigene Pfarrei hat, ausgenommen dieses Stinktier Toohey im Ordinariat. [Joe nickte.] Joe, ich glaube, ich habe die Antwort gefunden. Du hast neulich etwas gesagt, was mich stutzig gemacht hat – über diese anonyme Spende, die jedes Jahr ungefähr um dieselbe Zeit eingeht und das Defizit auf Heller und Pfennig abdeckt. Ja sicher, es könnte eine Art Vermächtnis sein – irgend so ein Engel, tot oder lebendig –, das Paddy für sich behält. Aber das ergibt keinen Sinn, Joe. Weißt du, was einen Sinn ergibt? [»Was?«] Paddy. Interne Mauschelei. Und ich werde dir auch sagen warum – *anonym und auf Heller und Pfennig.* Kannst du mir folgen, Joe? [Joe schüttelte den Kopf, und bevor die Kellnerin, die die Rechnung genau zwischen ihn und Lefty legen wollte, das tun konnte, nahm ihr Joe die Rechnung ab und legte die Hand darüber.] Danke. Das Ganze läuft auf folgendes hinaus. Der Große Albert will einfach jemanden, der kein Radikaler ist und die Rechnung begleichen kann. Keine schlechte Idee, Joe. Und du bist sein bester Mann dafür. Du wirst als Kapitalist nie an Paddy heranreichen, aber du bist – korrigiere mich, wenn ich mich irre – ein Einzelkind. Und bei unserem bekloppten System – vielleicht ist es in deinem Fall gar nicht so übel – wirst du eines Tages in Geld baden. Ach übrigens, wie geht's der Familie? [»Gut. Sind jetzt in Florida.«] Schön für sie. Wenn also dieser andere junge Mann, wie heißt er gleich, mit seinem Diplom von der Katholischen Universität zurückkommt – und die Chancen stehen nicht schlecht –, denn soviel ich weiß, hat er kein eigenes Apartment –, dann wird er deinen Platz einnehmen und du den von Paddy. Das ist meine Prophezeiung, Joe. Ziemlicher Knüller, was?«

Joe behandelte Lefty mit einer gewissen, unter Klerikern ungewöhnlichen Achtung, weil ihm der Mann leid tat (er war zweimal als Pfarrer gescheitert und jetzt wieder zum Vikar degradiert worden) und weil der Mann älter war als er (zehn Jahre, aber er sah aus wie nochmal zehn älter) und auch weil Lefty in seiner Jugend von dem unsterblichen Connie Mack entdeckt worden war und 1930 mit den Erstligisten am Frühjahrstraining teilgenommen hatte, mit den größten Spielern aller Zeiten, wie Grove, Earnshaw, Cochrane, Foxx, Dykes und Simmons, über die Joe wenig von Lefty erfahren hatte. »Wenn er einen guten Tag hatte, war Earnshaw schwerer zu schlagen als Grove, heißt es.« – »So?« – »Hast du je zum alten Doppel-X gepitcht?« – »Zum alten was?« Wie für viele Spieler, auch für die besten, waren Geschichte und Legenden des Nationalsports für Lefty offenbar nur von mäßigem Interesse, wie Geschichte und Legenden der Kirche für viele Priester, auch für einige der besten. Joe würde jedoch nicht erstaunt sein, Lefty beim Jüngsten Gericht auf der Seite der Gerechten zu finden, zusammen mit den Schafen – ein weiterer Grund, dem Mann mit Achtung zu begegnen. Mittlerweile bezweifelte Joe allerdings, ob sich ihre Beziehung für sie beide förderlich auswirkte, denn ihre Laster glichen sich zu sehr – Essen und Trinken. Hatte Joe sich darauf eingestellt, alleine zu essen, zuckte er zusammen, wenn Lefty ihn in der Robin-Hood-Gaststube an seinen Tisch winkte und später vorschlug, in der benachbarten Little-John-Bar Kaffee zu trinken. Dort fühlte Lefty sich, wie er sagte, als Kaplan, da er einmal den Tod eines prominenten Richters miterlebt hatte – »Habe ihm die bedingte Absolution erteilt.« Lefty war ein amüsanter Gesprächspartner, aber er hätte ein noch besserer sein können. Joe verlor manchmal die Geduld, wie am Silvesterabend, als sie nicht zum Pokern nach St. Isidor gefahren waren. Joe hatte sich entschuldigt, da er nicht zuhören wollte, wie Lefty seine

Prophezeiung im Beisein anderer wiederholte; er hatte einen verstimmten Magen vorgeschoben – eigentlich war es aber das Gemüt. Joe hatte das neue Jahr allein in seiner Behausung im Sportclub eingeläutet, mit Guy Lombardo und den Royal Canadians. Während eines Stimmungstiefs sah er sich (falls Lefty recht hatte) als kleinen Jungen, der mit den Großen mitspielen darf, weil ihm der Ball gehört.

In den folgenden Tagen kam Joe seinen Pflichten nach wie zuvor – Frühmesse in Trinity, Gericht am Vormittag, Schreibtischarbeit bis Büroschluß oder länger –, aber das Leben hatte durch Leftys Prophezeiung eine andere Färbung bekommen. Er glaubte ohne weiteres, daß er aus einem bestimmten Grund zur Wohlfahrt geschickt worden war und daß er sich aus demselben Grund immer noch dort befand (festgenagelt durch die Fahnenflucht des ersten Wie-hieß-er-doch-Gleich?), aber daß es der Grund war, den Lefty genannt hatte, konnte er nicht glauben. Selbst wenn Lefty recht behalten sollte, konnte sich doch sein Denkmodell als falsch erweisen: sollte Joe tatsächlich Direktor werden, geschah das nicht vielleicht aus einem *anderen* Grund? Zum Beispiel? Nun, irgend jemand mußte Direktor werden, wenn Paddy ausschied. Noch mal von vorne. Leftys Überlegungen waren *falsch* und damit auch seine Prophezeiung. Deutete etwas darauf hin, daß Joe Direktor würde, abgesehen von dem Umstand seiner ursprünglichen und andauernden Tätigkeit? Nein. Deutete etwas darauf hin, abgesehen von den Umständen *(»anonym und auf Heller und Pfennig«)*, daß Paddy, dessen Direktorat vor der Ernennung des Erzbischofs begonnen hatte, die Rechnung gegenwärtig beglich? Nein. Paddy fragen? Nein, denn selbst wenn dieser die Frage beantwortete, würde die Antwort, falls positiv, die Qualität seiner Spende beeinträchtigen, und falls negativ, ihn in Verlegenheit bringen, da er indirekt der Gleichgültigkeit bezichtigt würde. Nein, das ging nicht.

Im Grunde war es nicht von Belang, ob Paddy die Rechnung beglich oder nicht. Allmählich kam sich Joe vor wie der reiche junge Mann aus der Bibel, der, als Jesus ihm riet, all seinen Besitz zu verkaufen und den Erlös den Armen zu geben, getürmt war. Joe konnte zwar behaupten, daß er nicht reich war und es auch in Zukunft nicht sein würde, nur einigermaßen wohlhabend, und daß er nicht weggeben konnte, was er noch gar nicht besaß, aber er mußte wenigstens seine Absicht kundtun, seinen Wunsch. Das war es, was zählte, wenn es unmöglich war, konkret zu handeln – und zwar in den Augen Gottes wie der Kirche –, sonst wäre die Religion für die meisten Menschen nur ein Zuschauersport.

Was also war, wenn er an sein Erbe dachte, seine Absicht, sein Wunsch?

Er wußte es nicht und mochte, da erst der Tod seiner Eltern die Voraussetzung schaffen würde, nicht über sein Erbe nachdenken, außer vielleicht als mögliches Abschreckungsmittel für einen zukünftigen Erzbischof. (»Gehen Sie behutsam mit dem alten Joe um, Exzellenz. Es könnte ihm einfallen, plötzlich in den Ruhestand zu gehen. Er *schwimmt* im Geld, müssen Sie wissen.«) In Wirklichkeit interessierte er sich nicht für Geld, nicht einmal für das, was man sich damit kaufen konnte, ausgenommen Essen und Trinken. Außerdem fühlte er sich seit Leftys Prophezeiung den armen Kapitalisten im Sportclub näher, von denen einige von gierigen Ex-Frauen und gierigem radikalem Nachwuchs ausgepreßt wurden. Er hatte nicht die Absicht, seine jährliche Zuwendung zu Bargeld zu machen (ohne die er wieder ins Trinity ziehen mußte) und den Erlös an die Armen zu verteilen. Hieß das, er konnte die Vorstellung nicht ertragen, auch ohne sein Erbe auszukommen? Nein, er konnte nur die Vorstellung nicht ertragen, Direktor zu werden, weil »der Große Albert jemanden will, der kein Radikaler ist und die Rechnung begleicht«.

»Komisch, daß du die Steuern erwähnst«, sagte Joe zu Lefty einige Abende später in der Robin-Hood-Gaststube. »Jemand hat erst neulich abends davon gesprochen.« [»Das war ich.«] Wer es auch gewesen sein mag [»Ich war's, Joe«], er hat gesagt, ich solle meine Eltern dazu bringen, mir jetzt schon ihre Moneten zu vermachen [»Aber nicht *alles*«], aber nicht *alles*. Ich will sie ja nicht an den Bettelstab bringen. [»Genau. Joe, *ich* war das, mit dem du neulich abends darüber gesprochen hast. Das war *mein* Rat.«] Tatsächlich? Ich bekomme so viele gute Ratschläge zur Zeit. Leute, die ich jahrelang nicht gesehen habe, stehen plötzlich in meinem Büro oder halten mich auf der Straße an und geben mir gute Ratschläge. Es geht das Gerücht um – ich weiß nicht warum –, daß ich der nächste Direktor sein werde. [»Ist doch logisch.«] Ist doch logisch, sagen sie. Sie freuen sich alle für mich. [Lefty nickte.] Ganz aus dem Häuschen sind sie vor Freude, könnte man sagen. [Lefty nickte.] Das Problem ist – wie soll ich das meinen Eltern beibringen? Ich kann nicht einfach sagen: ›He Leute, wißt ihr was? Ich bin euer – korrigiert mich, wenn ich mich irre – einziges Kind, und es sieht sehr danach aus, daß ich der nächste Direktor der Wohlfahrtsbehörde unserer Erzdiözese werde, aber wenn das so ist, brauche ich eure Moneten, nur nicht *alle.*‹ Ich fürchte, sie würden das nicht so gut aufnehmen. [»Ich verstehe dein Problem, Joe. Ach übrigens, wie geht's der Familie?«] Gut. Sind jetzt in Florida. [»Schön für sie.«] Ich tu's nicht gerne, aber ich glaube, ich sollte zum Erzbischof gehen – und um seinen Rat bitten. [»Wozu, Joe?«] Ihm offen und ehrlich sagen, daß ich mir lebhaft vorstellen kann, was er mit mir vorhat [»Nein, nein«], und auch weiß, warum – er will einfach jemanden, der kein Radikaler ist und die Rechnung begleichen kann. [»Joe.«] Aber jetzt noch nicht, muß ich ihm sagen, nicht bis die Eltern mir ihre Moneten 'rübergeschoben haben – nur nicht *alle.* [»Joe.«] Ich fürchte nur, das wird dem EB nicht gefallen. Er will vielleicht selbst mit den Eltern reden. [»Joe.«] Oder er will, daß du das tust. [»Hör auf, Joe«.] Eigentlich, *Father* – wie Joe Lefty nannte, wenn sie sich nicht grün waren –, wäre es noch besser, wenn ihr euch zusammentut, wenn ihr beide nach Florida fliegt, auf meine Kosten natürlich.«

»*Father*« – wie Lefty Joe nannte, wenn sie sich nicht grün waren –, »ich sehe das so. ›Von jedem nach seinen Fähigkeiten, einem jeden nach seinen Bedürfnissen‹. Aber ich habe deinen Wink verstanden. Du willst nicht darüber reden, stimmt's?«

»Stimmt. Kein Nachtisch für mich.«

»Etwas zu trinken?«

»Nein. Aber laß dich nicht abhalten.«

»Nein, danke.«

Sie standen früher als gewöhnlich vom Tisch auf, der eine sagte danke, während der andere die Rechnung beglich. Und dann wieder der eine: »Hast du dir's überlegt?«, und der andere: »Na gut.« Sie strebten der Little-John-Bar zu, einer lächelte und nickte den Gästen zu, der andere ignorierte sie, bis eine Frau, die offenbar noch nüchtern war, bellte:

»Seid ihr zwei Vater und Sohn?«

Lefty blieb stehen und sprach mit ihr, aber Joe ging weiter und bemitleidete Lefty, weil er so alt aussah, bis die Frau losgröhlte:

»Ich *wußte* es!«

Joe tauchte in der gedämpften Beleuchtung der Little-John-Bar unter und fühlte sich als Priester und als Mensch (noch dazu als klein geratener) diskriminiert. Lefty war immer gerne bereit, Meinungen zuzustimmen, solange nichts Wichtiges dabei auf dem Spiel stand, und Joe hatte einmal gehört, wie er Leuten – der Sorte von Leuten, die so etwas ernsthaft denken konnten – beipflichtete, daß Football das Nationalspiel sein sollte. Aber was Lefty gerade angestellt hatte, war etwas anderes, dachte Joe und stellte sich stur, als Lefty sich neben ihn setzte und versuchte, ihn für einen Bittbrief zu interessieren, den die Wohlfahrt verschickt hatte. Er zog eine Kopie aus der Tasche.

»Joe, wenn du Direktor bist, hoffe ich, daß du etwas wegen dieses Briefkopfs unternimmst.«

»Okay, *Father.* Was hast du dieser Frau erzählt?«

»Welcher Frau, *Father*?«

»Du weißt, welcher Frau. Hast du ihr erzählt, daß wir evangelisch sind?«

»Warum sollte ich ihr denn sowas erzählen?«

»Hat sie nicht gefragt, was wir sind?«

»Nein.«

»Okay, *Father.* Und was, wenn sie danach gefragt hätte?«

»*Father,* das ist eine hypothetische Frage, Joe.«

Joe schwieg und wartete darauf, daß Lefty die Frage beantwortete.

»Ich weiß nicht, zum Teufel. Griechisch-orthodox vielleicht. Oder daß ich ein Spätberufener bin.«

»Aha.« Aber Joe war noch nicht fertig mit ihm (was Lefty zu glauben schien). »Okay, *Father.* Warum hast du das andere gesagt?«

»Welches andere?«

Joe brachte es nicht über die Lippen. »Du weißt, welches andere.«

»Vater und Sohn? Das habe *ich* doch nicht gesagt, verdammt. *Sie* hat's gesagt. Ich habe ihr nur nicht widersprochen. Die alte Schlampe.«

Marcia (die Kellnerin) nahm ihre Bestellung auf.

Als sie wieder weg war, zog Lefty erneut den Bittbrief hervor. »Fette Katzen und lahmer Klerus«, sagte er und meinte damit die Männer des Beirats, deren Namen auf dem Briefkopf standen. »Und zwei davon tot. Nicht ausgewogen.«

»Wenn ich Direktor bin, lasse ich deinen Namen mit auf den Briefkopf setzen – wegen der Ausgewogenheit.«

»Meinst du das *ernst*?«

Joe meinte es nicht ernst oder hatte es zumindest nicht, aber Lefty sah so hoffnungsvoll aus.

»Warum nicht«, sagte Joe.

»Verdammt nochmal.«

Marcia brachte ihre Bestellungen.

»Auf dein Wohl, Joe.«

»Und auf deins, Lefty.«

Ab diesem Punkt waren die Dinge nach und nach außer Kontrolle geraten. Einmal hatte Lefty eine Runde Drinks ausgegeben und sie vorläufig auf Joes Rechnung setzen lassen, was Joe nichts ausmachte. Irgendwann später saß Lefty mit ein paar Professoren vom College und deren Frauen zusammen, und Joe hörte, wie er ganz ihrer Meinung war, daß »Puritanismus« bei seiner Berufung eine Rolle gespielt haben und auch jetzt noch sein Denken beeinflussen mochte, und das ärgerte Joe. »Manche Leute«, sagte er, »geben womöglich noch das auf, was sie für Denken halten.« An einem späteren Zeitpunkt kam Lefty von der Herrentoilette mit einem gewissen »Buzz« zurück – es war nicht ersichtlich, ob er ihn schon länger kannte oder nicht –, der Joe einen Kostenvoranschlag für seinen neuen Briefkopf machte. Lefty holte den alten hervor, der revidiert worden war (in der Herrentoilette?) – sein Name war hinzugefügt und Paddys Name und die der Verstorbenen durchgestrichen worden. Auf Joes Veranlassung wurde Paddy in den neuen Briefkopf wieder aufgenommen, zunächst als Vollmitglied des Beirats (und nicht als Ehrenmitglied, wie von Lefty vorgeschlagen) und dann als Direktor – in einer Version für *die unmittelbare* Verwendung, weil der alte Briefkopf mit den Namen der Verstorbenen scheußlich aussah und Ausgewogenheit vermissen ließ. Diese von Lefty unter Mitwirkung von Buzz und Marcia erarbeitete Schnellversion wurde verbessert, indem Joe, der bisher keinen Titel geführt hatte, zum Vizedirektor ernannt wurde. *Diese* Version wiederum mußte einer nächsten weichen, die Joe als Direktor und Paddy als Generaldirektor anführte. Zu einem späteren Zeitpunkt – dem letzten, an den sich Joe noch deutlich erinnerte –, sagte Buzz, er hoffe in absehbarer Zeit alle Druckereiaufträge der Erzdiözese zu erhalten, einschließlich der Sonntagsumschläge, die derzeit noch aus Indiana eingeführt wurden, und Lefty sagte: »Warum eigentlich nicht.«

Am nächsten Morgen stand Joe wie gewöhnlich früh auf, nahm ein heißes Bad und legte sich nach der Messe und einem leichten Frühstück (drei Gläser Orangensaft) wieder ins Bett. Aber er konnte nicht schlafen, nicht einmal dösen – er mußte, möglichst ohne direkt danach zu fragen, herausfinden, ob er und die Wohlfahrt mit Buzz und dessen Firma einen Handel abgeschlossen hatten. Er stand auf, nahm ein heißes Bad und ging ins Büro, wo er sofort den Telefonhörer abhob, sich dann aber doch lieber um der Disziplin willen hinsetzte, bevor er wählte.

»Wie heißt die Firma von Buzz? Und wie *heißt* Buzz überhaupt?«

»Augenblick. Hier ist irgendwo seine Karte.« Nach einer Weile – »Ach da ist sie ja« – erhielt Joe die Information inklusive Telefonnummer.

»Danke, *Father.*«

»*Father,* stimmt was nicht, Joe?«

Joe legte auf und rief die Firma an. »Verbinden Sie mich mit Buzz.«

»Er ist in einer Besprechung.«

»Wann ist die fertig?«

»Weiß der Himmel.«

»Das ist wahr. Ich rufe wieder an.«

Am späteren Vormittag rief Joe wieder an, diesmal während einer Verhandlungspause vom Jugendgericht aus, aber Buzz war immer noch in der Besprechung. Kurz vor zwölf versuchte es Joe wieder, aber Buzz war zu Tisch gegangen.

Joe aß im Sawdust Grill des Garrison-Hotels zu Mittag, Roast Beef auf Roggenbrot mit zwei Glas Bier. Er aß im Stehen an einem der hohen Tische, mit der Vorstellung, dies täte seinem Gewicht gut. Kurz vor eins war er wieder im Büro.

Mrs. Hope schaute herein, schon im Mantel. »Father, wäre es Ihnen recht, wenn ich jetzt Monsignore besuche?« (Paddy war wieder im Krankenhaus.)

»Sorgen, Mrs. Hope?«

Mrs. Hope erzählte Joe die neuesten Katastrophen in der Familie ihrer Tochter, und er lieh ihr wieder einmal Geld. Ungefähr eine Stunde später telefonierte er noch einmal, aber Buzz war noch nicht vom Mittagessen zurück. Bevor er zur Bank ging, die um drei Uhr schloß, erfuhr Joe bei seinem letzten Versuch von einer unbekannten Stimme: »Buzz ist heute nicht im Büro.«

Während Joe auf der Bank wartete, kam ihm der Gedanke, daß eine Vibrator-Massage seinem Kopf guttun könnte, und er ging ins Untergeschoß, um sich durchrütteln zu lassen.

»Ah, Father. Wäre es nicht höchste Zeit für eine Pfarrei?«

Joe sah den Mann unter dem Leintuch nur an.

»Sind Sie stumm?«

»Um ehrlich zu sein – ich hatte gedacht, Sie hätten meine Akte verloren. Ich meine, danke, Exzellenz.«

An diesem Abend besuchte Joe Paddy im Krankenhaus, um mit ihm über die Neugestaltung der Briefkopfes zu sprechen, dem es an Ausgewogenheit fehlte.

»Es würde ihm so viel bedeuten, Monsignore.«

»Wenn das so ist, Joe, dann nur zu.«

Als nächstes gab Joe die gute Nachricht weiter.

»Ach, richtig. Albert hat sich nach Ihnen erkundigt, Joe.«

»Danke, Monsignore.«

»Nein, nein. Ich hab' nichts damit zu tun. Es war schon lange fällig, Joe – zu lange. Das tut mir leid.«

Am späteren Abend rief Joe seine Eltern in Florida an und erzählte ihnen seine gute Nachricht (über die sie sich gleichfalls freuen konnten, auch wenn er sie natürlich nicht an den Bettelstab gebracht hätte), und dann rief er Father Butler an.

»Morgen früh schreibe ich einen Scheck. Ich stelle ihn auf Sie aus.«

»Auf *mich*?«

»Aus Gründen, die ich nicht weiter erläutern möchte. Ich will nicht, daß der Pfarrer erfährt, daß das Geld von mir kommt.«

»Okay, Father. Vielen Dank. Seit unserem letzten Gespräch ist nichts hereingekommen.«

Joe schrieb den Scheck, bevor er sich zur Ruhe begab, falls er in der Nacht sterben sollte, und ging nach unten, um ihn einzuwerfen, falls er es sich am nächsten Morgen anders überlegte.

8

Pfarrhaus und Umgebung

Zu dieser Zeit (1968) gab es ein halbes Dutzend mehr oder weniger neue Kirchen in der Erzdiözese, sogar ein paar neue Schulen und Konvente, wenn man immer noch in diesen Kategorien dachte, aber die treibende Kraft, der Klerus, kam bei den Bauprojekten in der Regel zu kurz, und man mußte zu Joe (Kirche von St. Franziskus und Klara, Inglenook) hinausfahren, wenn man ein neues Pfarrhaus in Augenschein nehmen wollte.

Das Haus war von außen wenig reizvoll; es war aus denselben Backsteinen in stumpfem Rotorange erbaut wie Schule und Konvent und interessierte die in Fragen der Architektur recht fortschrittliche Geistlichkeit nicht. Was die Geistlichkeit sehr wohl interessierte – viele Pfarrer waren mit einem wesentlich einnehmenderen Projekt zum Erzbischof und seinen ehrwürdigen Beratern gegangen, als sich selbst ein Haus zu bauen, und sie hatten wieder gehen müssen, wobei sie sich töricht und noch gefährlich dazu vorkamen –, war die Frage, warum dieser geräumige Flachbau ausgerechnet in einer Gemeinde stand, in der immer noch eine aufpolierte Nissenhütte als Kirche herhalten mußte.

Warum?

Nun, wenige Männer – jedenfalls keine aktiven, baufreudigen – konnten wie Joe sagen: »Ich habe die Bauunternehmer immer auf ihren ersten Kostenvoranschlag festgenagelt und alles, was in den Plänen stand, bekommen, einschließlich Kupferrohrleitungen.« Oder: »Wenn diese Kerle hier hereinspazieren, stellen sie sich vor, sie können wie für die Regierung arbeiten, ohne Aufsicht – doch dann komme ich.« Einmal hatte er ein paar Elektriker dabei überrascht, wie sie bei den Isolierungen schluderten, hatte sie zusammengestaucht und war gegangen; er hatte sich gefreut, als Steve, sein Hausmeister, auf die Frage »Was hat denn der Arsch?« dem Sinn nach antwortete: »Der läßt sich eben nicht bescheißen.« Sehr richtig. Und Joes Schule und Konvent wurden pünktlich bezahlt. Was die neue Kirche betraf: »Wenn immer mehr Menschen an den Stadtrand ziehen« – ein wichtiger Punkt in Joes Präsentation vor dem Erzbischof und seinen ehrwürdigen Beratern –, »warum sollten wir nicht warten, bis alle angekommen sind?« – »Treffer!« hatte der Erzbischof bemerkt, und seine ehrwürdigen Berater hatten eifrig genickt. Und Joe, der in einem Schulzimmer wohnte und durchaus bereit war, weiter unter solchen Bedingungen zu existieren, sollte er die Anweisung erhalten, erst eine neue Kirche zu bauen, der jedoch – wie er dem Erzbischof und seinen ehrwürdigen Beratern mitgeteilt hatte – von Herzen wünschte, den besten Wein bis zuletzt aufzuheben (» *Wein*, Erzbischof? Hat er *Wein* gesagt?« – »Eine neue *Kirche* meint er, Sie Trottel.«), hatte sein Pfarrhaus bekommen.

Im Erdgeschoß hatte der Architekt sich nicht übermäßig angestrengt: Wohnbereich des Pfarrers (Arbeitszimmer, Schlafzimmer, Bad), Zimmer und Bad des Vikars (für den Vikar, den Joe nicht hatte, aber zu bekommen hoffte), Gästezimmer mit Bad (in der Nacht von Samstag auf Sonntag von Pater Felix, einem ältlichen Mönch, bewohnt, der an den Wochenenden aushalf), Eßzimmer, Küche. (Die Haushälterin, Mrs. Pelissier, eine Witwe, wurde gut bezahlt, besaß ein Auto und bewohnte ihr eigenes Häuschen.) Unten – das hieß, im überraschend luftigen Untergeschoß – befand sich das Markenzeichen des Pfarrhauses, der Bürotrakt: zwei Büros (beide mit Toilette), Warteraum, zwei Besprechungszimmer und zwei (um den Terminus des Architekten zu benutzen) Luxusbadezimmer.

Den Bürotrakt hatte sich Joe ausgedacht, und er konnte sich leidenschaftlich dafür begeistern, besonders, wenn geistliche Besucher kamen.

So wie das Herz der Kirche der Altar ist, pflegte er zu sagen, so ist das Herz des Pfarrhauses das Büro – oder sollte es sein. Besser noch *die Büros*, denn Pfarrer und Vikar schlafen ja auch nicht im gleichen Bett, oder? Nein, aber selbst in alten Pfarrhäusern, in denen es keine Platzprobleme gab, und selbst dort, wo mehrere Männer zusammenwohnten, was fand man da? Ein einziges Büro. Und zwar entweder ein Niemandsland, in dem alle herumwuselten, oder ein Loch für den Pfarrer oder wer immer mit Besuchern zu tun hatte, und alles von Zigarettenqualm durchzogen oder nach kaltem Rauch stinkend – kein Ort, an den man eine Frau führen konnte. (Andererseits kannte Joe auch ein Pfarrhaus, in dem bis vor kurzem das Büro gleichzeitig der Haushälterin als Nähzimmer gedient hatte.) Es gab immer noch Pfarrhäuser, in denen sich alles in der Eingangsdiele abspielte, wo sich *absolut alles* – Messeaushang, Tauf- und Hochzeitsanzeigen, Flugblätter, Rosenkränze, Stolen, Birette und Hüte – auf der Hutablage stapelte. Es gab immer noch Pfarrhäuser, in denen, da es keine Wartezimmer gab, Gemeindemitglieder und Vertreter im Eßzimmer saßen und auf den Stufen hockten, Pfarrhäuser, in denen Konvertiten, Pfadfinder und die karitative Bruderschaft, da es keinen Konferenzraum gab, in schummrigen Kirchenkellern tagten, mit Warmhalteplatten, Echos und Mäusen. »Jeder Wahrsager ist besser dran! Ich frage Sie« – so hatte Joe bei seiner Präsentation den Erzbischof und seine ehrwürdigen Berater gefragt –, »ist das eine Art, den wichtigsten Beruf der Welt auszuüben? Den einzigen Beruf auf dieser Welt, der für die nächste wenigstens eine Spur Bedeutung hat!«

An jenem Aprilmorgen trat Joe mit einem Bierkasten und zwei Tragetüten, einer kleinen braunen aus Tuch und einer größeren aus Packpapier, aus dem Pfarrhaus. Er stellte den Bierkasten in den Kofferraum seines schwarzen Schlittens, legte die Tüten auf den Beifahrersitz und setzte sich daneben. Er nahm den Bleistift aus dem Halter über dem Armaturenbrett und notierte auf dem Block, der dort befestigt war: »BANK, BIER, MÜLLH., SCHNAPS, KLINIK. Er startete den Wagen und fuhr – die Straße war nach beiden Seiten frei – rückwärts aus der Ausfahrt hinaus. Kaum auf der Straße, zischte irgendein Rowdy haarscharf an seinem Kotflügel vorbei. Joe war nicht überrascht, als er sah, wer es war, nämlich Brad, und rief ihm aus dem Fenster gelehnt zu:

»Und das nach allem, was man über rücksichtsvolles Fahren liest.«

»In meiner Kolumne nicht, Padre, weder heute noch in Zukunft. Das geb' ich Ihnen schriftlich. Ciao.«

Joe machte beim nächsten Häuserblock einen nicht vorgesehenen Halt, sprach mit einem Jungen, der auf der Straße spielte, sein Dreirad am Bordstein stehenließ und zufrieden vor sich hinplapperte : »Auto parken, Auto parken.« Joe hielt hinter dem Dreirad am Bordstein an, und der Junge sagte fröhlich: »Auto parken, Auto parken.« – »Ja-ja«, sagte Joe im Aussteigen, hob den Jungen wieder auf sein Dreirad und schob ihn die nächstgelegene Auffahrt hinauf. Als Joe zu seinem Auto zurückkam, sagte der Junge zu *seinem* Wagen (wie Joe ihm beigebracht hatte): »Auto Gehweg parken, nicht Straße.«

Joe näherte sich der auf historisch getrimmten Einkaufsstraße von Inglenook – Plastersteine, Gaslaternen, Holzschilder mit »Kolonialwaren und Obst«, »Apotheker« –, »Eisenwaren« und so weiter – und bemerkte, daß der Wetterball, nach dem die Arkade »Ball Mall« genannt wurde und der mit seiner merkwürdigen Farbsymbolik viel zu häufig in Hubs Kolumne (Hub war Brads Pseudonym) im *Universum* auftauchte –

Erglüht der Wetterball feuerrot,
wißt ihr, daß große Hitze droht.

Blitzt der Ball wie Schnee so weiß,
hütet euch vor Frost und Eis.

Leuchtet der Wetterball königsblau,
bleibt das Wetter mild und lau.

Blinkt der Ball, dann bringt der Tag
Feuchtigkeit und Niederschlag –,

grau aussah und außer Betrieb war.

Joe bog in die Yellow Brick Road ein, die Straße der Dienstleistungsbetriebe, die um die Arkade führte und mit blaßgelbem Fiberglas überdacht war, auf dem Gänseblümchen prangten. Er hielt an einem der Bankautomaten und ließ den braunen Stoffbeutel mit der Sonntagskollekte in den Schacht fallen. Der Schalterbeamte auf dem Bildschirm erkannte Joe und hielt eine leere Stofftasche hoch, offenbar eine saubere. Joe nickte und sagte durch die Sprechanlage: »Sehr verbunden.« Es war ihm ernst. Er fragte sich wieder einmal, ob es nicht angebracht wäre, die Praxis des Münzenwaschens wiederzubeleben – das hatte früher zu den Pflichten einer Kammerzofe gehört, hatte er gelesen; es wäre ein kleiner Service, den die Bank doch übernehmen könnte, wenn sie tatsächlich so um das Wohl ihrer Kunden besorgt war, wie sie in der Werbung behauptete. Und was war überhaupt mit dem Papiergeld? Bevor es wieder in Umlauf gebracht wurde, konnte es chemisch gereinigt und vor Ort gebügelt werden. Wenn die Banken einen neuen Ansatzpunkt suchten (was sie, ihrer Werbung nach zu urteilen, unbedingt nötig hatten), wäre dies ein Weg, sich in die Herzen ihrer Kunden einzuschmeicheln, einer, der tatsächlich funktionieren würde ...

Er folgte der Krümmung der Yellow Brick Road bis zum Weinhändler, wo glücklicherweise der Teilzeitangestellte, ein alter Mann, Dienst hatte und nicht der Weinhändler oder dessen Sohn – die reinsten Ekel, für die ein Bierkasten einfach ein Bierkasten war. Der alte Mann wuchtete den hübsch sauberen Kasten aus dem Kofferraum von Joes Auto und blieb einige Zeit verschwunden. Joe konnte ihn zwar nicht sehen, aber er hörte Flaschen klirren. Als der alte Mann mit dem Kasten wiederkam, sagte er: »Ist derselbe, den Sie mitgebracht haben, Sir« und, mit einem Blick auf einen Stapel in der Nähe: »Man weiß ja nie, wo die waren, Sir.« – »Sehr verbunden«, sagte Joe. Er meinte es ernst. Nachdem er bezahlt hatte – der alte Mann nahm grundsätzlich kein Trinkgeld –, dankte er ihm, diesmal mit Namen (Mr. Barnes).

Am Stadtrand nahm Joe den Fuß vom Gaspedal, als er sich der Müllhalde näherte, aber er sah, daß Jim Gurrier im Abfall herumstocherte, und fuhr weiter. Er fixierte die andere Straßenseite, bis er die Müllhalde und das unfertige Haus auf dem benachbarten Feld passiert hatte. Das Haus der Gurriers – schwarz durch die viele Teerpappe; immer noch ohne die Seitenwandung, die Jim schon lange errichten wollte; im Vorgarten das Schild ›ERSATZTEILE‹; die alten Autos, die sich im Unkraut vermehrten; der Autoreifen, der von einem großen Baum herunterhing; die schlappe Wäscheleine – all das deprimierte Joe. Die Gurriers deprimierten ihn. Er hatte Jim und Nan und ihre drei Kinder (inzwischen fünf) von der Innenstadt hierherverpflanzt. Er hatte ihnen das unfertige Haus verschafft und die Anzahlung geleistet. Er hatte geglaubt, daß eine Vorortpfarrei wie die seine Menschen wie die Gurriers brauchte, den Sauerteig gottgefälliger Armut. Er hatte versucht, die Gurriers als die Heilige Familie zu betrachten, Jim und Nan als Joseph und Maria, nur mit mehr Kindern. Es funktionierte nicht, jedenfalls nicht bei Joe, und nicht mit den Gurriers. Jim, von dem Joe gehofft hatte, er werde sich mit der Zeit zusammenreißen, mied immer noch alle Pfarrveranstaltungen, einschließlich der Messe, und Nan ging immer noch überall hin – zuerst hatte sie die Leute mit ihren Vorträgen über die heilige Armut in der Innenstadt inspiriert und in Verlegenheit gebracht, jetzt waren sie aber nur noch gelangweilt. Wenn die Gurriers in die Stadt zurückzogen, was sie angeblich vorhatten (um dort zu sein, wo die Action ist), wäre Joe nicht böse. Es hatte nicht funktioniert.

Joe fuhr am Great Badger vorbei, »dem Großmarkt mit Herz«, was nicht nur bedeutete, daß er die Einsparungen, die er durch kluge Großeinkäufe erzielte, an die Kunden weitergab, wie das Großmärkte gewöhnlich tun, sondern auch, daß die Erben im Falle des Todes eines Kunden alles behalten durften, was dieser gerade zu kaufen im Begriff war, ohne irgendwelche weiteren Zahlungen oder Raten zu leisten. Der Great Badger beschäftigte auch ältere Leute und Behinderte. Er florierte. Seine wahren Konkurrenten waren die großen Kaufhäuser in der Stadt und andere Supermärkte in Randgebieten – und nicht die kitteltragenden, gamaschenbewehrten

Händler in der Arkade. Sie konnten nicht mithalten, das wußten sie genau, und sie waren verbittert. Während sie nach dem Weihnachtsgeschäft mehr oder weniger in Winterschlaf verfallen waren, hatte der Great Badger eine Reihe kolossaler Sonderangebots-Aktionen veranstaltet, während deren er geöffnet blieb – »bis ???«, hieß es in den Anzeigen. Und jetzt blieb er, um noch kundenfreundlicher zu sein, an sechs Abenden in der Woche bis neun Uhr und sonntags bis fünf Uhr geöffnet. Sie waren *sehr* verbittert in der Arkade, und Joe konnte es ihnen nicht verdenken. Der Dachs, der dem Great Badger seinen Namen gab, war ein zwölf Meter hohes Standbild, dessen riesiges, weithin sichtbares rotes Neonherz in der Morgensonne schwach erglühte; er saß auf seinen Hinterbeinen inmitten des Parkplatzes und winkte mit einer Pfote den vorüberfahrenden Autos. Manchmal, wenn Joe einen Beifahrer hatte, winkte er zurück. Diesmal nicht.

Joe passierte ein Industriegelände und dachte sehnsüchtig an das Gras und die Geranien – früher hatte hier eine kleine Maschinenwerkstatt gestanden, die das mittlere Rüstungsunternehmen (Ketteridge Patronen) zeugte, das wiederum das gigantische Cones, Casings, Inc. zeugte, welches mit Filialen im In- und Ausland so bedeutend war, daß es sich leisten konnte, nicht mit seinen vielen Produkten zu werben – Raketenspitzen und Waffeltüten, Bombengehäuse und Wurstdärme –, sondern mit seinen bescheidenen Ursprüngen; es genügte die von einem Künstler angefertigte Skizze des kleinen Maschinenladens (der aussah wie der Dorfschmied im Gedicht) und drei Worte: Cones + Casings = Menschen. Cones (wie der Betrieb genannt wurde) gehörte das Unternehmen, dem die Arkade gehörte, und die Firma war angeblich so verzweigt, daß keine Krise ihr etwas anhaben konnte. Joe hoffte, daß das stimmte, denn viele seiner Schäfchen verdienten dort ihr tägliches Brot; aber er hoffte auch, daß diejenigen, die es durch die Produktion von Endzeitwaffen verdienten, eine andere Arbeit finden würden. Für Joe, der unter und von ihnen lebte und seine Gefühle ungern verleugnete, war es vernünftig, aber hart, den Mund zu halten, wenn die Brise der

Selbstgerechtigkeit ihm ins Gesicht wehte und andeutete, daß er diesem freiheitsliebenden militärisch-industriellem Komplex zu Dank verpflichtet sei, weil dieser ihn vor den bedrohlichen Feinden der Freiheit beschütze. Aber eine Pfarrei zu führen, ganz gleich welche, war wie die Fahrt auf einem Viehwagen im Winter – man wußte die Wärme seiner lieben, dummen Freunde zu schätzen, wußte aber nie, wann man übers Ohr gehauen wurde oder einem noch Schlimmeres widerfuhr.

Joe näherte sich der Stadtgrenze und sah mit Mißbilligung – er kaufte aus Überzeugung nur Pfandflaschen – die Berge von Bierdosen am Straßenrand, die glänzenden Früchte des Wochenendes. Zu seiner eigenen Überraschung fuhr er an mehreren großen Spirituosenhandlungen *vorbei*, die wie Munitionsdepots aussahen und die er sonst aufsuchte, wenn er seinen Vorrat an harten Sachen ergänzte (der Weinhändler und sein Sohn waren Katholiken und Mr. Barnes ein Nicht-Katholik). Damit hatte er einen festeren Willen bewiesen, sein Leben zu verändern, als wenn er angehalten und eine Kiste Gin gekauft hätte (obwohl er auf dem Rückweg vielleicht schwach werden würde), und er fühlte sich besser, als er im Krankenhaus eintraf und an die Tür des Zimmers von Father Day, dem Kaplan, klopfte.

»Ah, Joe.«

»Muß mich mal wieder bei Ihnen sehen lassen, Father.«

Langsam, weil Father Day ein lahmes Bein von einer seiner mittlerweile seltenen Kneipentouren hatte, zockelten sie den Korridor entlang bis zur Kapelle und dort zum Beichtstuhl; Joe kniete nieder und wartete, bis sein alter Beichtvater sich gesetzt und das Trenngitter heruntergelassen hatte.

»Bin soweit, Joe.«

»Segnen Sie mich, Father. Leider muß ich bekennen, daß ich immer noch mehr esse und trinke, als ich sollte, vor allem letzteres. Und mit den Gemeindemitgliedern komme ich immer noch nicht gut zurecht – sie gehen mir immer noch auf den Geist. Es tut mir leid, Father.«

»Gemeindemitglieder sind Menschen, Joe, und Menschen haben Seelen.«

»Ich weiß, Father. Es tut mir leid.«

»Laß dich nicht entmutigen, Joe. Verzweifle nicht. Sei auf der Hut. Verzweiflung ist in Wirklichkeit Anmaßung, weiß du. Man erwartet zuviel. Wir können die Welt nicht verändern, Joe. Nicht einmal Christus, der Herr, konnte es, Joe. Aber wir können uns selbst verändern. Das genügt. Manchmal ist es schon zuviel. Beten, Joe, mehr beten. Unsere größte Chance. Glaub mir das, obwohl ich, weiß Gott – und du weißt es auch –, mein Leben verpfuscht habe.«

»Nein, nein, Father.«

»Nett von dir, Joe. Zur Zeit läuft es wirklich etwas besser.« (Joe hörte, wie sein alter Beichtvater auf Holz klopfte.) »Gut, Joe. Zur Buße wieder dasselbe – den heiligen Rosenkranz jeden Tag. Sagen wir jeden Abend, Joe. Bete für meine guten Vorsätze. *Misereatur tui omnipotens Deus ... ego te absolvo a peccatis in nomine Patris et Filii et Spiritus Sancti. Amen.* Liebe Gott, Joe und laß dich nicht unterkriegen.«

Nachdem er seinen alten Beichtvater in dessen Zimmer zurückbegleitet hatte, besuchte Joe Patienten aus seiner Pfarrei. Er hatte vor, den Großteil dieser Pflichten seinem Vikar zu überlassen, falls er je einen bekam, denn bei dem derzeitigen Wachstum seiner Gemeinde wurde es für eine Person allmählich zuviel, schon allein die Geburten nahmen überhand. Sicher, eine Geburt war eine große Sache – die zweitwichtigste nach einem Todesfall –, aber irgendwann gingen einem für beides die passenden Worte aus. Um sich die Zeit zu vertreiben, hatte Joe einer Nonne, die ein gefülltes Glas hereinbrachte, zugeraunt: »Na, Schwester, immer noch scharf auf die harten Sachen?« – und hatte Gelächter geerntet. *Die* Attraktion auf der Entbindungsstation, aber er hatte seine Späßchen satt und war froh, wenn er sich mit einem eleganten Schlenker verabschieden konnte.

Er fuhr wieder an den Munitionsdepots vorbei, an allen, bis auf das letzte.

Die Müllhalde war menschenleer. Joe fuhr darauf zu und entledigte sich seiner braunen Papiertüte mit den leeren Flaschen.

Als er »Auto« nicht auf dem Gehweg, sondern auf der Straße, am Bordstein, geparkt sah, war er nicht erstaunt – die Geschichte meines Lebens als Priester und Seelsorger, dachte er – und fuhr weiter.

9

Dicke Luft

Eines Abends saß Joe in seinem Arbeitzimmer, trank Bier und sah sich im Fernsehen ein Spiel der Twins an, als Brad anrief.

»Nehme an, Sie haben meine Kolumne gelesen, Padre.«

Joe hatte nicht, aber er meinte, getrost sagen zu können: »Brad, warum lassen Sie den Wetterball nicht mal in Ruhe?«

Joe haßte es, wenn Brad sich auf einer seiner Schnorrtouren mit der sogenannten arbeitenden Presse, die in einem beliebten Badeort oder auf einer Militärbasis in einem bis dato noch unverdorbenen Fleckchen Erde stattfanden, an den Wetterball erinnerte (so schrieb er in seiner Kolumne) und ganz ... melancholisch wurde; oder »in aller Frühe« in einem fremden, aber sehr bequemen Bett erwachte (hier folgte eine nette Werbung für Hotel oder Basis) und fand, daß der Wetterball nur ein ... Traum war; oder in 3000 Meter Höhe kreiste und im Hinabsehen den Wetterball wie eine Lampe im Fenster sah und wußte, er war ... zu Hause. »Schließlich ist es nicht der Eiffelturm und auch nicht die Freiheitsstatue.«

»Wer hat das denn behauptet?«

»Ich sähe lieber Hänsel und Gretel, oder wie die beiden heißen, aus ihrem Häuschen kommen und Kuckuck sagen.«

»Ist das ein Witz?«

»Nein.«

»Darf ich Sie zitieren?«

»Nein.«

Die Twins schoben sich ins Innenfeld, sie hofften, den Punktgewinn des Gegners zu verhindern. »Bin ziemlich beschäftigt, Brad.«

»Ich mache gerade eine Umfrage bei den Kirchen am Ort – zu HR 369.« (Ein Gesetzentwurf im Kongreß, der lauter Bonbons für Cones + Casings enthielt – ihre NG3–Rakete war angeblich allen anderen auf diesem Gebiet weit überlegen, mit *drei* Nasenlöchern in der Raketenspitze vielleicht *zu* weit.)

»Werden Sie öffentliche Gebete für den Erfolg des Gesetzentwurfs abhalten, Padre?«

»Nein.«

»*Nein?*«

»Nein. Diese Dinge überläßt man am besten den Lobbyisten, Brad.«

»Darf ich das zitieren, Padre?«

»Nein.«

»Ich nehme an, Sie sind von Ihren Gemeindemitgliedern darauf angesprochen worden.«

»Das kommt alle Tage vor, Brad. Verlorene Haustiere und so weiter.«

»Das ist ja wohl nicht dasselbe, Padre.«

»Nein.« Leider.

»Ich muß Ihnen sicher nicht erläutern, daß Arbeitsplätze auf dem Spiel stehen?«

»Nein, und das tut mir leid, mehr, als ich sagen kann.« Als ich *dir* sagen kann, du Mistkerl.

»Darf ich *das* zitieren?«

»Nein.«

»*Alles* vertraulich?«

»Ja.«

»Ciao.«

Die Twins wurden hart bedrängt – Male besetzt, keiner draußen, Stand drei zu zwei. Ungültiger Wurf. Noch einer. Das Telefon klingelte.

»St. Franziskus.«

»Wenn *Sie* Sankt Franziskus sind, bin *ich* Lyndon B. Johnson.«

»Wer ist da?«

»Egal. Habe in der Bibel gelesen.«

»Sie sind also kein Katholik?«

»Egal. Mag es nicht, wie Sie da drüben den Laden führen. Kann Ihre Methoden nicht leiden.«

»Wer spricht da?«

»Egal.«

Joe hatte aufgelegt. *Noch* ein ungültiger Wurf. Dann ein Ball weit ins Feld! Das Telefon klingelte wieder.

»Ja?«

»St. Franziskus?«

»Bleiben Sie dran. Ich hole ihn.« Joe legte den Hörer hin. Er nahm ihn wieder auf, als das Inning vorbei war – drei unverdiente Punkte! »Noch da? Bleiben Sie dran. Er kommt.« Die Twins waren am Schlag, und einer nach dem anderen schied aus. Kaum zu fassen, daß diese Versager noch vor drei Jahren die Meisterschaft gewonnen hatten, dachte Joe und nahm den Hörer auf. »Hallo? Hallo?« Weg. Gut. Joe war unterwegs, um sich ein Bier zu holen, als das Telefon erneut klingelte.

»Ja?«

»Sankt Franziskus?«

»Bleiben Sie dran, ja? Wir versuchen herauszufinden, woher Sie anrufen. Hallo?« Weg.

Joe überließ die Twins ihrem Schicksal und wanderte mit seinem leeren Glas zum Fenster hinüber – vielleicht sollte er zu Gin übergehen, aber er hatte es nicht eilig – und starrte in die Nacht. In der Ferne sah er den Wetterball, königsblau (bleibt das Wetter mild und lau), und weiter hinten auf einem Hügel, in Flutlicht getaucht und meeresgrün, den neuen Wassertank vom Typ Globus, um den herum mit blinkenden Lettern ohne Unterlaß das Wort INGLENOOK aufleuchtete, was Joe allerdings gläubig hinnehmen mußte, denn vom Fenster seines Arbeitszimmers wie von jedem anderen Punkt auf Erden aus konnte man nur drei Buchstaben lesen – wenn das keine planerische Großtat war! NOO, NOO sagte der Wassertank (Joe wünschte, das Problem mit den öffentlichen Gebeten für HR 369 würde sich in Luft auflösen), und dann wurde der Wetterball mit einemmal feuerrot (»wißt ihr, daß große Hitze droht«), und das Telefon klingelte wieder.

Als Joe das nächste Mal in Brads Kolumne las: »Öffentliche Gebete für den Erfolg von HR 369 werden in allen Kirchen angeboten ... nur in einer nicht«, war er versucht, sich an die

Schreibmaschine zu setzen und über den militärisch-industriellen Komplex und seine Presseagenten herzufallen. An den Herausgeber des *Universum* ... Er hörte sie schon im Ordinariat: »He, was ist los mit unserem Mann in Inglenook?« – »Weiß ich auch nicht. Ich habe mir seine Akte vorgeknöpft, aber da steht nur, er arbeitet hart und hat was für gutes Essen übrig.« – »Vielleicht liegt es daran.«

Seine Laster – Essen und Trinken – brachten üblicherweise den Propheten in ihm zum Schweigen, aber leider oft auch den gesunden Menschenverstand. Diesmal würde er jedoch in einer schwierigen Situation Rückgrat beweisen, und falls er um Erklärungen gebeten wurde – als er seinem alten Beichtvater sein Leid klagte, hatte er ein paar ganz bestimmte Gemeindemitglieder im Sinn –, hätte er ein paar allgemeingültige Sentenzen parat. »Die Kirche weist uns an, Gott um Dinge zu bitten, die zur Erlösung führen, um Gnade und so weiter, aber um weltliche Dinge nur, insofern sie diesem Zweck dienen.«

Seine Situation hatte sich allerdings nun verschlechtert, denn er war isoliert und durch Brads Kolumne an den Pranger gestellt worden – ohne Namen, sicher, aber wie lange noch? Er fühlte bereits die Flammen. Dies konnte eine jener Zeiten in der Geschichte der Kirche werden (sie traten unerfreulich häufig auf), in denen man klug wie eine Schlange und einfältig wie eine Taube sein mußte – wie damals, als der Herr sich eine Münze hatte geben lassen und gefragt hatte, wessen Bildnis sie trug, und auf die Auskunft »Cäsars« erwidert hatte: »Gebt darum dem Kaiser, was des Kaisers ist, und Gott, was Gottes ist.« Jene Antwort, die den Tyrannen aller Zeiten Kriege und üble Machenschaften erleichtert und die Kirche zu einer leichten Beute gemacht hatte, war Joe als für Jesus uncharakteristisch erschienen, ja fast seiner unwürdig. Aber schließlich war Joe bislang noch nicht an der Stelle des Herrn gegenüber dem Kaiser gewesen.

In den folgenden Tagen hatte Joe – obwohl er es gewohnt war, bemerkt zu werden, da er sich als Priester kleidete – den Eindruck, daß er *beobachtet* wurde. »Da ist der«, hörte er im Geiste die Leute sagen, wenn er in der Arkade oder am Altar erschien, »der nicht für den Erfolg von HR 369 beten will.« Nun gut. Vielleicht waren weniger Menschen von ihm schokkiert, als er annahm, aber alles bildete er es sich bestimmt nicht ein.

Ungefähr ein Dutzend Leute hatten ihn angesprochen oder angerufen (einer anonym), um sich zu beschweren, und Nan Gurrier hatte ihn im Beisein einiger ihrer mittlerweile zahlreichen Widersacher ihrer vollen Unterstützung versichert. Andererseits war er auch gelobt und von Brad nicht wieder attackiert worden. Nur noch einmal hatte er einen Seitenhieb einstecken müssen: »Unser Wetterball stellt, auf die Einwohnerzahl umgerechnet ..., eine größere Investition für die Gemeinschaft dar ... und bietet der Öffentlichkeit bessere Dienste ... als der Eiffelturm ... oder die Freiheitsstatue.«

Dann erhielt Joe eines Abends Besuch von Brad. Er führte ihn in sein Arbeitszimmer, um ab und zu einen Blick auf die Twins werfen zu können.

»Schlechte Nachrichten«, sagte Brad, der, obwohl er auf die Fünfzig zuging, immer noch wie ein Halbwüchsiger herumlief – die Ärmel seiner Strickjacke bis zu den Ellbogen hochgeschoben. »HR 369 ist in Schwierigkeiten – in Gefahr, an den Ausschuß zurückgegeben zu werden.«

»So?«

»Hören Sie, Padre. Sie haben letztes Jahr für die Ernte gebetet, und jedes Jahr halten Sie Gebete für Hiroshima ab.« (Brad sah Joe gehässig an und erinnerte ihn dadurch an ihren einige Jahre zurückliegenden Streit, der dadurch beendet worden war, daß Brad gesagt hatte: »Ohne Hiroshima und Nagasaki wäre *ich* vielleicht nicht hier und könnte mit Ihnen reden«, woraufhin Joe geschwiegen hatte.) »Okay, Padre. Ich gebe ja zu, daß wir in unserer Kirche auch für alles mögliche beten.« (Brad war Mitglied der Episkopalkirche, seine Frau Barb und ihre Söhne Scott und Greg Katholiken.) »Trotzdem finde ich ...«

»Brad, ich finde immer noch, man sollte diese Dinge lieber den Lobbyisten überlassen.«

»Mir fehlt wohl Ihr Glaube an die Lobbyisten.«

»Und mir fehlt Ihr Glaube an Gebete.«

»Wie war das, Padre?« Offenbar war Brad entsetzt und genoß dieses Gefühl, aber er war sich nicht sicher, ob er richtig gehört hatte. »*Ihnen* fehlt der Glaube an *Gebete*?«

»Mir fehlt *Ihr* Glaube an Gebete.«

»Das *sollte* er doch aber nicht.«

Joe erwiderte würdevoll: »Die Kirche weist uns an, um Dinge zu beten, die zur Erlösung führen, um Gnade und so weiter, aber um weltliche Dinge nur insofern sie diesem Zweck dienen.«

Sosehr es Brad auch verdiente – es tat Joe leid, daß er ihm diese theologische Sahnetorte ins Gesicht geklatscht hatte.

Doch Brad nahm es erstaunlich gefaßt auf und sagte, nachdem er sich die Augen gewischt hatte: »Aha. Darf ich Sie zitieren?«

»Nein.«

»Hören Sie, Padre. Wie wäre es, wenn ich Ihnen die Gelegenheit böte, Ihre Anschauung der Gemeinde in eigenen Worten darzulegen? Wie Sie wissen, lasse ich manchmal Gäste für meine Kolumne schreiben, wenn ich auf Reportage bin.«

Joe befürchtete, der Wetterball würde sich bald aufs neue aus entlegenen Orten melden. »Nein danke, Brad.«

»Geben Sie mir Bescheid, wenn Sie Ihre Meinung ändern. In der Zwischenzeit« – Brad zog aus seiner Brusttasche ein zusammengefaltetes gelbes Blatt Papier – »habe ich etwas für Ihr Gemeindeblatt, einen Artikel, den ich aus Scotts letztem Brief aus Vietnam zusammengestellt habe. Ich würde ihn ja selbst drucken, aber das könnte angeberisch wirken, und vielleicht bin ich Ihnen etwas schuldig.«

»Weil Sie mich fertigmachen wollten?«

Brad sah gekränkt, aber schuldbewußt aus. »Wenn Sie von der Kolumne reden – ich habe es sehr vage gehalten, wissen Sie.«

»Danke.«

»Na, wie auch immer« – Brad glättete das Papier und hielt

es Joe hin –, »es ist für Ihre Rubrik ›Bei der Truppe‹. Verwenden Sie es, wie Sie wollen, aber unverändert wäre am besten.«

Joe las zwischen Pünktchen: »... ältester Sohn des beliebten *Universum*-Kolumnisten ... ist jetzt Offizier auf einer unserer Basen in Vietnam ... mit der beschwerlichen Aufgabe, Prominente zu begrüßen und zu begleiten ... Außenminister Rusk, die Generale Taylor, Westmoreland und andere ... Scott erwartet die Ankunft seines Bruders Greg ..., ›er soll uns helfen, diesen Schlamassel schnell aufzuräumen.‹«

»Wir haben in unserem Gemeindeblatt keine solche Rubrik«, sagte Joe, der sich wunderte, warum Brad nicht schon Exemplare davon zu Gesicht bekommen hatte.

»An der Zeit, eine einzurichten, finden Sie nicht?«

»Nein.«

Brad seufzte. »Mir scheint, von Ihnen höre ich immer nur nein, Padre.«

»Ja.«

Brad lächelte. »Okay. Ich habe mich also geirrt. Sehen Sie, Padre, wenn Sie hierzu ja sagen, würde das für Scott, für Barb, für Greg, für mich, für eine Menge Leute viel bedeuten. Ich brauche Ihnen nicht zu erzählen, daß es Ihrem Image in der Gemeinde gut tun würde.«

»Nein.«

»Was nein?«

»Nein, das brauchen Sie mir nicht zu erzählen, und nein, ich sage nicht ja.« Joe gab Brad den Artikel zurück – auf das Risiko hin, bald zu lesen, daß eine Rubrik ›Bei der Truppe‹ in den Gemeindeblättern aller Kirchen erscheine ..., nur in einem nicht.

Brad war aufgestanden und verabschiedete sich mürrisch. »Okay, Padre. Bleiben Sie nur bei Ihrem Match. Ich finde den Weg hinaus. Ciao.«

»Gleichfalls.«

Früh am nächsten Morgen erhielt er einen Anruf vom Pfarrer der evangelischen Kirche. »Father, ist es wahr, daß Sie keine öffentlichen Gebete für HR 369 abhalten?«

Joe gefiel der Ton nicht, und er war auf der Hut. »Das ist wahr, Herr Pfarrer, ich halte keine ab.«

»Ich auch nicht, Father.«

In dem lebhaften Gespräch, das sich daraus entspann, wurde zwar Brad nicht erwähnt, dafür aber seine Kolumne und insbesondere die kleine Spitze, die der Pfarrer ebenso wie Joe auf sich allein gerichtet wähnte. »Er hat wohl versucht, zwei Fliegen mit einer Klappe zu schlagen«, worauf Joe (der sich an Brads »Ich habe es sehr vage gehalten« erinnerte) erwiderte: »Das kann man laut sagen, Herr Pfarrer.« Joe und der Pfarrer versprachen sich gegenseitig, besseren Kontakt zu pflegen. Joe legte auf. Er hatte sich noch nie so ökumenisch gefühlt.

Am späteren Vormittag kam ein Anruf vom Pfarrer der Episkopalkirche. »Ich komme gerade aus den Ferien zurück, Father, und stelle fest, daß während meiner Abwesenheit hier einiges los war. Wenn die Katze aus dem Haus ist, tanzen die Mäuse. Ich spreche von den öffentlichen Gebeten für HR – oder ist es BS? – 369.« Der Pfarrer sagte, er habe sich den stellvertretenden Priester vorgeknöpft – im Grunde ein guter Mensch, aber als Geistlicher unbrauchbar – und auch Brad abgekanzelt, allerdings nur telefonisch, und würde noch ganz anders mit ihm umspringen, wenn sie sich je wieder träfen; und das wäre noch gar nichts gegen das, was er bei der nächsten Sitzung für den Kirchenvorstand in petto habe. »Das alles hätte ich Ihnen nicht erzählt, Father, wenn mir nicht mein evangelischer Kollege berichtet hätte, was Sie beide in meiner Abwesenheit durchgemacht haben, Father.« – »Danke, Herr Pfarrer.« Joe und der Pfarrer versprachen sich gegenseitig, besseren Kontakt zu pflegen. Joe legte auf. Er hatte sich noch nie so ökumenisch gefühlt.

Am Nachmittag begegnete Joe in der Arkade zufällig Brad.

»Padre, es wird Sie interessieren, daß ich nicht mehr Mitglied der Episkopalkirche bin.«

»So? Hat man Sie exkommuniziert, oder was?«

»Nein, ich bin freiwillig ausgetreten.«

Joe, dem aufgefallen war, wie Brad das Gespräch begonnen

hatte (Padre, es wird Sie interessieren ...), sagte: »Also, *wir* wollen Sie nicht.«

»*Ihr* kriegt mich auch nicht. Das verspreche ich Ihnen.«

»Versprechen, Versprechen«, flötete Joe und ließ Brad auf der Straße stehen, rief aber doch noch »Ciao« zurück.

Ungefähr eine Woche später erfuhr Joe, daß Brads Frau Barb, die mit Begeisterung am frühen Nachmittag Seifenopern anschaute, dazu diverse Likörchen schlürfte und danach einkaufen ging, hingefallen war und sich das linke Bein gebrochen hatte. Das war schon schlimm genug. Was es allerdings *noch* schlimmer machte, war, daß Barb von der Rutsche in der Spielzeugabteilung des Great Badger gefallen war. Und noch schlimmer war, daß erst vor wenigen Monaten die Schwiegermutter des Stoffhändlers (wie Barb die katholische Seite einer Mischehe) im Great Badger tot umgefallen war, bei den Haushaltswaren. Joe, der sie beerdigt hatte, wußte, daß das Angebot des Great Badger, den Beerdigungsunternehmer zu bezahlen, vom Stoffhändler, seiner Frau und den Händlern aus der Arkade ebenso ungnädig aufgenommen worden war wie der große Kranz. Daß Barb das Angebot des Great Badger, ihre Arztgebühren zu bezahlen, ausgeschlagen hatte, gereichte ihr zur Ehre, aber das war auch das einzige. (Das und ähnliches ging Joe durch den Kopf, als er sich bereit erklärte, ihren Gips zu signieren.) Barb hatte tapfer darauf bestanden, daß Brad von ihrem Unfall nicht benachrichtigt werden sollte, aber ihr Sohn Greg hatte ein Telegramm geschickt, und Brad hatte sich sofort ins Flugzeug gesetzt (in Guam). Joe hatte ihn nicht getroffen, aber er hatte die Kolumne gelesen und sich gefragt, ob der Streß für Brad, der an Barbs Stelle die Arkade-Händler versöhnen wollte – was vermutlich nicht gelingen würde –, vielleicht zu groß geworden war und er langsam durchdrehte. »Die Nationale Lesewoche ... rückt immer näher ..., und unter den vielen wichtigen Dingen ..., die heutzutage lesenswert sind ..., finden wir ... Gemeindeblätter« – und mehr in diesem Ton, aber nichts über die Rubrik »Bei der Truppe« in örtlichen Gemeindeblättern. Der Wetterball geisterte noch häufiger durch die Kolumne; Brad nannte ihn »altes Mädchen« und »Raumschiff Inglenook« und setzte immer mehr Pünktchen.

Am Abend des Tages, als HR 369 in den Nachrichten kam – der Entwurf war an den Ausschuß zurückgegangen –, erhielt Joe einen Anruf von Brad.

»Father, wußten Sie schon, daß Sie zum ersten Stand gehören?« Es war lange her, dachte Joe, daß Brad ihn Father genannte hatte.

»Meinen Sie, Brad?«

»Ja. Als Mitglied der Geistlichkeit. Bin bei meiner Forschung darauf gestoßen.«

»Forschung, Brad?«

»Ich schreibe eine richtig anspruchsvolle Sache über den vierten Stand, die Presse.«

»Ist das für die Kolumne, Brad?«

»Nein, nein. Viel zu umfassend dafür.«

»Brad, warum nehmen Sie es nicht in die Kolumne, als Serie? Lassen Sie den Wetterball endlich in Frieden.«

In dem darauf folgenden Schweigen bekam Joe Gelegenheit, seine Worte zu bereuen.

»Father, ich dachte nur, Sie wüßten gerne, daß Sie zum ersten Stand gehören. *Wußten* Sie das?«

Joe wußte es. »Nein, und es ist schön, das zu wissen, Brad. Danke.«

»Ja, also, ich dachte bloß, Sie wüßten es vielleicht gerne, Father. Ciao.«

Und das war alles. Kein Wort über HR 369. Ein Versuch, gut Wetter zu machen. Armer Teufel.

10

Gute Nachrichten

Im Januar hatte Joe zwei zu eins dagegen gewettet, daß ihm noch in diesem Jahr ein Vikar zugeteilt würde. Dann war Anfang Mai der Erzbischof gekommen, um das neue Pfarrhaus zu besichtigen, war im Bürotrakt vor den Türen mit den Aufschriften PFARRER und ASSISTENT stehengeblieben und hatte gesagt: »Sie sind sich Ihrer Sache ja sehr sicher, Father.«

»Träumen kann ich doch, Exzellenz, oder nicht?«

Das Thema war während des Besuches nicht wieder berührt worden; der Erzbischof hatte dankend abgelehnt, als Joe etwas zu trinken anbot, was von Bedeutung sein konnte oder auch nicht – schwer zu sagen, wieviel der Erzbischof über seine Männer wußte. Aber nachdem er abgefahren war, änderte Joe, der sich auf seinen alten Spielerinstinkt verließ, die Wettquote auf sieben zu fünf.

Zwei Wochen später, am Vorabend der jährlichen Bestandsaufnahme, folgte Joe, obwohl er in der Zwischenzeit nichts gehört hatte, wiederum seinem Instinkt und setzte auf fünfzig zu fünfzig.

Am nächsten Morgen rief das Ordinariat (Toohey) an, um mitzuteilen, daß Joe einen Vikar habe: »Brief folgt.«

»Augenblick mal. Wer?«

»Er wird sich bei dir melden.« Und Toohey legte auf.

Vielleicht war noch nicht entschieden, wer zu Joe geschickt würde, aber das war kaum wahrscheinlich; Toohey wollte einfach nicht damit herausrücken, wer es war, gerade weil Joe gefragt hatte. Das war Tooheys Art, Spielchen zu spielen. Zu diesem Zeitpunkt machte sich Joe keine weiteren Gedanken darüber.

Er schnappte sich einen Notizblock, rannte die Treppen hoch in das leere Zimmer, das sein Vikar bewohnen würde

(Wer?), und stellte – seine Antwort auf weltliche und geistliche Probleme, die durchdacht sein wollten – eine Liste zusammen.

Am Nachmittag besuchte er Möbelgeschäfte in Inglenook, in Silverstream, dem nächstgelegenen Vorort, und in der Stadt. »Möchte mich nur umsehen«, sagte er zu den Verkäufern. Nach einigen Stunden hatte er einen recht guten Überblick über das Angebot, war aber unfähig zu handeln und mußte die Entscheidung vertagen, um nicht in den Feierabendverkehr zu kommen.

Auf dem Heimweg merkte er, wo das Problem lag. Es war seine Liste. Da sie die relative Bedeutung der einzelnen Einträge nicht berücksichtigte, hatte sie, anstatt ihm zu helfen, ihn behindert, hatte ihn dazu gebracht, seine Zeit zu vergeuden, indem er Lampen, Teppiche und Aschenbecher begutachtete. Sie hatte ihn nicht darauf hingewiesen, daß alles im Zimmer von einem bestimmt, ja diktiert wurde: dem Bett. Warum vom Bett? Weil das Zimmer ein *Schlaf*zimmer war. Finde das Bett, das richtige Bett, und der Rest ergibt sich von selbst. Jetzt war er sich seiner Sache sicher und froh, daß die Zeit an diesem Nachmittag zu knapp gewesen war. Gegen Ende der Öffnungszeit hatte ihm die Einkaufsmüdigkeit zugesetzt, sonst hätte er wohl kaum jenes Schlafzimmer aus knorriger Pinie in Betracht gezogen, mit seinen eingebrannten Hufeisen und seinen Lederriemen, nur weil es eine klare männliche Atmosphäre vermittelte, die Schlafzimmermöbeln in der Regel zu fehlen schien.

Am Abend saß er in seinem ruhigen Arbeitszimmer (die Twins fielen wegen Regens aus), mit ein paar Prospekten und einem Drink, und erstellte eine neue Liste. Diese war anders und hätte ihm eigentlich leichtfallen müssen – mit Büromöbeln kannte er sich aus, wahrscheinlich besser als jeder andere Priester der Diözese –, aber genau aus diesem Grund konnte er sich nicht überwinden, das Büro des Vikars einzurichten, wie es andere Pfarrer getan hätten und wie er es auch vorgehabt hatte. Warum ein schönes Büro verhunzen, indem man preiswertes, aber minderwertiges Mobiliar kaufte? Warum nicht Schreibtisch und Schreibmaschine des Pfarrers, beides

Neuerwerbungen, in das Büro des Vikars stellen? Warum dem Pfarrer nicht einen jener Schreibtische mit Mahagonifurnier kaufen, vielleicht Modell DK, glatt und modern, aber warm und freundlich, wie nur Holz sein kann? (Der Pfarrer hatte genug von seinem unfreundlichen Metallschreibtisch und seinem orthopädischen Stuhl.) Warum dem Pfarrer nicht eine Schreibmaschine mit anderen Typen kaufen? (Was, schon *wieder*? Ja, weil er von dieser schwülstigen Schrift genug hatte.) Laß dafür die Couch und die Stühle im Büro des Pfarrers stehen, und bring die neuen Stühle – zwei oder drei, keine Couch – gleich in das Büro des Vikars.

Am nächsten Morgen fuhr Joe mit dem Berufsverkehr in die Stadt und überflog schnell die Punkte auf seiner Büroliste, unter anderem ein Schreibtisch Modell DK 100 und eine Schreibmaschine mit anderem Schrifttyp, der ›Editorial‹ hieß und angeblich von Nachrichtensprechern benutzt wurde.

»Es ist uns stets eine Freude, Ihnen dienen zu können, Father.«

Dann wechselte der Schauplatz: fünfter Stock eines großen Kaufhauses, das Joe am Vortag schon besucht hatte, und dort wurde das Leben wieder kompliziert. Was ihn zurückgebracht hatte, war ein Bett mit vier Holzpfosten, die von geschnitzten Ananas gekrönt waren. Der Verkäufer legte sich ein bißchen zu sehr ins Zeug.

»Das Doppelbett erlebt ein großes Comeback, Father.«

»Ah ja?«

»Ich würde eins nehmen, wenn ich die Wahl hätte.«

»Nun ja.« Joe gefiel das Bett, besonders die Ananas, aber er konnte sich seinen Vikar (Wer?) nicht darin vorstellen. Dann kauf es eben selbst, und gib dem Vikar das Pfarrerbett – *das* war ein Einzelbett. Und was dann? Das Pfarrerbett war aus unfreundlichem Metall und krankenhausgrau lackiert wie ein Auto, und es würde die anderen Dinge im Zimmer mitnichten bestimmen. Außerdem wäre das dem Vikar gegenüber nicht fair, oder?

»'ne Menge Bett für das Geld, Father.«

»Zuviel Bett.«

Daraufhin brachte der Verkäufer Prospekte und Ordner mit Farbtafeln. Und so setzte sich Joe neben ihn auf ein Bambussofa, und über die Literatur gebeugt, machten sie sich an die Lösung von Joes Problem. Sie entdeckten, daß Joe den traditionellen Bett-Typ als Einzelbett in verschiedenen Ausführungen bestellen konnte – mit Kanonenkugeln, Speeren, Spulen (Jenny Lind) – aber nicht mit Ananas, die der Hersteller nicht mehr lieferte. »Aber ich bin mir nicht sicher. Ich sag' Ihnen was, Father, mit Ihrer Erlaubnis rufe ich North Carolina an.«

Joe ließ ihn nach längeren Diskussionen, die sich vorwiegend um Luftfracht drehten, ziehen, aber als der Verkäufer zum Sofa zurückkehrte, schüttelte er den Kopf. North Carolina war essen gegangen. North Carolina würde zurückrufen, in etwa einer Stunde, wenn sie die Lager überprüft hatten. »Kanonenkugeln oder Speere würden Sie nicht nehmen, Father? Oder Jenny Lind?«

»Jenny Lind nicht.«

»Mögen Sie Kanonenkugeln, Father?«

»Ja, aber die anderen würde ich vorziehen.«

»Ananas.«

Da über die verbleibenden Punkte auf der Liste nicht entschieden werden konnte, bis die Sache mit dem Bett geklärt war – beziehungsweise mit *den* Betten, denn er hatte sich entschlossen, zwei Einzelbetten zu bestellen, mit passenden Bettkästen, Lattenrosten und Matratzen, insgesamt acht Teile –, fuhr Joe nach Hause, um den Gang der Dinge abzuwarten.

Sechs Minuten vor drei klingelte das Telefon. »St. Franziskus«, sagte Joe.

»Earl, Father.«

»Earl?«

»Vom Möbelhaus.«

»Oh, hallo, Earl.«

Earl sagte, North Carolina *könne* liefern, und zwar per Luftfracht an die Adresse des Kunden. Betten und Bettkästen würden in ein paar Tagen ankommen, Freitag spätestens, und

Lattenroste und Matratzen wären für die Donnerstagslieferung aus dem Lager nach Inglenook vorgesehen.

»Okay, Father?«

»Okay, Earl.«

Mehr versuchte Joe an diesem Tag nicht zu erledigen.

Am nächsten Morgen wartete er, bis die Büroausstattung geliefert wurde (was Mrs. P. – Mrs. Pelissier – bemerkt haben mußte), und konnte erst spät mit seinen Einkäufen beginnen. Er machte dort weiter, wo er am Tag zuvor aufgehört hatte. Earl sichtete ihn zwischen den Lampen und kam herüber, um ihn zu begrüßen. Als er Joes Liste sah, empfahl er die Abteilung für Innendekoration – »Mrs. Fox, wenn sie nicht gerade auswärts beschäftigt ist.« Mit Joes Erlaubnis hängte sich Earl ans Telefon, und bald darauf erschien Mrs. Fox zwischen den Lampen. Leicht verlegen erklärte ihr Joe, was er im Sinn hatte – daß der Raum um das Bett herum geplant werden mußte, da es sich um ein *Schlaf*zimmer handelte. Mrs. Fox schnalzte mit der Zunge und kreischte (in Richtung Earl): »*Der* braucht mich nicht.«

Tatsächlich erwies sich Mrs. Fox als sehr hilfreich; sie steuerte Joe von Abteilung zu Abteilung, beschützte ihn vor den Verkäufern, nahm ihn in Lagerräume und in den Lastenaufzug mit und erinnerte ihn an Vorhänge und Tagesdecken (Joe kaufte zwei), die nicht auf seiner Liste standen, aber unbedingt vonnöten waren. Schließlich ließ Mrs. Fox den Sessel und andere Einkäufe zum Parkplatz bringen und in sein Auto laden. Sie wären normalerweise erst mit der Donnerstagslieferung herausgegangen, aber Joe wollte wissen, wie das Zimmer aussah, auch ohne die großen Möbelstücke – das Bett, den Bettkasten, den Studiertisch und das drehbare Bücherregal. Mrs. Fox war der gleichen Ansicht. Im Geschäft hatte sie zweimal den Wunsch geäußert, den Raum zu sehen, und es war Joe gelungen, das Thema zu wechseln, aber dann fing sie auf dem Parkplatz wieder davon an – sie wäre ganz *wild* darauf, den Raum zu sehen, quietschte sie, gerade als er losfuhr. Er lächelte nur. Was blieb ihm auch anderes übrig? Er konnte schließlich Mrs. Fox nicht mit ins Pfarrhaus nehmen.

In gewissem Sinn entwickelten sich die Dinge zu schnell. Er hatte Mrs. P. immer noch nicht erzählt, daß er einen Vikar bekam – weil er fürchtete, daß sie dann, genau wie er, fragen würde: »Wer?« In der Tat – wer? Er wußte es immer noch nicht, und diese Tatsache würde ihn, wenn er es zugab, in Mrs. P.s Augen lächerlich machen. Auch die Kirche – das heißt, deren Verwaltung – stünde in schlechtem Licht da.

Am Abend entlud er, nachdem Mrs. P. nach Hause gegangen war, sein Auto, das er in die Garage gestellt hatte, weil der Sessel deutlich sichtbar aus dem Kofferraum herausragte. Er mußte viermal laufen, bis er alle Einkäufe ins Zimmer hochgetragen hatte. Dann stellte er sich, während er die Übertragung eines Baseball-Spiels hörte und Bier trank, auf einen Küchenstuhl und montierte die Vorhangleisten. (Wenn er Steve darum gebeten hätte, würde der fragen, warum, und sobald er Bescheid wußte, alles brühwarm Mrs. P. weitererzählen, die »Wer?« fragen würde). Als Joe die Vorhänge oben hatte, mit Gardinenstangen und allem, nahm er ein dringend benötigtes Bad, zog sich um und mixte sich einen Gin Tonic. Er trug das Glas in das inzwischen dunkle Zimmer – auf diesen Moment hatte er gewartet – und knipste die neuen Lampen an. Okay. Wenn der Studiertisch kam, würde die Studierlampe, die jetzt auf dem kleinen Nachttisch stand, noch besser wirken. Er hatte eine Lampe mit gelbem Schirm ausgesucht und nicht mit grünem, damit das Zimmer freundlich aussah, und das war ihm gelungen. Er probierte den Sessel aus, den dazu passenden Schemel, den Gin Tonic. Okay. Er blieb eine Weile sitzen; sein Bein, das auf dem rosablauen Teppich lag, schlief ein, und er fragte sich, warum er noch nichts von dem Vikar gehört hatte.

Am nächsten Tag, einem Donnerstag, hatte Mrs. P. nachmittags frei und war deshalb nicht zugegen, als die Lattenroste, die Matratzen, der Studiertisch und das drehbare Bücherregal kamen. Es war zwanzig nach vier, die heißeste Zeit des Tages. Joe hatte seine liebe Not mit den Matratzen –

eigentlich war das eine Arbeit für zwei starke Männer, einer, der die Matratze herauszog, ein zweiter, der den Karton festhielt. Er brauchte zwei Flaschen Bier, um sich wieder zu regenerieren. Er nahm ein dringend benötigtes Bad, zog sich um, und da er zum Weggehen zu müde war, machte er sich ein paar Schinkenbrote und einen Gin Tonic. Er verbrauchte den ganzen Zitronensaft – das war seine Art von Salat – und aß im Arbeitszimmer, während er Nachrichten sah: Vietnam, Hungersnot in Asien und Mississippi. Er verzichtete auf den Nachtisch. Plötzlich sprang er auf und hantierte geschäftig im Haus herum; er spülte das Geschirr – den Teller – und schloß die Kirche ab. Als die Dunkelheit hereinbrach, befand er sich wieder dort, wo er den vorangegangenen Abend verbracht hatte – im Zimmer, im Sessel, mit einem Glas und der Frage, warum er noch nichts von dem Vikar gehört hatte.

Für die frisch Ordinierten war es üblich, einige Tage freizunehmen, um Freunde und Verwandte zu besuchen und sich von ihnen beglückwünschen zu lassen. Die Ordinationen hatten jedoch am Samstag stattgefunden, und jetzt war Donnerstag, fast Freitag, und immer noch kein Wort. Was war zu tun? Joe hatte Leute im Seminar angerufen, weil er hoffte, im Verlauf des Gesprächs den Namen des Vikars und vielleicht etwas über seinen Charakter zu erfahren. (»Habe gehört, du bekommst Soundso, Joe.«) Aber das hatte nicht geklappt – alle, die er verlangt hatte (die gesamte Fakultät, schien ihm), waren in Urlaub gefahren. Dann hatte er die Diözesanzeitung angerufen und mit gespitztem Bleistift eine komplette Übersicht über die Neuberufungen erbeten, aber die Liste vom Ordinariat war noch nicht eingetroffen. (»Die können dort ziemlich langsam sein, Father.« – «Toohey, meinen Sie?« – »Monsignore ist sehr beschäftigt, Father, und wir setzen ihn nicht unter Druck – es sind nicht gerade brandeilige Nachrichten.«)

Eine andere Möglichkeit fiel ihm nicht mehr ein, abgesehen von der, im Ordinariat anzurufen. Anfang der Woche hätte er das noch tun können – das war sein Versäumnis –, aber jetzt kam es nicht mehr in Frage. Er wollte den Vikar nicht gleich der Kritik aussetzen und riskieren, ihn gegen seinen Pfarrer einzunehmen. Er wollte auch nicht, daß das Ordinariat von der Situation bei St. Franziskus und Klara erfuhr (einer der bestorganisierten Pfarreien der Diözese), obwohl er schließlich nicht daran schuld war. Der Vikar war schuld, Toohey war schuld. »Brief folgt.« Darauf angesprochen würde Toohey sagen: »Habe nicht gesagt, wann. Bin beschäftigt« und auflegen. So spielte Toohey seine Spielchen. Einmal, als Joe um Hilfe gebeten und gesagt hatte, er würde tot umfallen, wenn er nicht zwei Wochen ausspannen könnte, hatte Toohey geantwortet: »Dann fall tot um.« Hart. Sollte eines Tages in der Kirchenverwaltung aufgeräumt werden, würden Toohey und Leute seines Schlages das Feld räumen müssen, aber das war im Moment noch Zukunftsmusik. In der Zwischenzeit würden Joe und Leute seines Schlages die Zähne zusammenbeißen müssen, was Joe durchaus vorhatte. Wenn man jahrelang auf einen Vikar gewartet und ihn schließlich bekommen hatte, war es allerdings ärgerlich, das nicht erwähnen zu können. Bei seinen Einkäufen hatte Joe zwei Pfarrer getroffen, die sich für sein günstiges Geschick sicher interessiert hätten, und einer hatte sogar das Thema »Vikare« angesprochen und berichtet, er bekomme einen *anderen*, »Gott sei Dank.« Joe hatte nicht viel davon gehalten, von diesem »Gott sei Dank«, aber jetzt verstand er ihn besser. Er schluckte den wäßrigen Rest seines Drinks und sah sich mit dem Eiswürfel konfrontiert.

Was, dachte er – was, wenn der Vikar, das unbekannte Wesen, keiner der neu ordinierten Männer war? Was, wenn er nichts Gutes bedeutete? Ein junger Mann mit fünf oder sechs Gemeinden hinter sich? Oder ein Mann in Joes Alter oder älter, ein Runderneuerter, ein Problempriester? Oder ein Drükkeberger, der meinte, wenn er schon pro Monat entlohnt wurde, reiche es aus, sich am Monatsersten, also Sonntag, zu melden? Oder ein Schmutzfink, der sein Zimmer nicht in Ordnung halten würde? Solche Gedanken ernüchterten Joe. Er stand auf und holte sich einen neuen Drink.

Als er am nächsten Morgen von einer Fahrt zur Müllhalde zurückkehrte, erwartete ihn Mrs. P. an der Tür. »Da ist jemand, der sagt, er sei Ihr Assistent -«

»Ja, ja. Wo ist er?«

»Er hat angerufen. Er käme morgen, hat er gesagt.«

»*Morgen*?« Aber er wollte vor Mrs. P. nicht enttäuscht wirken oder ihr den Eindruck vermitteln, daß er nicht wüßte, was vor sich ging. »Gut. Hat er gesagt, wann?«

»Er hat sich nach der Beichte erkundigt.«

»Dann wird er also zur Beichte hier sein. Gut.«

»Er hat gesagt, daß er von Whipple aus anruft.«

»*Whipple?*«

»Er hat gesagt, er kauft dort ein Auto.«

Joe nickte, als ob er Whipple, durch das er ein- oder zweimal gefahren war, als hervorragenden Ort für den Erwerb eines Autos betrachtete. Er wartete darauf, daß Mrs. P. ihm mehr erzählte – und das war ihm offenbar anzumerken.

»Mehr weiß *ich* nicht«, sagte sie und segelte in die Küche. Beleidigt. Nicht seine Schuld. Tooheys Schuld. Schuld des Vikars. Ihr nichts von dem Vikar zu sagen war schlimm, aber es so zu tun, wie er es hätte tun müssen, wäre noch schlimmer gewesen. Besser, sie dachte schlecht von ihm, als daß sie die Wahrheit erfuhr und Mängel bei der Kirche fand. Er nahm die Sünden der Vikare und Verwalter auf sich.

Am Nachmittag wartete er bis vier Uhr, dann hob er den Telefonhörer ab und rief Earl an. »Sagen Sie, was soll das? Ich dachte, Sie hätten mir spätestens Freitag versprochen?«

»Oh, oh«, sagte Earl und wußte gleich, wer am Telefon war und um was es ging. Er sagte, er habe einen Suchzettel auf die Bestellung angesetzt und würde gleich zurückrufen. Das geschah. »He, Father, raten Sie mal. Das Bestellte ist in unserem Lager. North Carolina hat Mist gebaut.«

»Wirklich?« sagte Joe, aber er hatte keine Lust, sich anzuhören, was Earl davon hielt, daß North Carolina die Waren nicht an die Adresse des Kunden geliefert hatte. Er beschrieb Earl sein Bettenproblem bis ins Detail. Ihm würde ein Bett fehlen, nein, nicht heute nacht, sondern in der nächsten, wenn sein Assistent dasein würde und außer ihm noch ein Mönch fortgeschrittenen Alters, der an Wochenenden aushalf und im Gästezimmer schlief. Nein, das Bett im Gästezimmer, um Earls Frage zu beantworten, war ein Einzelbett, eigentlich mehr eine Liege. Ja, Joe könnte seinen Assistenten auf Lattenrost plus Matratze legen, aber er täte es nicht gerne und sah nicht ein, warum er sollte. Ihm war die Lieferung für spätestens Freitag versprochen worden. Es war ihm egal, daß Inglenook zum Montags- und Donnerstags-Gebiet gehörte. Schließlich wurde ihm die Lieferung für den nächsten Tag, Samstag, fest zugesichert.

»Okay, Father?«

»Okay, Earl.«

11

Samstag

Am darauffolgenden Nachmittag hielt ein zerschrammter, unbeschrifteter Lieferwagen vor dem Pfarrhaus. Es war sieben Minuten nach vier. Joe wußte nicht, was er davon halten sollte. Er blieb im Haus, bis der Fahrer und sein Helfer einen Karton entladen hatten, dann lief er hinaus und wollte gerade Anweisung geben, sie sollten vor der Hintertür parken und sich dadurch ein paar Stufen ersparen, als ihm ein Wort auf dem Karton auffiel. »Stop!« Und es war nicht nur, wie er gehofft hatte, ein einfaches Wort auf der Verpakkung. O nein. Die Untersuchung ergab, daß die Betten, wie auf dem Karton beschrieben, mit – Kanonenkugeln ausgestattet waren. »Warten Sie. Ich muß erst im Möbelgeschäft anrufen.«

Auf dem Weg zum Telefon kam er an Pater Felix vorbei, dem Mönch, der an den Wochenenden aushalf. Dieser war ebenfalls nicht über den Vikar informiert worden und brannte jetzt darauf zu erfahren, was draußen auf der Straße vor sich ging. Joe wünschte, es wäre Mönchen nicht erlaubt, ihr Habit außerhalb des Klosters zu tragen. Fließende Roben, fand Joe, hatten eine schlechte Wirkung auf seine Gemeindemitglieder; daneben sah er, selbst wenn er seine Soutane anhatte, wie die zweite Besetzung aus, und zudem erinnerten sie Nicht-Katholiken an die sogenannte Reformation.

»Sagen Sie mal, was soll das?« fragte Joe am Telefon.

»Oh, oh«, sagte Earl, als er erfuhr, was geschehen war. »North Carolina hat Mist gebaut.«

»Jetzt hören Sie mal gut zu«, sagte Joe und ließ seinen Gefühlen für Earl und das Geschäft freien Lauf. »Ich mag Ihren Geschäftsstil nicht«, sagte er und machte eine Pause, um Luft zu holen.

»Vielleicht ist es ja ein Irrtum meinerseits, Father, aber sagten Sie nicht, Sie mögen Kanonenkugeln?«

»Lieber als Jenny Lind, habe ich gesagt. Aber darum geht es nicht. Ich würde die anderen vorziehen, das habe ich gesagt. Sie wissen, was ›vorziehen‹ heißt, ja?«

»Ananas.«

»Sie haben mich in der Hand, Earl.«

Am Ende sagte Joe entgegen seiner ursprünglichen Drohung, er werde die Lieferung entgegennehmen. »Aber wir sind fertig miteinander.«

Er ging wieder auf die Straße, wo jetzt hinter dem Lieferwagen ein neuer VW-Käfer geparkt war, und da stand neben den geöffneten Kartons, mit Pater Felix, dem Fahrer und seinem Helfer, Joes Vikar – ein großer junger Mann, ganz offensichtlich einer der Neuordinierten. Als er Joe sah, ließ er die anderen stehen und kam lächelnd auf ihn zu.

»Wo zum Teufel haben Sie gesteckt?« fragte Joe – wie ein alter Pfarrer, dachte er.

Der Vikar hörte auf zu lächeln. »Whipple.«

Joe versuchte es andersherum. »Warum haben Sie mich nicht angerufen?«

»Hab' ich getan. Weiß nicht wie oft. Sie waren nie da.«

»Ich wußte nicht, was ich denken sollte«, sagte Joe, ohne auf den Einwurf des Vikars einzugehen (wie ein alter Pfarrer); als er zur Seite blickte, wünschte er, daß der Käfer – hellbraun oder dunkelgelb, irgendwie karamelfarben – eine andere Farbe hätte und daß er nicht gerade dort geparkt wäre, wo er zu der allgemeinen Verwirrung noch beitrug. (Der Helfer zeigte Pater Felix gerade, wie sein Rollwagen funktionierte.) »Sie hätten der Haushälterin Ihren Namen durchgeben können.«

»Ich dachte die ganze Zeit, ich würde Sie schon noch erreichen. Sie waren nie da.«

Joe bewegte sich in Richtung Straße und sagte: »Nun ja, ich war in letzter Zeit viel unterwegs. Sie hätten Ihren Namen hinterlassen können, Father.«

»Habe ich, Father. Gestern.«

»Nun ja.« Joe stand neben dem kleinen Auto und betrachtete die Bücher und Koffer darin; er wünschte, er könnte noch einmal von vorn beginnen, so einen Anfang hatte er sich nicht vorgestellt. Er hatte den Vikar doch willkommen heißen wollen. Es war nicht seine Schuld, daß es anders gekommen war – man mußte nur an die Tage und Nächte unnötiger Aufregung denken und daran, wie spät es jetzt war –, aber er wollte es dennoch wiedergutmachen. »Fahren Sie Ihr kleines Auto lieber ums Haus herum nach hinten, Father, und laden Sie Ihr Gepäck aus«, sagte er. »Die Haushälterin wird Ihnen Ihr Zimmer zeigen. Heute nachmittag brauchen Sie keine Beichte abzunehmen.« Und nachdem er dem Vikar die Tür des kleinen Autos offengehalten hatte, schloß er sie hinter ihm und sagte durch das Fenster: »Bis später, Father.«

Als Joe sich aufrichtete, sah er, daß Großmaul, ein Nachbar und Gemeindemitglied, und Patton, seine alte Bulldogge, erschienen waren, um die Kartons zu inspizieren; er hörte, wie Pater Felix von Großmaul ausgequetscht wurde, sah, daß Mrs. P. beschlossen hatte, den Gehweg zu fegen, und sich von dieser Seite vorarbeitete.

»Ich habe noch ein paar Sachen – außer dem Bett und dem Bettkasten hier – für das Zimmer des Vikars gekauft«, erklärte ihr Joe, damit sie nicht zu erstaunt sein würde, wenn sie die Möbel sah. Dann gab er ihr den Zimmerschlüssel, erläuterte, vielleicht überflüssigerweise, es sei abgeschlossen, und sagte, Lattenroste, Matratzen und Tagesdecken finde sie dort. Das andere Bett – das seines geworden wäre, hätten Pater Felix und Großmaul nicht solches Interesse an den Tag gelegt – sollte, so sagte er Mrs. P., ins Gästezimmer gebracht werden. »Klappen Sie die Liege zusammen, und stellen Sie sie weg. Lassen Sie sich vom Vikar helfen – er ist heute nachmittag nicht für die Beichte eingeteilt.«

Als er sich dem Grüppchen bei den Kartons zuwandte, sah er, daß man seine Instruktionen an Mrs. P. mitgehört und verstanden hatte. Die kleine Gruppe – zusammengehalten durch die Frage: »Wird er die Lieferung akzeptieren oder nicht?« –

begann aufzubrechen. Er dankte dem Fahrer und seinem Helfer für ihre Geduld, nickte Großmaul zu, sagte: »Kommen Sie?« zu Pater Felix, da es Zeit für die Beichte war, und ging kopfschüttelnd in Richtung Kirche. Er nahm die Sünden der Vikare und Kirchenverwalter und North Carolinas auf sich. Er gab einem anderen sein Bett.

Am Abend saß Joe, während der Vikar und Pater Felix in der Kirche die Beichte abnahmen, in seinem Büro und legte den Lanes, einem Paar in den Dreißigern, das Finanzsystem von St. Franziskus und Klara dar, ein System, das nur noch in zwei weiteren Pfarreien der Diözese verwendet und von den Geistlichen abwechselnd als »Amerikanischer Plan«, »Kalifornien«, »Country Club«, »Menü« oder »Tierreservat« bezeichnet wurde. »Ich habe die sonntäglichen Briefumschläge und die Sonderkollekten abgeschafft, ausgenommen die an Weihnachten und Ostern. Kein ständiges Gerede über Geld mehr von der Kanzel herunter. Die jährliche Spende deckt alles ab: den festen Platz in der Kirchenbank, das Schulgeld, den Beitrag für die Missionen, Peterspfennig, Hilfsfonds für Bischöfe, Katholische Universität und so fort. Waren Sie letzten Sonntag in der Messe? Hier, meine ich?«

»Nein, waren wir nicht«, sagte Mr. Lane, ein fleischiger Mann in einem grauen Seidenanzug. »Hier nicht.«

»Nun, wir haben immer noch die Blumenkollekte – Blumen für den Altar –, und wenn Sie einen Vierteldollar springen lassen, genügt das völlig. Auf diese Weise ist es praktisch immer noch möglich, daß die Messebesucher während des Offertoriums Geld spenden. Und daß Gäste, Kinder und andere etwas beitragen.« (Bedauerlicherweise gab es *andere* – Gemeindemitglieder, die Joes System ablehnten.) »Manche sagen, die jährliche Spende sei zu hoch – es sind fünfhundert Dollar –, aber bedenken Sie, was andere Anschaffungen und Dienstleistungen sie heutzutage kosten – ein neues Auto, Mitgliedschaft im Country Club, größere oder kleinere Operationen. St. Franziskus«, meldete sich Joe am Telefon, hörte die Frage, die in jedem Pfarrhaus am Samstag abend gefürchtet wird (»Wann finden morgen die Messen statt?«), und erwiderte kühl: »Konsultieren Sie das Gemeindeblatt.«

»Entschuldigung – wir sind neu hier.«

»Wo ist ›hier‹?«

Der Anrufer nannte eine Adresse, die ihn als zur Gemeinde zugehörig auswies – nicht immer der Fall bei Anrufern am Samstagabend –, und Joes Tonfall änderte sich.

»Willkommen an Bord. Hier spricht Ihr Pfarrer, Father Hackett.«

»Mike Gumball, Father.«

Joe schrieb es auf und stutzte. »Könnten Sie Ihren Namen bitte buchstabieren, Mike?«

»G-U-M-B-L-E.«

»Verstanden. Kinder, Mike? Im Schulalter?«

»Nein, Father. Nur Nancy, und die ist im Kindergarten.«

»Gut. Warum ich das sage, Mike – manche unserer Klassen sind voll.« (Das war auch an die Adresse des Paares in seinem Büro gerichtet.) »Mike, als nächstes müssen wir Sie und Ihre Familie als Gemeindemitglieder registrieren. Sie oder Ihre Frau müssen dafür vorbeikommen. Telefonisch geht das nicht.«

»Ich komme, Father.«

»Schieben Sie es nicht auf, Mike. Wer weiß, wann jemand in der Familie einen Priester braucht. Es könnte Sie treffen. Stimmt's?«

»Stimmt.«

»So ist es recht.«

»Father, ich weiß nicht, ob ich heute abend noch kommen kann.« (Mike klang, fand Joe, trotz seiner jugendlichen Stimme wie eines jener ordentlichen, altmodischen Gemeindemitglieder). »Ginge es auch morgen?«

»Morgen ist Sonntag, Mike. Wie wäre es mit Montag um acht? Am Abend, meine ich.«

»Gut, Father.«

»Und jetzt, Mike – wenn Sie das Telefonbuch für die Vororte haben, finden Sie die Anfangszeiten der Messen in den Gelben Seiten.«

»Okay, Father. Ich sehe nach.«

»Ich kann sie Ihnen auch sagen, Mike.«

»Nein, nein, Father.«

»So ist es recht. Gute Nacht, Mike.« Joe legte auf und sah, daß Mr. Lane sein Scheckbuch gezückt hatte.

»Sie sagten fünfhundert, Father?«

»Unser Haushaltsjahr beginnt im Januar, Mr. Lane. Sie können für den Rest des Jahres zahlen oder für ein Jahr im voraus, oder monatlich, was manche bevorzugen. Das bleibt ganz Ihnen überlassen.«

»Auf wen soll ich den Scheck ausstellen, Father?«

Joe nahm einen kleinen Kalender vom Schreibtisch und gab ihn Mr. Lane. »Jede Familie bekommt an Weihnachten einen von diesen. Umsonst« – dies an Mrs. Lane gewandt, jedoch ohne sichtbare Resonanz. Sie war ungefähr im siebten Monat schwanger und hatte noch kein Wort gesprochen. Aber Joe richtete das Wort auch weiterhin an sie. »Sie finden darin«, sagte er, indem er einen zweiten Kalender aus der untersten Schreibtischschublade holte, »die übliche Einteilung in Tage und Monate, dazu Messe- und Beichtzeiten, Fastenregeln (was davon übrig ist), die Telefonnummern von Polizei und Feuerwehr, die Termine der Baseball-, Football- und Hockeyspiele – alles, was Sie wissen müssen, Madam.«

Mrs. Lane musterte Joe andächtig; sie war schwer zu durchschauen.

»Danke, Father.« Mr. Lane gab seiner Frau den Kalender. »Sie ist Französin, Father. Ich war im Auslandsdienst der Firma tätig, als wir uns kennengelernt haben.«

»*Comment allez-vous?*« sagte Joe zu Mrs. Lane, ohne sichtbare Resonanz.

Mr. Lane händigte Joe den Scheck aus (Joe sah, daß er über fünfhundert Dollar ausgestellt war). »Sehen Sie es als Beitrag für dieses Jahr, Father. Ich bin sicher, Sie werden gute Verwendung dafür haben. Wir sehen uns dann im Januar wieder.«

»Sehr freundlich von Ihnen, Mr. Lane.« Aber Joe wollte nicht, daß der Mann glaubte, er hätte ein Stück von ihm gekauft. »Ihnen ist bewußt, daß die Summe der Pfarrei und nicht mir persönlich zugute kommt?«

»Ist das das übliche Verfahren?«

»Wenn es nicht ausdrücklich anders festgelegt wird, ja. Der Priester muß annehmen, daß er alles, was ihm gegeben wird, in seiner Eigenschaft als Amtsträger erhält.«

»Ziemlich streng.«

»Ja, aber gar nicht schlecht. Ich werde dann also den Betrag in den Baufonds einfließen lassen« – Joe blickte prüfend auf die Übersicht auf seinem Schreibtisch – «291,62 Dollar. Danke, Mr. Lane.«

»Father, ich halte nicht allzuviel von Baufonds. Wenn es nicht zu spät ist, hätte ich gerne, daß Sie das Geld nach eigenem Gutdünken verwenden – daß es *Ihres* ist.«

»Oh!« Joe zeigte mehr Überraschung und weniger Besorgnis, als er fühlte. »Wenn das so ist, dann noch einmal danke, Mr. Lane.« Aber noch mehr als zuvor wollte Joe verhindern, daß der Mann glaubte, er habe ihn gekauft. »Eigentlich macht es keinen großen Unterschied. Ich stecke mein Gehalt, wenn man es so nennen kann, ohnehin in die Pfarrei, ganz zu schweigen von dem bißchen Geld, das ich selbst besitze. Im Grunde eine Frage der Buchhaltung.«

»Das dachte ich mir, Father.«

»Diese Schreibmaschine und die im anderen Büro sind nicht der Typ, den ich kaufen müßte, wenn ich Gemeindegelder ausgeben würde. Es ist eine sehr praktische Maschine.« Joe drehte sich bewundernd zu ihr um.

»Wir haben dasselbe Modell in unserem Büro, Father.« Doch anscheinend war Mr. Lane nicht an Schreibmaschinen interessiert und wählte diesen Zeitpunkt – obwohl er am Telefon bereits gehört hatte, daß es zwecklos war –, um einen neuen Versuch zu starten. »Father, wäre es wohl noch rechtzeitig, um die Kinder für den Herbst zur Schule anzumelden?«

»Das wäre es, ja, aber Sie verkennen die Lage, Mr. Lane. Den Jungen können wir aufnehmen, wie ich schon sagte – nach dem heutigen Stand. Morgen oder übermorgen vielleicht nicht mehr.«

»Es geht mir gegen den Strich, das Mädchen in eine staatliche Schule zu stecken, Father.«

»Ach, ich weiß nicht, Mr. Lane.« Joes Interesse für das Erziehungswesen hielt sich in Grenzen. Alles, was er wollte, war eine Schule, in der der Schwerpunkt auf Arbeit und Sport lag (*mens sana*, könnte man sagen, *in corpore sano*), in der die, die schlechte Noten hatten, nicht weitergeschleppt wurden und in der die Jungen dunkelgrüne Blazer und die Mädchen dunkelgrüne Pullover trugen (»Nieder mit der täglichen Modenschau!«). Aber so eine Schule war heutzutage nicht die Norm. Sogar Protestanten und Juden versuchten ihre Kinder in Joes Schule unterzubringen.

»Und wenn man noch eine Schulbank aufstellen würde?«

»Nein, nein, das wäre den anderen Kindern gegenüber nicht fair und auch nicht der Schwester gegenüber.«

»Und wenn *ich* mit der Schwester sprechen würde?«

Das gefiel Joe nun überhaupt nicht. »Ausgeschlossen.«

»Können Sie *gar nichts* unternehmen?«

»Was soll ich tun, Mr. Lane? Das Schulgebäude aufstokken?«

»Kann *ich* irgend etwas tun? Würde es helfen, wenn ich Ihnen noch einen Scheck gäbe?«

Aha. Aber Joe war sich nicht sicher, ob er beleidigt worden war, und wollte es nicht sein – er zeigte dem Mann einen möglichen Ausweg. »Um die Schule aufzustocken? Es gibt leider keine derartigen Pläne, wenn Sie das meinen.«

»Nein, er wäre für Sie persönlich.«

Aha. »Ich verbuche das Geld für ein Jahr, Mr. Lane. Sie brauchen sich im Januar nicht herzubemühen.« Joe erhob sich vom Schreibtisch, tat ein paar schnelle Schritte zur Tür, öffnete sie und blieb stehen – eine deutliche Aufforderung an das Paar. Als sie an ihm vorübergingen, ignorierte er den Mann (und wurde selbst ignoriert), nickte jedoch der Frau zu und hatte Mitleid mit ihr – wahrscheinlich hatte sie die ganze Zeit über gefürchtet, daß so etwas passieren würde, und deshalb geschwiegen, dachte er. Er setzte sich wieder an den Schreibtisch, um nachzudenken.

Die Menschen haben das Recht, nach ihren eigenen Maßstäben beurteilt zu werden, bis diese angehoben werden können, dachte er gerade, da bemerkte er, daß auf dem Schreibtisch zwei Kalender lagen und kein Scheck.

Nun, er wollte nichts damit zu tun haben. Die Lanes sollten anderswo die Messe besuchen. Aber sie würden schon merken, wenn die Zeit kam, um, sagen wir mal, ein Baby zu taufen, daß das anderswo nicht möglich sein würde. Die Kirche war, zumindest in diesem Sinne, immer noch die Kirche.

Trotzdem war es eine üble Situation – eine jener Situationen, aus denen sich der kluge Pfarrer demonstrativ zurückzieht, um sie in angemessener Zeit von seinem Vikar erledigen zu lassen.

Am späteren Abend, nachdem sich Pater Felix in sein neues Bett im Gästezimmer zurückgezogen hatte, saßen Joe und der Vikar (dessen Namen Joe immer noch nicht wußte) im Arbeitszimmer des Pfarrers. Joe, der die meiste Zeit redete, hatte weniger als üblich getrunken, der Vikar offenbar mehr, denn er gähnte. »Früher«, sagte Joe, »fuhren wir alle schwarze Autos. Ich habe immer noch eins.« Joe konnte nicht verstehen, warum ein Priester, selbst wenn er jung war, sich, sofern er sich ein neues Auto leisten konnte, ausgerechnet eines von der Farbe dieses Käfers aussuchte. »Ist nicht so wichtig. – St. Franziskus«, meldete sich Joe.

»Wenn *Sie* Sankt Franziskus sind, bin *ich* Lyndon B. Johnson.«

»Bleiben Sie dran, Lyndon. Legen Sie nicht auf.«

Aber Lyndon legte auf.

»Apropos Telefon, Father. Lassen Sie sich unbedingt Namen und Adresse geben, bevor Sie irgendwelche Informationen herausrücken, und wenn es die Anfangszeiten der Messen sind. Und regeln Sie keine Wetten. Und diskutieren Sie nicht über Theologie. Sonst rufen Betrunkene und anderes Gesindel zu allen Tages- und Nachtzeiten an. Ich habe Ihnen noch einiges mehr zu sagen, aber das hat Zeit.«

»In diesem Fall ...« Der Vikar verschluckte ein Gähnen. »Dann gehe ich schlafen, Father.«

Joe, der höchst ungern schlafen ging, wechselte das Thema. »Wie ist das Zimmer? Okay?«

»Okay.«

Joe hatte etwas mehr Begeisterung erwartet und fragte sich, ob er den Vikar vor den Kopf gestoßen hatte. »Was ich über Autos gesagt habe, ist nicht wichtig.«

Der Vikar lächelte Joe an. »Mein Onkel ist Autohändler in Whipple. Er hat mir den Wagen zum Freundschaftspreis verkauft; sie ließ sich nicht ändern – die Farbe.«

»Ach so.« Joe versuchte, sein lebhaftes Interesse zu verbergen. »Wie heißt der Betrieb Ihres Onkels? Whipple Volkswagen? So machen es die meisten. Hier heißt der Laden auch so – Inglenook Volkswagen.«

»Der Betrieb heißt wie er.«

»Ah ja.« Joe versuchte, sein lebhaftes Interesse zu verbergen. »Und er ist der Bruder Ihres *Vaters*?«

»Meiner Mutter.«

»Aha.«

»Ich glaube, ich gehe jetzt schlafen, Father.«

»Das sollten wir vielleicht beide. Sonntag ist immer ein harter Tag.«

12
Sonntag

Am nächsten Morgen hielt der Vikar seine erste Messe, und Joe sah ihm von der Sakristei aus zu. Der Vikar war natürlich langsam, aber er übertrieb nicht, und er fiel auch nicht hin, obwohl er einmal stolperte. (Dies erinnerte Joe an den alten vorökumenischen oder triumphalistischen Witz vom Vikar, der bei seiner ersten Messe hingefallen war, was den Pfarrer veranlaßte zu flüstern: »Aufstehen! Aufstehen! Sonst machen Sie das noch auf der Straße«, und Joe dachte auch, daß dieser Witz jetzt auf ihre Kosten ging.) Die Predigt war in Ordnung, nur durch die Gesten verschandelt, und er las die Ankündigungen gut verständlich. In einem wichtigen Aspekt hatte er Joe enttäuscht.

»Ich hätte Sie darauf hinweisen sollen«, sagte Joe nach der Messe in der Sakristei zu ihm, »daß Sie sich der Gemeinde vorstellen.«

»Tut mir leid. Ich werde es nächste Woche nachholen. Father, wie fanden Sie die Predigt?«

Was haben wir denn hier, einen Prediger in seiner ersten zarten Blüte? Hoffentlich nicht. »Die Predigt. Ganz ordentlich. Eines möchte ich noch sagen, Father. Ihre Worte und Gesten haben manchmal nicht ganz übereingestimmt – sah aus wie eine schlechte Synchronisation.«

Der Vikar nickte. »Das hat mir im Seminar schon einmal jemand gesagt.«

Joe freute sich, daß seine Kritik bestätigt und so gut aufgenommen wurde. »Gesten – die muß man fühlen, oder man ist ein begabter Redner. Ich habe ganz damit aufgehört.«

»Sollte ich vielleicht auch.«

Joe nickte, diese Aussicht gefiel ihm.

»Übrigens«, sagte der Vikar, »ich esse heute auswärts.«

»Oh?« Ein bißchen plötzlich, nicht?
»Mit einem meiner Studienfreunde.«
»Ich verstehe.« Aber Joe verstand nicht.
»Ich dachte, ich informiere Sie lieber.«
»Gute Idee, aber eigentlich sollten Sie mich *fragen.*«
»Das meinte ich, Father.«
»Okay.«

Am Nachmittag fiel das Spiel der Twins in Boston wegen Regens aus. So kam es, daß Joe und Pater Felix sich gegenseitig Gesellschaft leisten mußten und im Arbeitszimmer mit der Sonntagszeitung festsaßen. Joe hatte versucht, durch seine sorgfältige Behandlung der Zeitung Pater Felix ein gutes Beispiel zu geben und ihm so zu vermitteln, daß es nach ihm noch einen Leser gab, aber er war gescheitert. Der Mönch, der eine neue Brille brauchte, hielt die aufgeschlagene Zeitung mit ausgestreckten Armen von sich weg in der Luft – was von vorne wie ein Schiffsbug aussah –, bis seine Muskeln erschlafften und das Ganze ihm mit lautem Geraschel auf den Schoß fiel. Das tat der Zeitung nicht gut. Anstatt sie, während er darauf wartete, daß seine Arme wieder zu Kräften kamen, zu glätten, legte er seinen Kopf in den Nacken und las das, was er auf dem umgebogenen und zerknitterten Papier entziffern konnte (beziehungsweise die besonders hervorgehobenen Begriffe und Sätze), wobei er immer mehr am Papier zerrte und zog und es packte wie ein Hund seinen Knochen. Das tat der Zeitung nicht gut. Hätte er die Comics zuerst gelesen (der einzige Teil der Zeitung, den er vermißte, wenn er fehlte), hätte Joe die anderen Teile noch in frischem, intaktem Zustand lesen können. Aber nein, es war dem Mönch offenbar ein Bedürfnis, den ganzen Rest zu ruinieren, bevor er die Comics las.

Joe kam es auf den Sportteil an, den er sich bis zuletzt aufhob und den er inzwischen Pater Felix vorenthielt. Daß er nicht vermißt wurde, sagte alles über den Mönch als Sportfan – eine Rolle, die er immer dann spielte, wenn ein Match übertragen wurde. »Hat ihn abserviert!« rief er im Wechselgesang mit dem Kommentator, oder er trompetete beim Home

Run: »Lauf, lauf, lauf!« Beim Football johlte er mit der Menge: »Zugabe, Zugabe!« Alles Show. In wirklich kritischen Augenblicken fiel ihm ein, daß er aufs Klo mußte.

Joe hatte sich Insider-Informationen erhofft, nachdem er erfahren hatte, daß einer von Pater Felix' Onkeln mütterlicherseits, inzwischen tot, an dessen Name sich Joe erinnerte, in grauer Vorzeit Stürmer bei den Packers und den Cardinals gewesen war. »Den *Chicago* Cardinals, Joe. Wissen Sie, das Team wurde später nach St. Louis oder Kansas City verlegt.« *Oder*! Das war die Insider-Information. Und: »Stan hatte eine sehr nette Frau, drei sehr nette Kinder – eine wurde Schwester im St.-Josephs-Orden – und ein sehr nettes Unternehmen, eine Kegelbahn in Kenosha.« Stan wurde zusammen mit dem großen Johnny Blood, dem großen Ernie Nevers und gegen den großen Bronco Nagurski aufgestellt. »Joe, wie alt sind Sie?« – »Vierundvierzig, warum?« – »Joe, Sie sind gerade in einer gefährlichen Phase für einen Mann, besonders für einen Priester. Ich habe schon gehört, daß man von der zweiten Pubertät spricht.« – »So, haben Sie? War das zufällig im Kloster?« – »Könnte sein.« – »Das dachte ich mir. Luther hat recht gehabt, was euch Mönche angeht.« (Joe hatte das mit Genuß angebracht, denn Luther wurde in letzter Zeit von den Ökumenikern, unter ihnen viele Mönche, geradezu mit Engelsflügeln ausgestattet, und in Joes Ohren klang es nicht schlimmer als das, was Pater Felix zu ihm gesagt hatte).

Joe hatte sich mit Pater Felix wirklich Mühe gegeben. Am Anfang hatten sie manche Nachmittage im Stadion verbracht (die weniger von der Ignoranz und Gleichgültigkeit des Mönches als von dessen amüsierter Haltung verdorben worden waren). Sie waren aufs Land gefahren, um das Herbstlaub zu bewundern (»Sie sollten mal das Laub im Kloster sehen!«), Kirchen aller Glaubensrichtungen waren besucht worden, denn Joe würde eines Tages eine Kirche bauen müssen (diese Besuche wurden nicht fortgesetzt, da der Mönch, wie er es ausdrückte, sich nicht so schrecklich für neue Kirchen interessierte – für alte auch nicht, und – das stellte sich so nebenbei heraus – die Schalensitze von Joes Auto unbequem fand). Jetzt verbrachten sie in der Regel ihre Sonntagnachmittage zu Hause, im Arbeitszimmer, ließen Fischgerichte kommen, die der Mönch stets »sehr lecker« fand, und sahen fern (der Mönch hatte in seiner Klosterzelle kein Gerät). Das war erträglich, wenn etwas Vernünftiges lief, womit Joe größere Sportereignisse, einschließlich Golf, meinte, oder Sendungen wie »Pressespiegel« und ausführliche Nachrichten. Aber der Mönch war nicht so wählerisch – er ergötzte sich an Quizsendungen, Kegeln, Wasserski und Regierungspropaganda gleichermaßen. An solchen Tagen ging Joe nach ein, zwei Flaschen Bier in sein Büro hinunter, wo er die Sportseiten in Ruhe und Frieden las, oder ins Schlafzimmer, wo er langsam eindöste, hinüberdämmerte, mit dem Kragen in der Hand.

An heißen Tagen wie diesem kam es vor, daß er schweißgebadet aufwachte und wie benommen durch das Arbeitszimmer wankte, wodurch er den Mönch erschreckte (»Jemine!«), ohne dessen Anwesenheit Joe sein Nickerchen ganz gemütlich im kühlen Arbeitszimmer hätte halten können. An jenem Nachmittag wanderte Joe umher wie ein schwer bedrängter Boxer. Er stattete der Küche einen Besuch ab, wo er den Kühlschrank öffnete und die Hand nach einem Bier ausstreckte, in letzter Sekunde aber innehielt. Dann also Orangensaft? Nein. V–8? Nein. Tonic (*ohne* Gin)? Nein. Eiswasser? Nein. Lauwarmes Chlorwasser aus dem Hahn? Nein, nicht einmal das. Wie wäre es mit einem dringend benötigten Bad? Nein. Ein Tropfen Mundwasser? Nein. He – ich weiß, wie wär's mit einem *Bier*?

He, was machte er denn da?

Dreiunddreißig Grad im Schatten, und er ging hinaus in die Sonne? *Warum?* Hatte er noch nicht genug? Hatte er, auch wenn ihm durch das Öffnen des Kühlschranks Punkte verlorengegangen waren, sich nicht wieder gefangen, gekämpft und klar gewonnen? Ja, das hatte er, aber man darf nicht nachlassen, man muß sich immer mehr steigern, wie jeder Champion weiß, sei er (oder sie) Athlet oder Heiliger, und genau das tat er jetzt, er gab sein Letztes. Spirituell wie physisch – sehen wir der Wahrheit ins Gesicht – hatte er zu viele Entscheidungen umgangen. Er war auf dem Abstieg. Aber manchmal hatte er noch seine großen Momente. Nennt es Mut, nennt es Klasse. Alle Großen hatten es – Sugar Ray, St. Johannes vom Kreuz, Man o'War, Stymie, und nicht zu vergessen die Damen, Gallorette ...

Aus der Nagelbüchse in der Garage nahm er wie aus den Händen des Schiedsrichters den offiziellen Ball der American League (eigentlich ein Hundeball aus Gummi) und schlenderte hinaus (ungefähr zehn Meter die Ausfahrt entlang) zum Wurfhügel in Fenway Park, diesem Paradies der Hitter und Hölle der Pitcher. Er roch das Popcorn, die Erdnüsse, die Hot Dogs, den Rauch der Zigaretten und Zigarren, das Gras, hörte, wie das Bier in die Pappbecher zischte und dazwischen die militanten, aber (weil er es war) ehrerbietigen Zurufe der Bosox-Fans. Nachdem er sich mit ein paar Würfen so aufgewärmt hatte, daß die Innenseiten der Strike-Zone, die auf die grasgrüne Garagentür gemalt war, ganz verwischt war, zog er seine Hosen hoch (einige Clubs hatten früher dunkle Uniformen getragen, zuletzt die Chisox?) und wischte sich den Schweiß von der Stirn (eine seiner Methoden, den Ball zu manipulieren); starrte den Hitter drohend an. Es war die übliche Situation – alle Male besetzt, niemand draußen, sonst hätte man ihn, der nach der Beichte am Abend zuvor noch zu Hause gearbeitet und gewonnen hatte, nicht gerufen. Die Ansager in den Kabinen konnten sich kaum beruhigen: »Ein Bilderbuch-Pitcher!« – »Seine Wurftechnik ist, in den Worten der Psalmisten, so glatt und fließend wie Öl.« – »Ja, und wie er seine Position austaxiert!« – »*Das* hat er nicht in Büchern gelernt.« – »Hier ein Telegramm, gezeichnet Erzbischof: ›MÖGE DAS BESSERE BZW. VERDIENTERE TEAM GEWINNEN.‹ Was sagt ihr dazu? Das ist Amerika, Leute!« – »Habe gehört, Father hat heute die Zehn-Uhr-Messe in seiner Gemeinde gelesen.« – »Soll ein Hochamt gewesen sein.« – »Ist mit United eingeflogen worden.« – »Polizei-Eskorte.« – »Hier ein Telegramm, gezeichnet Lefty: ›WENN FATHER AUF DIESEM GEBIET SO GROSSES LEISTET, KÖNNTEN RÜCKSTÄNDIGE KIRCHENAUTORITÄTEN DIE SACHE VERMASSELN?‹« – »Wie ich es verstehe, *könnten* sie, aber sie würden es nicht – im Interesse der Nation.« – »Klar, die Bosox könnten Father gut gebrauchen.« – »*Jeder* Club könnte das.« Er allein mit seinem Wissen über Batter (enzyklopädisch), seiner Spannkraft (eine Unmenge) und seiner Beherrschung (phänomenal) hatte die Twins über die Jahre zu einer ständigen Bedrohung gemacht. Mit vierundvierzig Jahren, in einem erstaunlichen Alter für Baseball, ließ er sich am besten als kleiner, fetter, weißer Satchel Paige beschreiben. Früher Starter und beständiger Zwanzig-, sagen wir Dreißig-Spiel-Gewinner, heute mehr in der Verteidigung. Mann aus Eisen. Kleine Dampflokomotive. Seine Fehlerzahl immer noch verschwindend gering. Wie Walter Johnson (die Große Eisenbahn) und Ty Cobb und Rogers Hornsby wurde er von Spielern wie Fans mehr gefürchtet als geliebt, ganz zu schweigen von seinen Schäfchen und den geistlichen Kollegen. »Hat ihn abserviert!« – »An ihm vorbei!« – »Father bringt's!« – »Telegramm hier gezeichnet LBJ: ›HASSE SEINE METHODEN, ABER MUSS ZUGEBEN, DAS ARSCHLOCH LÄSST SICH NICHTS GEFALLEN.‹« – »Telegramm hier gezeichnet Rückständige Kirchenautoritäten via Catfish: ›BOSOX KÖNNEN IHN HABEN, FROH, WENN WIR IHN LOS SIND, HAT MICH MIT KREUZ VERHAUEN.‹« Zähes Produkt einer vergangenen Ära, macht sich's nie leicht, Sandplätze, Seminar der größten Sicherheitsstufe, Busfahrten, spielt bei jedem Wetter. Trinker? Wenn ja, dann heimlich, aber es ist kein Geheimnis – siehe Biodaten und Poster in *Playboy* und in *Homiletisch-Pastorale Rundschau* –, daß er früher bei vielversprechenden Rendezvous keine Unterwäsche trug und jetzt ausschließlich Mail Pouch kaut. Soll Spucke benutzen (richtig) und absichtlich auf den Kopf des Batters zielen (falsch). Aufgepaßt! Wie durch ein Wunder verströmte sein altes, nie gewaschenes, gereinigtes oder gebügeltes Sweatshirt einen angenehmen Duft, und sein loser rechter Ärmel, der von Battern angeprangert und von Schiedsrichtern abgeschnitten wurde, wuchs ständig nach. Die Wahrheit, nur seinem Beichtvater und der nordamerikanischen Kirchenhierarchie bekannt, war, daß das fragliche, einst ärmellose Kleidungsstück sein altes härenes Hemd war. Sollte er je zu spielen aufhören, würde es in Cooperstown hängen, auf Wunsch des verstorbenen Bundeskaplans der USA und des Kardinal-Erzbischofs von New York (eines abtrünnigen Bosox-Fans), und zwar in der frommen und patriotischen Hoffnung, dies werde für alle Zeiten (saecula saeculorum) mit dem Durcheinander von unamerikanischen nativistischen Hinterwändlern und unamerikanischen kommunistisch angehauchten ferngesteuerten Liberalen, den Feinden der Kirche, aufräumen.

»Hat ihn abserviert!«

Während die überaus loyalen, aber stets fairen Bosox-Fans im Stehen applaudierten, verließ er den Wurfhügel, ging zur Nagelbüchse zurück und durchquerte, schweißtriefend mit geröteter Hand und rotem Kopf, die Küche, am Kühlschrank *vorbei* (er gab immer noch sein Letztes), das Arbeitszimmer (»Jemine!«) und gelangte ins Bad. Hier wurde er, der alternde Champ, von Betreuern, der Presse, der Polizei und anderen Gratulanten (»Mein Frauchen hat für Sie eine neuntägige Andacht gehalten, Father.«) umringt; er zog sich komplett aus (»Keine Fotos bitte«), pinkelte – *alles* für die Gewichtsabnahme – und stellte sich auf die Waage. Stimmte die Anzeige nicht? Er ließ Badewasser ein und setzte sich in die Wanne, um Zeit zu sparen (die Leute verbrachten den potentiell besten Teil ihres Lebens damit, daß sie warteten, bis die Badewanne voll war) und um aus der Hydrotherapie Gewinn zu ziehen. Er drehte den Wasserhahn mit seinen Zehen ab, um die Muskeln und Gelenke zu trainieren, die er vielleicht zum Bäumeklettern brauchen würde, wenn die Zivilisation ganz und gar zusammenbrach, falls es dann noch Bäume gab – und ihn: der letzte Mensch auf Erden ein Priester, der Apostel der Insekten, wenn es die gab, oder die übliche Routine. Er wusch sich mit Gesichtsseife – wenn das doch alle täten – und stieg rundum rosig aus der Wanne. Er trocknete sich gründlich ab – es war das *Gewicht* des Wassers, das die Ozeane Gott sei Dank an ihrem Platz hielt, was den Menschen Rätsel aufgab – und stellte sich auf die Waage. Stimmte die Anzeige nicht? Nein. Jeder Mensch hatte seine spirituelle Chance; ob er sie nutzte, war ihm mehr oder weniger selbst überlassen – aber physisch war nach einem gewissen Punkt Schluß. Trotzdem fühlte er sich nach ein, zwei Innings wohler und erlebte die alte Hochstimmung, die nur Athleten kennen.

Nach Deodorant duftend, mit rosiger Haut und in untadeligem Schwarzweiß schritt er mit seinem Brevier unter dem Arm wieder durch das Arbeitszimmer (»Ah!«), durch die Küche und weiter zur Kirche. Er suchte sich eine Bank, kniete nieder und betete. Zunächst für seine Gemeinde, die ihm als Pfarrer am meisten am Herzen liegen mußte, dann für lebende und tote Freunde und Verwandte, für seine Feinde, wenn es welche gab, und dann, nun ja, für den Frieden. Das Problem war, daß er glaubte, zuerst müsse die Erleuchtung kommen, daß sie mehr noch als die Liebe in der heutigen Welt vonnöten sei – Erleuchtung und der Mut, aus ihr heraus zu handeln, der Anstand, alles auf eine Karte zu setzen. Bevor die Menschen im allgemeinen – er selbst eingeschlossen – und nicht nur die Mistkerle in hohen Positionen (die wußten, wie die Menschen sind und von diesem traurigen Wissen profitieren), ihre Gedanken und Herzen erheben konnten, mußte es Erleuchtung geben. *»Es werde Licht.«* Und deshalb war es einfältig, und nicht nur gutgläubig, um Frieden zu bitten. Doch da es nun einmal so üblich war – Gott wußte, daß er sich nichts vormachte –, betete er um Frieden. Dann lehnte er sich auf der Bank zurück und las sein Brevier. Wenn der Text ihn zum Nachdenken brachte, ließ er seinen Gedanken eine Weile freien Lauf und hielt die Zeit nicht für gänzlich verschwendet. Aber er hoffte nicht mehr auf einen Durchbruch und zwang sich nicht mehr zu meditieren, damit Gott und er sich nicht langweilten.

Er machte noch eine Weile so weiter, jedoch nicht in unziemlicher Eile, und als er fertig war, verließ er die Kirche, jedoch nicht in unziemlicher Eile, nicht rennend, obwohl er sich der Küche – dem Kühlschrank – näherte. Er holte sich Eiswürfel und trug sie durch das Arbeitszimmer (»Ach ach«) ins Bad, seine Bar, wo die harten Sachen in derselben Schublade wie das Schuhputzzeug (und damit am richtigen Ort) aufbewahrt wurden. Er goß zwei Gläser voll – damit machte er nicht alles zunichte, was er an jenem Nachmittag angestellt hatte, um zu verzichten, aber er stellte wieder ein Gleichgewicht her. (Man konnte über den alten Via media lachen, aber er war immer noch der beste – man mußte allerdings aufpassen, sonst verfiel man in den alten Trott.) Nach ein, zwei weiteren Drinks und nach ihrem sehr leckeren Fischgericht fuhr er den Mönch zum Bus. »Bis Samstag, Pater.« – »Alles klar, Joe.« Und das war's dann wieder bis zur nächsten Woche.

An jenem Abend stand Joe nach einem unangekündigten Besuch von Earl mit Frau und zwei Kindern (»Wir wollten nur mal reinschauen, wir wohnen in Silverstream, wissen Sie«) in der Küche und wusch die Gläser, in denen er allen Limonade serviert hatte, dann las er die Sonntagszeitung zu Ende, las den *Katholischen Arbeiter* (und schrieb ihm einen Scheck aus), stellte den Fernseher in Abständen an und aus, trank ein Glas, zwei, füllte nach, einmal, zweimal – und die Wahrscheinlichkeit, daß der Vikar bald zurückkam, wurde immer wahrscheinlicher.

Joe hatte den Abend noch nicht abgeschrieben, als der Vikar um achtzehn Minuten nach elf zurückkehrte. Die Tür zum Arbeitszimmer stand offen, und der Pfarrer war auf seinem Barcalounger gut sichtbar, aber der Vikar ging ohne ein Wort des Grußes oder der Erklärung vorbei, und kurz darauf hörte man ihn duschen. Als das Geplätscher aufhörte, versuchte der Pfarrer aufzustehen, aber sein linkes Bein war eingeschlafen. Während er darauf wartete, daß es seine Aufgabe wieder wahrnahm, entschloß er sich, den Vikar nun doch nicht auf einen Schlummertrunk zu sich einzuladen. Jetzt war der Vikar am Zug. Es war spät, aber nicht zu spät, und die Tür des Pfarrers stand auf.

Nach der Stille zu urteilen, war der Vikar jedoch zu Bett gegangen.

Der Pfarrer stand auf, schloß die Tür, goß sich ein letztes Glas ein, stellte den Fernseher an und kehrte zu seinem Barcalounger zurück.

In mancher Hinsicht – der Pfarrer saß allein vor einem alten Film – unterschied sich dieser Abend in nichts von den Abenden, an denen er noch keinen Vikar gehabt hatte.

In einer Hinsicht allerdings würde er anders verlaufen: der Pfarrer, der nicht wollte, daß man ihn in der Küche herumrumoren hörte, würde hungrig ins Bett gehen.

13

Montag

Joe hatte die Acht-Uhr-Messe, der Vikar die um neun, und so frühstückten sie zu verschiedenen Zeiten. Danach ging Joe in sein Büro, doch wohin ging der Vikar?

Joe rief ihn an. »Guten Morgen. Es ist zehn nach zehn, das Thermometer zeigt zweiundzwanzig Grad, und die Sonne scheint.«

»Sind Sie das, Father?«

»Richtig. Hoffentlich störe ich nicht.«

»Nein. Ich lese gerade in meinem Brevier.«

»Lesen Sie's lieber in Ihrem Büro, Father, oder in der Kirche. So wie ich.«

»Von wo aus rufen Sie an, Father?«

»Von meinem Büro aus. Sie sollten in Ihrem sein.«

»Was steht an?« – keine Antwort – «Ich bin gleich unten.«

Joe verschlug es – nur für einen Moment – die Sprache, als Bill in Nietenhosen und T-Shirt auftauchte und sagte: »Was liegt an?«

»Was soll das heißen ›Was liegt an‹? Wir öffnen um neun Uhr dreißig.«

»Ja?«

»In der Regel, ja. An manchen Tagen wird es eine Hochzeit oder Beerdigung geben, aber normalerweise sollten Sie um zehn Uhr im Büro sein, wenn Sie die Neun-Uhr-Messe haben, und um halb zehn, wenn Sie die um acht haben. Ich war heute um neun hier, aber wir öffnen um halb zehn.«

»Wozu?« sagte der Vikar.

Joe sah ihn scharf an. »Sie dachten, das Büro wäre nur dazu da, Besucher zu empfangen?«

»Mehr oder weniger.«

»Dem ist nicht so, Father. Sie werden mit der Zeit noch dahinterkommen. Vorerst möchte ich Sie nicht in diesem Aufzug sehen.«

»Im Haus, dachte ich ...«

»Nein, Father. Keine Nietenhosen.«

»Nietenhosen? Sie meinen Jeans.«

Joe meinte Jeans, aber er wollte das Wort nicht benutzen, weil es in seinen Ohren so affektiert klang. »Hören Sie zu, Father. Sie können vielleicht Ihr Eckchen der Welt nicht verschönern, aber warum müssen Sie's verschandeln? Warum sich die größte Mühe geben, schäbig auszusehen? Sicher, jedermann tut das, aber Sie sind nicht jedermann, Father. Sie sind kein abgetakelter Cowboy, und Sie sind nicht der Junge von nebenan. Sie sind ein Priester, und das bedeutet unter anderem, daß Sie sich wie einer kleiden. Wenn Sie verreisen und nicht belästigt werden wollen, ist das etwas anderes. Aber ansonsten haben die Leute ein Recht darauf zu wissen, was Sie sind. Seien Sie keine falsche Schlange, Father. Schwitzen Sie an den Füßen, oder was?«

Der Vikar sah auf seine Füße hinunter und schüttelte den Kopf.

»Okay«, sagte Joe. »Sandalen im Haus, mit einer Soutane oder mit Hosen und einem Hemd (schwarz oder weiß), aber nicht zum Anzug. Wenn ich jemanden sehe, der zum Anzug Sandalen trägt – ich meine nicht nur Priester –, kommt's mir hoch. Schwarze Socken, Father.«

»Schwarz?«

»Schwarz. Ich hasse diese kleinlichen Abweichungen von der Norm. Ich kann verstehen, wie einer sich vom Priesteramt abwendet, aber wie einer farbige Socken trägt, inklusive grau – nein. Taugt nichts.«

»Durchbricht die Eintönigkeit.«

Um zu zeigen, was er *davon* hielt, schloß Joe die Augen und ließ den Kopf hängen, als habe ihn der Schlag getroffen, dann setzte er sich wieder auf. »Das würden Sie nicht sagen, Father, wenn Sie wüßten, was Eintönigkeit ist. Ganz so einfach ist das nicht. Aber darum geht es auch nicht. Die Frage lautet: warum eine perfekte Farbkombination ruinieren? Ja, perfekt. Jeder

Mann sieht in Schwarzweiß besser aus. Ich sage nicht gut, ich sage besser. Deshalb ist, oder war, der Gesellschaftsanzug schwarz und weiß. Im Grunde haben wir Glück, wir Priester. Sehen Sie sich die Buddhisten an.«

Der Vikar schüttelte in filmreifer Bestürzung den Kopf.

Joe las die Aufschrift auf der Brust des Vikars noch einmal (»Du sollst nicht töten, biegen, falten oder verstümmeln«) und sagte: »Ich habe nie T-Shirts getragen, nicht einmal einfache weiße, aber ich habe nichts gegen T-Shirts als Unterhemden. Als mehr waren sie nie gedacht, wissen Sie. Jetzt gehen Sie um Christi willen – ich meine das ganz wörtlich – hoch, und ziehen Sie sich um, und dann kommen Sie wieder.«

Der Vikar kam in der Soutane wieder, aber er trug immer noch seine dicken grauen Socken mit roten Spitzen und Fersen. Joe verlor kein Wort darüber, weil er hoffte, wenn er dem jungen Mann eine Atempause gönnte, würde der schon sehen, wohin es führte, wenn er sich gegen seinen Pfarrer stellte (wenn es das war, was er vorhatte): ins Aus.

»Gehen wir zu Ihnen 'rüber«, sagte Joe.

Im Büro des Vikars, das dem Vikar an seinem ersten Tag, Samstag, keinen Kommentar entlockt hatte und das er immer noch wortlos hinnahm, ging Joe zum Büroschrank hinüber und öffnete schwungvoll die Türen. »Zur Zeit sind wir eingedeckt, Father, aber es wird zu Ihren Aufgaben gehören, Büromaterial nachzubestellen.« Joe zeigte ihm den Scheckstempel. »Ich muß Sie den Leuten auf der Bank noch vorstellen« – vorausgesetzt, daß ich jemals Ihren Namen herausfinde – »und Sie können ein Muster Ihrer Unterschrift dort hinterlegen.« Joe trat vom Schrank zurück, dessen Türen er offen ließ, und sagte: »Oh, schließen Sie doch die Türen, Father«, um ihn einzubeziehen. Dann ging er zum Aktenschrank. Er zog eine Schublade auf, dann noch eine und noch eine und erfreute sich an der weich gleitenden Bewegung und den leuchtend bunten (neuen) Schildchen auf den Aktendeckeln. »Jede Familie und jeder Haushalt hat eine Akte. Wenn ein Gemeindemitglied kommt, müssen Sie nicht von vorne anfangen – Sie kennen den Vornamen der Frau, die Anzahl der Kinder, deren Namen und so weiter.« Joe öffnete noch eine Schublade und konnte sich nicht beherrschen: er mußte die Schublade selbst wieder zuschieben, obwohl er vorgehabt hatte, das Schließen dem Vikar zu überlassen. »Gemeindekorrespondenz. Streng chronologisch« – Joe entschloß sich, den Kram nicht zu erwähnen, der undatiert von Toohey kam oder auf dem als Datum, sagen wir, ›Donnerstag‹ stand. Joe ging zum Regal, bückte sich zum untersten Brett und klatschte ein dickes leinengebundenes Buch auf den Tisch. »Gemeinderegister. Ein Chaos, als ich herkam. Wichtige Daten auf Papierfetzen, die nie eingetragen wurden.« Joe reichte dem Vikar einen Ordner, um ihn einzubeziehen. »Der Index zum Gemeinderegister. Meine Idee. So müssen Sie nicht jedesmal das ganze Register durchblättern, wenn jemand eine Taufurkunde will. Man muß allerdings den Index auf dem laufenden halten, sonst nützt er nichts. Auch eine Ihrer Aufgaben.« Der Vikar – einbezogen? – stellte den Index ins Regal zurück. Joe ging zum Schreibtisch und konnte sich gerade noch daran hindern, aus reiner Gewohnheit dahinter Platz zu nehmen. Er setzte sich auf einen der zitronengelben Stühle, die ursprünglich aus seinem Büro stammten.

»Setzen Sie sich, Father. Nein, an den Schreibtisch.« Nachdem der Vikar seiner Aufforderung nachgekommen war, fuhr Joe fort: »Sie sagen nicht viel, Father.«

»Worüber?«

»Überhaupt. Über den Bürotrakt. Waren Sie nicht überrascht?«

»Nein. Daß heißt, ich hatte davon gehört.«

Joe rümpfte die Nase und nahm das Schlimmste an. »Es ist viel geredet worden. Das meiste pro, aber auch einiges contra. Sie kennen die Geistlichkeit. Oder vielleicht auch nicht. Sie kommen her und machen sich über die Büros lustig, belächeln mein Badezimmer – die Kacheln sind schwarz und orange, *knall*orange – ein Fehler des Architekten.« Joe schüttelte den Kopf. »Ich habe eine Menge eingesteckt, und nicht nur vom Klerus. ›Father, wann bauen Sie *Gott* ein hübsches Haus?‹ Eine der Nonnen – Gott sei Dank sind sie den Sommer über weg.« (Was die Nonne tatsächlich gesagt hatte, war: »Father, wann bauen Sie *Gott* ein so hübsches Haus wie *Ihres*?«, worauf er schnell »Und wie *Ihres*, Schwester?« erwidert hatte). »Aber die meisten negativen Kommentare kommen von Geistlichen – Leuten, die wünschten, sie hätten zuerst das Pfarrhaus gebaut, und befürchten, daß sie nie eins bekommen werden. Es ist nicht leicht, der Gemeinde ein Pfarrhaus schmackhaft zu machen, nachdem man sie schon für eine Kirche begeistert hat, besonders wenn es schon so etwas Ähnliches wie ein Pfarrhaus gibt. Glücklicherweise gab es hier keines, nur den Grundstock, ein Kellergeschoß, in dem mein Vorgänger wohnte, und ich habe den Konvent gebaut. Glücklicherweise, sage ich, weil das Pfarrhaus hier der Kirche geglichen hätte – ein eher kleiner Bau, wie in Kriegszeiten üblich, mit diesem hier nicht zu vergleichen. Diese Leute« – er kam auf die Kritiker zurück, falls der Vikar zu ihnen zählte – »ziehen es vor zu vergessen, daß ich ein Jahr im Wohnwagen verbracht und dann in einem Schulzimmer gewohnt habe. Und Gott bekommt sein neues Haus, wenn er es wünscht. Ich warte nur, bis die Zeit reif ist; den besten Wein muß man bis zuletzt aufheben.« (Dies löste, anders als bei dem Erzbischof und seinen ehrwürdigen Beratern, beim Vikar keine sichtbare Bewegung aus.) »Was *mir* beim Warten mißfällt – abgesehen von den überfüllten Messen am späteren Sonntagvormittag –, ist die Schnelligkeit, mit der die Baukosten steigen. Und wie ich es sehe, wird das Geld knapper werden. Sie verstehen vermutlich nicht viel davon – von Geld?«

»Nein, nicht viel.«

»Na, dann werden Sie froh sein, wenn Sie erfahren, daß wir hier nicht darüber reden – in der Kirche. Wir präsentieren einfach die Rechnung für unsere Dienstleistungen, wie Ärzte und Rechtsanwälte.« Joe erklärte sein Finanzsystem. »Eigentlich ist es das alte System der Miete für den Platz in der Kirche, auf Vordermann gebracht, durch die Option auf Ratenzahlung ergänzt – was die Leute heutzutage verstehen. Ich hatte das System der Sonntagskollekten, aber in den Ferien war das tödlich. Sommer *und* Winter. In der Geschichte hat es nie eine Zeit gegeben, in der so viel gereist wurde wie in unserer – die

Leute sind wie die Zugvögel. Bei meinen laufenden Unkosten mußte ich etwas unternehmen.«

»Fünfhundert erscheint mir ziemlich hoch.«

»In den meisten Familien dieser Gemeinde sind das nicht einmal drei Prozent des Gesamteinkommens. Soviel ich weiß, verlangen die Mormonen zehn.«

»Scheint mir trotzdem ziemlich hoch.«

»Nicht jede Gemeinde hat dieses System. Im Idealfall sollte es nur in neuen Gemeinden eingeführt werden, damit man sich die schwierige Übergangsperiode erspart.« Joe hatte diese Periode noch nicht hinter sich.

»Scheint mir trotzdem ziemlich hoch.«

He, auf wessen Seite stehst du? »Die alten Klingelbeutel-Tage sind vorüber, Father, aber wenn es Sie glücklich macht, werde ich diese Dinge vorläufig übernehmen.«

»Danke.«

Joe stand auf, ging zum Schreibtisch, auf den sich seit dem ersten Besuch des Vikars eine dünne Schicht weißer Blätter gelegt hatte wie Schnee, griff hinein und suchte sich einen unwichtigen Brief aus. »Beantworten Sie diesen bitte gleich. Ich habe eine Notiz an den Rand geschrieben, damit Sie wissen, was Sie schreiben müssen. Fassen Sie sich kurz. Unterschreiben Sie mit *Ihrem* Namen – Pfarrvikar. Lassen Sie mich einen Blick darauf werfen, bevor Sie ihn zukleben.« Damit sich der Vikar gleich an die Arbeit machen konnte, wollte sich Joe in sein Büro zurückziehen.

»Muß er getippt sein?«

Joe blieb abrupt stehen. »Wie war das?«

»Ich kann ihn nicht tippen.«

»Was sagen Sie da?«

»Ich kann nicht Schreibmaschine schreiben.«

Joe starrte entgeistert vor sich hin. »Kann nicht tippen«, murmelte er, dann sagte er laut: »Soll das heißen, daß Sie im Seminar alles mit der Hand geschrieben haben? Semesterarbeiten und alles?«

Der Vikar, der zu denken schien, daß um sein Unvermögen zuviel Wind gemacht wurde, nickte.

»Kaum zu glauben«, sagte Joe. »Dann waren Sie sicher der einzige in Ihrem Kurs, der keine Schreibmaschine benutzt hat.«

»Es gab noch einen außer mir.«

Joe war erleichtert – wenigstens der Spieler in ihm –, daß er nicht ganz so viel Pech gehabt hatte, wie er glaubte. »Aber Sie müssen doch gemerkt haben, daß alle anderen Schreibmaschinen besaßen. Haben Sie sich nie gefragt warum?«

»Ich hatte nie eine Schreibmaschine. Fand es nie nötig.« Der Vikar klang stolz wie einer, der seine Zähne mit Tafelsalz putzt. »*Ich* habe eine schöne, klare Handschrift.«

Joe schnaubte. »Ich habe auch eine schöne, klare Handschrift. Aber ich schreibe meine Gemeindekorrespondenz nicht mit der Hand. Und ich hoffe, *Sie* werden es auch nicht tun, wenn Sie erst einmal Pfarrer sind.«

»Ach, zum Teufel damit.«

Joe, der ruhelos umhergewandert war, blieb stehen und sah den Vikar an, aber der Vikar war schlau genug, seinen Blick nicht zu erwidern. Er zündete sich eine Zigarette an. Joe schüttelte den Kopf und wanderte kopfschüttelnd weiter. »Father, Father«, sagte er.

»Blödsinn, Father« sagte der Vikar, Rauchwölkchen ausstoßend. »Sie hätten eine Sekretärin verlangen sollen und keinen Priester.«

Joe blieb stehen und zog hörbar die Luft ein. »Großartig«, sagte er nickend. »Klingt großartig, Father. Aber was soll es *bedeuten*? Bedeutet es, daß Sie von mir erwarten, daß ich den Großteil der Drecksarbeit hier übernehme? Während Sie herumspazieren und Seelen erretten? Oder in Ihrem Zimmer sitzen und darauf warten, daß jemand kommt? Bedeutet es, daß Sie später, wenn Sie Pfarrer sind, von Ihrem Vikar verlangen, daß er das tut, was Sie nie tun mußten? Das will ich doch nicht hoffen, Father. Denn wissen Sie, Father, es dauert vielleicht Jahre, bis Sie einen Vikar bekommen, wenn Sie Pfarrer sind. Vielleicht werden Sie nie einen haben, Father. Vielleicht sitzen Sie in einer Ein-Mann-Pfarrei fest. Das Schicksal vieler. Sie werden sich keinen Sekretär leisten können, keine Stenotypistin, und Sie werden Ihre Korrespondenz nicht guten Gewissens den Nonnen oder Ehrenamtlichen überlassen können. Sie werden nie Ihr eigener Herr sein. Sie werden sich und anderen nichts als Peinlichkeiten bereiten. Sind wir doch ehrlich, Father. Heute ist ein Mann, der nicht Schreibmaschine schreiben kann, für das Gemeindeleben ebenso schlecht ausgerüstet wie einer, der keinen Führerschein hat. Nur zu. Lachen Sie. Verziehen Sie das Gesicht. Trotzdem stimmt es. Sie wollen doch nicht wie Toohey werden, oder? Er kann auch nicht tippen, und er hat die Diözese um hundert Jahre zurückgeworfen. Er schreibt: ›Nein, geht nicht‹ auf alles und schickt es an den Absender zurück. Offizielle Schreiben verfaßt er auf Schmierpapier der Universal Portland Cement Company.«

Deprimiert vom Gedanken an Toohey und verärgert über die Kälte des Vikars – wenn er dessen Benehmen richtig interpretierte –, zog sich Joe in sein Büro zurück. Er setzte sich an seinen Schreibtisch und machte eine Liste. Kurz darauf erschien er in der Tür zwischen den beiden Büros. Er hatte seinen Hut auf. »Und Father«, fuhr er fort, »was ist, wenn Sie als Pfarrer einen Vikar wie sich selbst bekommen? Denken Sie mal darüber nach. Ich muß los. Passen Sie gut auf den Laden auf.«

Joe fuhr in die Stadt und kaufte einen Schreibmaschinenkurs, der aus Handbuch und Schallplatten bestand, und er kaufte das Bett – zum Glück war es noch vorrätig –, das Doppelbett mit den Ananas. Sollte er je einen passenden Bettkasten oder Toilettentisch bestellen wollen, so wurde ihm gesagt, sei das gar kein Problem, und er dürfe das Bett mitsamt Lattenrost und Matratze mit der Donnerstagslieferung nach Inglenook erwarten.

»Okay, Father?«

»Okay, Earl.«

Und an diesem Nachmittag erhielt Joe in seinem Büro einen Anruf von Mrs. Fox. Sie wollte nur wissen, ob alles in Ordnung sei, sagte sie – als wüßte sie das nicht. Sie starb immer noch vor Neugier auf das Zimmer. »Wie sieht es denn *aus*?« Joe sagte, er finde, das Zimmer sei recht hübsch geworden, dankte Mrs. Fox für ihre Hilfe und für den Anruf und legte auf.

Sofort klingelte das Telefon wieder. »St. Franziskus«, sagte Joe.

»Ist Bill da?«

»Bill?«

»Für *mich?«* fragte der Vikar, der eifrig tippte, nun ja, immerhin *tippte* er.

Joe versuchte, durch die Wand zu sehen. (Die Tür zwischen den Büros stand offen, aber der Winkel war ungünstig.)

»Nehmen Sie's bei sich an«, sagte er und stellte das Gespräch durch.

An jenem Tag gab es keine neuen Erkenntnisse mehr über die Identität des Vikars, aber Joe war erfreut, als er den jungen Mann beim Abendessen in Schwarzweiß gekleidet sah – schwarze Schuhe, Socken und Hosen – ein weißes Hemd; nach dem Essen nahm Joe ihn mit ins Arbeitszimmer, da er ihm noch einiges zu sagen hatte und da dies am besten privat (außer Hörweite von Mrs. P.) geschah.

»Versuchen Sie eine von denen«, sagte Joe und bot dem Vikar von seinen Zigarillos an, als dieser seine Zigaretten hervorholte. »Die sind besser für Sie. Ich sage nicht gut, ich sage besser.«

»Okay. Danke.«

»Vergessen Sie nicht, das kleine Auto heute nacht in die Garage zu stellen, Father.«

»Ach, darum mache ich mir keine Sorgen.«

»Ich mache mir auch keine Sorgen, aber wir wollen doch nicht, daß es hier aussieht wie auf einem Campingplatz. Braucht eine Menge Benzin, oder?«

»Das weiß ich noch nicht.«

»Gut. Wenn Sie es nicht wissen, dann reden Sie nicht darüber. Die meisten Besitzer von Kleinwagen kennen kein anderes Thema. Übrigens gehen Benzin und Öl auf die Rechnung des Hauses. Fahren Sie zu Smileys Shelltankstelle, hier in der Stadt, und sagen Sie denen, wer Sie sind.« *Sagen Sie's mir!* »Die

Reinigung wird von uns bezahlt. Die Wäsche ebenfalls. Sie leidet, wenn man sie waschen läßt, aber versuchen Sie nicht zu sparen. Ihr Kleiderzuschuß ist reichlich bemessen.« Dämmerte dem Vikar, wie glücklich er sich schätzen konnte, Joe als Pfarrer zu haben? Joe bezweifelte es. »Übrigens – und das hätte ich Ihnen schon vorgestern abend sagen müssen – ist um neun Uhr Zapfenstreich.«

»Das kann nicht Ihr Ernst sein.«

»Leider doch.«

Der Vikar schüttelte betrübt den Kopf, wie er es vom Fernsehen gelernt hatte.

»Okay, Father. Sehen wir, ob ich mich verständlich ausdrücken kann. Sagen wir, Sie sind ich und ich bin Sie, und dies ist mein dritter Arbeitstag. Am ersten Tag tauche ich in allerletzter Minute auf. Am zweiten Tag gehe ich zum Essen aus und komme elf Stunden später wieder. Am nächsten Morgen müssen Sie mich ins Büro rufen. Und jetzt klingen Sie so, als wollten Sie die ganze Nacht wegbleiben. *Ich* natürlich, wollte ich sagen. Sie wissen noch – ich bin Sie. Ich erwarte, daß ich nach Belieben kommen und gehen kann. Ich finde, ich bin alt genug, um auf mich selbst aufzupassen – und vielleicht stimmt das. Nehmen wir mal an, es stimmt, Father. Aber Father – denken Sie daran, Sie sind jetzt ich – *woher wissen Sie das*?«

»Ich weiß es nicht. Ich setze einfach voraus, daß Sie erwachsen sind, und ich behandle Sie dementsprechend.«

»So, tun Sie das?«

»Bis ich Gründe habe anzunehmen, daß es nicht so ist.«

»Bis dahin, soso. Und was dann? Auf die Bremse steigen?«

»Wenn nötig.«

»Schlecht, Father. Dann ist es eine Bestrafung. So geht das nicht. Es gehört einfach zu den Hausregeln – wie schwarze Socken und keine Nietenhosen. Fassen Sie es nicht als persönlichen Angriff auf. Und bitte. Nehmen Sie es nicht so schwer. Wenn Sie irgendwohin gehen wollen – ins Kino, zu einem Match –, werden wir zusehen, daß Sie das können. Daß wir es vielleicht beide können. Und jetzt stellen Sie Ihr kleines Auto weg, Father, und ich mache uns einen Drink.«

14

Enthüllungen

Am Dienstagmorgen schusterte Joe wie gewöhnlich das Gemeindeblatt zusammen und wollte es, obwohl schon wieder etwas fehlte, gerade zum Druck geben, als er, einer plötzlichen Eingebung folgend, die Nummer der Verkehrspolizei wählte, zur Zulassungsstelle durchgestellt wurde und eine Stimme vernahm, die aus einem Eimer zu kommen schien.

»Also«, sagte die Stimme, »Fabrikat und Farbe?«

»VW-Käfer. Hellbraun oder dunkelgelb – irgendwie karamelfarben.«

»Brauner VW-Käfer. Okay, und wer sind Sie?«

»Das möchte ich lieber nicht sagen.«

»Geht es um einen Unfall?«

»Oh, nein.«

»Manchmal fahren Leute weiter, wenn sie einen Unfall hatten. Dann fällt ihnen ein, daß sie vielleicht gesehen und gemeldet worden sind. Und dann versuchen sie, mit dem Besitzer des beschädigten Wagens die Sache zu regeln, bevor er zur Polizei geht.«

»O nein. Nichts dergleichen. Es ist eine lange Geschichte, und ich will nicht ins Detail gehen, aber ich kann Ihnen versichern, daß es sich nicht um einen Unfall handelt. Das Auto ist hier.«

»Wo?«

»Das möchte ich lieber nicht sagen.«

»Wie lange ist der Wagen schon da?«

»Seit Sonnabend, aber das hat nichts damit zu tun.«

»Haben Sie Grund zu der Annahme, daß der Wagen stehengelassen oder gestohlen wurde?«

»Nein, nein. Ich dachte nur, Sie könnten mir den Namen

des Besitzers nennen, wenn ich Ihnen das Autokennzeichen gebe. Das ist alles.«

»In unserer Abteilung ist es nicht üblich, Informationen weiterzugeben, wenn wir nicht wissen, warum und mit wem wir es zu tun haben. Wir bekommen eine Menge Anrufe – alle möglichen, mein Bester. Irgendein Typ sieht eine Puppe, schreibt sich ihre Autonummer auf und ruft uns an. Woher soll ich wissen, ob Sie nicht *so einer* sind.«

»Ich bin Father Hackett, Sankt Franziskus und Klara, Inglenook.«

»Oh, hallo, Father. Hier spricht Captain O'Connell. Tut mir leid, daß ich Sie nicht erkannt habe. Wir müssen ziemlich vorsichtig sein, wissen Sie. Muß Ihnen nicht erklären, weshalb.«

»Nein.«

»Father, Sie sagen, der Wagen steht bei Ihnen?«

»Ja.«

»Auf Ihrem Parkplatz?«

»In meiner Einfahrt.«

»Und Sie wollen ihn abschleppen lassen?«

»Nein, nein, Captain.«

»Wollen Sie ihn nicht abschleppen lassen, Father, oder wollen Sie ihn nicht von der *Polizei* abschleppen lassen?«

»Ich will ihn überhaupt nicht abschleppen lassen, Captain. Glauben Sie mir, ich will ihn nicht abschleppen lassen.«

»Father, wissen Sie, was ich glaube?«

»Was?«

»Ich soll Ihnen die Informationen geben, damit Sie den Besitzer auf nette Art bitten können, sein oder ihr Auto wegzufahren.«

»Nein, nein. Ich will nicht, daß er wegfährt.«

»Father, warum sagen Sie uns nicht einfach, warum Sie die Information wollen?«

»Das möchte ich nicht.«

»Father, in unserer Abteilung ist es nicht üblich, Informationen weiterzugeben, wenn wir nicht wissen wozu.«

»Ich verstehe.«

»Sie wollen doch sicher nicht, daß wir in Ihrem Fall eine Ausnahme machen.«

»Wenn das nicht üblich ist, dann nicht.«

»Father, wenn Sie uns nur annähernd sagen könnten, worum es geht.«

»Lieber nicht, Captain.«

»Dann kann ich Ihnen nur raten, sich an die zuständige Polizeidienststelle zu wenden. Die haben Zugang zu der Information. Man wird auch Fragen stellen, aber vielleicht fällt es Ihnen leichter, sie denen zu beantworten.«

»Danke, aber ich glaube, ich werde das Ganze einfach auf sich beruhen lassen.«

»Hat mich gefreut, mit Ihnen zu sprechen, Father.«

»Ganz meinerseits, Captain.«

Joe steckte die Vorlage für das Gemeindeblatt ein, setzte seinen Hut auf, machte die Tür zwischen den Büros auf (die er vor dem letzten Anruf geschlossen hatte), und sagte zu dem Vikar (der auf die Schreibmaschine einhackte): »Bin eben mal weg. Bleibe nicht lange.«

Auf den Notizblock in seinem Auto kritzelte er den Zweck seiner Runde (GEM.BL., BIER). Aber als er am *Universum*, wo das Blatt gedruckt werden sollte, angekommen war, fuhr er daran vorbei. Glaubte er denn, er könne in einer Stunde herausfinden, was er in über einer Woche nicht herausbekommen hatte? Nein, die Chancen standen hundert zu eins dagegen. Aber ihm blieben immer noch ein, zwei Möglichkeiten – oder drei. Er konnte die Information verwenden, die er hatte, und den Neuen salopp als »Father Bill« ankündigen. Er konnte die VW-Leute in Whipple anrufen, fragen, ob sie diesen hellbraunen oder dunkelgelben Käfer noch hätten, und dort fündig werden. Er konnte ins Zimmer des Neuen schleichen und dessen Bücher durchforsten, bis er eines – vermutlich eine Bibel – fand, in der sein Name stand.

Beim Weinhändler tauschte er seinen hübschen sauberen Kasten gegen einen schmuddeligen (Mr. Barnes war nicht anwesend).

Vor Smileys Tankstelle sah er den Pächter draußen an der

Säule stehen und fuhr heran. »Neuer Kunde für Sie, Jack, aber ein armer, fährt einen Käfer – mein Assistent, die Rechnung können Sie mir geben.«

»Ich weiß, Father. Er war gestern da.«

Ha, hundert zu eins! »Hat er unterschrieben?«

»Nö. Ich hab's mir nur notiert.«

Joe rümpfte die Nase. »Ach, so wird das gehandhabt!«

»Wie bei Ihnen, Father.«

Joe gab das Spiel verloren. »Lassen Sie ihn in Zukunft unterschreiben.«

»Hätten Sie mir das mal früher gesagt, Father.«

»Hätte ich nur.«

Joe fuhr weiter und dachte, O.K., das war's – er würde die Sache mit dem Schlafzimmer noch am selben Nachmittag angehen, wenn Mrs. P. frei hätte, sobald sie weg wäre.

Er fuhr seinen Wagen in die Garage, aus der Sonne – noch etwas, das er dem Vikar sagen mußte, wie sehr sie dem Lack zusetzte, die Sonne. Den schmutzigen Kasten ließ er aus demselben Grund im Kofferraum, aus dem er am Abend zuvor den sauberen dort gelassen hatte, nachdem Mrs. P. gegangen war – damit sie nicht dachte, er hätte nichts Besseres zu tun als sich selbst mit Bier zu beliefern. Die Vorlage für den Rundbrief nahm er mit. Er fand die Tür zwischen den Büros jetzt geschlossen vor und auf seinem Schreibtisch eine getippte Nachricht:

»Ge wünshte INformation: William Alois Schmidt.«

Eine Minute später, während Joe noch überlegte, wie er die gewünschte Information dem Gegenstand derselben am besten erklären konnte, fuhr ein Umzugs-Transporter von der St.-Vincent-de-Paul-Gesellschaft vor (um sein altes Bett samt Sprungfederauflage und Matratze abzuholen), verfrüht, um es milde auszudrücken, (dem Fahrer gegenüber hielt sich Joe nicht zurück – ein Möbelträger existierte nicht) und nicht, wie versprochen, »irgendwann am Nachmittag«, wenn die ganze Operation (raus mit dem Alten, rein mit dem Neuen) in Mrs. P.s Abwesenheit stattgefunden hätte. Ja, wäre diese Phase der

Operation wie geplant verlaufen, hätte Mrs. P. vielleicht am nächsten Morgen den einen oder anderen Schock verkraften müssen, wenn sie das alte Bett nicht mehr sah und dafür das neue, ein Doppelbett, aber es wäre immer noch besser gewesen als dieses »*Ich* weiß nicht, was hier los ist«. Joe hatte den Eindruck, daß sie die Betten oder die Bettenverschiebung in Gedanken mit dem Einzug des Vikars in Verbindung brachte, vielleicht weil Möbel dabei eine Rolle spielten und weil einen Hauch des Geheimnisvollen beides umgab. Jedenfalls war Mrs. P. verstimmt, und das aus gutem Grund, denn ihr war nichts über Betten, alte oder neue, mitgeteilt worden, und sie dachte vermutlich, daß sie das alte Bett am Morgen umsonst gemacht hatte, ohne zu begreifen, daß in diesem Fall Unwissenheit ein Segen war und daß Joe liebend gerne sein Bett selbst gemacht hätte, wenn diese umstürzlerische Handlung sie nicht noch mehr aus der Fassung gebracht hätte. »Wer weiß, was noch alles passiert!« – »Heute nachmittag wird das neue Bett geliefert.« – »Aber dann werde *ich* nicht dasein.« – »Das ist richtig.«

Nachdem Mrs. P. das alte Bett abgezogen hatte, versuchten Joe und der Fahrer (der über einen schlimmen Rücken klagte), es auseinanderzubauen. Mrs. P. stand mit dem Staubsauger dabei, voller Ungeduld, gerade den Teil des Bodens (Teppichboden) zu saugen, der sich unter dem Bett befand und an den sie erst herankam, wenn das Bett zerlegt war, was nicht gelingen wollte. Joe schwitzte heftig. »Hammer«, japste er. Mrs. P. brachte den Hammer, und Joe, der sie loswerden wollte, trug ihr auf, sich um das Mittagessen zu kümmern. Sie ging, tauchte aber immer wieder überraschend in der Tür auf. Und als das Bett auseinanderfiel, war sie sofort zur Stelle mit dem Staubsauger und ging ans Werk wie die Feuerwehr.

Joe und der Fahrer luden Bett, Matratze und Lattenrost auf den Lastwagen, danach bot Joe dem Fahrer (und sich selbst) auf der Hintertreppe ein kühles Bier an, gab dem Mann fünf Dollar für seine Mühe und nahm ein dringend benötigtes Bad, das er absichtlich in die Länge zog, damit er allein zu Mittag essen konnte und nicht womöglich in Mrs. P.s Hörweite von dem Vikar über bestimmte Dinge ausgefragt wurde – weil er eigentlich überhaupt keine Lust hatte, Fragen zu beantworten, Schluß.

Nach dem Mittagessen ging er in sein Büro – die Tür war noch geschlossen – und schrieb einen Artikel, dem er die Überschrift »Neuer Mann/ Neuer Priester« gab. Dann setzte er seinen Hut auf, sagte dem Vikar nicht Bescheid, und brachte die Vorlage weg. Bei seiner Rückkehr (Mrs. P.'s Auto war fort) trug er das Bier herein, wusch sich die Hände und ging in sein Büro (Tür immer noch geschlossen), um nachzudenken. Erklären. Wie konnte er das? Nicht erklären. Wie konnte er?

Schließlich stand er auf und öffnete die Tür mit der Bemerkung »Stickig«, worauf er keine Antwort erhielt und sich wieder an den Schreibtisch setzte.

Als nächstes, von seinem Schreibtisch aus: »Ich würde Sie gerne sprechen, Father.«

Als der Vikar eintrat, hielt Joe den Kopf geneigt und abgewandt, in der Haltung des Beichtvaters (obwohl er der Büßer war), und spielte mit der getippten Notiz. »Father, als Sie diese ... Information erhalten haben, was ... haben Sie da gesagt?«

»Ich habe danke gesagt.«

Joe sah zu dem Vikar hoch – nein, er machte keine Scherze (nein, das sah ihm nicht ähnlich). »Haben Sie nicht gesagt, wer Sie sind?«

»Nein.«

»Hat er gesagt, wer er ist?«

»Nein. Wer war es denn?«

Um die folgende Pause auszufüllen, stülpte Joe seinen Hut (der umgedreht zum Lüften auf dem Schreibtisch gelegen hatte) richtig herum über die getippte Notiz. »Das kann ich Ihnen leider nicht sagen.« Im selben Augenblick hörte er die Türglocke und eine Stimme: »Sie haben ein Bett bestellt?«

Joe und der Vikar stiegen die Treppe hoch, und Joe war nach seiner Erfahrung mit Earl und dem Geschäft froh, daß das Bett – das richtige, das Doppelbett mit den Ananas – zur richtigen Zeit angekommen war, komplett mit Lattenrost und Matratze.

Joe und der Vikar und zwei Männer aus dem Kaufhaus (die ihre Hilfe anboten) setzten das Bett zusammen, während Joe die Aufsicht führte und ansonsten mehr tat als nötig, indem er die Männer beim Vornamen nannte (der auf ihre T-Shirts gedruckt war) und – was noch nie vorgekommen war – den Vikar bei seinem. »Vorsicht, Bill.« Sam und George zogen die Matratze und den Rahmen aus der Verpackung, die sie zu Joes großer Erleichterung wieder mitnehmen wollten. An diesem Punkt bemerkte Joe – offenbar als einziger –, daß Matratze und Rost nicht zusammenpaßten.

»Moment mal«, sagte er und ging ans Telefon.

»Oh, oh«, sagte Earl. »So ein Pech, daß Sie das nicht rechtzeitig gemerkt haben, Father.«

»Daß *ich* das nicht rechtzeitig gemerkt habe?«

»Wenn Sie es den Jungs vom Lieferwagen gesagt hätten ...«

»Earl.«

»Ja, Father.«

»Sie sind noch hier.«

»In dem Fall rufen Sie einen von ihnen.«

Joe reichte den Telefonhörer an Sam weiter, der »Klar«, »Nee« und »Klar« sagte und Joe den Hörer zurückgab.

»Und was wird jetzt, Earl?«

»Sie haben nichts weiter zu tun, Father, als die Farbe auszusuchen, die Sie wollen. Drei gibt es – Blau, Rosa oder Silbergrau. *Das* würde ich in Ihrem Fall empfehlen, Father. Silbergrau.«

»Die Farbe ist mir völlig egal. Nur Matratze und Rost sollen zusammenpassen.«

»In diesem Fall vergessen wir das Silbergrau, Father. Blau oder rosa?«

»Ist mir egal. Also gut. Blau.«

»Blau. Und was ist jetzt rosa, die Matratze oder der Rahmen?«

»Die Matratze.«

»Das heißt, die Jungs bringen Ihnen am Montag eine blaue Matratze.«

»Moment mal. Bedeutet das, daß sie die rosafarbene heute wieder mitnehmen?«

»Richtig.«

»Das geht nicht, Earl. Ich habe mein altes Bett heute früh wegbringen lassen.«

»Oh, oh. M und R auch?«

»Was?«

»Matratze und Rost auch, Father?«

»Ja, aber sie gehörten zu einem Einzelbett, Earl. Mein altes Bett war ein schmales, wissen Sie noch?«

»Ach, richtig. Father, wie wäre es, wenn Sie das neue Bett – das mit den Kanonenkugeln – bis Montag ins Gästezimmer stellen? Nur bis Montag?«

»Geht nicht. Der Mönch kommt am Samstag.«

»Oh, oh. *Den* habe ich ganz vergessen. He, und wie ist es mit der Liege? Haben Sie die auch schon weggegeben?«

»Nein, die müßte noch irgendwo sein.«

»Die könnten Sie nicht vielleicht bis Montag benutzen?«

»Die rosa Matratze könnte nicht so lange hierbleiben?«

»Das geht schlecht, Father. Nein.«

»Wegen dem, was auf dem Etikett steht?«

»Richtig. Hygienemaßnahme. Wenn Sie darauf geschlafen hätten, könnten wir sie nicht mehr zurücknehmen und verkaufen. Das steht nun mal im Gesetz.«

»Wissen Sie was, Earl?«

»Was, Father?«

»Sie können sie beide zurückhaben – die rosa M und den blauen R.«

»Und Ihnen die silbergrauen liefern?«

»Und die silbergrauen nicht liefern. Mir reicht's jetzt. Mir ist schleierhaft, wie Sie sich im Geschäft halten.«

»Father, nur weil jemand Mist gebaut hat ...«

»Ach, ›jemand‹?«

»Sie soll wieder anrufen. Ich spreche gerade mit Father. Entschuldigung, Father. Wie war das noch mal?«

»Ich habe nichts mehr zu sagen.«

»Und wenn sie die Königin von Siam ist. Ich spreche gerade mit Father. Entschuldigung, Father. Jetzt sage ich Ihnen mal, wie ich die Sache sehe. Wer wird denn schon merken, daß die Einzelstücke nicht zusammenpassen? Wenn Sie eine Frau wären, wäre das was anderes.«

»Was wäre anders?«

»Father, *Ihnen* ist das doch egal. Sie sind ein *Mann*.«

»Ja, aber was ist, wenn ich diese Stücke eines Tages weiterverkaufen will – an eine Frau?« (Joe dachte nur daran, was Mrs. P. sagen würde).

»Father, das werden Sie doch nicht. Diese Stücke halten ein Leben lang – und noch länger. Schon *gut*, Foxie. Ich rede mit ihr *persönlich*. Hören Sie, Father, Sie müssen das jetzt nicht am Telefon entscheiden. Sagen Sie nur den Jungs dann Bescheid.«

Joe legte auf. Er sagte den Jungs Bescheid, woraufhin diese losfuhren (mit den Kartons). Joe und Bill machten das Bett zurecht. Was auf den Matratzenschoner zutraf, traf ebenso, und vielleicht noch mehr, auf die Laken aus dem Wäscheschrank zu – alle waren ziemlich schmal, für Einzelbetten, wie Bill anmerkte. Joe, der das wußte, aber gehofft hatte, daß einige Laken breiter sein würden als sie sollten, sagte: »Okay, wir werden ein paar für Doppelbetten kaufen und Schoner auch« – damit er nicht in der Mitte des Bettes schlafen mußte –, »wenn wir essen gehen«.

»Hallo, Ed«, erwiderte Joe murmelnd den Gruß Ed Smileys, des Pfarrers von Sankt Peter, Silverstream, der mit seinem Vikar an einem Tisch auf der anderen Seite des Restaurants saß. Joe hatte gehofft, er werde ihn nicht bemerken.

»Er war mal im Seminar, bei einer Podiumsdiskussion«, sagte Bill.

»Ed war überall schon einmal bei einer Podiumsdiskussion«, sagte Joe. »Smiley, von Smileys Shell, ist Eds Bruder. Smileys Tankstelle ist tipptopp. Muß sie sein. Mit Shell kann man keine Spielchen treiben. Ed wäre ganz in Ordnung oder jedenfalls einigermaßen, wenn er sich nicht für einen charismatischen Führer dieser unserer Zeit hielte. Deshalb auch die schwarze Lederjacke und die Nietenhosen, die er im Pfarrhaus trägt (›Nietenhosen?‹ – ›Sie wissen schon, was ich meine‹), der Roller, den er fährt, der Quark, den er redet (›Quark?‹ – ›Unsinn‹). Gab mir den Rat, Grassamen in den Schnee zu säen und der Natur ihren Lauf zu lassen. Und ich habe ihm noch geglaubt, weil ich es glauben wollte. Das ist das Problem mit der heutigen Kirche. Zu viele Geistliche wie Ed und zu viele Leute, die ihnen glauben wollen.« Joe beobachtete, wie die Kellnerin an Eds Tisch ging und dem Vikar die Rechnung gab. »Der Vikar hat die Gemeinde im Griff, Bill. Ed ist in Finanzsachen unzurechnungsfähig.« Joe sah zu, wie Ed hinter dem Vikar aus dem Raum ging. »Das ist los mit Ed, Bill. Aber seine Gemeinde weiß es nicht. Behalten Sie es also für sich.«

»Father, was hatte es mit diesem Anruf auf sich?«

Da die Angelegenheit nicht zur Sprache gekommen war, als Joe damit gerechnet hatte – als sie das Bett gemacht hatten oder als sie in ihre Arbeitszimmer gegangen waren oder im Auto auf dem Weg ins Restaurant oder während des Essens –, hatte Joe geglaubt, weil er es glauben wollte, daß sich Bill aus Klugheit und Freundlichkeit dazu entschlossen hatte, nicht weiter nachzufragen, weil er vielleicht gespürt hatte, wie peinlich Joe die ganze Sache gewesen war, was man ihm wohl immer noch anmerkte. »Das ist eine lange Geschichte, Bill.«

»Hatten Sie gehofft, daß ich nicht fragen würde?«

»Ja. Manchmal wissen wir nicht, was wir fragen, Bill.«

»Trotzdem würde ich es gerne wissen, Father.«

»Ja, dann.« Bis zu diesem Punkt hätte es Joe, der bereits zwei Martinis (Bill nur einen) und über die Hälfte der Flasche Wein getrunken hatte, möglicherweise ohne Verdauungsschnaps ausgehalten. Die Kellnerin, die seine Bestellung aufnahm, sah unglücklich aus (vermutlich war sie katholisch oder eben gerade nicht), und Bill verschlimmerte die Situation, indem er nichts bestellte und ostentativ auf Joes Beichte wartete.

»Ja, dann. Üblicherweise wird ein Pfarrer benachrichtigt, wenn ihm ein neuer Vikar oder ein anderer als bisher zugewiesen wird. In Ihrem Fall ist das nicht geschehen – nicht richtig. Toohey rief an und sagte, ich bekäme einen Vikar, aber er verriet nicht wen. ›Brief folgt‹, meinte er, und seitdem habe ich nichts mehr von ihm gehört. Kein Brief. Nichts.«

»Das ist eigenartig.«

»Ja, aber das ist Tooheys Art, Spielchen zu spielen, und nicht nur mit mir, obwohl das vielleicht etwas damit zu tun hat – daß ich es bin. Deshalb wußte ich nicht, wer Sie waren, als Sie aufgetaucht sind, und Sie haben auch nichts gesagt – Sie hatten ja auch gar keine Gelegenheit dazu, und das war meine Schuld. Tagelang war ich unter enormem Druck, weil ich nicht wußte, wer kommt oder wann, und es darum auch keinem erzählen konnte – Mrs. P. nicht und auch nicht Steve, Pater Felix, den Gemeindemitgliedern (im Gemeindeblatt). Verdammt unangenehme Situation.«

»Sie hätten das Ordinariat anrufen sollen.«

»Gleich am Anfang, ja, aber ich habe doch einen Brief von Toohey erwartet. Außerdem habe ich angenommen, daß Sie sich mit mir in Verbindung setzen würden. Also gut. Ich war immer unterwegs, wenn Sie anriefen. Aber wenn ich das Ordinariat angerufen hätte, hätte Ihnen das vielleicht dort Ärger eingebracht.«

Sah Bill, der an seinem Zigarillo zog, jetzt endlich ein, daß Joe ihn geschützt hatte?

»Eine verdammt unangenehme Situation, Bill, und noch schlimmer, als Sie da waren. Ich nahm an, daß Sie sich Mrs. P. und Steve und Pater Felix vorgestellt hatten, weil keiner von ihnen mich nach Ihrem Namen fragte. Ich hoffte, daß einer den Namen erwähnen würde, aber damit war nichts. Eine verdammt unangenehme Situation, wie gesagt, und sie zog sich immer weiter hin.«

»Sie hätten das Ordinariat anrufen sollen, Father.«

»Ich habe gerade erklärt, warum ich das nicht getan habe.«

»Nachdem ich da war, meine ich.«

Langsam setzte Joe sein Glas ab. »Meinen Sie das im Ernst?«

Bill sah ganz so aus.

»Benutzen Sie Ihren Grips, Bill. Versetzen Sie sich an meine Stelle. Würden Sie das Ordinariat anrufen, um den Namen Ihres Vikars herauszufinden – nachdem Sie ihn kennengelernt haben?« Joe schüttelte den Kopf und versuchte zu verstehen, was Bill gedacht haben mochte. »Glauben Sie, Toohey würde nicht tratschen, nur weil er das verbockt hat? In der ganzen Diözese gäbe es Gerede, und nicht nur da. Pater Felix würde es im Kloster erfahren. ›Schon den von Joe Hackett gehört?‹ Das wäre ein Witz, der auf meine Kosten ginge. Auf *unsere.* Behalten Sie das Ganze um Himmels willen für sich.«

»Sie hätten *mich* fragen sollen.«

»Ah ja? Und wann? Ein paar Stunden, nachdem wir uns kennengelernt hatten? Am nächsten Tag? Heute früh? Was hätten Sie sich dabei gedacht?«

»Das weiß ich nicht, aber es wäre besser gewesen als so.«

»Ja, aber ich wußte nicht, daß so etwas dabei herauskommen würde. Ich habe versucht, uns beiden Peinlichkeiten zu ersparen. Ich wollte nicht, daß Sie über mich denken, was Sie gedacht hätten – über mich, die Kirche und sich selbst. Ich wollte nicht, daß Sie denken, Sie seien nicht wichtig. Und das will ich auch jetzt nicht. Also denken Sie das nicht. Alles ist Tooheys Schuld. Gott helfe dieser Diözese, wenn sie ihn nicht bald zum Bischof machen. Da, wo er jetzt ist, richtet er unsäglichen Schaden an. Aber das muß ich Ihnen jetzt wahrscheinlich nicht mehr erläutern.«

»Sie glauben, er wird Bischof?«

»Jede Wette. Oh, nicht hier. Irgendein armseliges kleines Bistum. Ich wundere mich, daß es noch nicht geschehen ist. Ich glaube, der Erzbischof mag ihn nicht.«

»Und was *haben* Sie dann getan?«

Joe schwieg und dachte nach. Sie waren wieder da, wo sie angefangen hatten, bei dem Anruf – er schien jetzt unwichtig, nach all den peinlichen Enthüllungen.

»Ich habe jemanden angerufen.«

»Wen?«

Die Kellnerin erschien mit der Rechnung und war aus irgendeinem Grund im Begriff, sie an Bills Platz zu legen.

»Ich übernehme das«, sagte Joe verärgert.

»*Wen*?«

»Sehen Sie, Bill«, sagte Joe, nun ärgerlich auf ihn. »Ich habe Ihnen erzählt, was ich kann – warum und wie das passiert ist. Das war nicht leicht, glauben Sie mir.«

»Das ist mir klar, Father.«

»Ich bin verdammt froh, Ihren Namen zu kennen, aber ich werde nicht sagen, wer ihn mir genannt hat. Für Sie hätte er keine Bedeutung, aber für mich. Tut mir leid.«

»Ich mache Ihnen keinen Vorwurf, Father.«

»Tatsächlich? Vielen Dank. Sie hätten das Recht dazu.« Joe ließ einige Dollars auf die Rechnung fallen und dazu mehr Trinkgeld als sonst, falls die Kellnerin Katholikin war oder eben nicht, und ging eilig hinaus, gefolgt von Bill.

15

Danach

Joe mußte immer noch praktisch alles selbst erledigen – die gesamte Buchführung und Korrespondenz –, und er mußte sich zudem Arbeiten für Bill ausdenken, was reichlich mühsam war. Doch immerhin sah die Zukunft rosiger aus, denn Bill machte gute Fortschritte auf der Schreibmaschine. Nun ja, halbwegs gute Fortschritte. Er verschmähte jetzt Manual, Platten und sogar seinen Plattenspieler – den er anfangs am Ende jedes Arbeitstages auf sein Zimmer geschleppt hatte, um dort Folk Songs (›Volksmusik‹ in Joes Sprachgebrauch), Arbeiterlieder und Protest Songs zu hören, und den er nun, Gott sei gelobt, in seinem Büro ließ. Bill rackerte sich ab dieser Tage, aber Joe genauso, und Bill konnte sich wirklich nicht beklagen. In den Büros ging es nicht nur rein geschäftsmäßig zu. Die Verbindungstür stand offen, so daß sich Pfarrer und Vikar von Schreibtisch zu Schreibtisch unterhalten konnten, und wenn diese Unterhaltung eher einseitig ausfiel, dann lag das daran, daß Bill über so viele Dinge so gut wie nichts wußte – über Abläufe und Methoden, über die Pfarrei und die Gemeinde und über die Welt im allgemeinen. Auch hier tat Joe für Bill, was er konnte, indem er das gute Dutzend Zeitungen, die auf seinem Schreibtisch landeten, durchblätterte und sie an Bill mit Anmerkungen wie ›Lesen‹ oder ›Auslassen‹ weitergab. Manchmal ging Joe zu Bill hinüber, um einfach nur einen Zigarillo zu rauchen. Und manchmal setzte Joe seinen Hut auf und krächzte wie Edward G. Robinson in *Little Caesar* (dem er, wie er wußte, immer ähnlicher wurde): »Mach mal'n Punkt, Kleiner.« Dann deckte Bill die Schreibmaschine ab (darauf legte Joe Wert, wie auch darauf, daß in Bills Badezimmer der Toilettensitz nicht oben blieb), und sie fuhren in Joes Auto los, das Radio spielte Musik am laufenden Band für Bill.

Sie besuchten eine Anzahl von Pfarreien in geschäftlichen Angelegenheiten, die auch telefonisch hätten abgehandelt werden können, aber Joe ließ sich gerne mit seinem Vikar sehen – ein Vergnügen, das er sich hatte versagen müssen, solange er dessen Namen nicht gewußt hatte. Sie hatten sich bei einigen Gemeindemitgliedern, einschließlich der Gurriers, blicken lassen – Bill machte gerne Konversation, Joe nicht. Anfangs waren sie gelegentlich nach einem Krankenhausbesuch oder einem Abstecher zur Werkstatt (in Bills kleinem Auto, um wieder einmal Joes Wagen auszulösen, der ständig Reparaturen benötigte) irgendwo essen gegangen und danach zu einem Baseball-Spiel ins Stadion, bis Joe klar wurde, daß Bill, obwohl er in der High School Außenfeldspieler und sogar Ersatz-Pitcher gewesen war, dem Nationalspiel nicht viel abgewinnen konnte. Eines Abends hatten sie sich auf Bills Vorschlag hin einen miserablen ausländischen Film angesehen, wonach Joe an einem Drugstore angehalten hatte, um sich Aspirin zu holen, und dann plötzlich, aus dem Bedürfnis heraus, etwas für die Gesundheit zu tun, zwei Fanghandschuhe und einen Ball der Profi-Norm gekauft hatte. Wenn sie jetzt abends Zeit hatten, spielten sie im Hof Baseball. Bills schnelle Wurftechnik war erstklassig, aber Joe konnte halten – besser als umgekehrt, denn Joe warf, was man einen ›schweren‹ Ball nennt, und er war ziemlich unberechenbar. Auch Joes Tempowechsel waren sprunghaft – wie ihre Gespräche bei diesen Gelegenheiten. »Du kannst über die Redemptoristen sagen, was du willst, Bill, aber vergiß nicht, daß St. Alphonsus Liguori ein Kirchenvater ist. Du wirst dich nicht mehr an Gomez erinnern. So groß wie du, aber zierlich. Unglaublich schnell. Bei den Yanks.« Manchmal nahm der Ball, der zwischen ihnen hin- und hersauste und mit *Plop* in Joes, mit *Plong* in Bills Handschuh landete, an der Diskussion teil, indem er sich auf seiten dessen schlug, der zuletzt geworfen hatte. *Plop.* »Schick den Plunder nach Afrika, Bill.« Als Joe Bill erlaubt hatte, unauffällig (nicht von der Kanzel herab) auf den Aufruf eines obskuren Ordens bärtiger Missionare zu reagieren, die um Lesestoff, T-Shirts und Kleingeld, das zufällig im Haus herumlag, gebeten hatten (als Beitrag zum Erwerb einer ›Milchkuh‹), hatte er nicht erwartet, daß die Gemeinde sich in einem solchen Ausmaß beteiligen würde, daß sich Pampers- und Dash-Kartons in den Büros stapeln würden. »Plunder? Nein, du hast recht. Wir könnten und sollten viel mehr tun.« Plop. »Und die Gemeindemitglieder werden staunen, vor was sie beschützt werden.« Plong. »Beschützt werden!« Plop. »Durch unser System.« Plong. »*Unser* System!« Plop. »Deine bärtigen Freunde haben ihr System. Wir haben unseres.« Plong. »*Und*?« Plop. »Sie kriegen ihre Kuh.« Plong. »Und?« Plop. »Bei uns bin ich da nicht so sicher.« Plong.

Wenn sie, weil die Helligkeit nachließ, ins Pfarrhaus zurückkehrten, nach Bad (Joe) und Dusche (Bill), führten sie hin und wieder ihre Diskussion im Arbeitszimmer des Pfarrers weiter, wie an dem besagten Abend, als Joe am Ende die Oberhand behielt, aber einen Zwanziger zum Erwerb der Milchkuh beisteuerte. Die meisten Abende verbrachten sie zusammen im Arbeitszimmer, mit Drinks, dem Fernseher, wenn die (Chicago) Twins auswärts spielten (aber den Ton leise gestellt), und guten Gesprächen. Beziehungsweise ganz netten Gesprächen. Nur gedämpftes Interesse begleitete Joes Reminiszenzen an bemerkenswerte Persönlichkeiten seiner Seminarzeit, und nicht anders war es, wenn Bill seine Heimsuchungen dort schilderte, belanglose Anekdötchen, die hoffnungslos überholt klangen. Bill konnte die üblichen Sprüche über den verstorbenen Papst Johannes und den gegenwärtigen Papst beisteuern, aber er hatte weder zu Frank Sinatra noch zu Senator Dirksen eine Meinung, und von Leuten wie Fishbait Miller (dem farbenfrohen Türhüter des Kongresses) oder Nancy Dickerson (von allen Journalisten dem Präsidenten vielleicht die liebste und teuerste) hatte er noch nie etwas gehört. Große, ergiebige Bereiche der Konversation – das Kapitol, das Show-Geschäft, der Sport – mußten deshalb ausgeklammert werden. Doch was ihnen die schönsten Themen verleidete – die Gegensätzlichkeit ihrer Charaktere – machte gleichzeitig den Reiz aus, wenn sie auf die Religion kamen. Bill pries alle Veränderungen bezüglich Liturgie, Laienbeteiligung und Ökumene und so weiter, Joe nicht. Bill behauptete, daß die Religion heute ihren Tiefpunkt erreicht habe und nur noch einen Aufschwung erleben könne, und Joe bezweifelte beide Aussagen. Bill sagte, die Religion (wenn auch nicht in der heute bekannten Form) sei ganz groß im Kommen und die Geistlichen (wenn auch nicht so, wie wir sie kennen) seien die Männer der Zukunft. »Wirres Gefasel, blinder Optimismus«, sagte Joe und riet Bill, er solle aufhören, Teilhard de Chardin (der – wußte Bill das? – mächtig für die Atombombe geschwärmt hatte) und andere Unaussprechliche zu lesen. Joe erwartete also für die Zukunft eher einen Niedergang, Bill einen Aufschwung. Was die Gegenwart betraf, so konnte Joe verstehen, daß Bill mit seiner Arbeit unglücklich war, wenn er daran dachte, welche Freuden – zumindest angeblich – im Priestertum lagen, die leider so gar nicht dem glichen, worauf man sie im Seminar eingestimmt hatte und worauf man selbst so wenig Einfluß hatte. »Doch, es tut mir leid, daß es dir hier nicht gefällt.« – »Es gefällt mir schon ganz gut.« – »Aber du hattest dir etwas Besseres erhofft?« – »Nicht besser. Anders.« – »Wie was zum Beispiel?« – »Ich war letzten Sommer Religionslehrer in der Heilig-Kreuz-Gemeinde.« – »Dann kennst du Al.« (Al Fresco, kein Freund, kein Feind, aber auch kein Mann, dem Joe gleichgültig gegenüberstand, war Pfarrer der Heilig-Kreuz-Gemeinde, die in den Slums lag.) »Ich habe gehört, er ißt Bohnen aus der Dose. Okay. Ich verstehe, daß du gerne dorthin wolltest, aber wie bist du auf die Idee gekommen, daß es klappen könnte?« – »Father hat mir gesagt, er würde tun, was er könnte.« – »Er meinte wahrscheinlich, daß er für dich beten würde.« Oh, es leuchtete Joe durchaus ein, wie gut es für die Armen wäre, wenn jemand wie Bill sich ihrer spirituellen Bedürfnisse annähme und gleichzeitig Klappmesser beschlagnahmen würde, aber wieso sollte einem junger Mann, der mehr oder weniger alles aufgegeben hatte, das Privileg zuteil werden, mit der Welt, dem Fleisch und dem Teufel nach seinem eigenen Gutdünken umzuspringen? Wäre es nicht besser, wenn ein anderer, einer, der weniger darauf aus wäre, ihr Los zu teilen, zu den Armen ginge? Wäre ein Ort wie Inglenook nicht besser für Bill? Diese Dinge geschahen nicht aus Zufall. (Oder warum war Joe zuerst zu Van und dann zur Wohlfahrt geschickt worden?) »Oder ist dieser Fruchtenberg« – einer von Bills Mitstudenten – »glücklich beim Heiligen Kreuz?« – »Er dachte, er würde im Ausland studieren. Er hat Grips.« – »Na, siehst du.« Wenn Bill und Fruchtenberg erwartet hatten, in bestimmten Teilen des Weinbergs zu arbeiten und nicht in anderen, dann hätten sie das der Diözese mitteilen und ihr die teure Ausbildung ersparen sollen – und vielleicht den Fehler, sie zu ordinieren, falls sie später von Bord sprangen wie so viele heutzutage. »Bill, wenn du auf diesem Schiff anheuerst, dann schwimmst du nicht nebenher oder versuchst, auf dem Wasser zu wandeln, weil du glaubst, du solltest mehr tun. Du bleibst drauf. Du tust dein Teil, auch wenn es wenig ist. Du arbeitest an dir selbst.« Wenn sich Bill, wie er sagte, bei Sankt Franziskus und Klara unproduktiv und nutzlos vorkam – nun, genauso fühlten sich die Männer in den Slumgemeinden, und wahrscheinlich Al auch, wenn die Wahrheit ans Licht käme. In Wahrheit hatte Bill bekommen, was er gewollt hatte – einen harten Job, ohne die romantischen Requisiten einer Slumgemeinde –, Penner, Tauben und so weiter. »Es ist ein großes altes Schiff, Bill. Es knarrt, es schaukelt, es schlingert, und manchmal wird dir darauf übel. Aber es kommt dort an, wo es hin will. Das war immer so und wird immer so sein. Bis ans Ende aller Zeiten. Mit dir und ohne dich.« – »Bemannt die Rettungsboote.« – »Wieder falsch, Bill. Keine Rettungsboote auf diesem Schiff – keine nötig.« – »Was würde der heilige Franziskus von einer Gemeinde wie dieser hier halten?« – »Nach allem, was wir über ihn wissen, glaube ich, er könnte es hier aushalten. Aber warum fragst du? Du könntest genausogut fragen, was Moses von der Raumfahrt hält. Unsere Mittel sind vielleicht verschieden, Bill, aber das Ziel ist dasselbe.« – »Wir vergießen unseren Samen auf dem Boden.« – »Tatsächlich?« – »Ich meine, wir verschwenden unsere Substanz an Scheinaktivitäten.« – »Das habe ich schon beim ersten Mal verstanden.« – »Vorortgemeinden sind überall gleich.« – »Sie haben alle Geldprobleme, wenn du das meinst.« – »Finanzen und Bauwesen und solche Dinge sollten uns nichts angehen. Oder wenigstens nicht soviel.« – »Überlassen wir das den Laien, ja? Das ist heutzutage die Antwort auf alles: Überlassen wir das den Laien.« – »Und warum nicht?« – »Sollen sie doch *ihre* Substanz verschwenden!« – »Für sie wäre es nicht dasselbe.« – »Ha, ha.« Manchmal vergaß sich Bill und redete wie ein verknöcherter Geistlicher aus finsteren, vorkonziliaren Zeiten. »Sieh mal, Bill. Wir mögen ein besonderer Schlag Männer sein, aber wir müssen uns unseren Weg suchen wie alle anderen. Im Schweiße unseres Angesichts, indem wir auch Dinge tun, die uns nicht gefallen – wie Geld auftreiben. Das ist einer meiner Jobs hier. Ich bitte keine Laien, mir das abzunehmen. Ich bitte nicht einmal dich darum. Hör zu. Dies – *all* dies – ist nicht meine Vorstellung von Priestertum. Aber so ist es nun mal, Bill, und so wird es bleiben. So und nicht anders, Bill – auch in Zukunft. Tut mir leid.« – »Das glaube ich nicht.« – »Solltest du aber, Bill. Al Fresco lebt in der Vergangenheit. Die persönlichen Werke der Barmherzigkeit sind veraltet.« – »Vielleicht hierzulande.« – »Woran dachtest du – an Lateinamerika?« – »Nein, dachte ich nicht.« – »Also, Bill, was ist deine Antwort?« – »Du weißt, daß ich für eine Gemeinde wie diese keine habe.« – »Da haben wir's. In einer Gemeinde wie dieser muß man entweder endlos über Geld quasseln oder irgendein System haben. Die alten Klingelbeutel-Tage sind vorüber. (Wenn ich Reparaturen habe, weiß ich, daß sie ins Geld gehen, und wenn ich nicht ein begnadeter Klempner und begnadeter Allroundhandwerker wäre, befände ich mich noch viel häufiger in der Klemme.) Ich habe keine Wahl. Pfarrer, die glauben, sie könnten leben wie die Lilien auf dem Felde, die nicht weben noch spinnen – die werden auch noch klug. Sie finden sich nämlich in der finstersten Provinz wieder.« – »Dort sind sie vielleicht besser dran als wir hier.« – »Ich weiß nicht recht. Einer der Männer aus meinem Kurs bat um eine Landgemeinde und bekam sie. Er könnte die Geldsorgen in der Stadt nicht ertragen, hat er gedacht, und jetzt sammelt er altes Eisen, um über die Runden zu kommen. Die Farmer bringen ihm ihren rostigen Schrott. Er findet seine Lage nicht unbedingt leichter, habe ich gehört.« – »Ich will es nicht leichter haben.« – »Du hast es auch nicht leichter.« Natürlich hatte Bill Schwierigkeiten, sich nach der erlesenen Atmosphäre des Seminars mit der Wirklichkeit abzufinden. Ein leichter Fall von Größenwahn. Das war alles. Oder nicht? »Stolz, Bill.« – »Stolz?« – »Stolz. Du schaust auf die Menschen hier herab, weil sie nicht arm sind. Sie sind nicht arm genug, gut genug, oder auch schlecht genug, um dich als Priester zu verdienen. Stolz, Bill.«

Trotzdem schien Bill gut mit ihnen umgehen zu können. Eines Abends, nach einem Grillfest bei Brad, nachdem Joe sich verabschiedet hatte, wollte Bill nicht mitkommen, sondern blieb sitzen, spielte am Lagerfeuer Gitarre und sang dazu, und Joe mußte allein nach Hause fahren – ein schlimmer Augenblick in der Beziehung der beiden. Am späten Abend beschuldigte Joe in seinem Arbeitszimmer Bill immer noch, auf die Gemeindeglieder herabzusehen, weil sie keine Obdachlosen und keine großen Sünder waren, nannte ihn einen apostolischen Snob und Träumer. In diesem Zusammenhang hatte Joe festgestellt, daß Bill in weite Fernen zu blicken schien und sein Kopf die Form einer Geige hatte. Träumer waren in der Kirche nicht so häufig vorgekommen, damals, als er noch einer gewesen war, hatten keine arbeitsfähige Mehrheit gebildet, sagte Joe eines Abends, als ein Bild des alten Nazis Rudolf Heß, Hitlers rechter Hand und designierten Nachfolgers, auf dem Fernsehbildschirm erschien, und Joe auffiel, daß Heß' Kopf ebenfalls einer Geige ähnelte. Joe war dabei, seine These zu entwickeln – die Tatsache, daß Heß nach Schottland geflogen war, um den Krieg zu beenden, einen Krieg, der noch Jahre dauern sollte, beweise doch, daß Heß ein Träumer gewesen sei –, als Bill ihn unterbrach: »Die Tatsache, daß du einen Kopf wie ein Banjo hast, Father, was beweist die?« Joe hatte versucht, es nicht zu zeigen, hatte gelächelt, aber das hatte ihn gekränkt. Ein schlimmer Augenblick in der Beziehung der beiden. Im ganzen jedoch kamen sie gut miteinander aus. Es gab natürlich Abende, an denen Bill mehr als einmal gerufen werden mußte, bevor er aus seinem Zimmer kam, bevor er aufhörte, auf seiner Gitarre zu zupfen, Radio zu hören oder mit Freunden zu telefonieren. Es gab auch Abende, an denen sich Bill früher in sein Zimmer zurückzog, als es Joe recht war, wenn Joe vielleicht ein Glas zuviel getrunken hatte ... In Wirklichkeit waren dies nicht die Abende, auf die sich Joe in all den Jahren ohne Vikar gefreut hatte ..., und doch waren es keine schlechten Abende, wenn man den heutigen Pfarrhaus-Standard zugrunde legte. Es gab einige ganz erfreuliche Gespräche – Streitgespräche, um genau zu sein, die manchmal damit endeten, daß der eine vor der Zimmertür des anderen noch ein letztes Argument vorbrachte, oder auch am Telefon, nachdem sie schon zu Bett gegangen waren. »Bill? Joe.« Und es hatte Augenblicke gegeben, wenige Augenblicke, in denen die offenkundigen Unterschiede von Alter, Stellung und Weltbild einfach verschwunden waren, in denen Joe und Bill – zum Teil durch Alkohol – jenen hochgestimmten, leicht entspannten Zustand erreicht hatten, den sich Joe als Gemeinschaft der Priester vorstellte. Einer der besten Aspekte des Priesterstandes, so hatte man es ihm im Seminar erzählt, seien die anderen Priester – die Gemeinschaft der Priester. Diese Worte waren Joe damals sentimental vorgekommen, aber er hatte an die Idee geglaubt, die dahinterstand, und tat es noch. Über Jahre hinweg hatte er jedoch in seinem Leben keinen Platz gehabt für jene, die jetzt seine besten Freunde hätten sein sollen. Bei der Arbeit an seinem Bauprogramm war er gezwungen gewesen, fast nur mit Laien zusammenzukommen – jetzt wollte er mehr vom Leben. Und wenn er ehrlich war, fand er es nicht dort, wo er danach suchte – unter seinem eigenen Dach. Einmal, spät in der Nacht, als er sich zufrieden fühlte, aber sich dennoch fragte, ob er nicht noch mehr tun könnte, schlug er Bill vor, gelegentlich ein, zwei Freunde zum Essen einzuladen.

16

Gemeinschaft der Priester

Als Joe entdeckt hatte, daß überschüssige Rasenstücke nicht zurückgegeben und gutgeschrieben werden konnten, hatte er sie entlang der Kirche über die sogenannten Blumenbeete – Petunien, im Prinzip nichts als ein Haufen Dreck – ausgelegt. Und jetzt konnte er immerhin nach der letzten Sonntagsmesse im Schatten wandeln, wenn es Schatten gab, sein Brevier lesen und den Parkplatz im Auge behalten. »Es geht die Geschichte ...« Und wenn die Kirchenfenster offenstanden, konnte er die Predigt verstehen. Zuerst hatte er Bill zugehört, und jetzt war Pater Felix an der Reihe. »Besorgt über den schlechten Messebesuch in einem seiner Dörfer, ritt der alte Herzog incognito, in einen Mantel oder Umhang gehüllt, der bis ans Kinn zugeknöpft war, in das besagte Dorf ein, gerade als die Kirchenglocken die Gläubigen zum Gottesdienst riefen, ja, und die anderen um einen langen Tisch in der Bar beziehungsweise im Keller der Wirtschaft beziehungsweise des Gasthauses saßen, wo sie der alte Herzog, wie er von dem Ortsgeistlichen erfahren hatte, um diese Stunde antreffen konnte. Der alte Herzog wurde an den Tisch gebeten – sie erkannten ihn nicht – und setzte sich neben den, der ihr Anführer zu sein schien, er war ein imponierendes Individuum, vor dem ein riesiges Trinkgefäß beziehungsweise eine Schale Brandy beziehungsweise Schnaps stand, doch ohne Schöpfkelle, Gläser, Tassen oder Krüge. In jener Zeit, müssen Sie wissen, galt im Herzogtum Brunswick oder Braunschweig, heute ein Teil von Deutschland, der Brauch, daß Freunde aus dem gleichen Behälter, in diesem Falle Trinkgefäß oder Schale, tranken – eine gute Sitte, recht verstanden, denn sie stand für *communitas* oder Gemeinschaft, doch natürlich nicht in jedem Fall, weit entfernt. Nachdem er nun einen kräftigen

Schluck aus dem Gefäß beziehungsweise der Schale genommen hatte, gab der Anführer es an den alten Herzog weiter und sprach, wie es der Brauch wollte: ›Reichet dies Eurem Nachbarn weiter.‹ Der alte Herzog tat wie geheißen (wobei er nur zu trinken *vorgab*) und sprach, dem Brauch folgend: ›Reichet dies Eurem Nachbarn weiter.‹ Nach einer Weile gelangte das Gefäß beziehungsweise die Schale wieder zu dem ersten Mann, dem Anführer, einem imponierenden Individuum, der es weiterreichte, nachdem er einen Schluck, einen kräftigen, genommen hatte. Wieder *tat* der Herzog nur so, als tränke er. Und so machte das Gefäß beziehungsweise die Schale eine Runde nach der anderen um den Tisch, bis schließlich der alte Herzog wutentbrannt seinen Mantel oder Umhang aufknöpfte, womit er der Gesellschaft seine wohlbekannte Uniform mit den Insignien der Herrschaft enthüllte und dem Anführer mit aller Macht einen Schlag versetzte; dabei sprach er: ›Reichet dies Eurem Nachbarn weiter! Und wehe Euch und jedem anderen, der seinen Nachbarn nicht mit aller Macht schlägt, denn ich will an ihm und Euch ein Exempel statuieren.‹ Nun, das Wort des alten Herzogs war Gesetz, und Schläge fielen ohne Unterlaß (jedoch natürlich nicht auf den Herzog). Bong! Peng! Rums! Endlich war der alte Herzog mit der Strafe, die er ihnen (aus gutem Grund, muß ich das betonen?) auferlegt hatte, zufrieden und zog sich auf seine Burg beziehungsweise sein Schloß zurück. Am folgenden Sonntag, liebe Gemeinde, und an allen folgenden Sonntagen zu Lebzeiten des alten Herzogs betrug der Messebesuch in diesem Dorf und in den anderen Dörfern dieser Region sowohl vormittags als auch abends einhundert Prozent.«

Während Pater Felix weiterschwadronierte, wanderte Joe außer Hörweite in die Sonne. Vor einem kleinen Häufchen Zigarettenstummel auf dem Kies des Parkplatzes bekam er Lust, die Aschenbecher der umstehenden Autos zu inspizieren, aber er überlegte es sich anders. *Wie die Kirche das Haus Gottes ist, liebe Gemeinde, so ist dieser Parkplatz* – vergiß es. »Ihr seid brave Leute«, rief er einem jungen Paar zu, das auf die Kirche zustrebte, »brav und spät dran.« Keine Reaktion. Die Leute waren auch nicht mehr das, was sie früher einmal waren: in der Lage, ein paar freundliche Sticheleien vom Pfarrer zu ertragen und sogar amüsant zu finden, wie die Besucher eines Nachtclubs, in dem ein grober Kellner mit zur Show gehört; heutzutage gaben sie sich empfindlich. Sie bestanden auf ihren »Rechten«. Sie wollten, daß sich ein Priester wie ein Dienstbote benahm, ihnen dankbar war, daß sie überhaupt auftauchten – »Ganz reizend, Sie zu sehen«, »Sehr erfreut, daß Sie kommen konnten« –, und dabei leerten sie noch ihre Aschenbecher auf seinem Parkplatz aus.

Joe ging durch die Hintertür in das Pfarrhaus zurück, wusch sich in der Küche die Hände, zog sich seine bunt bebilderte Schürze über (Geschenk eines Gemeindemitglieds), die er verkehrt herum über seiner Soutane trug, damit die kessen Sprüche nicht zu sehen waren, und machte sich an Pater Felix' Frühstück.

Als Bill auf dem Weg in die Kirche, wo er Pater Felix bei der Kommunion helfen sollte, durch die Küche kam, sah Joe von dem Holzbrett hoch, auf dem er gerade eine Orange zerstükkelte, und sagte: »Das ist nicht für mich« – was er an Bills erstem Sonntagmorgen im Pfarrhaus gesagt hatte, um seine ständige Anwesenheit in der Küche zu erklären, und was seitdem zum Insiderwitz geworden war, der dann vorkam, wenn man noch ein Glas eingoß oder den Nachtisch nicht ablehnte – oder einen zweiten nahm. Als Bill durch die Hintertür verschwand, intonierte Joe: »Es geht die Geschichte«. Noch ein Insiderwitz. Bisher gab es nur zwei, aber in Zukunft würden es sicher mehr werden.

Pater Felix segelte in seiner tannengrünen Kutte durch die Küche und nahm zum Frühstück – oder Brunch, wie er es manchmal leise glucksend nannte – im Eßzimmer Platz. Joe und Bill frühstückten sonntags, wenn Mrs. P. nicht da war, in der Küche, aber Joe fand, daß Pater Felix etwas Besseres verdiente, da er ein Mann der alten Schule und außerdem eine gefragte Wochenendhilfe war. Nachdem er ihn bedient hatte, ließ sich Joe mit einer Tasse Kaffee (was er wirklich wollte, war ein kühles Bier) auf der anderen Seite des Tisches auf einen Stuhl sinken.

»Wie läuft alles so im Großen Haus, Pater?«

»Wie immer.« Pater Felix nahm sich von der Erdbeermarmelade und lobte die Marke, Smuckers. Er möge lieber Erdbeeren als Himbeeren, sagte er, und Himbeeren lieber als Brombeeren, und das Zeug, was man heutzutage im Kloster bekam, möge er nicht besonders, weil die Nonnen (die zuviel Zeit im Supermarkt verbrachten), sich keine Mühe mehr machten und mit natürlichen Zutaten knauserten. »Und zuviel Pflaumenmus.«

»Wirklich?« Joe kannte das alles bereits. In der Regel leistete er Pater Felix beim Frühstück nicht Gesellschaft.

»Ach, das waren noch leckere Beeren.« Pater Felix sprach, wie Joe wußte, von einer Sorte Erdbeeren, die im Kloster nicht mehr angepflanzt wurden. »Kleine Scharlachrote. Klein, ja, aber von delikatem Geschmack. Und dann ging der Bruder einfach hin und buddelte sie aus.«

»Bruder Gärtner?« fragte Joe, als wüßte er es nicht längst.

Pater Felix konnte vor lauter Zorn nur nicken.

»Noch Toast, Pater?«

»Ja, gut.« Pater Felix nahm sich noch mehr Marmelade. Er war sich ständig selbst voraus – immer mehr Marmelade auf dem Teller als Toast.

Joe holte noch eine Scheibe aus der Küche und auch gleich die Kaffeekanne. »Soll ich Ihnen den aufwärmen?«

»Ja, gut.« Doch zuerst trank Pater Felix seine Tasse in einem Zug leer. »Sie machen hier guten Kaffee.«

Joe goß ein, setzte sich wieder und überlegte, wie er ansprechen sollte, was er auf dem Herzen hatte.

(Auf seinem letzten Gang hatte er seine Schürze abgelegt, um Pater Felix darauf hinzuweisen, daß die Küche jetzt schloß). »Ich habe mir überlegt, Pater« – Joe hatte sich das überlegt, seit Bill eingezogen war –, »daß Sie mit dem Bus um halb zwei zurückfahren könnten.«

Pater Felix, der üblicherweise mit dem Bus um halb sieben Uhr ins Kloster zurückfuhr, schaute kauend zur Seite wie ein

Schaf. Er schien zu meinen, daß es einen Grund für eine so drastische und plötzliche Veränderung seiner Gewohnheiten geben müsse.

»Ich weiß, daß Sie so bald wie möglich zurück sein möchten«, sagte Joe. Mönche, hatte er oft (von Mönchen) gehört, sind nie glücklich, wenn sie sich aus ihrem Kloster entfernen. Zwischen ihnen und ihrem Grund und Boden besteht eine Beziehung wie zwischen Leib und Seele, eine eigenartige Verbindung. Mönche sind die Hausbesitzer, die soliden Bürger des kirchlichen Establishments. Andere Spielarten von Ordensgeistlichen und sogar Weltgeistliche wie Joe – obwohl er eine Schule, einen Konvent und nun auch ein Pfarrhaus gebaut hatte – sind, verglichen mit ihnen, die reinsten Vagabunden. Das war zumindest der Eindruck, den man gewann, wenn man auch nur geringe Zeit mit Mönchen verbrachte. Deshalb war das, was Joe vorschlug – daß Pater Felix ein paar Stunden früher als gewöhnlich in sein Kloster zurückkehrte – nicht gar so unzumutbar, oder? »Es hängt natürlich ganz von Ihnen ab, Pater.«

Pater Felix faltete seine Serviette zusammen, obwohl sie reif für die Wäsche war, und rollte sie zusammen. Er schien seinen Serviettenring zu suchen und sich dann zu erinnern, daß dieser sich im Kloster befand und er nicht.

Bill platzte herein und sagte: »Das war Potter am Telefon. Sieht aus, als käme noch einer mehr zum Essen.«

Da ihm nichts anderes übrigblieb, informierte Joe Pater Felix, daß ein paar von Bills Freunden – Studienkollegen – zum Essen kommen würden und daß Mrs. P. um drei erscheinen würde. »Sie hat Probleme mit dem Auto«, fügte er hinzu, in der Hoffnung, das Thema zu wechseln.

»Wer kommt noch?« wandte sich Pater Felix an Bill.

»Conklin heißt er. Studienkollege. Ex-Studienkollege.«

Joe wurde hellhörig. »Abgesprungen?«

Bill schwieg einen Moment. »Keiner von uns weiß, warum Conk abgebrochen hat. Ich glaube, Conk auch nicht, damals.«

»Das ist oft der Fall, Bill. Nichts, dessen man sich schämen müßte«, sagte Pater Felix mit einem Seitenblick zu Joe.

»Wer sagt denn, daß man müßte?« erwiderte Joe, und fuhr dann, zu Bill gewandt, fort: »Jetzt ist er also verheiratet. Richtig?«

»Nein. Nicht direkt.«

Joe wartete auf Klarstellung.

»Ich glaube, er denkt daran«, sagte Bill.

Pater Felix nickte. »Das tun wir alle.«

»Ah ja?« sagte Joe.

»Ist es dann also in Ordnung?«

Joe schaute Bill eindringlich an. »Ist *was* in Ordnung?«

»Daß Conk kommt? Er ist ziemlich einsam zur Zeit.«

Pater Felix nickte heftig, offenbar um *seine* Erlaubnis zu erteilen.

»Es ist deine Party«, sagte Joe und erhob sich mit einer energischen Bewegung vom Tisch, in der Hoffnung, Pater Felix würde sich anschließen. »Ich würde Sie ja bitten, zu bleiben, Pater. Oder Bill würde – es ist seine Party. Aber wir wollen uns um fünf zum Essen setzen – daß heißt, wir werden stehen, es gibt ein kaltes Buffet. Sie müßten dann gleich zum Bus.« Und jemand – Joe – müßte Pater Felix zum Bus fahren.

»Aber bleiben Sie nur, wenn Sie möchten«, sagte Bill.

»Also gut«, sagte Pater Felix.

Joe und Pater Felix sahen sich im Arbeitszimmer das Spiel der Twins an und tranken Bier dazu, als Bill seine Freunde hereinführte und vorstellte. Der Massige mit dem Stehkragen, der zeigte, daß er selbst oder sein Pfarrer noch auf Konventionen hielt, war Hennessy. Der Exhibitionist in Nietenhosen und einem verblichenen T-Shirt, auf dem Brahms prangte, war Potter. Und der andere, der mit dem Schnauzbart, einem häßlichen Gebilde, war Conklin.

»Wie steht's?« fragte, Bill, als interessiere es ihn.

»Vier zu eins«, sagte Joe.

»Twins?«

»Nein.«

Potter und Conklin begannen, die Bücherregale zu inspizieren, und Pater Felix schloß sich ihnen an, nur Hennessy blieb stehen und hörte dem Gespräch zu.

»Wievielte Inning?« fragte Bill.

»Siebte.«

»Wer wirft?«

Joe machte einen Schritt auf den Fernseher zu.

»Laß ihn an«, sagte Bill. »Wir gehen in mein Zimmer und trinken einen Schluck.«

Bill und seine Freunde gingen hinaus, Hennessy murmelte »Bis später dann«.

»Nette junge Männer«, sagte Pater Felix.

»Mhm«, sagte Joe. »Sollen wir uns eine Flasche teilen?«

»Ja, gut.«

Joe trug die leeren in die Küche. »Alles okay hier?« fragte er Mrs. P. und öffnete den Kühlschrank – immer ein peinlicher Akt, selbst wenn er allein war. Immerhin aß er mittlerweile weniger zwischendurch und litt weniger unter ›nächtlichem Hunger‹, seit Bill eingezogen war.

»Wollen Sie wirklich im Arbeitszimmer essen, Father?«

»Es ist Bills Party«, sagte Joe, obwohl er durchaus Mrs. P.s Meinung war, was Essen im Arbeitszimmer betraf.

Aber Bill hatte sich dagegen gewehrt, im Wohnzimmer zu essen. »Du an einem Ende des Tisches, ich am anderen – wie öde.« Joe hatte angeboten, daß Bill am Kopfende und er *nicht* am anderen Ende sitzen könnte, damit es nicht so aussähe, als sei dort, wo er säße, das Kopfende, aber das hatte Bill auch abgelehnt. »Diese ganze Förmlichkeit – wie öde.« Bill hatte daraufhin vorgeschlagen, das Essen aus der Küche zu holen, gleich vom Herd, und von dort auf dem Teller mitzunehmen. »Vielleicht in mein Zimmer. Das wäre natürlicher.« – »Oder in den Hof, wie ein Hund mit seinem Knochen. Das wäre auch natürlicher.« Dann hatte Joe angeregt, im Arbeitszimmer zu essen, das geräumig und behaglich war und auf das Bill vermutlich schon die ganze Zeit spekuliert hatte.

»Er kann froh sein, daß er Sie als Pfarrer hat«, sagte Mrs. P.

»Ach, ich weiß nicht«, sagte Joe, aber er widersprach nicht weiter.

Er kehrte ins Arbeitszimmer zurück und goß die Hälfte der Bierflasche – mehr als die Hälfte – in Pater Felix' Glas. »He, wie ist dieser Kerl auf das zweite Mal gekommen?«

Pater Felix betrachtete den Bildschirm aufmerksam und nickte, wie um zu bestätigen, ja, Joe habe recht, da sei ein Mann auf dem zweiten Mal.

»Der offizielle Schiedsrichter hat ein Single und einen Error gezählt, kein Double«, sagte der Kommentator.

»Wer hat den Fehler gemacht?« sagte Joe, mehr zum Kommentator als zu Pater Felix.

»Nach unseren Aufzeichungen ist das der erste Fehler, den Tony in dieser Saison gemacht hat«, sagte der Kommentator.

»Was ist daran so großartig?« sagte Joe zum Kommentator. »Er ist Outfielder.«

Pater Felix stand auf und ging, wie er das von Zeit zu Zeit tat, hinaus.

Nach einer Weile ging Joe nachsehen, ob irgend etwas nicht stimmte, aber die Gästetoilette, die Pater Felix gewöhnlich benutzte, war leer. Dann hörte Joe vom Gang aus Stimmen in Bills Zimmer und unter ihnen die von Pater Felix. Er ging ins Arbeitszimmer zurück. Während er dort so allein saß und Pater Felix' Bier austrank, fragte er sich: Was stimmt hier nicht? Eigentlich nichts, beruhigte er sich. Der Vikar bewirtete die Gäste in seinem Zimmer, um beim Fernsehen nicht zu stören, der Priester auf Besuch war ein Opportunist, und deshalb bestand keine Anlaß zur Sorge – es bedeutete nichts, nichts Persönliches, daß der Pfarrer alleine dasaß. Trotzdem gefiel es ihm überhaupt nicht.

17

Gemeinschaft der Priester, Folge zwei

Seit einiger Zeit war Mrs. P. damit beschäftigt, Schüsseln ins Arbeitszimmer zu tragen und sie auf dem großen Bibliothekstisch zu arrangieren, der etwas von seinem Refektoriumscharakter verloren hatten, seit Mrs. P. (Bills Idee) ein Tischtuch aus naturfarbener Spitze aufgelegt hatte. Joe hatte den Zeitpunkt verpaßt, an dem er sich für das blanke, echte Holz (Bills Worte) hätte stark machen können, und nun war es zu spät.

»Soll ich die anderen rufen, Father?« Mrs. P. klang besorgt – das Stimmengewirr in Bills Zimmer war nicht mehr zu überhören.

»Nein, das mache ich.« Aber als sich Joe vorstellte, wie er vor Bills Tür stehen und eine Szene vor Augen haben würde, von der er mehr oder weniger ausgeschlossen war, entschloß er sich anzurufen. »*Bill*?« Was zum Teufel war denn das? Entweder Bill oder Pater Felix hätte abheben sollen, oder Hennessy oder Potter, aber *nicht* Conklin.

Sie betraten das Arbeitszimmer wie Kongreßteilnehmer, Gläser in der Hand, und bildeten einen Kreis ohne Joe, der, als er hörte, wie Conklin sagte, Frauen hielten seinen Schnurrbart für ›grausam‹, am liebsten zugeschlagen hätte. Dann fingen sie eine gespielte Keilerei an mit dem Spruch »Reichet dies Eurem Nachbarn weiter!« – «Nette junge Männer«, bemerkte Pater Felix, ganz angetan von derartigen Neckereien. »Mhm«, machte Joe und stellte sich zwischen sie, womit er diese Runde der Keilerei unterbrach. Conklin, mit erhobener Faust, schien nicht abgeneigt, eine weitere Runde einzuleiten und gleich mit Joe zu beginnen, aber er ließ es dann doch sein, was für ihn sprach, obwohl es verlegenes Gelächter auf Joes Kosten auslöste.

»Essen wir«, sagte Joe, »Pater Felix muß zeitig weg.«

»Oh, machen Sie sich um mich nur keine Gedanken.«

Joe scheuchte sie zum Buffet und bezog selbst am Ende des Tisches Posten, in der Nähe der Weinflaschen, um einzuschenken und, wenn möglich, ins Gespräch zu kommen. Zu Pater Felix, der als erster in der Reihe stand, sagte er »Ganz wie im Kloster«, als Anspielung auf den voll beladenen Teller des Mönches.

»Ja.« Pater Felix hatte gerade (Hennessy) erklärt, daß manche Tage besser als andere geeignet seien, das Kloster zu besuchen, wenn man dort essen wollte. »Wir haben jetzt eine Cafeteria.«

»Wein, Pater?«

»Was ist es für einer?«

Joe nannte näselnd die Sorte.

»Wenn ich es recht bedenke, nein«, sagte Pater Felix, vielleicht klugerweise, und zog mit seinem Teller los, den er vorsichtig mit beiden Händen balancierte.

Hennessy war der nächste, und auch er lehnte den Wein ab. Aber er gratulierte Joe zu seinen Bauten, nannte das Pfarrhaus ein ›Mordsding‹, woraus Joe schloß, daß die Werke von Father Finn immer noch gelesen wurden und bei Hennessys Berufswahl vielleicht eine ebenso große Rolle gespielt hatten wie bei seiner eigenen. »Sie sollten den Bürotrakt sehen«, sagte Joe zu Hennessy. »Vielleicht kann ich Ihnen später irgendwann die Anlage zeigen.«

»O nein!« tönte Conklin, der nächste in der Reihe, und drehte sich angeekelt zu Potter um, aber der sprach mit Bill, und Hennessy (»Vielleicht später, Father«) entfernte sich gerade, deshalb mußte sich Conklin nach dieser mehr oder weniger eindeutigen Beleidigung Joe allein stellen.

»Wein, Mr. Conklin?«

»*Si, Señor.*«

Vielleicht sollte das zum Schnurrbart passen, aber Joe fragte sich, ob ein Priester so angeredet werden sollte, ob »Reverendissimo« oder etwas Ähnliches nicht angebrachter wäre, ob Conklin ihm nicht den »Mister« heimzahlen wollte. Im Seminar gab es, wie Conklin bekannt sein dürfte, immer noch einige wenige Hochwürden, die dieses ›Mister‹ sehr auskosteten, es geradezu herauszischten, um die Grenze zwischen dem erbärmlichen anderen und ihrer glorreichen Person zu ziehen – das war nicht Joes Absicht gewesen. Was war denn Conklin schließlich anderes, und was würde er je anderes sein als ein ›Mister‹? Jemand in Conklins Lage konnte es sich nicht leisten, zu empfindlich zu sein, dachte Joe.

Und hörte Potter zu, der gerade (zu Bill) sagte, in München sei auf seinem Steak Tartar ein rohes Ei serviert worden und es habe ihm geschmeckt. »*Mit Ei*, nennt man es dort.«

»Hier können Sie auch eins bekommen«, sagte Joe. »Mrs. Pelissier«, rief er laut, und legte sein ganzes Können in die französische Aussprache.

Joe und alle anderen (außer Pater Felix) bedrängten Potter, er solle sein Steak Tartar mit rohem Ei nehmen wie in München – *Mit Ei! Mit Ei!* Aber Potter wollte partout nicht, obwohl Mrs. P. ein Dutzend frischer Eier hervorholte, mit denen sie triumphierend ins Arbeitszimmer einmarschierte; enttäuscht zog sie sich wieder zurück. Joe hätte fast selbst eines genommen, um ihretwillen. Potter machte keine gute Figur.

Joe hoffte, der Barcalounger würde frei, als er, mit Glas und Teller beladen, einen Platz suchte, aber Conklin saß darauf und blieb auch sitzen, also ließ sich Joe in der Nähe von Hennessy und Pater Felix nieder. »Habe Buffets noch nie gemocht«, sagte er und erhielt keine Antwort. (Hennessy sagte gerade, das Klosterleben überstiege seine bescheidenen spirituellen Mittel, und Pater Felix, das könne man nie wissen, bevor man es ausprobiert habe.) Joe versuchte es mit dem anderen Gespräch. (Potter machte auf Kosten der Geistlichkeit für den Laienstand Reklame, wie das bei Geistlichen heutzutage so üblich war.) »Sicher sind einige Ihrer besten Freunde Laien«, sagte Joe und war entsetzt, als Potter ihn ernst nahm: das war das Problem mit Männern in Bills Alter – nicht besonders helle und ganz verliebt in sich selbst, am liebsten würde man sie übers Knie legen. »Aber was ist mit denen, die ihre Aschenbecher auf dem Parkplatz ausleeren?«

Potter lächelte – jetzt glaubte er, Joe mache Scherze.

»Man kann nicht viel ausrichten«, sagte Conklin. »Juda nahm das Hügelland in Besitz, aber er konnte die Bewohner der Ebene nicht vertreiben, weil sie eiserne Kriegswagen hatten.«

»Ach, wirklich?« sagte Joe, und dachte: Was *soll* das? Er versuchte den Wein. »Nicht schlecht«, sagte er zu Potter und Bill (die noch ihre Drinks aus Bills Zimmer in der Hand hielten), aber er drang nicht zu ihnen durch. Potter war ein großer Redner.

»Was ist es für einer?« fragte Pater Felix.

Joe nannte näselnd die Sorte.

»Rebensaft«, sagte Conklin, der mit der Flasche, aus der sich bisher nur er und Joe eingegossen hatten, vom Tisch zurückkam und es sich mit ihr bequem machte auf dem Barcalounger. »Noch jemand?«

»Nein, danke«, sagte Joe und schwieg eine Weile – bis er hörte, wie Conklin von Beans McQueen als von Beans sprach.

»Sind Sie ein Freund von Father McQueen?«

»Sie haben im Institut einen Kurs zusammen gegeben«, sagte Bill. »Die Schrift für Laien.«

»Ach wirklich?«

Und das Gespräch ging weiter, an zwei Fronten, ohne Joe, was ihm erlaubte, vom Tisch eine weitere Flasche Wein zu holen. Hennessy wollte keinen, aber Pater Felix wollte. »Rebensaft, sagen Sie?« Joe goß Pater Felix ein, dann sich selbst und stellte die Flasche auf den Couchtisch vor sich, aber außerhalb seiner Reichweite – nicht, daß Wein, ungemischter Wein, als Alkohol zählte, nicht, daß er davon abhängig war. Er mußte einfach nur aufpassen. Er war kein Weintrinker, aber er konnte sich vorstellen, daß er an anderem Ort und zu anderer Zeit einer geworden wäre – einer dieser weisen alten Abbés, die mit gespitzten Lippen ein Glas *Grand Cru* schlürfen und die Probleme des Lebens lösen, indem sie die Leute »meine Tochter« und »mein Sohn« nannten.

Potter erzählte Bill und Conklin, die Geistlichkeit solle ihr mittelalterliches Gepränge ablegen, sich in die profane Alltagswelt versenken und so ihre Heiligkeit erweisen.

»Haben Sie sich deshalb in dieses T-Shirt versenkt?« fragte Joe.

Potter lächelte nur und ließ sich nicht beirren. Merkwürdig, daß Bill zu Potter aufschaute, und noch merkwürdiger, daß beide zu Conklin aufschauten – weil er was war – ein Laie? Es war schon eine verrückte Welt. Pater Felix erklärte Hennessy, das Kloster solle ausgebildete Laien in Schlüsselpositionen beschäftigen, die Küchen- und vielleicht auch die Wäscherei-Nonnen ersetzen und auch gewisse Brüder. »Bruder Gärtner muß also gehen?« sagte Joe.

Pater Felix wandte sich zu Joe um. »Sie«, sagte er bedächtig, als ob ihm der Wein und was immer er in Bills Zimmer getrunken hatte, und das Bier davor plötzlich in den Kopf gestiegen seien. *»Sie. Haben. Diese. Blumen. Zugedeckt.«*

»Blumen?« sagte Joe, und lauschte dem Schweigen im Raum. Zum ersten Mal seit Beginn der Party fühlte er, daß die anderen sich für das, was er zu sagen hatte, interessierten. Er fing an, ihnen von dem übriggebliebenen Rasen zu erzählen, merkte aber, daß sie schon Bescheid wußten, daß Vikar und Aushilfspriester, jene natürlichen Verbündeten, bereits vor Außenstehenden über ihn geredet hatten – Schicksal eines jeden Pfarrers. »Dachte daran, das Gras um die Blumen herumzulegen – wenn man sie so nennen kann –, Petunien und ähnliches. Damit sie aus dem Gras herauswachsen. Natürlich müßte man das Gras dann per Hand mähen. Blumenbeete waren mir schon immer ein Rätsel – wer will sich schon einen Haufen Dreck ansehen?« (Keiner sonst schien daran gedacht zu haben.) »War mir nicht bewußt, daß Ihnen Petunien so am Herzen liegen, Pater. Erdbeeren, ja.«

»Mhmm«, machte Pater Felix.

»Verzeihung«, sagte Joe, im Glauben, daß alle gegen ihn seien, und ging zum Tisch hinüber, wo Arbeit auf ihn wartete. Er mußte das Rechaud anzünden, den Saft von den entsteinten Kirschen in das Pfännchen gießen, es direkt über die Flamme stellen, den Saft zum Kochen bringen, ihn mit einem halben Teelöffel Pfeilwurz, der in etwas kaltem Wasser aufgelöst war, andicken, aber Potter erläuterte den anderen, das Familienleben sei heute in einem so desolaten Zustand, weil Christus, der Herr, Junggeselle gewesen sei, und so mischte sich Joe wieder unter sie, als er ein abgebranntes Streichholz in den Aschenbecher werfen mußte, und sagte: »Wir haben im Seminar eine Menge dummer Fragen gestellt. Würde der Herr heute rauchen, eine Luxuslimousine fahren und so weiter. Kindisches Zeug – tat keinem weh. Aber bei manchem, was ich heute höre, kann ich mich nur wundern.«

»Ich auch«, sagte Hennessy. »Daß der Herr unverheiratet war, ist ein ziemlich gutes Argument für den Zölibat.«

»Stimmt nicht. Die normalen Leute heute können sich nicht mit dem Herrn identifizieren«, sagte Potter. »Oder mit uns – der Zölibat hindert sie.«

»Tatsächlich?« sagte Joe. »Und *Sie* hindert nichts? Ich meine, wie gut können wir uns mit dem Herrn identifizieren?« Joe blickte bei dieser Frage Bill an, überging Conklin und versuchte es vergeblich bei Pater Felix, der gerade Maiskörner mit der Gabel aufspießte, was ein klickendes Geräusch auf seinem Teller verursachte – ziemlich ärgerlich, denn das durchbrach ein potentiell eindrucksvolles Schweigen.

»Jetzt hat er dich drangekriegt, Pot«, sagte Conklin, und dann zu Joe: »Wir sind uns vielleicht ähnlicher, als ich dachte.«

Joe, der nicht verstand, warum das – wenn es zutraf, was er bezweifelte – Bill und Potter zu so traurigen Mienen veranlaßte, sagte: »Und wenn man bedenkt, daß wir die ganze Zeit daran arbeiten, im Gegensatz zu den Laien – dann stimmt es einen doch nachdenklich, nicht?«

»So ging es mir«, sagte Conklin.

Bill seufzte, und Potter hielt Conklin sein Glas zum Nachfüllen hin – ein Cocktailglas mit Eiswürfeln. Joe sagte nichts von einem passenden Glas, weil er fürchtete, Potter (der vorher gesagt hatte, er ersehne den Tag, an dem er in der Messe ein Bierglas, eine Kaffeetasse oder eine kleine Blumenvase verwenden könne, weil diese Dinge billig und echt und, wie wir, aus Lehm seien) würde ein ordentliches Glas ablehnen und, schlimmer noch, erklären, warum. Auf diese Weise konnte Potter leicht dem Thema Zölibat, das er aufgebracht hatte, ausweichen, genauso, wie er es bei dem Ei getan hatte. Potter war gerissen, man mußte ihn im Auge behalten – aber das übernahm Joe –, bis Pater Felix sich einmischte.

»Bei den Mönchen wird viel über das Familienleben diskutiert, aber was immer die Zukunft euch Burschen auch bringt, kann ich doch mit Fug und Recht behaupten, daß unser Status, unsere Situation – manchen würden es unser Los nennen – sich nicht verändern wird. Alles in allem ist ein Kloster kein Ort für einen Mann mit Familie.«

»Das glaube ich unbesehen«, sagte Joe.

»Nun ja«, sagte Pater Felix, »die Gemeinschaft ist mir Familie genug.«

Und deshalb, dachte Joe, bist du hier.

»Wenn man es recht bedenkt«, sagte Conklin zu Pater Felix, »ist das Kloster kein Ort für *Sie.* Priester sollten keine Mönche sein und Mönche keine Priester – und das waren sie auch nicht im Zeitalter des Glaubens.«

»Das wissen wir alle«, sagte Joe. Conklin klang ganz wie ein Ex-Seminarist oder ein gebildeter Laie.

»Die Zeiten ändern sich«, sagte Pater Felix.

»Statusdenken«, sagte Conklin.

Joe warf Bill einen komplizenhaften Blick zu, und um endgültig klarzustellen, auf wessen Seite seine Sympathien lagen – bei Conklin oder bei Pater Felix, der gekränkt schien –, ergriff Joe die Flasche. »Pater?«

»Ja, gut.«

Joe füllte das Glas des Mönches, dann sein eigenes, und ging zum Tisch zurück, wohin Potters Stimme ihm folgte. »Warum so großen Wert auf den Zölibat legen – besser gesagt, auf Sex? Denken Sie doch an die Probleme, die das schafft.«

»Denken Sie an die Probleme, die es nicht schafft«, sagte Joe, und während Potter und die anderen über diese Probleme nachdachten (wie Joe hoffte), goß er den Saft von den entsteinten Kirschen in das Pfännchen. Als das erledigt war, mischte er sich wieder unter die anderen und sagte: »Nicht um Sex wird soviel Getue gemacht. Und nicht um den Zölibat. Sondern um Effizienz und Heiligkeit.«

»Oh, *nein!*« sagte Conklin.

»Oh, *doch*«, sagte Joe. »Auch wenn wir von diesem Aspekt des Priestertums heute nicht viel hören.« Und nachdem er ihnen somit weitere Geistesnahrung gegeben hatte, verließ er sie wieder, denn er hatte immer noch zu tun, doch bevor er den Tisch erreicht hatte, wurde das eindrucksvolle Schweigen, das seine Worte bewirkt hatten, grausam durchbrochen.

»Father, wie kann man Heiligkeit für den Durchschnittsmenschen so attraktiv machen wie Sex?«

Joe mußte darauf gefaßt sein, diese berühmte Frage selbst jetzt noch von ehemaligen Seminarkollegen zu hören – Potters liberaler Pfarrer gehörte dazu –, aber *nicht* von Conklin, dachte Joe, und sagte deshalb: »Gut, daß ich nicht mit euch in Bills Zimmer war. Ihr hättet nicht gewußt, worüber ihr reden sollt.«

»Wir kamen so ins Reden ... in Bills Zimmer«, sagte Pater Felix entschuldigend und betrachtete sinnend, wie sein Teller (den er die ganze Zeit schräg gehalten hatte) über sein ausgestrecktes Bein rutschte, einen Satz machte und auf dem Boden landete, mit der richtigen Seite nach oben. Einmal, zweimal nickte er, wie um zu sagen, nichts passiert, aber schließlich ließ er den Kopf in einem unvollendeten Nicken hängen.

Joe sprang auf. Andere, näher bei Pater Felix, standen bereits. Doch es war Joe, der Pater Felix die Gabel aus der Hand nahm (unter diesen Umständen ein gefährliches Instrument) und sie Potter hinhielt, der zögerte, sie am fettigen Ende anzufassen, und es war Joe, der den Teller kräftig zur Seite kickte und Bill aufforderte, ihn aufzuheben, und es war Joe, der Hennessy und Conklin anwies, den hilflosen Mönch auf die Couch zu legen, statt den unsinnigen Versuch zu machen, ihn aufrecht zu halten. Dann überlegte er es sich doch noch anders in Anbetracht des düsteren Effekts, den dies auf die Party haben könnte. »*Schlaf*zimmer, *Schlaf*zimmer!« rief er. »*Nicht* meines! *Nicht* meines!« Conklin und Hennessy, die mit Pater Felix zwischen sich hin und her schwankten, schienen nicht zu wissen, was sie taten. Dann sah Joe, woran es lag. Es war Conklin. Warum sollte, wenn so viele Geistliche anwesend waren und wenn die hilfsbedürftige Person selbst einer war, ausgerechnet ein Laie eine so große Rolle spielen? »Lassen Sie mich mal«, sagte Joe und drängte sich dazwischen, aber der Laie ließ nicht los. Schließlich erwischte Joe Hennessys Teil von Pater Felix, und so wurde der hilflose Mönch, gestützt von Joe und Conklin, vom Schauplatz entfernt.

18

Gemeinschaft der Priester – Schluß

Als Joe aus dem Gästezimmer zurückkam, entdeckte er, daß der Saft, den er noch mit einem halben Teelöffel in etwas kaltem Wasser aufgelöstem Pfeilwurz hatte andicken wollen, bereits dick geworden war, weil er, anstatt kurz aufzukochen, die ganze Zeit über gekocht hatte. Bis dahin hatte er gehofft, zum Nachtisch flambierte Kirschen servieren zu können, und zwar selbst, damit Mrs. P. nicht extra kommen mußte, aber jetzt war er sich da nicht mehr so sicher. Der Saft war unverkennbar nicht mehr flüssig, hatte an den Rändern des Pfännchens sogar schon eine Kruste gebildet. Jetzt weiterzumachen, mit oder ohne Pfeilwurz, konnte sich als Fehler erweisen. Deshalb blies er, um sicherzugehen, die Flamme aus, verteilte die Kirschen, wie sie waren, lauwarm und ziemlich trocken ohne ihren Saft, und servierte sie schnell mit kleinen Löffeln. Er sagte nichts, und keiner sonst verlor ein Wort darüber.

Das Gespräch erstarb, als er sich mit Teller und Löffel hinsetzte. Er hatte es jedoch verfolgt, während er die Kirschen verteilte, und war neugierig, warum Hennessy meinte, Conklin solle am Institut nicht länger unterrichten. »Wenn er einigermaßen kompetent ist und Beans ihn wiederhaben will – warum nicht?« sagte Joe und kam sich tolerant vor. (Auch Hennessy hatte diese Wirkung auf ihn.) Keine Antwort. »Ich will es mal anders ausdrücken. Wie wäre es, wenn er sich den Schnurrbart abrasierte?« Potter und Bill scharrten mit den Füßen und protestierten, aber Joe ignorierte sie. »Warum nicht?« fragte er, direkt an Conklin gewandt.

»Reden Sie vom Schnurrbart oder vom Institut?«

»Von beidem.«

Potter und Bill protestierten erneut.

»Die Frage ist fair«, sagte Conklin. »Von wegen Institut. Sag du es ihm lieber, Bill.«

»Conk hat seinen Glauben verloren«, sagte Bill.

»Tatsächlich?« sagte Joe. Es tat ihm natürlich leid, das zu hören, und er spürte, daß mehr von ihm erwartet wurde, aber er hatte auch das Gefühl, daß Beileidsbezeigungen nicht angebracht waren, denn einige Leute, besonders junge, betrachten den Verlust des Glaubens als großen Schritt nach vorne, und zudem war er auch nicht gerade mit einem Übermaß davon gesegnet. »Ach so«, sagte er – jetzt verstand er, warum Conklin eingeladen worden war – warum Potter und Bill ihn so hofierten –, was eigentlich vor sich ging. Es war eine altmodische spirituelle Schnepfenjagd, die sie alle aus Büchern kannten. Potter und Bill, wenn nicht gar Hennessy auch, genossen die Teilnahme, und selbst die Schnepfe war zufrieden. Das war das Merkwürdige daran.

»Conk nimmt Gott einfach nicht als selbstverständlich hin – anders als manch andere in der Kirche«, sagte Potter, offenbar an Joes Adresse. »Das war schon immer unser Problem. Atheismus und Glauben – wahrer Glauben – haben eines gemeinsam. Sie betrachten Gott nicht als Selbstverständlichkeit.«

Joe schielte zu Hennessy hinüber.

»Aber Conk ist kein Atheist«, sagte Bill zu Joe. »Oder, Conk?«

Conklin lächelte. »Nein, aber ich arbeite daran.«

Joe hätte ihm am liebsten eine verpaßt.

»Das mag ich so an Conk«, sagte Potter grimmig, »er ist ehrlich.«

Bill nickte grimmig. Joe rümpfte die Nase. »Was ich nicht begreife«, sagte er zu Conklin, »ist, warum Sie weiter am Institut unterrichten wollen, wenn Sie den Glauben verloren haben. Wollen Sie nur den Fuß in der Tür behalten, oder was?«

»Machen Sie Conk keine Vorwürfe«, sagte Potter.

»Conk will ja aufhören«, sagte Bill.

»Sollte er auch«, sagte Joe und nickte ihm aufmunternd zu.

»Nein«, rief Potter und stand auf. »Was beim Unterrichten

zählt, ist die Kompetenz und nicht der persönliche Glaube oder dessen Fehlen. Und das gilt für die Heilige Schrift und für die Theologie, wenn beide unterrichtet werden können, und ich sage, daß es möglich ist. Von Agnostikern, Ungläubigen und Abtrünnigen, fragt ihr? Ja, sage ich. Und Gott sei Dank sind einige unserer besseren Institutionen derselben Ansicht.« Potter setzte sich.

Bill stand auf. »Aber wie viele unserer Seminare, Pot? Wie können wir die Theologie immer noch die Königin der Wissenschaften nennen?« Bill setzte sich.

»Und Beans?« sagte Joe, ohne aufzustehen. Joe war ganz sicher, daß Beans Conklin nicht brauchte, sondern bloß einem Ex-Seminaristen einen Gefallen tat, indem er ihn weiterbeschäftigte und vielleicht auf eine späte Berufung hoffte. »Weiß er davon? Nein? Dann sagen Sie es ihm lieber, damit er bei Bedarf einen anderen finden kann.«

Potter und Bill standen gleichzeitig auf, beide predigten, und Potter setzte sich natürlich durch, aber er wiederholte sich.

»Sehen Sie«, sagte Joe, »das Institut ist nicht eine unserer besseren Institutionen.« Selbst als Experiment der Erwachsenenbildung, als das es gedacht war, wurde es vermutlich nicht allzu hoch eingeschätzt. »Und es würde auch nicht dadurch eine unserer besseren Institutionen, daß ihr diese Sache hier durchzieht.«

»Es wäre ein Anfang«, sagte Potter und setzte sich.

»Es wäre ein billiger Trick«, sagte Joe und stand auf. Er ging zur Tür und nahm Mrs. P. das Tablett ab, aber auf dem Rückweg, ganz in Gedanken versunken wegen Conklin und des Ärgers, den sich das Institut mit ihm einhandeln konnte – Spaltungen, Resolutionen, Rücktritte –, stolperte er über den Couchtisch, brachte ihn zum Wackeln und stieß sich das Schienbein an. Vor Schmerz zuckte er zurück und stellte das Tablett ab. »Ich mach' mir wirklich Sorgen um euch.« Während er den Kaffee eingoß und überschwappende Tassen weiterreichte, redete er mit ihnen, wie manchmal mit Bill, wenn sie spät nachts zusammensaßen.

Unbequeme Tatsachen

Er hatte in ihrem Alter unbedingt ein Heiliger werden wollen, sagte er, hatte sich dafür vorbereitet – jede Menge Gebete und Fasten, keine Zigaretten, kein Alkohol (»Damals habe ich nichts anderes als Bier getrunken«), und er hatte eine Zeitlang ein härenes Hemd getragen. In ihrem Alter hatte er sich selbst hart drangenommen, nicht andere Leute, und das war der Unterschied zwischen seiner Generation und ihrer. Einer der Unterschiede. »*Wollt* ihr denn überhaupt Heilige werden? Das bezweifle ich. Ihr seid zu beschäftigt mit eurer Öffentlichkeitsarbeit.«

Die Veränderung der Maßstäbe

Welten mögen zu gewinnen sein und Seelen zu ernten und so weiter, aber nicht durch Tricks und billige Maschen. Er war pessimistisch gewesen, was die verschiedenen Versuche betraf, das Image der Kirche zu verbessern, und er hatte recht behalten. Berufungen, Bekehrungen, Kommunionen, Beichten, Beiträge, Kirchenbesuch, alles ging zurück. Und warum auch nicht? »Früher hoben wir uns von der Menge ab. Wir bürgten für Qualität. Wir waren die teurere Marke. Sonst nichts. Wenn heute jemand den Ball fallen läßt, wirft ihn ein anderer in die Tribüne, und so werden die Male frei gehalten. Erzähl dem Mann in der Nachbargemeinde (Ed Smiley), daß du hundertsechsunddreißigmal seit der letzten Beichte, die einen Monat her ist, Unzucht getrieben hast, und er fragt dich: ›Haben Sie über Ihren Nächsten Schlechtes gedacht?‹ Es ist eine verrückte Welt.«

Gestrandet

Es hat in der Welt immer einen Mangel an Tugend gegeben, und Bosheit und Unwissenheit gehörten immer noch zu Tatsachen des Lebens, aber wo war die alte Intelligenz abgeblieben? Er hatte seit kurzem begonnen, die Doktrin des freien Willens in Frage zu stellen. Die Menschen, befürchtete er, waren nicht mehr in der Lage, nach ihrem freien Willen zu handeln, da die menschliche Intelligenz so nachließ. Wie sonst wäre der Zustand des Landes und der Welt zu erklären? »Wir finden die Richtung nicht mehr – vielleicht *können* wir es nicht – wie diese armen Wale, von denen man liest. Wir sind gestrandet.«

Die Natur des Menschen

Die Kirche sei heutzutage bedeutungslos, befasse sich nicht genug mit tagtäglichen Problemen wie Krieg, Armut, Rassendiskriminierung und so weiter, sagten die Leute, aber solches Gerede sei bedeutungslos und im Grunde eine Kritik der menschlichen Natur. Verkaufe dein Hab und Gut und folge mir nach, sagte Christus, der Herr, zu dem reichen Jüngling – der daraufhin traurig davonging. Da habt ihr die menschliche Natur, und sie hat sich nicht geändert. Halte sie ein, wer kann, sagte der Herr über die Ehelosigkeit – und wenige können sie ertragen, damals wie heute. »Und das gilt für heroische Opfer aller Art. Seien wir doch ehrlich.«

Breughel der Ältere

Die Menschen, die meisten jedenfalls, Laien *und* Kleriker, taugten nicht viel. Liturgiker versuchten natürlich, sich diese Tatsache zunutze zu machen, indem sie neue Gottesdienstformen einführten, alte wiederaufleben ließen und so fort, aber es gab nun mal keine einfache Methode, Eisen in Gold zu verwandeln. Andernfalls wäre das Leben und Sterben der Heiligen und Märtyrer umsonst gewesen. Multipliziert man Null mit einer Million, ist das Ergebnis immer noch Null. All dieses Gerede von Gemeinschaft, von Kommunikation und so fort – nicht als Pfeifen in der Finsternis. »Das Leben ist kein Picknick von Breughel dem Älteren, und die Menschen wissen das.«

Zu weit?

Sicher war dies eine Zeit der Krisen, Umbrüche und so fort, aber man konnte doch immer noch seinen Job erledigen. Der größte Job der Welt, von Gott eingesetzt und so fort, war der des Priesters, und trotzdem war es eben nur ein Job – zum Verheiraten, Beerdigen, Opferbringen und nebenher Gutestun, so weit das möglich war. Es war *kein* Kreuzzug. Mach es zu einem, wie manche es versuchten, und du verlangst zuviel von diesem Job, von dir selbst und von den gewöhnlichen Leuten, du forderst Nervenzusammenbrüche geradezu heraus. Zuviel tun zu wollen, hatte die Kirche stets vermieden, wenigstens bis vor kurzem. Im Rat hatten die sogenannten Konservativen – das beste Beispiel einer verfolgten Minderheit – nur Angst gehabt, zu schnell zu weit zu gehen, das Kind mit dem Badewasser auszuschütten. »Und mit Recht.«

Fliegende Untertassen

Die Kirche konnte nicht allen Erfordernissen des Augenblicks gerecht werden, oder es würde ihr wie jenen zahlreichen Sekten ergehen, die ihre kurze Existenz solchen Erfordernissen verdankten. Die Menschen mußten erkennen, daß das, was sie wollten, nicht immer das war, was sie brauchten, und wenn sie das nicht konnten – nun, dann eben nicht. Der Einfluß der Religion war heute gering, was am Niedergang der menschlichen Intelligenz lag. Es fiel einem nicht leicht zuzusehen, wie die Kirche, auch wenn sie alles überstehen würde, wie der Herr ihr zugesichert hatte, zum bloßen Relikt ihrer selbst wurde. In der Zwischenzeit jedoch mußte der Priester seinen Job versehen, *so wie er war.* Was das Gefühl anging, nutzlos und fehl am Platze zu sein, dieses Gefühl kannte er, aber er wußte auch, was es bedeutete. Es bedeutete, daß er Kontakt zur Wirklichkeit besaß, und das war heutzutage immerhin schon etwas. In Berichten tauchten häufig, ähnlich wie die fliegenden Untertassen, Gemeinden auf, in denen Priester und Gemeindemitglieder gemeinsam großartige Dinge bewerkstelligten. »Aber ich habe selbst nie eine gesehen, wenn euch das ein Trost ist«, sagte Joe und machte eine Pause.

Bedeutete das eindrucksvolle Schweigen, daß sie sich und ihre Situation jetzt in einem neuen Licht sahen, im klaren, kalten Licht der Realität? Bill, *endlich*? Potter? Sogar Conklin? Joe hoffte es, für alle. Im großen und ganzen war er mit der Reaktion zufrieden. Der Satz mit dem Badewasser war nicht besonders gut angekommen (Stöhnen von Potter, »Oh, nein!« von Conklin), und es hatte andere Unterbrechungen gegeben, aber Joe hatte weitergesprochen, weitergeboxt, Wunden geschlagen, blaue Augen hinterlassen, und alle, inklusive Conklin, gefielen ihm jetzt besser.

Er wollte, daß Hennessy und Potter wiederkämen, und nicht nur, um ihre Probleme mit ihm (Joe) zu diskutieren, obwohl das in Ordnung wäre. Er wollte, daß sie immer kämen, wenn ihnen danach war, wenn sie ein wenig Zuspruch brauchten, ein wenig priesterliche Gemeinschaft. Womöglich könnten sie auf die Dauer mehr mit ihm als mit Bill anfangen – der, um ehrlich zu sein, nicht sehr unterhaltsam war. Es konnte geschehen, daß erst Potter und Hennessy kamen, dann andere mit ihnen, mit diesen wieder andere. An manchen Abenden würde Bill vielleicht sein Zimmer nicht verlassen. »Wo ist Bill?« – »Oh, der hört Radio. Joes Pfarrhaus konnte zum Treffpunkt für jüngere Geistliche werden, ein Ort, an dem sie immer auf einen Drink, auf eine Zigarre zählen konnten, und wenn er einen Tisch ins bislang unbenutzte Wohnzimmer stellte, auf ein Billardspiel. Zunächst skeptische Pfarrer (»Bleib bloß weg von dort!«) würden sein Lob singen (»Diesem Kindskopf hat er gezeigt, wo's lang geht!«). Nach einer gewissen Zeit würde man Hennessy weniger zu Gesicht bekommen, er wäre Bischof irgendwo, der erste – und letzte – der alten Clique, der das schaffte, aber die anderen ließen sich noch sehen, jetzt Pfarrer mit eigenen Vikaren – müde, weisere Männer, nur an Jahren jünger als ihr alter Mentor, der sich ausgezeichneter Gesundheit erfreute und weniger aß und trank. Ein paar fehlten, ja, doch die anderen kamen noch zu

Joe – in ein Refugium der Normalität in dieser verrückten Welt – wegen der Gemeinschaft der Priester, unter ihnen vielleicht Father Conklin, der alte Conk, der ein ziemlich einsamer Bursche gewesen war, bevor er regelmäßig kam, seinen grausamen Schnurrbart abrasierte, seinen verlorenen Glauben wiederfand, den Weg zurück, den zweiten Frühling und so fort.

»Und was ist die Antwort?« sagte Potter. »Die Twins anschauen?«

»Diese Langweiler«, sagte Conklin.

Hennessy wies sie mit einem Blick zurecht und sprach mit seiner zukünftigen Autorität. »Was ist die Antwort, Father?«

Pater Felix' Glas auf dem Couchtisch betrachtend, sagte Joe: »Ein paar Mönche haben einst die Zivilisation gerettet. Könnte wieder die Antwort sein. Das Prinzip ist vernünftig. Die Details müßte man ausarbeiten. Müßten nicht Mönche sein. Könnte genau hier geschehen.« Joe ergriff Pater Felix‹ Glas, den letzten Rest Wein, und schwenkte ihn rechtsherum, linksherum, rechtsherum, versagte ihn sich, bevor er ihn austrank. »Seh' mal nach, wie es dem Pater geht«, sagte er. »Bin gleich zurück.« Bereits in der Tür stehend, drehte er sich noch einmal um und sagte: »Wie können wir Heiligkeit so attraktiv machen wie Sex? Die Antwort, die ich bekam, war ›Einfach immer wieder versuchen‹. Keine großartige Antwort. Keiner behält sie – nur die Frage. So heißt wohl die Antwort auf alle diese Fragen. Bin gleich zurück.«

Die Augen des Mönchs öffneten sich, als Joe an sein Bett trat.

»Brauchen Sie irgend etwas, Pater?«

»In Ordnung.«

»Ein Glas Wasser?«

»In Ordnung.«

Joe flößte Pater Felix Wasser ein, schüttelte sein Kissen auf, ließ ihn vorsichtig darauf zurücksinken. »Soll ich Ihnen die Schuhe ausziehen?«

»Ist die Party vorbei, Joe?«

»Nein, noch nicht.«

»Aber«, sagte der Mönch mit zufallenden Augen, »warum gehen dann alle?«

»Noch nicht«, sagte Joe geduldig.

Doch als er ins Arbeitszimmer zurückkehrte, sah er, daß er unrecht hatte.

Hennessy – er war als einziger übriggeblieben – sagte: »Wie geht es ihm?«

»Alles in Ordnung.«

Stimmen führten Joe an ein Fenster zur Straße, und als er hinuntersah, erblickte er Bill, Potter und Conklin, die mit einer jungen Frau – älter als sie allerdings – in einem Kabrio sprachen.

»Conklin mußte gehen«, sagte Hennessy.

Joe wandte sich vom Fenster ab.

»Möchte Ihnen danken, Father«, sagte Hennessy.

»Es war Bills Party.«

»Trotzdem.« Hennessy schien zu wissen, wie das Leben eines Pfarrers aussah. »Oh, und ich würde gerne der Haushälterin danken.«

»Gute Idee.« Joe führte Hennessy, der es weit bringen würde, in die Küche und stellte sich wieder an das Fenster. Die junge Frau rutschte auf den Beifahrersitz, und der grausame Schnurrbart setzte sich ans Steuer. Potter und Bill überschlugen sich fast bei der Verabschiedung und erweckten den Anschein, als seien sie tief betrübt. Dann erschien zu Joes Erstaunen – er hatte vorgehabt, etwas von einem baldigen Wiederkommen zu erwähnen – Hennessy unten, der, wie es schien, das Pfarrhaus durch die Hintertür verlassen hatte. Ohne ein Wort oder ein Zeichen zu Potter und Bill, die im Gespräch zusammenstanden, setzte sich Hennessy in einen schwarzen Sedan, der am Bordstein parkte. Potter und Bill trennten sich, fast feierlich fand Joe, und Potter setzte sich auf den Rücksitz des schwarzen Sedan. Der Wagen fuhr los. Kurze Zeit später betrat Bill das Arbeitszimmer, und Joe sagte:

»Wer war denn *das*?«

»Seine Geliebte.«

Joe starrte Bill an. »Sag das noch mal.«

Bill sagte es noch mal.

»Nennt er sie so? Woher wißt ihr das denn?«

»Er hat es uns erzählt.«

»Hat er, so?« Joe dachte, wenn er eine Geliebte hätte, würde er es niemandem erzählen.

»Er redet ganz offen darüber. Das muß man ihm hoch anrechnen.«

»Muß ich, ja?«

Pater Felix kam herein, er sah noch genauso aus.

»Sie haben Ihren Bus verpaßt«, sagte Joe, und dann zu Bill: »Warum heiraten sie nicht?«

»Komplikationen.«

»Zum Beispiel?«

»Sie ist schon verheiratet.«

Joe schniefte. »Phantastisch.«

»Ihr Mann willigt nicht in die Scheidung ein. Er ist noch Katholik.«

»Sag das noch mal.«

Bill sagte es noch mal.

Joe wandte sich ab. »Und jetzt wollen Sie in Ihr Kloster zurück, stimmt's?«

»Wie?« sagte Pater Felix.

»Ich fahre Sie hin.«

»Achtzig Meilen?« sagte Bill. »Kann er nicht hier schlafen?«

»Er will in sein Kloster zurück. Er ist nicht glücklich anderswo. Und ich brauche Luft. Nun, was sagen Sie, Pater?«

»In Ordnung«, sagte Pater Felix.

19

Schlechte Nachrichten

Am frühen Abend des folgenden Sonntags, kurz nachdem er mit Pater Felix und Bill ein fertig geliefertes ›sehr leckeres Essen‹ verzehrt hatte, verabschiedete sich Joe für einige Tage von beiden und machte sich auf den Weg zu seinen jährlichen Exerzitien. Zuvor hatte er angeordnet, Bill solle die Geschäfte wie üblich weiterführen, die Bürozeiten einhalten, keine Parties schmeißen oder sonst auf irgendeine Weise Anstoß erregen (»d. h., halte dich von Potter fern« *und*, unausgesprochen, von Conklin), außerdem durfte Pater Felix Pfarrbüro und Arbeitszimmer (TV) benutzen, und sollte (unausgesprochen) während der Abwesenheit des Pfarrers den Wärter spielen.

In seinem Seminarzimmer – es hätte besser, aber auch schlechter sein können – öffnete Joe sofort seine Reisetasche und hängte zwei sommerlich leichte Soutanen in den Wandschrank (in dem ein paar einsame Drahtbügel baumelten), dann entfernte er den Verschluß von einer Flasche Deoduft, die er mitgebracht hatte, und stellte sie in den Schrank; als nächstes schraubte er eines der handlichen Ginfläschchen auf (nicht seine übliche Marke, aber mit einer sehr brauchbaren Plastikkappe versehen – seine Antwort auf das Gläserproblem im Seminar). Er goß eine Kappe voll und setzte sich damit in den einzigen halbwegs bequemen Stuhl; er ließ den Kopf einen Augenblick an jene Stelle zurücksinken, an die ein anderer seinen Kopf während des Semesters hatte sinken lassen. Den letzten Schluck nahm er im Stehen, steckte die Kappe wieder auf das Fläschchen und dieses zwischen Socken und Unterhosen zurück in die Tasche; dabei deckte er Poker-Chips und Spielkarten auf – und gleich wieder zu – in der Hoffnung, er würde sie nicht benützen müssen, andere würden ihn, wie letztes Jahr, zu einem Spiel einladen, und er käme dabei ebensogut weg wie damals.

Die jährlichen Exerzitien für die Geistlichkeit der Diözesen (von denen Bill dieses Jahr suspendiert war, weil er vor seiner Ordinierung mit anderen Kandidaten schon daran teilgenommen hatte), waren für Männer von Joes Jahrgang oder älter eher ein gesellschaftliches als ein spirituelles Ereignis, und da sie in aufeinanderfolgenden Wochen abgehalten wurden, damit Pfarrer *und* Vikare daran teilnehmen konnten (die Wiederholung sollte noch folgen), hing es immer vom Zufall ab, wer dasein würde und wer nicht – Joe hätte dies zu seinem Vorteil als Spieler durch diskrete rechtzeitige Erkundigungen ohne weiteres herausfinden können, aber als Priester *und* als Spieler hätte er das nie getan.

Er stellte das Deo neben den bequemen Stuhl, dann ging er zu den anderen Teilnehmern hinunter, die vor dem Verwaltungsgebäude herumstanden, einerseits, um zu sehen, wer da war, andererseits, um zu beobachten, wie Autos ankamen und zum neuen Parkplatz weiterfuhren, nachdem der langhaarige Seminarist in Jeans sein Sprüchlein – »Der Rektor wünscht, daß der Eingang dieses Jahr freigehalten wird« – aufgesagt hatte. Joe kam gerade rechtzeitig, um zu sehen, wie Father Stock aus einem protzigen alten schwarzen Chrysler stieg und mit seinem Reiseköfferchen zur Tür ging, ohne den Seminaristen oder die anderen Wartenden, die ihm Platz machten, auch nur eines Blickes zu würdigen.

Pogatznick, einer aus der kleinen Gruppe von Pfarrern, denen sich Joe angeschlossen hatte, forderte den Seminaristen auf: »Schauen Sie nach, ob er den Schlüssel steckenlassen hat.«

»Soll das ein Witz sein?« spottete Schwinghammer, einst Vikar unter Stock.

»Trotzdem«, sagte Mooney, »ist es schon ganz beachtlich, daß er in seinem Alter noch zu den Exerzitien kommt, und im Ruhestand ist er schließlich auch.«

»Er kommt wegen des Gruppenbilds«, sagte Schwinghammer.

Joe nickte und fragte: »Weiß jemand etwas über Po?« (Als

Exerzitienmeister war ein Ordensmann namens Demetrius Po angekündigt worden.)

»Nichts Gutes«, sagte Cooney.

»Habe ich auch gehört«, sagte Rooney.

»Ich nicht«, sagte Mooney.

»Was ist das überhaupt für ein Name?« wollte Schwinghammer wissen.

»Es gibt einen Fluß, der Po heißt«, sagte Cooney.

»Und Edgar Allan Poe«, sagte Mooney, »aber der schreibt sich mit *e*.«

»Kann alles bedeuten, so ein Name«, sagte Rooney.

»Vielleicht hat er ihn geändert«, mutmaßte Schwinghammer.

»Abgekürzt, meinst du?« fragte Pogatznick.

Ein schwarzer Continental fuhr am Eingang vor; der Fahrer, Monsignore Egan, war, nachdem er den Seminaristen angehört hatte, ganz der Meinung des Rektors, was den Eingang betraf, und stieg aus. Er fragte den Seminaristen nach seinem Namen, seiner Heimatgemeinde, lobte seinen Pfarrer und bedauerte aufrichtig, sagte er, daß sich zwei schwere Taschen im Kofferraum befänden. Rooney holte sie. »Oh, danke, Bob«, sagte Monsignore Egan zu ihm, dann wandte er sich an den Seminaristen, »*und* Lawrence«. Er nickte einigen Umstehenden zu, begrüßte den einen oder anderen mit Namen und schritt, Rooney mit den Taschen im Schlepptau, auf das Verwaltungsgebäude zu, aus dem der Rektor mit ausgestreckten Händen auf ihn zueilte, während Lawrence mit einem merkwürdigen Gesichtsausdruck den Wagen zum Parkplatz fuhr.

Die nächsten beiden waren zwei Landpfarrer in einem staubigen Chevrolet mit einer langen, wedelnden Antenne und einem überdimensionalen Kühlergrill, in dem sich ein kleiner gelber Vogel, der aussah, als wäre er dort befestigt worden, verfangen hatte. Sie reagierten argwöhnisch, als sie von Schwinghammer erfuhren, daß der Rektor dieses Jahr den Eingang freihalten wollte (»Ja, sicher doch« – »Was ist mit der alten Karre?«), und bezweifelten offenbar, daß Lawrence existierte und gleich zurück sein würde (»Vom Parkplatz?« – »Ja, natürlich«.) Der Chevrolet wartete mit abgestelltem Motor und laufendem Radio (ein Baseball-Spiel mit den Twins), und als ein staubiger Ford ankam, verbrüderte er sich mit diesem.

Joe mußte die Szene verlassen, weil Rooney gestikulierend aus dem Verwaltungsgebäude kam (das Joe im Auge behalten hatte) und Bewegungen vollführte, die Kartenausteilen darstellen sollten.

Diesen und die nächsten Abende verbrachten Joe und Rooney mit Monsignore Egan und dessen Clique, Father Keogh, Father Kling und Father Moore – allesamt Produkte der zwanziger Jahre, untersetzte, rosige Pastoren mit weißen oder schütteren Haaren, genau jene Sorte Männer, die Joe früher verachtet hatte – zu viele von ihnen versperrten den Jüngeren den Weg, hatte er gedacht –, doch jetzt, wenn er sie um einen Eßtisch oder um einen grün überzogenen Tisch im Seminar versammelt sah, ohne Kragen und, in Klings Fall, ohne Schuhe, schoß ihm durch den Kopf: Was für eine eindrucksvolle Gruppe von Männern! Und er fand, er habe Glück gehabt. Spiele mit gewöhnlichen Kollegen waren häufig ungesund und riskant – bei einem der letztjährigen Vorträge, die in der Kapelle stattfanden, war ein Pokergeschädigter aus seiner Bank gefallen –, doch das Spielen mit Egan und seiner Clique war eine sichere und bekömmliche Angelegenheit: man trank vielleicht drei Gläser, war ab Mitternacht nüchtern, machte um ein Uhr Schluß, schlief sich aus und war am nächsten Morgen in aller Frühe frisch und munter. Joe mochte die strengen Regeln, wünschte, er könne den Rest des Jahres ebenso leben, und außerdem gefiel es ihm, in der Prominentensuite zu spielen, in der schon Leute wie G. K. Chesterton, Jacques Maritain und Frank Sheed logiert hatten; der Rektor hatte auch dieses Jahr wieder Egan hier untergebracht, mit Badezimmer, Klimaanlage, Kühlschrank und *Gläsern*, und er schickte jeden Abend Lawrence mit einem Tablett voller Snacks herauf.

Joe und Rooney genossen einige Vorteile als zeitweilige Mitglieder von Egans Clique, die allerdings – bedauerlicherweise – die Angewohnheit hatte, keinen einzigen Vortrag auszulassen.

Father Demetrius, ein temperamentvoller, unnachgiebiger Prediger im Stil eines Walter Winchell, ließ die Teilnehmer wissen, daß sie von ihm nicht das Übliche zu erwarten hätten (»Moral, Askese, Liturgie und solche Sachen«), was vielversprechend klang. Nachdem er lange Jahre als Gefängnispfarrer gearbeitet hatte, verdankte er seine gegenwärtige Anstellung dem Zustand der Nation, wie er sich ausdrückte. »Ich bin jetzt gefragt, und wie ich Sie kenne, Sie Bankiers, machen Sie sich Sorgen über die steigende Flut des Verbrechens.« Ansichten jedoch, eindeutige Ansichten zur steigenden Flut und praktische Hinweise, wie sie einzudämmen sei, waren Father Demetrius zunächst nicht zu entlocken.

Seinen ersten Vortrag widmete er Statistiken des FBI und brachte damit alle zum Gähnen. Während einige jüngere Männer das für nützlich hielten – ein entmythologisierter Zugang zu den Problemen des Alltags –, konnte Joe nicht umhin, Father Demetrius zu bewundern, der nicht, wie so viele Exerzitienmeister, auf einen K.O. in der ersten Runde aus war. In der nächsten Sitzung, die wieder mit der (bald ermüdenden) Feststellung begann, »Das Studium des Verbrechens erschließt die wahre Natur des Menschen«, und das Beispiel von Kain und Abel anführte (bei der ersten Sitzung waren es Adam und Eva gewesen), erzählte Father Demetrius wahre Geschichten aus dem Knast, manche ziemlich hart, andere schlicht und herzerwärmend. In der nächsten gab er wieder Geschichten zum besten, in der übernächsten noch mehr.

Die Teilnehmer hatten von einem Ex-Kaplan zwar Geschichten erwartet, aber doch nicht so viele. Zudem liefen alle auf dasselbe hinaus: Father Demetrius habe als Kaplan zwar zum Establishment gehört, sei den Häftlingen dabei aber innerlich näher gewesen, und zwar den großen wie den kleinen Fischen, von denen manch einer unter seiner Anleitung sogar den Rosenkranz mit ihm gebetet hatte – «Einige, nicht alle, denn so ist das Leben nicht, meine Freunde« – und die jetzt, wieder in Freiheit, das Leben erstaunlich gut meisterten, eine überraschende Anzahl von ihnen als Hoteliers, Motel- und Restaurantbesitzer. »Komme, was da wolle, *mir* wird es an einem Bett für die Nacht und Verpflegung dazu nicht fehlen« – was, von einem bitteren Lachen begleitet, entweder bedeuten mochte, daß es den Teilnehmern eines Tages daran mangeln könnte oder daß Father Demetrius Ärger mit seinen Vorgesetzten hatte. Auf jeden Fall wußte der Mann zweifellos eine Menge über erstklassiges Fleisch, Schalentiere, Bareinrichtungen, Reinigungen, Diebstahl und Protektion – lauter Themen, die Joe interessierten. Die meisten Teilnehmer allerdings schienen der Ansicht zu sein, daß Father Demetrius' Geschichten wenig oder nichts mit ihnen zu tun hätten – diese ganzen Ausbrüche, Straßenkämpfe und Drogen und dieses Herumgeballere, »Ra-ta-ta-teng«. Aber Father Demetrius war, wie er betonte, gekommen, um sie kräftig aufzurütteln, und manchmal gelang ihm das auch – »Floyd, dreimal im Knast, Mädchenhandel, ein netter Kerl wie du und ich.« Als er ihre Mißbilligung spürte, wies er sie wieder einmal auf das Gleichnis vom Pharisäer und dem Zöllner hin, wobei er sich selbst mit dem bescheidenen Zöllner, die Teilnehmer mit dem stolzen Pharisäer gleichsetzte und in bester pharisäischer Manier nichts daran fand. Die Teilnehmer lächelten nicht mehr, wenn er sie Bankiers nannte.

Laschheit, immer ein Problem, war dieses Jahr besonders verbreitet; ihr verfielen auch jene, die nie zuvor schwach geworden waren: Pfarrer mit eisernem Willen, verantwortungsbewußte erste Assistenten, und der Typ Pfarrer, der sonst eifrig mitschrieb. Die meisten Pflichtvergessenen besaßen immerhin soviel Anstand, während der Vorträge auf ihren Zimmern zu bleiben, aber einige der Jüngeren, und zwar gerade diejenigen, die zu Anfang erklärt hatten, der Exerzitienmeister verfolge eine bestimmte Absicht, die bald deutlich werden würde, und er vertrete lediglich seine Sache (kein schlechter Ansatz, hatten sie geurteilt, denn die Kirche sei »überstrukturiert«), sie ließen sich während der Vorträge an allen möglichen Orten sehen, im Hobbyraum beim Billard, in Ruderbooten auf dem See oder in der Küche, wo sie Lawrence und das Küchenpersonal ärgerten.

Joe mußte sich immer wieder vor Augen halten, wie gut die Zeit nach den Exerzitien sein würde, wenn man nur jetzt durchhielte; daß es nicht auf den Sänger und nicht einmal auf das Lied ankam; daß die Kirche nicht die Kirche wäre, wenn sie sich mit solchen Dingen aufhalten würde; daß es nur auf eines ankam, auf den wichtigsten Teil der Wirklichkeit, das, was bei den Menschen immer Bestand haben würde, die eine Konstante, auf die die Kirche sich gründete: das Kreuz.

Es tat gut, zu sehen, wie Egans Clique das akzeptierte, wie die alten Herren kamen und gingen, keinen einzigen Vortrag verpaßten, und es tat gut, dazuzugehören.

Die Exerzitien waren (in Joes Gegenwart) nur einmal erwähnt worden, am zweiten oder dritten Abend, während einer von ihnen die Karten austeilte.

»Es ist mal was anderes«, sagte Egan.

»Finde ich auch«, stimmte Moore zu.

Keogh nickte.

»Die Dame bietet«, sagte Kling.

Joe und wahrscheinlich auch Rooney hätten in anderer Umgebung sicher den Exerzitienmeister kritisiert und auch das Ordinariat, weil es ihn engagiert hatte, aber sie sagten nichts, und Joe genoß nach einem Augenblick des Unbehagens das seltene Gefühl, einmal nicht ohne Sinn und Zweck seine Meinung auszusprechen. Er fand, daß sie durchaus etwas für sich hatte, diese – was immer es war, Milde oder Verzweiflung, oder eine Mischung aus beiden, was die alten Männer zum Schweigen bewog.

Am nächsten, dem letzten Tag, trafen die Exerzitien, die wie ein angeschlagenes Schiff dem Hafen entgegendümpelten, auf eine Mine: es sprach sich herum, daß die Quoten für EDE, den Erneuerungs-Fond der Erzdiözese, vom Ordinariat abgeschickt worden waren, und die Hölle brach los.

Während eine Sirene in Abständen aufheulte, irrten die Männer in den Korridoren umher, wanderten von Zimmer zu

Zimmer, tranken aus den verschiedensten Gefäßen – eine echte Gläserkrise im Seminar. Von denjenigen, die mit ihren Büros gesprochen hatten (die Telefonzentrale war völlig überlastet), packten einige sofort ihre Koffer und fuhren ab, andere blieben und fluchten, als seien sie zu Hause in ihren Pfarrbüros, andere flüchteten sich in eine Art Schockzustand, wieder andere versuchten, Gelassenheit an den Tag zu legen (»Ich wußte, daß das kommt«). Die meisten schwiegen sich über die Höhe ihrer Einstufung aus (was Joe, hätte er die seine gekannt, auch getan hätte), doch manche plauderten sie auch aus. Die Zahlen, die Joe hörte, waren astronomisch hoch und zum Teil ungleich verteilt, was zu Spannungen oder Schlimmerem zwischen Pfarrern ähnlicher oder benachbarter Gemeinden führte – Joe mußte zwischen Mooney und Rooney schlichten und sie daran erinnern, daß sie nicht aufeinander, sondern auf Toohey und das Ordinariat wütend sein müßten. Jeder Pfarrer hatte jetzt Probleme (und seine Schäfchen nicht weniger), denn ab sofort würde er die Gemeinde *ununterbrochen* von der Kanzel unter Beschuß nehmen müssen, Klinken putzen wegen Spendenverpflichtungen und vielleicht gar hartgesottene Geldeintreiber dafür einstellen. Bei Joes (und Cooneys) Finanzsystem kam das allerdings nicht in Frage, wenn sie ihre Gemeindemitglieder nicht völlig verschaukeln wollten. Deshalb war Joes und Cooneys Lage bei diesem wirren und verwirrenden Schauspiel noch prekärer als die der meisten anderen.

Und doch stand Joe jetzt bei den anderen, teilte seine letzte Flasche großzügig, nahm selbst Schlucke aus der praktischen Plastikkappe, gab moralische Unterstützung, wo er konnte und sprach nicht einmal über seine eigenen Schwierigkeiten, die auch kein anderer erwähnte, nicht einmal beiläufig, bis …

»Junge, Junge, bin *ich* froh«, tönte Schwinghammer, der vorgehabt hatte, Joes Finanzsystem bei sich einzuführen, bis ausgerechnet *Joe* ihm das mit der Begründung, seine Gemeinde eigne sich nicht dafür, auf nette Weise ausgeredet hatte. Keine Silbe jetzt darüber von Schwinghammer, kein

Dank, kein Mitgefühl, nur diebische Freude und Gewieher. »Junge, Junge!«

Unter den Blicken von Schwinghammer, der aus einer schmierigen Kristallvase trank, und einem verantwortungsbewußten ersten Assistenten mit schlecht riechender Zigarre versuchte Joe, so gut er konnte, sein System zu verteidigen, ohne ihres herabzusetzen (Briefumschläge jeden Sonntag/ unbegrenzte Sonderkollekten). »Ich bemühe mich, alles einzukalkulieren, was noch kommen könnte.«

Pogatznick, der gerade dazutrat, sagte: »Das hier auch?«, was bei Schwinghammer erneutes Gewieher auslöste.

Gelassen, um sich und die anderen zu beeindrucken, sagte Joe: »Natürlich hängt eine Menge von meiner Einstufung ab. Wie hoch sie ist, weiß ich nicht – und ich will es auch nicht wissen.« Und er setzte hinzu, in der Hoffnung, diejenigen, die zu Hause angerufen hatten, nicht zu sehr zu verprellen und in ihren Ohren nicht ganz so heuchlerisch zu klingen wie in seinen eigenen: »Schließlich befinde ich mich noch bei den Exerzitien.« Dann wandte er sich einen Augenblick ab, um seine Plastikkappe nachzufüllen, und wollte sich gerade wieder am Gespräch beteiligen, als er »Junge, Junge!« hörte und lieber weiterging.

Einige Zeit später stieß er beim Verlassen eines Zimmers auf Cooney.

»Joe, tu nicht so überlegen. Was heißt das, du kalkulierst alles ein, was noch kommen könnte?«

»Lou, ich sagte, ich bemühe mich.«

»Joe, um eine Lösung dafür kannst du dich nicht mal bemühen.«

Joe schwante Böses. »Du hast zu Hause angerufen?«

»Habe ich – und es ist übel, richtig übel.«

»Wie schlimm?«

»Das sage ich dir lieber nicht.«

»Okay, Lou. Du mußt nicht.«

»Nur soviel. Es ist übel, ganz übel.«

»Okay, Lou. Schon verstanden.«

»Joe, tu einfach nicht so überlegen. Mehr verlange ich ja nicht.«

Cooney ging, wie er gekommen war, eingeschnappt, im Zickzack, und Joe wanderte weiter.

Der letzte Vortrag war eine Darbietung zum Thema ›Der Gute Die‹, danach folgte das feierliche Dankgebet, der päpstliche Segen und das Gruppenbild. Es zeigte den Exerzitienmeister, den Rektor, die ständigen Mitglieder von Egans Clique und (aus unerfindlichen Gründen, fand Joe) Mooney in der ersten Reihe. Joe stand in der zweiten Reihe, zwischen einem Landpfarrer und einem verantwortungsbewußten ersten Assistenten. Cooney und Rooney waren nirgendwo zu sehen, sie waren schon in der Nacht abgereist. Father Stock war auch unter denen, die das Gruppenfoto verpaßten – es waren viele dieses Jahr –, denn die Sirene, die tags zuvor geheult hatte, gehörte zu einem Krankenwagen, mit dem er ins Krankenhaus gebracht worden war, und es ging ihm jetzt, wie es hieß, den Umständen entsprechend. Sein Auto, das so oft im Speisesaal ausgerufen worden war – »Würde der Besitzer des ...« –, wurde von einer Firma abgeschleppt, während Joe und andere schweigend zusahen.

Joe nahm von den Exerzitien einen Tausender mit, aber entgegen allem Anschein machte er sich Sorgen um seine Zukunft, und das hieß, um seine Einstufung.

20

Die Schnurrbart-Affäre

Nach seiner Rückkehr blätterte Joe als erstes den Stapel Post durch, der auf seinem Schreibtisch lag, aber er sah nichts mit dem Absender »Ordinariat« und ging deshalb in sein Arbeitszimmer hoch, wo er Pater Felix vorfand, der sich, Bier trinkend, eine Kindersendung ansah.

»Ach, Sie sind zurück, Joe.«

»Wo ist Bill?«

»Ist er nicht unten?«

»Nein. Sein kleines Auto ist weg.«

»Dann ist er noch nicht zurück.«

»Von wo zurück?«

»Das weiß ich wirklich nicht.«

»Wie lange ist er schon weg?«

Pater Felix schüttelte umständlich den voluminösen Ärmel seiner tannengrünen Kutte zurück, um einen Blick auf die schwarzen Zeiger seiner Uhr zu werfen, sagte: »Müßte bald zurück sein«, und wandte sich wieder dem Bildschirm zu. Ein Bär im Smoking zupfte auf einer Baßgeige herum – er spielte nicht schlecht, doch die Hintergrundmusik (»Ain't Misbehaving«) ließ sein Spiel viel zu virtuos klingen.

»Was ist hier eigentlich los, Pater?« fragte Joe.

Pater Felix glaubte offenbar, Joe meine die Sendung, und lachte glucksend.

Joe ließ ihn allein.

In der Küche erfuhr Joe, daß der junge Father vormittags mit Father Potter und Mr. Conklin weggefahren war, und sagte »Ach so«, als wäre Mrs. P.s sorgenvolle Miene unbegründet. Nachdem er hörte, daß Father Potter und Mr. Conklin die Nacht im Pfarrhaus verbracht hatten, nickte Joe – mehr brachte er nicht zustande, denn Mrs. P.s Befürchtungen waren mehr als begründet. »Sie haben *siebzehn* Flaschen Bier getrunken, Father. Und dieser *verrückte* Mr. Conklin! O Father!« Mrs. P. wandte sich ab und ließ Wasser in den Spülstein laufen.

Joe ging hinaus.

Was für ein Empfang!

Er ging wieder ins Arbeitszimmer, nahm seine Reisetasche, die er während des Gesprächs mit Pater Felix (der ihm jetzt wohlwollend zunickte) abgestellt hatte und ging in sein Schlafzimmer, wo er sofort Bettücher und Kopfkissenbezüge inspizierte. Frisch und sauber. Aber natürlich hatte Mrs. P. sie gewechselt. Frag sie. Nein, nein. Frag Pater Felix. Nein. Der listige Mönch würde Bill weiterhin decken, und man sollte ihm das vielleicht auch nicht verargen, obwohl Mönche nach Joes Ansicht ein begründetes Interesse am Chaos hatten und sich um so wohler fühlten, je mehr die Welt um sie her aus den Fugen geriet (da sie ihr ja entsagt hatten).

Als Joe aus dem Schlafzimmer kam, erkundigte sich Pater Felix: »Ist Bill schon zurück?«

»Das weiß ich wirklich nicht«, antwortete Joe im Weitergehen. Er beschäftigte sich in seinem Büro, wischte auf seinem Schreibtisch Staub, fegte den Boden und warf die unwichtige Post weg. Viel lieber hätte er das Pfarramt vom Heiligen Grab angerufen, wo Potter zweiter Assistent war, aber wie sollte er das anstellen, ohne den, der abhob – vielleicht Lefty Beeman, der erste Assistent –, wissen zu lassen, daß er Bill suchte. Ein Dilemma. St. Franziskus und Klara war nicht diese Sorte von Gemeinde, oder war es bisher jedenfalls nicht gewesen. Und die Chancen standen gut, daß Bill zum Abendessen auftauchte, oder zumindest anrief und seine Abwesenheit erklärte, obwohl es dafür schon recht spät war. Joe entschloß sich, nichts zu unternehmen – eine kluge Entscheidung, wie sich herausstellte, als das Telefon läutete.

»Ist mir peinlich, dich zu belästigen, Joe, aber Traumtänzer hat mich letzte Nacht von dir aus angerufen. Aus dem Bett geholt hat er mich. Und gesagt, er würde bei euch übernachten. Seitdem hab' ich nichts mehr von ihm gehört.«

»Er ist nicht hier, Lefty.«

»Du hast ihn also nicht gesehen.«

»Nein, aber ich komme gerade erst von den Exerzitien.«

»Nijinski ist noch nicht zurück« – Lefty meinte den Pfarrer –, »wenn er überhaupt dort war.«

»Er war da.«

»Wie fandest du es dieses Jahr, Joe?«

»Kein gutes Jahr.«

»Nein, aber Wie-heißt-er-gleich ...«

»Po.«

»Er ist gar nicht übel, wenn du mit ihm allein bist. Ich habe mal mit ihm geredet. Er raucht Zigarren, verstehst du. Und hoffentlich ... – «

Joe schwieg, in der Hoffnung auf Erläuterung.

»Joe, weißt du, daß ich das Rauchen aufgegeben habe?«

»Nein.«

»Ich hab' so eine kleine Gummizigarre, weißt du. Von Horse. Der hat sie von Beans. Wichtig ist, daß die Kette nicht abreißt. Jetzt bin ich schon in der dritten Woche. Bist du noch scharf auf Zigarren?«

»Ich würde nicht sagen, daß ich *scharf* auf sie bin. Ich rauche hin und wieder eine. Zigarillos.«

»Würde gerne mal wieder mit dir reden. Und hoffentlich ... – «

Joe schwieg, ohne Hoffnung auf Erläuterung.

»Wie wär's, Joe, sollten wir nicht mal wieder essen gehen? Ich müßte es nur im voraus wissen, weil ich schlecht weg kann. Nijinsky ist nie da, und Traumtänzer ist ständig unterwegs – und jetzt ist er verschwunden. Joe, ist Bill da?«

»Im Augenblick nicht. Müßte bald zurück sein.«

»Ich hatte eine kleine Unterredung mit Bill und diesem ... Du weißt Bescheid über ihn, Joe? Und diese verheiratete Frau?«

»Wenn du von Conklin sprichst, davon habe ich gehört, ja.«

»Hast du gehört, daß die beiden sich getrennt haben?«

»Nein, aber ich kann nicht sagen, daß es mir mißfällt.«

»Ja, aber Traumtänzer versucht, die Beziehung zu retten – schöne Beziehung. Und Bill auch, nehme ich an.«

Joe schwieg.

»Tut mir leid, daß du es ausgerechnet von mir erfahren mußt. Ich weiß, was du denkst. Ich hätte sie am liebsten alle in den Hintern getreten.«

»Es ist eine verrückte Welt, Left.«

»Joe, und *sonst*?«

»Alles in Ordnung.«

»Und diese neue Kampagne? Hat's dich schwer erwischt?«

»Ich habe noch keine Post.«

»Wir haben sie heute bekommen, und sie ist hart – aber ich lasse mir deswegen keine grauen Haare wachsen.«

»Unsere ist noch nicht da.«

»Joe, was passiert, wenn es soweit ist? Bei deinem System?«

»Warten wir's ab.«

»Ich habe mir auch immer Sorgen ums Geld gemacht. Jetzt nicht mehr.«

»Wirst du wieder, Left. Du wirst eine andere Pfarrei bekommen.«

»Nett, daß du das sagst, Joe. Hör mal, würdest du Traumtänzer ausrichten, daß er anrufen soll, falls du ihn siehst?«

»Natürlich.«

»Und wenn Bill kommt ...«

Joe legte auf.

Um sechs Uhr stand er vom Schreibtisch auf und sprach den Angelus im Stehen; danach klingelte das Telefon – eine Frage aus der Küche, auf die Joe erwiderte: »Nein, wir essen zur üblichen Zeit.«

Er deckte Bills Schreibmaschine ab und ging ins Eßzimmer hoch, wo Pater Felix ihn schon erwartete. »Wie waren die Exerzitien, Joe?«

»Kein gutes Jahr.«

Während des Abendessens sprach Pater Felix über hervorragende Männer aus seinem Kloster, eigenständige, aber gewissenhafte Denker, zum Teil mit Gemeindeerfahrung wie er selbst, geradezu ideal für die Leitung von Exerzitien auf Diözesanebene. Joe steuerte gelegentlich ein »Tatsächlich?« bei. Kein Wort über Bill, dessen leerer Teller Joe ständig die Frage stellte: »Wo ist Bill?«

Als das Telefon um 18.29 Uhr klingelte, nahm Mrs. P. in der Küche ab und kam dann angelaufen: »Es ist der junge Father, Father. Er will mit Ihnen sprechen.«

»Legen Sie's ins Arbeitszimmer«, sagte Joe im Aufstehen, ein Muster an Gelassenheit für interessierte Beobachter. Unglücklicherweise merkte er erst, als er im Arbeitszimmer den Hörer abnahm, daß seine Serviette noch vom Gürtel baumelte (wo *er* sie nicht sehen konnte). »Danke, Mrs. Pelissier« – das bedeutete, sie konnte und sollte auflegen, was sie auch tat.

»Bill, wo zum Teufel steckst du?«

»Ich bin zum Abendessen nicht zurück.«

»Du meist, du *warst* nicht zurück.«

»Es geht wirklich nicht, Father. Es ging nicht.«

»Und warum, Bill, wenn ich fragen darf?«

»Ich konnte einfach nicht weg. Kann nicht weg.«

»Bill, du klingst müde.«

»Bin ich auch.«

»Bill, wenn man müde ist, sollte man nach Hause gehen.«

»Ich bin mit anderen zusammen.«

»Dann sag den anderen, was ich dir gesagt habe.«

»Sie schlafen.«

»Heißt das, sie sind im Vollrausch?

»Ich kann sie hier nicht allein lassen.«

»Bill, wo zum Teufel bist du?«

»In der Stadt, das Lokal heißt ›Wau Wau‹ – es ist eine riesengroße Bar.«

»Ganz recht. Hör zu, Bill. In so einer Bar wissen sie, wie man mit derlei Zwischenfällen umgeht. Ich kenne die Manager. Bitte jemanden um Hilfe – am besten Dom, wenn er da ist. Setz die anderen in ein Taxi. Nimm dir selber eins – ein *anderes* –, wenn du nicht fahren kannst.«

»Ich kann fahren, Father. Ich bin stocknüchtern.«

»Gut. Dann erwarte ich dich in Kürze.«

Joe und Pater Felix sahen fern, als Bills kleines Auto in die Einfahrt einbog. Joe sagte dem Mönch nichts, ging hinaus und ließ gerade in der Küche Wasser laufen, als Bill durch die Hintertür eintrat. Abgesehen von seinem Aufzug (Nietenhosen und T-Shirt), schien er in Ordnung zu sein, nur etwas erschöpft und verlegen.

»Ich wollte gerade Kaffee machen«, sagte Joe. »Möchtest du eine Tasse?«

»Ich dusche zuerst.«

Als Bill im Schlafanzug aus dem Bad kam (obwohl es erst halb neun war), stand Joe mit dem Kaffee schon in Bills Zimmer und erklärte seine Anwesenheit mit den Worten »Der Pater ist im Arbeitszimmer« (was bedeutete, wir wollen den Mönch nicht dabeihaben, er weiß ohnehin schon zuviel). Erst halb neun, aber warum hatte Bill anderthalb Stunden gebraucht – mindestens eine Stunde zu lange –, um vom »Wau Wau« hierherzufahren? Bill war eine Menge Erklärungen schuldig, doch er schien das zu wissen und begann:

»Alles hat gestern abend im Pfarrhaus vom Heiligen Grab angefangen, aber ich war nicht dabei, ich war hier« – als ob ihm das hoch anzurechnen sei. Potter und Conklin hatten im Partyraum vom Heiligen Grab gesessen, als Father Beeman mit Father Power (»Horse«, sagte Joe) dazugekommen waren. Sie hatten angefangen, sich wegen Conklin und dieser verheirateten Frau zu streiten – die beiden hatten sich wegen seiner Untreue getrennt (»seiner, sieh mal an«), aber Potter wollte die Beziehung retten oder wenigstens erreichen, daß sie alle Freunde wären (»Alle?«), Conklin, die Frau und ihr Mann (»Bill, es gab mal so etwas wie gesunden Menschenverstand«). Während des Streits war Conklin auf Father Power losgegangen (»Was? Ein Laie hat einen Priester verprügelt?«). Mit Hilfe von Father Power hatte Father Beeman, der gerade dabeigewesen war, den Billardtisch mit dem elektrischen Rasierer von Fusseln zu befreien, den Apparat benutzt, um Conklins Schnurrbart abzurasieren, aber nicht den ganzen, sondern nur eine Seite. (»*Grund*gütiger Himmel!«) Potter und Conklin waren dann zu Bill gefahren und lange geblieben.

(»Lange?«) Eigentlich waren sie die ganze Nacht geblieben (»Und wo haben sie geschlafen?«). Sie hatten nicht geschlafen, sondern die ganze Nacht im Arbeitszimmer verbracht und geredet (»Worüber?«), über die Kirche, die Geistlichen, den Schnurrbart; Conk war gereizt, Pot ärgerlich auf sich selbst, er hatte zum Beispiel gesagt, »Es gibt keine größere Liebe, als sein Leben hinzugeben für seinen Freund« (»Halluzinationen, was?«). Bill hatte anfangs Mitgefühl gehabt, wie übrigens Pater Felix auch (» *Was*? Ich dachte, *der* wäre wenigstens im Bett gewesen?«), der nach einer Weile schlafen gegangen war (»Gut«), wie Bill schließlich auch (»Gut«). Pot und Conk hatten am Morgen immer noch diskutiert (»Immer noch im Arbeitszimmer?«), immer noch im Arbeitszimmer. Bill hatte die Messe gelesen (»Und Traumtänzer?«), Pot nicht, und Bill war trotz seiner Müdigkeit wie üblich ins Büro gegangen (»Gut«). Pot und Conklin hatten im Eßzimmer mit Pater Felix debattiert (»Debattiert?«), über das Zeitalter des Glaubens (»O *nein!*«), als Priester noch Priester und Mönche noch Mönche waren (»Schon begriffen«). Pater Felix war mit seinem Brevier ins andere Büro gegangen und hatte die Tür hinter sich geschlossen (»Ha!«), und Pot und Conk hatten in Bills Büro herumgesessen und schließlich den Entschluß gefaßt, irgendwo anders ein Bier zu trinken (»Irgendwo anders, na so was«). Um sie loszuwerden, hatte Bill sich überreden lassen mitzufahren, aber nur in seinem eigenen Auto, damit er sich so schnell wie möglich von ihnen absetzen konnte (»Mhm«), aber das hatte nicht geklappt, und später mußte er bleiben, damit er sich um sie kümmern konnte (»Und was war früher, Bill?«). Es war ein Fehler gewesen, nicht früher heimzufahren. »Das Ganze tut mir wirklich furchtbar leid – und alles andere auch.« Bill hatte zuviel getrunken, und deswegen machte er sich Vorwürfe. Aber Pot hatte die Idee gehabt (»Zuviel zu trinken?«), nein, bei Conk zu bleiben und ihm unter die Arme zu greifen (was Pot nicht fertiggebracht hatte, als Conk seinen halben Schnurrbart verlor), falls es nötig werden sollte, was auch tatsächlich passiert war (»Im ›Wau Wau?‹«). Nein, vorher, denn sie waren noch in einer anderen Kneipe gewesen, einem Strip-

Lokal (»Am Nachmittag?«), zur Matinee für Geschäftsleute (»Ach so. Und wie war's?«). »Father, ich bin fertig mit Pot und Conk.« (»Gut«, lag Joe auf der Zunge, doch er sagte nur »So?«.) Bill hatte, das wollte er noch betonen, Conk am Morgen seinen Rasierer geliehen, aber Conklin hatte an seinem Schnurrbart nichts verändert, er lief immer noch so herum, mit einem halben Schnauzer, und erzählte den Leuten (»Was hat er den Leuten erzählt?«), »Hochangesehene katholische Priester haben mir das angetan« (»Aha. Und was haben die Leute gesagt?«). Manchen tat er leid, Pater Felix zum Beispiel, manchen nicht, wie Mrs. P. (»Mrs. P.?«). Überall ungefähr das gleiche, halbe halbe (»Und als er das den Leuten erzählt hat, was hattet ihr dazu zu sagen?«). Pot hatte ihn unterstützt (»Unterstützt, ja?«), Bill nicht – er hatte geschwiegen, zu seinem Bedauern. »Ich bin wirklich fertig mit Pot und Conk, Father.« (»Hoffen wir's«, wollte Joe anmerken, aber er fragte nur: »Du hast sie also in ein Taxi gesetzt?«) Bill hatte Joes Rat befolgt und mit dem Management des ›Wau Wau‹ gesprochen (»Ein fetter Kerl mit Koteletten? Das war Dom. Er hat ordentlich gespendet, als ich noch bei der Wohlfahrt war«), aber Dom wußte durch die Kellnerinnen schon über Conks Schnurrbart Bescheid und war überhaupt nicht begeistert, nicht einmal, als er erfuhr, daß Pot ein Priester war (und Bill auch), weil er es nicht glaubte, bis Bill Joe erwähnte. Dann war er freundlicher geworden und hatte gemeint, es sei nicht angemessen, Pot in ein einfaches Taxi zu verfrachten, er war drauf und dran gewesen, eine Limousine kommen zu lassen und die Fahrt zu bezahlen. Aber Bill hatte ihm das ausgeredet, hatte seinen Käfer zum Hinterausgang gefahren, und zwei Küchenhilfen hatten Pot hinausbefördert und ihn auf den Rücksitz gelegt (»Und Conklin?«). Conk, der noch laufen konnte, war ohne – *absolut* ohne – seinen Schnurrbart erschienen (»Nein! Wie hat er das erklärt?«). Conk hatte nichts gesagt, kein Wort, erst im Pfarrhaus vom Heiligen Grab, da hatte er Father Beeman eine kleine Plastikflasche überreicht – die Imitation einer dieser nostalgischen Whiskey-Flaschen, die er in der Spielhalle aus einem Greifautomaten geholt hatte, und getönt: »Für Euch, Father, so Ihr Vollkommenheit erlangen wollt, als Ergänzung zur Gummizigarre.« (»Ein starkes Stück! Und was hat Lefty geantwortet?«) Father Beeman sagte dankeschön. Das war alles. (»Armer Kerl. Aber ganz unschuldig ist er auch nicht daran.«) Dann hatten er und Bill Pot ins Bett gebracht. Als Bill wieder heruntergekommen war, war Conk nicht mehr dagewesen. Dann war Bill nach Hause gefahren.

»Das war's also, hm?«

»Mehr oder weniger.«

Weniger, fürchtete Joe.

»Ich glaube, ich geh' ins Bett, wenn du nichts mehr sagen willst.«

»Nein.«

»Danke, daß du mich nicht durch die Mangel drehst. Oder kommt das später?«

»Nein, soweit es an mir liegt, nicht. Sag nur *kein Wort* – über irgend etwas, das vorgefallen ist – zu Pater Felix.«

»Bestimmt nicht.«

»Nacht, Bill.«

»Nacht, Joe.«

Das war das erste Mal, fiel Joe auf, daß Bill es gewagt oder vielleicht Wert darauf gelegt hatte, ihn beim Vornamen zu nennen.

21
Des Pudels Kern

Am nächsten Morgen (Samstag) nach dem Posteingang schloß Joe die Tür zwischen den Büros und wählte aus unerfindlichen Gründen (vielleicht, um sich in den Griff zu bekommen) die Nummern von Zeitansage und Wetter. »Danke«, sagte er zu der Stimme auf Band. Dann öffnete er den Brief vom Ordinariat und las ihn, hörte an der Stelle *Für Ihre Gemeinde wird daher veranschlagt* auf, las weiter bis zum Schluß und fing wieder von vorne an. Wenn er gerecht war, konnte er nicht ohne weiteres Toohey die Schuld zuschieben, denn der Brief war auf neutralem Briefpapier und mit Maschine geschrieben, auch nicht dem Erzbischof, denn er klang nicht nach ihm (manifeste Notwendigkeiten, mannigfaltige Zwecke), obwohl er natürlich seine Unterschrift trug. Es war manifest, daß sich die Schuld mannigfaltig verteilte: Mayer, Mayer und Maher, aus Chicago, designierte Rechtsberater für Finanzen und Entwicklung der Erzdiözese mit Büroräumen im Ordinariat boten ihre ganz individuellen, vertraulichen Dienste an – »Ihnen und Ihrer Gemeinde, sei sie klein oder groß« – und legten interessierten Pfarrern nahe, ihren Mr. McMaster unverzüglich zu kontaktieren.

Joe las den Brief noch einmal, und das war alles, was er an jenem Vormittag fertigbrachte: ihn immer wieder zu lesen.

»Muß wegen der Exerzitien viel aufarbeiten. Nehme heute nachmittag keine Beichte ab«, erklärte er Bill und Pater Felix beim Mittagessen. Den Großteil des Nachmittags verbrachte er in tiefem Nachdenken. Doch ungefähr eine Stunde vor dem Abendessen begann er zu tippen – einen ersten Entwurf.

»Bringe meine Korrespondenz auf den letzten Stand. Nehme heute abend keine Beichte ab«, erklärte er Bill und Pater Felix beim Abendessen.

Stunden später, nachdem Bill und Pater Felix schon ins Bett gegangen waren, saß Joe immer noch, heftig tippend, an seiner Schreibmaschine.

Er bewegte sich wie in Trance, als er das Endprodukt in eine Schutzhülle schob und nach oben trug. Er holte sich Eiswürfel aus der Küche und setzte sich mit seinem Glas in den Barcalounger, um sein Werk ein letztes Mal zu lesen; das nahm einige Zeit in Anspruch.

Und?

Nun, wenn man berücksichtigte, daß es sein eigenes Werk war, wenn man also eine gewisse Voreingenommenheit in Betracht zog, so war er dennoch sehr beeindruckt – ja, es war ein wirklich gelungener Brief.

Warum?

Nun, er hielt sich an die Fakten, seine Sprache war wohlüberlegt, sein Ton angemessen – Mut in harten Zeiten und Achtung vor den Autoritäten. Dies war ein Brief, den man nicht überfliegen und wegwerfen würde. Dies war ein Brief, der zweifellos Anlaß zum Nachdenken und vielleicht zu wohlwollendem Handeln geben würde.

War dieser Brief womöglich ein wenig lang?

Ein wenig, vielleicht, aber das mußte er sein, um das Thema so erschöpfend, so gut zu behandeln.

Das Merkwürdige war, daß man, am Ende des Briefes angelangt, irgendwie wünschte, man wäre es nicht. Und ihn noch einmal lesen wollte. Das war jedenfalls Joes Beobachtung. Er las ihn noch einmal. Und noch einmal. Er machte sich einen Drink und – nun, was wohl? – wollte ihn schon wieder lesen. Was er auch tat. Es war schon ein beachtlicher Brief.

Bevor er sich erlaubte, ihn ein weiteres Mal zu lesen, füllte er sein Glas auf. Und das war der Punkt, das heißt kurz danach, an dem er sich dabei ertappte, wie er erst Gegenargumente murmelte, dann laut debattierte und die Sätze zuletzt nachäffte – »Ihnen im voraus für alle Schritte dankend, Exzellenz, die Sie für angemessen erachten …«, wobei er buchstäblich nicht in der Lage war, ihn zu lesen, wie er vom Erzbischof gelesen werden sollte, sondern wie er gelesen werden könnte, sagen wir von *Toohey*.

O *nein*!

O doch.

Er zerriß den Brief in winzige Fetzen, die in die Toilette passen würden, ebenso verfuhr er mit dem Durchschlag, dann schnellte er aus dem Barcalounger empor, um sie zu vernichten und sich eine neuen Drink zu holen.

Er war gerade noch einmal davongekommen.

Am nächsten Tag (Sonntag) nach der letzten Messe, bat Joe Bill, sich um Pater Felix zu kümmern, bis es Zeit für den Bus war, und ihn zur Haltestelle zu fahren. »Hier«, sagte er und gab Bill einen Zwanziger. »Sieh zu, daß ihr beide ein sehr leckeres Mahl bekommt. Wartet nicht auf mich. Bin mit der Arbeit immer noch im Verzug, wegen der Exerzitien.«

»Kann ich irgendwie helfen, Joe?«

»Nein.« Höchstens eine Bank ausrauben. »Danke.«

Joe ging in sein Büro und verbrachte einige Stunden mit dem Versuch, einen kurzen Brief zu entwerfen – « ... schwierig, wenn nicht unmöglich unter den gegebenen Umständen, Exzellenz, aber seien Sie versichert, ich ...« – und zerriß ihn. Nach zwei Abstechern in die Küche unternahm er noch einen dritten, um Bier zu holen, brachte diesmal auch die Zeitung mit (Bill und Pater Felix waren ausgegangen) und kehrte in sein Büro zurück, um die eine zu lesen, während er das andere trank. Sein Horoskop riet: »Lassen Sie sich durch Ihren Ärger nicht daran hindern, an ein finanzielles oder geschäftliches Problem systematisch heranzugehen. Ihr Liebesleben ist verworren, aber sehr glücklich. Halten Sie mit sich Rat.« Er legte sich auf das Sofa, um Rat oder ein Nickerchen zu halten, und befand sich bald in hitzigen Diskussionen mit Mayer, Mayer, und Maher bzw. ihrem Mr. McMaster.

Joe: Hören Sie. Alles, was ich von Ihnen wissen will, ist a) erhalten Mayer, Mayer und Maher ihren Anteil vom Gesamtbetrag – geschätzt oder tatsächlich?; b) wie äußert sich dieser Anteil in Prozenten?; und c) ist er absetzbar? Sprechen Sie.«

McM: Absetzbar von was?

Joe: Von meiner Birne, wenn ich es ohne euch Fickser schaffe.

McM: Monsignore, Father ist gemein zu mir.

Toohey: Nein, nein, Mac. Wissen Sie, ein Mr. Ficks schrieb das Lehrbuch, das wir früher im Seminar benutzten. Aus diesem Grund wurde sein Name bei uns zur festen Wendung.

Joe: Also los, Catfish. Wie groß ist der Anteil, und ist er absetzbar?

Toohey: Hab' zu tun. He, Ordinarius. Da ist der ficksige Joe Hackett am Apparat. Reden Sie lieber mit ihm. Es geht um Sie-wissen-schon-was. Machen Sie ihm Feuer unterm Hintern.

EB: Erzählt mir nicht, daß ihr Clowns diesen Standardbrief an *Joe* geschickt habt! Er ist etwas *Besonderes*! Ich dachte, ihr wüßtet wenigstens *das*! Hallo Joe. Hier ist Ihr Ordinarius. Was diesen Brief angeht, wirklich, es tut mir so *leid*. Er war keineswegs für *Sie* gedacht, Joe. Verfickster klerikaler Irrtum. Vergessen Sie ihn, Joe, wenn Sie können.

Joe: Ich tue mein Bestes, Exzellenz.

EB: Nennen Sie mich einfach Erzi.

Joe: Erzi.

EB: Oder Albert.

Joe: Lieber nicht.

EB: Joe, obwohl es in Zeiten wie diesen seine Nachteile hat, bewundere ich Ihr System schon seit langem – wußten Sie, daß unsere lieben Brüder in Abraham auf diesem Gebiet wie auf allen anderen die ersten waren –, und ich wünschte nur, mehr meiner Männer hätten einen Funken von Ihrem Schneid und Pep. Zum Teufel, schicken Sie, was immer Sie können – geistliche Blumensträuße, wenn Sie völlig pleite sind. Und zerreißen Sie diesen verficksten Brief. Okay, Joe?

Joe: Okay, Erzi. Was ist mit den anderen im selben Boot?

EB: Mit welchen anderen?

Joe: Smiley und Cooney.

EB: Smiley? Ist der noch in der Kirche? Tut Eiswürfel in sein Bier.

Joe: Ich weiß. Aber er hat dasselbe System wie ich, und Cooney ebenfalls.

EB: Joe, wir können nicht *alle* verschonen.

Joe: Nicht gerade fair, oder?

EB: Stimmt, aber so ist das Leben in der Erzdiözese, Joe.

Joe: Ich will Ihnen nicht vorschreiben, wie Sie die Erzdiözese leiten sollen.

EB: Wäre vielleicht keine schlechte Idee, Joe. Ich sage das nicht zu jedem im mittleren Management.

Joe: Ich weiß. Danke.

EB: Wollen wir nicht gelegentlich einmal nachtmahlen?

Joe: Wo?

EB: Ich würde sagen hier. Aber Sie wissen, wie es hier zugeht. Immer eine Menge Leute.

Joe: Catfish, meinen Sie?

EB: Ho, ho. Joe, ich wollte Sie schon immer etwas fragen.

Joe: Nur zu.

EB: Warum nennen Sie den Schleimer Catfish?

Joe: Wegen seines dicken Gesichts mit dem großen Mund und den kleinen Augen. Fing an, als wir Kinder waren. Sie wissen, wie grausam Kinder sein können.

EB: Wie ›Kurzer‹, meinen Sie?

Joe: ›Halbe Portion‹ und solche Sachen. Bei Catfish könnte allerdings mehr dahinterstecken.

EB: Wie das?

Joe: Catfish lebt von dem Abfall der organisierten Religion – Hokuspokus, Cliquenwirtschaft, Diebstahl, Bespitzelung, Furcht. Er grast die Niederungen ab, Erzi.

EB: *Peng*!

Joe: Frage mich oft, was Sie an dem Burschen finden.

EB: Er ist für manches zu gebrauchen, Joe.

Joe: Wie der Lotsenfisch.

EB: Versteh ich nicht.

Joe: Bildreportage über den Lotsenfisch heute in der Zeitung. Haben Sie's nicht gelesen?

EB: Habe die Zeitung nicht gesehen, Joe. Überlasse sie immer erst der Haushälterin.

Joe: Also, diese Lotsenfische lungern in der Nähe der großen Menschenfresserhaie herum – große Weiße, Hammerhaie und so ähnlich. Erledigen kleine Jobs für sie, machen Beute ausfindig, räumen die blutigen Reste auf und können nicht tippen.

EB: Joe, wenn er ein Lotsenfisch ist, was bin ich dann? Ein Hammerhai?

Joe: Treiben Sie den Vergleich nicht zu weit, Erzi.

EB: Joe, was stimmt nicht zwischen euch beiden?

Joe: Das geht weit zurück. Sein Vater arbeitete für meinen.

EB: ›Hacketts Kohle ist heiß.‹

Joe: Richtig. Wir waren Rivalen in der Grundschule – wenigstens aus seiner Sicht –, aber die guten Nonnen hielten mehr von mir. Verständlich, wenn man an all die freie Kohle, die Kapaune zu Weihnachten und die halben und Vierteldollars für die Missionen denkt, die mir so leicht zu- und an sie weiterflossen. Ganz zu schweigen von meinem sonnigen Gemüt, meinem guten Aussehen (als Kind) und meinen sportlichen Fähigkeiten. Kann's ihnen nicht verdenken, den Nonnen. Sie sind schließlich auch nur Frauen. Catfish konnte da nicht mithalten. Seitdem hat er's auf mich abgesehen. Oh, ich weiß schon, daß es seine Aufgabe ist, so eklig wie möglich zu sein, innerhalb gewisser Grenzen – ich wäre vermutlich ganz ähnlich, wenn ich an seiner Stelle wäre – aber er geht zu weit. Also, wenn ich das Ordinariat anrufe und er abhebt, dann möchte ich auflegen. Und da bin ich nicht der einzige.

EB: Ts, ts.

Joe: Seine Arbeitsweise ist einfach das letzte.

EB: Joe, ich spreche jetzt nicht so sehr als Ihr Freund, sondern als Ihr Ordinarius: Wenn in Zukunft irgendwelche Unregelmäßigkeiten vorkommen, was sein Benehmen angeht – auch nur das Geringste –, möchte ich es wissen. Ich gebe Ihnen meine Geheimnummer.

Joe: Lassen Sie mich ein Beispiel nennen, Erzi. Ich dachte, da Ihnen das neue Pfarrhaus so gefallen hatte, wären Sie vielleicht daran interessiert, es zu segnen.

EB: Warum nicht?

Joe: Ich rief das Ordinariat an und hatte Catfish am Apparat. »Segnen wir eins, müssen wir alle segnen«, sagt er. »Moment mal«, sage ich. »Wie viele neue Pfarrhäuser gibt es denn zur Zeit?« – »Das könnte Schule machen. Segne es selbst«, sagt er und hängt auf. Was halten Sie davon?

EB: Ts, ts.

Joe: Er hat es wohl kaum erwähnt.

EB: Nein, aber ich bin froh, daß Sie es erwähnt haben. Mich dünkt, der Herr Schleimer braucht eine Veränderung.

Joe: Ganz meine Meinung, Erzi.

EB: Auf und davon.

Joe: Sähe ihn höchst ungern als Bischof, Erzi.

EB: In mancher Hinsicht ist diese Welt noch sehr unvollkommen. Haben Sie schon mal daran gedacht, selbst in die Verwaltung zu gehen?

Joe: Wer hat das nicht in dieser Diözese? Aber ich sähe hier gerne noch eine neue Kirche, bevor ich weggehe oder den Löffel abgebe, was immer zuerst geschieht.

EB: Und wie steht es mit Ihrer Gesundheit, Joe?

Joe: Nicht schlecht, wenn man die Umstände bedenkt – E.D.E.

EB: E.D.E.? Oh, Sie meinen Ede. So nennen wir es hier im Hauptquartier, Joe – nach meinem Hund.

Joe: Ihr Hund heißt Ede?

EB: Genau. Aber vergessen Sie einfach das Ganze, Joe.

Joe: Tausend Dank. Fünfzigtausend, meine ich.

EB: Gern geschehen, Joe. Sagen Sie, wollen wir nicht gelegentlich einmal nachtmahlen?

Joe: Wo?

EB: Ich würde sagen, hier. Aber Sie wissen, wie es hier zugeht. Immer eine Menge Leute.

Joe: Catfish, meinen Sie.

EB: Ho, ho.

Joe wachte im Dunkeln auf und war verärgert, daß Bill nicht daran gedacht oder keine Lust verspürt hatte, bei ihm hereinzuschauen. Oder hatte er etwa? Joe hoffte nicht.

Am nächsten Morgen stellte Joe eine Liste auf, deren erster Punkt besagte, daß er herausfinden mußte, was andere in seiner beschränkten Kategorie dachten; er rief Silverstream an, erfuhr, daß Smiley an einem Workshop in Chicago teilnahm, und sprach mit dem Vikar (Miller), was in dieser Gemeinde ohnehin sinnvoller war, denn vom Vikar erhielt man ungefilterte Informationen, was man vom Pfarrer nicht behaupten konnte, nicht im mindesten.

»Ede«, sagte Miller, »das ist ein echtes Problem für uns, Father, und wäre es auch, wenn wir ein anderes System hätten als das, was wir haben.«

»Wir haben hier dasselbe System, Father. Deshalb rufe ich ja an.«

»Es funktioniert bei uns nicht, Father.«

»Bei uns funktioniert es.«

»Der Pfarrer hat vor, es abzuschaffen, glaube ich. Zumindest vorläufig.«

»Was soll das heißen, vorläufig? Entweder man hat es, oder man hat es nicht. Beides geht nicht, Father.«

»Dann könnten wir unserer Quote nachkommen« – Miller ignorierte Joes Einwände, war daran gewöhnt, mit Smiley zu reden – »wie andere Gemeinden, Father.«

»Und die Söldner rufen?«

»*Wen*?«

»Die Spendenjäger.«

»Nach meinem Eindruck ist das die Absicht des Pfarrers, Father.«

»Was ist mit den guten, loyalen Leuten, die alles bezahlt haben?«

»Sie würden es verstehen, ganz sicher, wenn man ihnen die Dringlichkeit der Sache erklärt. In jedem Fall bleibt die Entscheidung dem Pfarrer vorbehalten.«

Der Vikar hielt sich an die Spielregeln, dafür mußte Joe ihn respektieren. »Der Pfarrer will also kneifen?«

»Mehr kann ich nicht sagen, Father, zu diesem Zeitpunkt.«

»War nett, mit Ihnen zu reden, Father, zu diesem Zeitpunkt«, sagte Joe und legte auf.

Er rief Cooney an und erzählte ihm, daß Smiley kniff.

»Das überrascht mich nicht«, sagte Cooney.

»Mich auch nicht«, sagte Joe. »Smiley ist ein Halm.«

»Ein was?«

»Schwankend im Wind.«

»Ach so.«

Sie redeten über EDE und sagten, daß es für sie anders als für andere war, daß man auf sie *etwas* Rücksicht hätte nehmen können, daß man sie im voraus hätte konsultieren müssen, daß man ihnen nicht diesen verficksten Standardbrief hätte schikken dürfen. Sie kritisierten Stil (»Manifest!« – »Mannigfaltig!«) und Inhalt, sagten, wenn es ein Geldproblem in der Diözese gäbe, sollten Dinge wie das Institut geschlossen und nicht um Himmels willen noch erweitert werden, und wenn eine solche Knappheit an Priestern herrsche, dann sollten Männer, die irgendwo anders studierten oder in der Armee dienten oder sich einen schönen Lenz machten (die sogenannten Urlaube, die gewöhnlich schlimm endeten), gefälligst zurückkommen und an die Arbeit gehen. Cooney schlug einen Baustop vor, aber Cooney hatte schon eine neue Kirche, und Joe war still, um ein bis zu diesem Punkt perfektes Einverständnis nicht zu verderben – sie waren ziemlich weit gediehen.

»Na, jedenfalls, egal, was andere tun, *wir* werden's nicht tun, Lou.«

»Werden was nicht tun, Joe?«

»Kneifen.« Joe fragte sich, ob sie unterbrochen worden waren. »Lou?«

»Joe, was können wir denn sonst tun?«

Danach wurde das Gespräch verworren, denn Cooney wollte nicht zugeben, daß er vorhatte zu kneifen, obwohl es offensichtlich so war, und Joe fiel über ihn her. »Lou, du läßt deine Leute im Stich, deine guten, loyalen, zahlenden Leute. Du bist dann nicht besser als Smiley. Du bist dann schlimmer, Lou. Weil, Lou, selbst wenn du die Söldner nicht rufst, wirst du in deinem Herzen wissen, was du anrichtest.«

»Hör mal, Joe. Es ist *meine* Gemeinde. Es sind *meine* Leute.«

»Das tut mir leid, Lou, für sie und für dich.«

»Joe, du kennst meine Quote nicht.«

»Und du kennst meine nicht.«

»Joe, wie hoch ist deine?«

»Das möchte ich lieber nicht sagen.«

»Ich sag« dir meine, wenn du mir deine sagst.«

»Ich sag« dir soviel, Lou, sie ist enorm. Mehr als doppelt so hoch, als ich erwartet hatte.«

»Und du glaubst, du schaffst es, wenn du dich an PGs hältst?« Pflichtvergessene Gemeindemitglieder.

»Ich denke an alles, Lou.«

»Bankkredit?«

»Alles, Lou.«

»Schluck deinen Stolz runter, Joe. Tu, was ich tun werde. Erkläre es deinen Leuten – überlasse es ihnen, meine ich.«

»Der Unterschied ist so fein, daß es keiner mehr ist. Tut mir leid, Lou.« Und Joe legte auf.

Er nahm sich die Liste wieder vor – sein Ärger hatte ihn an einer systematischen Bewältigung des Problems gehindert – strich (A) *Andere?* durch, unterstrich (B) *Leute, Nein!* und zog einen Kreis um (C) PG. Und da er jetzt wußte, wo er stand, nämlich allein, zerriß er die Liste.

22

Geräumiges Pfarrhaus für zwei

Und so kam es, daß Joe seine abendlichen Gewohnheiten ändern mußte.

Nach dem Abendessen gönnte er sich, wie bisher, einige Runden Baseball im Hof mit Bill und nahm ein dringend benötigtes Bad, dann jedoch setzte er sich, anstatt sich in sein Arbeitszimmer zurückzuziehen, mit einer Liste bewaffnet ins Auto und ließ Bill lediglich wissen: »Muß ein paar Besuche machen.«

Seine Liste, die über ein Drittel der Familien in der Gemeinde umfaßte, war alphabetisch geordnet. Sein Vorgehen jedoch basierte nach über einer Woche immer noch auf dem Zufallsprinzip: so lange herumfahren, bis er die Frau oder den Herrn des Hauses in ihrem Vorgarten sichtete oder ein Kind traf (Hallo Cowboy, wie heißt du denn?), das ihn ins Haus führen konnte. Bevor er zur Sache kam, war er sich nicht zu schade, dort, wo es die Umstände rechtfertigten, eine Bemerkung zu machen wie: »Sie waren in Europa, habe ich gehört« oder »Ah, Sie haben das Haus neu streichen lassen« oder »Ich dachte, nur Golfplätze hätten solche Rasenmäher«.

So tief war er also gesunken, nur weil er gehofft hatte, damit könne er sich und seiner Gemeinde das Gerede über Geld von der Kanzel herab ersparen. Und weil der, welcher sein Leben retten will, es verlieren wird? Und weil, so der müßige Geist die Werkstatt des Teufels ist, das Ordinariat einem Industriepark gleicht? Es hörte er geradezu vor seinem inneren Ohr: »He, Ordinarius, erinnern Sie sich noch, was Denver Ihnen auf dem Parteitag gesagt hat und wie Sie ihm ins Gesicht gelacht haben? Erzählt mir gerade, er habe noch eine halbe Million übrig.« – »Oh, verfickst. Gib mir Denver, Süße. Truck? Hier Albert. Alle Achtung. Ganz unter uns, sind diese

Zahlen echt? Schon gut, *schon gut.* Reg dich nicht auf. Ich habe nicht gesagt, daß du lügst. Was steckt dahinter? Benutzt ihr Knüppel, oder was? M, M und M, Chicago, so? Das genügt, Truck, und tausend Dank – große Klasse.«

Im Durchschnitt schaffte er nur drei Besuche pro Abend. Zuerst dauerte es eine Weile, bis er zum Wesentlichen kam, aber jetzt, wo er wußte, daß dann auch nicht viel passierte, dauerte es noch länger. Als erstes deutete er immer an, daß ausstehende oder gar versäumte Zahlungen sicherlich auf ein Versehen zurückzuführen seien – dies wurde regelmäßig verneint, nicht weil es so verlogen war, sondern weil das Eingeständnis dazu verpflichtet hätte, sich in Zukunft korrekter zu verhalten. Manchmal bremste ihn die Abwesenheit des Ehegatten, der den Ton angab (und der, soweit Joe mitbekommen hatte, in einem Fall am Telefon beschworen worden war, ausnahmsweise einmal nicht rechtzeitig nach Hause zu kommen). Wie dem auch sei, die Leute hatten die unterschiedlichsten Gründe für ihre Pflichtvergessenheit.

»Ich werde schon wieder versetzt, habe das schon die ganze Zeit gewußt«; »Meine Frau ist nicht katholisch, Father«; »Mein Mann ist nicht katholisch, Father«; »Wir wissen doch nicht, wie lange unsere Ehe halten wird, nicht wahr, Schatz?«; »Wenn die Kinder im Schulalter wären, das wäre etwas anderes«; »Keiner von uns ist das, was man fromm nennen könnte, und Kinder haben wir keine«; »Ich hab's einfach nicht, Father, und ich weiß nicht, was Sie da tun können«; »Bin froh, daß Sie in der Kirche nicht über Geld reden, Father, möchte, daß Sie das wissen«; »Father, Sie sollten in der Kirche über Geld reden, das käme mir mehr wie Kirche vor – das ist das einzige, was ich Ihnen raten kann«; »Klar, ich habe unterschrieben, aber es hat nicht funktioniert, und jetzt gebe ich einfach hin und wieder, soviel ich kann«; »Wenn Sie in der Blumenkollekte einen 5-Dollar-Schein finden, dann stammt der vermutlich von mir«; »Father, Sie sagen, daß die Kirche immer als letztes kommt, und Sie mögen damit recht haben, aber nicht, wenn Sie sagen, daß die Leute für alles andere Geld haben – wir jedenfalls nicht«; »Mein Mann und ich haben uns noch nicht vom Pfarrhaus erholt. Ganz schön geräumig, finden wir, für zwei Junggesellen. Während des Studiums haben Sie also in einem Zimmer gewohnt. Na, großartig. Dann sollten Sie jetzt in einem Zelt wohnen«.

Ja, es gab Zeiten, in denen Joe danach zumute war, seine Gewänder zu zerreißen und als Zugabe »Lache, Bajazzo« zu singen.

Nach seinem letzten Besuch, Gott sei gelobt, fuhr er schleunigst nach Hause zu seiner Belohnung – einem Drink oder zwei oder drei, vielleicht einem alten Spielfilm im Fernsehen oder den Twins, wenn sie an der Westküste spielten, und, ja wirklich, zu der Gemeinschaft der Priester, an der Bill dieser Tage, aus welchem Grund auch immer, mehr und mehr Interesse zeigte und dabei offenbar versuchte, von Joe zu lernen. So war sie auch eigentlich gedacht, die Beziehung zwischen Pfarrer und Vikar, aber für sie beide war das eine neue Erfahrung und führte zu mehr Geben und Nehmen. Joe gab sein Bestes für Bill, indem er – auch wenn es ihm manchmal nicht gelohnt wurde – die Wahrheit sagte.

Eines Abends gab er zu, daß er bei der Kollekte am Tag seiner Primiz versucht hatte, sich loszukaufen, und daß er es überdies wieder tun würde, hätte er ein zweites Mal zu leben, aber er würde sich nicht noch einmal – so hoffte er – den leeren Umschlag schnappen oder sich im Herrenklo einschließen. »›Joseph, du solltest dich schämen‹, hat er gesagt. Das waren seine letzten Worte. Seitdem hat er nicht mehr mit mir gesprochen.«

»Aber hast du nun bei deiner Messe die Kollekte eingesammelt?« – »Toohey hat mir das eingebrockt. Ich wußte nicht, wie ich es hätte umgehen können. Ich weiß es immer noch nicht.«

Eines Abends sprach er von seiner ersten Stelle und gab sich größte Mühe, Van als jemanden darzustellen, der in einer langen Kirchentradition stand, und nicht als armen Irren, für den ihn Bill offenbar hielt, als er von der Hornhaut auf Vans Knien erfuhr. »Er hat versucht, konsequent bis zum Letzten zu sein, Bill, und versucht es immer noch, nehme ich an. Ich war genauso – nur eben ein Anfänger –, als ich in der Pfarrei vom

›Heiligen Glauben‹ neu war. Aber ich bin bald aufgewacht oder habe aufgegeben, wie man's nimmt.«

»Was ist mit deinem härenen Hemd passiert?«

»Ich habe es vergraben.«

»Joe, wie stehst du heute zu dem Ganzen?«

»Ich sitze.«

»Ist das deine Einstellung?«

»Ja, so ist das eben.«

An jenem Abend unterhielten sie sich, während im Fernsehen die Werbung den alten – für sie neuen – Film unterbrach, in dem Tyrone Power mit einem Wanderzirkus durch ein südliches Land zog, das sehr nach Kalifornien aussah, nachdem er sich durch Trunksucht um seinen guten Job als Fremdenführer gebracht hatte, und wo er jetzt, zu nichts anderem mehr nutze und von der Bezahlung – einer Flasche Schnaps pro Tag – angelockt, den wilden Mann markierte, was bedeutete, daß er lebenden Hühnern die Köpfe abbiß. Brrr.

»Das«, sagte Joe, wobei er sich von seinem Barcalounger erhob, »verlangt nach einem Drink.«

Als er mit den Gläsern aus dem Badezimmer kam, sagte Bill: »Heute abend war jemand für dich da. Ein Mr. McMaster.«

»Wer?«

Bill mußte gemerkt haben, daß Joe den Namen kannte, und wiederholte ihn nicht. »Nur ein Höflichkeitsbesuch, hat er gesagt.«

»Mhmm.«

»Wollte nur Bescheid sagen, daß er wiederkäme.«

»Mhmm. Danke.«

Während des nächsten Werbespots sagte Bill: »Alle reden darüber, alle Kommilitonen.«

»Alka Seltzer?«

»Diesen EDE.«

»Ach ja?«

»Joe, glaubst du, ich weiß nicht, was du abends machst, wenn du wegfährst?«

Joe starrte unverwandt auf den Bildschirm und schwieg.

»Du versuchst, Geld aufzutreiben.«

»So?« Ohne Bill anzusehen.

»Du bist in der Klemme.«

»*So*?« Immer noch ohne einen Blick zu Bill.

»Joe, ich finde, du hättest mit mir darüber reden sollen.«

»Warum?« Mit dem Blick auf einen Werbespot für Frühstücksflocken, der ihn tatsächlich interessierte – Sackhüpfen.

»Warum *nicht*?«

»Sackhüpfen.«

»Ja, das sehe ich.«

»Kein Kurzstreckenlauf. Kein 1000–Meter-Lauf.«

»Joe, ich weiß nicht, wovon du redest.«

»Sackhüpfen, Bill. Das ist der Priesterberuf.«

»Ja, sicher. Joe, ich finde, du hättest mir etwas darüber erzählen sollen, aber ich weiß, warum du es nicht getan hast. Du bist übersensibel, was Geld und Priestertum angeht, wegen dieser ersten Messe und so. Ich verstehe jetzt, wie du so geworden bist, wie du bist, Joe.«

Joe sah ihn an. »Wie bist du so geworden, wie du bist, Bill, oder warst?«

»Verstehe, Joe.« Bill wurde rot; er erinnerte sich wohl daran, wie widerwillig er sich mit den Gemeindefinanzen vertraut gemacht hatte, an sein »danke«, als Joe ihm angeboten hatte, die Drohgebärden selbst zu übernehmen.

»Hör mal, Bill. Dies sind vielleicht die besten Jahre in deinem Priesterleben, und solange ich etwas zu sagen habe, solange du hier lebst, möchte ich, daß du nur eines bist – ein Priester – und nicht ein Geldeintreiber. Dafür ist noch genug Zeit, wenn du Pfarrer geworden bist.«

»Klar, Joe, und danke. Aber wenn ich nun helfen will? Ich mag nicht, wie es jetzt läuft, daß du die ganze Drecksarbeit erledigst. Ich meine es ernst, Joe. Ich *will* helfen.«

»Wir werden sehen«, sagte Joe.

Joe sorgte sich als Pfarrer um seinen Vikar, wünschte wie der Vater eines Sohnes, daß dieser es einmal besser haben sollte, und zudem war es ihm unangenehm, offenzulegen, wie viele pflichtvergessene Gemeindemitglieder es gab – es warf ein schlechtes Licht auf sein System –, aber weil es so viele gab und weil der Diener, wie die Heilige Schrift sagt, nicht über dem Meister steht und weil Bill so gerne helfen wollte, entschloß sich Joe, ihn zu lassen.

Deshalb wurde die alphabetische Liste, auf der Joe die Namen derjenigen, bei denen seine Versuche fehlgeschlagen waren, durchgestrichen hatte – drei Namen, wo er es noch einmal versuchen wollte, waren eingekreist –, unter ihnen beiden aufgeteilt. Und bei Anbruch der Dämmerung, außer samstags und sonntags, nach ein bißchen Baseball und einem Bad – in Bills Fall einer Dusche –, in tadellosem Schwarzweiß (Joe hatte gelesen, daß die Wehrmacht im Zweiten Weltkrieg ihre besten Uniformen bei Kampfeinsätzen trug) kletterten sie (jetzt eher wie die Royal Air Force) in ihre Flieger, Joe in seinen schwarzen Bomber, Bill in seinen kleinen karamelfarbenen Jäger, winkten sich bedächtig wie Kampfgefährten aus dem jeweiligen Cockpit zum Abschied zu und starteten zu ihren abendlichen Missionen.

Für Joe waren sie schon Routine, aber für Bill war alles neu, und wenn Joe als erster wieder im Pfarrhaus eintraf, während Bill noch unterwegs war – wie am ersten Abend (als er mit einer Familie vor dem Fernseher saß und auf den Vater wartete, der nie auftauchte) –, sorgte sich Joe um ihn. Er wußte vom Hörensagen, daß Bill einigen Beschuß einstecken mußte – er wurde kritisiert, weil er einen ausländischen Wagen fuhr, gefragt, wie viele Schulden das Pfarrhaus der Gemeinde eingebracht hatte, aufgefordert, Geldangelegenheiten während der Geschäftszeiten zu erörtern.

»Unser Problem ist zum Teil«, sagte Bill zu Joe, »daß wir die Leute während der besten Fernsehzeit besuchen.«

»Ich weiß«, sagte Joe.

Eines Abends sagte Bill, nachdem sie eine Woche ihr Glück versucht hatten: »Für diese Arbeit könnten doch angesehene Gemeindemitglieder eingesetzt werden.«

»Hast du genug, Bill? Wenn ja, verstehe ich das – niemand besser als ich.«

»Nein, ich meine nur, in manchen Gemeinden *werden* sie eingesetzt.«

»Für EDE, Bill, nicht für das hier. Erwähne EDE nur niemandem gegenüber, nicht einmal andeutungsweise. Was unsere Gemeinde betrifft, existiert EDE nicht. Es ist nicht unser Problem.«

»Nicht?«

»Es ist ein Problem, zugegeben, aber nicht *das* Problem.« Indem er praktisch zugegeben hatte, daß sein System nicht funktionierte, hatte er, wie vorausgesehen, bei Bill an Boden verloren, aber was Bill vorgeschlagen hatte, und vielleicht noch für richtig hielt, war falsch.

»Es wäre nicht fair, angesehene Gemeindemitglieder dafür anzuwerben, nicht fair ihnen gegenüber, auch nicht den anderen gegenüber, aber besonders ihnen. Es wäre so, als verlange man von ihnen, vor einem Laien die Beichte abzulegen.« Und Joe führte den Fall des PG an, der nicht mit Bill reden wollte, weil der nur der Assistent war; Bill nickte düster.

»Andererseits, Bill, sind wir hierfür nicht Priester geworden, und ob wir Erfolg haben oder nicht, ist unerheblich.«

»Ja, weiß ich.«

»Es ist ja nicht so, als wären wir da draußen, um das Evangelium zu predigen.«

»Nein.«

»Wir sind einfach nur Geldeintreiber.«

»Ja.«

»Nimm's also nicht so schwer.«

»Okay.«

Aber Bill nahm es auch weiterhin schwer und zeigte damit den schwachen Punkt in seiner Stärke (Unschuld). Nachdem er sich für seine behaarten Missionare so tapfer geschlagen hatte, mochte er gedacht haben, daß er mit Menschen gut umgehen könnte. Das Problem bestand aus Joes Sicht darin, daß Bills Verständnis des Kreuzes, wie das der meisten jungen Leute heutzutage, nominell, begrenzt und unapokalyptisch war, und darum ergaben Mißerfolge, anders als für Joe, für ihn wenig Sinn.

Wenn sie jedoch ins Pfarrhaus zurückkehrten, verwandelten sich ihre abendlichen Unternehmungen – fruchtlos für Bill und nahezu fruchtlos für Joe – in etwas anderes – in die besten Abende ihrer bisherigen priesterlichen Gemeinschaft. Wenn Joe, wie meist, als erster zurückkam, empfing er Bill mit einem Drink (»Wie war's?« – »Noch kein Treffer.«), und wenn Bill als erster da war, schloß er sich dieser Gewohnheit an (»Wie war's?« – »Lausig.«). Solange Joe anwesend war, hatte Bill vorher keine Gelegenheit gehabt, die Gläser zu füllen, und er hätte Joes Beispiel nicht folgen müssen, aber er tat es dennoch. Eine Kleinigkeit, sicher. Auch in anderer Hinsicht machte Bill Fortschritte – er rauchte statt Zigaretten jetzt Zigarillos, und er hatte sein Gitarrenspiel fast vollständig aufgegeben (keine Kleinigkeit, fand Joe).

Doch die Gemeinschaft der Priester läßt sich, wie die Liebe, am besten an Ungreifbarem messen.

So oft in der Vergangenheit, selbst in ihren besten Zeiten, hatte Joe bei Bill eine prüde Mißbilligung gespürt, die der Art von Denken und Trinken galt, die spät abends im Arbeitszimmer vor sich ging, und den starrsinnigen, untergründigen Wunsch, woanders zu sein. Jetzt nicht mehr. So oft in der Vergangenheit war Joe ungern aufgestanden, um ihre leeren Gläser zu füllen, aus Angst, Bill könnte ebenfalls aufstehen und – zu Bett gehen. Jetzt nicht mehr. So oft in der Vergangenheit war aus einem Gespräch ein Streit geworden, bei dem der eine aus angelerntem Wissen, der andere aus erlebter Erfahrung heraus argumentierte, und bei dem jedem mehr daran lag, die Meinung seiner Generation durchzusetzen als zu der traurigen Wahrheit zu gelangen. Jetzt nicht mehr.

Ihre Abende unterwegs, getrennt voneinander, hatten sie gemäßigt und einander nahegebracht.

Eines Abends überreichte Bill, bevor Joe ihm einen Drink geben konnte, diesem einen Scheck und sagte: »Anscheinend leben die Leute seit Mai in der Gemeinde, aber unangemeldet. Der Scheck ist höher als nötig. Ich habe dem Mann das gesagt, aber er meinte: ›Schon in Ordnung. Ich sehe Sie dann im Mai wieder.‹ Wie findest du das?«

»Äh, ja«, sagte Joe und betrachtete den Scheck genauer. Er war auf 750 Dollar ausgestellt, von Mr. Lane.

»Stimmt was nicht damit?«

»Nein, nein.« Joe, immer noch scharf beobachtet – weil er nicht vor Freude herumgehopst war? –, ging zum Fernsehgerät, deponierte den Scheck mit der gebührenden Sorgfalt darauf, nahm sein Glas und setzte sich.

»Wie kam es dazu, Bill?«

»Ich war im Haus nebenan, und als ich wegging – null Erfolg – stieg der Mann gerade aus dem Auto. Er sagte hallo und lud mich in sein Haus ein. Dann führte irgendwie eins zum anderen.« Bill warf einen Blick zum Fernseher, auf dem der Scheck lag.

»Hmm«, sagte Joe.

»Er ist irgendwas in der Werbeabteilung von Cones. Die Frau – ich hab' sie kennengelernt – redet nicht viel. Sie haben zwei Kinder – das heißt, sie erwartet das zweite.«

»Hmm«, sagte Joe.

»Ich habe ihnen gesagt, sie müßten sich anmelden kommen, einer von ihnen.«

»Du hast sie ja gesehen, Bill, dann können wir das telefonisch erledigen.«

»Das wird ihnen sehr recht sein.« Bill legte Kragen und Jackett ab, wie sonst auch, und ließ sich auf die Couch fallen, mit einem Glas in der Hand, aus dem er einen großen Schluck trank, wie sonst nicht, schüttelte seine schwarzen Slipper ab und und spreizte zur Lockerung seine Zehen in den schwarzen Socken. Brrr.

»Weißt du was, Joe?«

»Was?«

»Das habe ich gebraucht.«

»Mhmm.« Dann, als er merkte, daß Bill – sein Blick war zum Fernseher gewandert – den Scheck und nicht den Drink meinte, sagte Joer: »Gratuliere.«

23

Pastoral und homiletisch

Joe stand unentschlossen vor den Regalen des Weinhändlers, als er einen Lastwagenfahrer mit einem Rollwagen voller Bierkästen kommen sah; Joe öffnete ihm die Tür und ging dann mit einer Flasche billigen Rotweins zur Kasse – etwas mußte er schließlich kaufen. »Dachte, Mr. Barnes arbeitet Samstag vormittag hier.«

»Heute nicht, Father.« Die Frau des Weinhändlers, ausstaffiert mit Morgenhaube, Bauernbluse und Dirndlrock (der bevorzugten Bekleidung der weiblichen Angestellten in den Arkade-Boutiquen), packte die Flasche in eine Tüte im Pergament-Look und gab ihr einen Klaps. »Hier, Father.« Aber nicht ohne Predigt. »Einen wunderschönen Tag noch!«

»Mhm«, sagte Joe.

Gerade als er in sein Auto steigen wollte, trat der Lastwagenfahrer von hinten an ihn heran und murmelte etwas.

»Wie war das?«

»Der alte Mann. Sie haben ihn entlassen.«

»Mr. Barnes.«

»He, erzählen Sie ihnen nicht, daß Sie's von mir wissen.«

»Keine Sorge.«

»Er ist jetzt bei Badger in der Spirituosenabteilung.«

»Aha. Danke.«

Als er bei Badger die Regale mit den Spirituosen durchstöberte, wurde Joe von einem kleinen buckligen Mann in grauem Anzug angesprochen; er trug einen Sombrero mit silbernen Kügelchen an der Krempe. »Wenn Sie nicht finden, was Sie suchen, fragen Sie nur, Sir. Was wir nicht haben, werden wir mit größtem Vergnügen für Sie bestellen.«

»Danke. Ich warte auf Mr. Barnes.«

»Ihr Kunde, Mr. Barnes.«

»Ja, Sir.« Als Mr. Barnes seinen anderen Kunden bedient hatte, erschien er in dunkelblauer Jacke mit Badger-Emblem auf der Brusttasche (eine deutliche Verbesserung gegenüber dem roten Hemd mit weißen Ärmelhaltern und blauer Lederschürze, die er bei seiner früheren Stelle getragen hatte) vor Joe, der neben einer Insel aus Gin-Flaschen stand.

»Eine Kiste hiervon, Mr. Barnes.«

»Ja, Sir.«

»Und ein Kasten von meinem Bier. Die leeren Flaschen sind draußen.«

»Ja, Sir.«

Joe bezahlte mit einem Scheck, was er beim Weinhändler nie tat, weil er dort nie etwas anderes als Bier kaufte, hielt Mr. Barnes, der den Gin und das Bier auf einem Rollwagen transportierte, die Tür auf und öffnete den Kofferraum. Mr. Barnes nahm Joes sauberen Kasten nickend zur Kenntnis, dann ging er zum nicht so sauberen auf seinem Wägelchen, und öffnete ihn. Und dort, sieh an, lag auf der Seite eine Literflasche Brandy (Christian Brothers).

»Mit besten Empfehlungen von der Geschäftsleitung, Sir. Das war Mr. Brock persönlich, der mit Ihnen gesprochen hat.«

»Der Große Badger persönlich?« In Wahrheit kannte Joe das Gesicht – beziehungsweise den Hut – aus den Prospekten mit den Sonderangeboten.

»Ja, Sir.«

»Aha. Dann danken Sie ihm herzlich von mir.«

»Ja, Sir.«

Mr. Barnes tauschte die Bierflaschen aus, die leeren gegen die vollen, die er in Joes sauberen Kasten stellte, und Joe half ihm bei dieser Transaktion. Zum Schluß legte er die Brandyflasche dazu, und das war's dann.

»Danke, Mr. Barnes. War nett, Sie zu sehen.«

»Gleichfalls, Sir.«

Joe wollte gerade losfahren, als er ausgerechnet aus dem Großen Badger ausgerechnet Barb kommen sah und von ihr bemerkt wurde. Sie eilte (mit einem leichten Schlenkern ihres linken Beines) auf sein Auto zu und keuchte: »Wo können wir reden?« Und wie Lots Frau sah sie sich um, als könnten sie ohne weiteres dorthin zurückkehren, woher sie gekommen waren, vielleicht in die Cafeteria. Schnell, bevor sie sich in eine Salzsäule verwandelte, öffnete Joe ihr die Tür zum Beifahrersitz.

»Father, es geht um Greg. Seine Einberufung kam heute, aber er sagt, er geht nicht. ›Du hast das College abgebrochen, also *mußt* du jetzt hin.‹ Aber er sagt nein, das tut er nicht. ›Was wird dein Dad sagen? Du brichst ihm das Herz.‹ Father, dieser Krieg bedeutet Brad so viel, mir auch, weil Scott dabei ist. Aber, Father, am meisten Sorgen mach' ich mir um Brad. Zur Zeit läuft es gar nicht gut für ihn. Bei der Zeitung wissen sie ihn nicht zu schätzen. Sie wollen ihn nicht nach Saigon lassen – zu kontrovers, heißt es. Sie haben seine Story über diese arme Familie bei der Müllhalde gekippt – zu kontrovers, heißt es. Sie wollen, daß er kündigt, sagt er. Father, es ist die Hölle für ihn. Und jetzt das. Father, würden *Sie* mit Greg reden?«

»Sagen Sie ihm, daß er mich besuchen soll, Barb.«

Kurze Zeit darauf saß Joe auf der Reifenschaukel im Hof der Gurriers, mit Blick auf die Herde alter Autos, die im hohen Gras weideten, und sagte: »Jim, was soll das heißen, Sie suchen einen ›Käufer‹ für Ihren ›Lagerbestand‹? Was ist der wert?«

»Eine Menge. Sogar als Schrott.«

»,Sogar'?«

»Bloß eine meiner Optionen.«

»Was sind die anderen, Jim?«

»Junge Typen kaufen die Autos auf. Paar schon angeschaut.«

»Und der Rest? Sagen wir mal, Sie finden keinen Käufer.«

»Stell mir einen Sattelschlepper her, wie die für neue Autos.«

»Ah ja. Und was wird Sie das kosten?«

»Nicht soviel.«

Joe rutschte von der Schaukel. »Das würde die Kosten dekken, hm?«

»Würde sich nicht lohnen«, erklärte Jim, »nur die Kosten zu decken.«

»Verstehe. Wohin schleppen?«

»Das ist das Problem – ich hab' vielleicht keinen Platz für sie, falls wir zurück in die Stadt ziehen.«

»'Falls', Jim?«

»Wir ziehen vielleicht nicht zurück.«

»Oh? Warum nicht?« Wenn die angestrebte Erweiterung der Müllhalde durchkam, würden die Gurriers eine Entschädigung erhalten – auf die Joe, wie er ihnen versichert hatte, keinen Anspruch erheben würde –, und sie könnten wieder in die Innenstadt ziehen, wo sie eigentlich leben wollten und wo etwas los war.

Doch bevor Jim weitersprechen konnte, kam Nan aus dem schwarzen Haus mit Drinks, in denen Stengel der Minze schwammen, die an den Rändern der Müllhalde wuchs und die, als Joe die Gurriers noch für die Heilige Familie gehalten hatte, in einer seiner Predigten aufgetaucht war – woran sich Nan offensichtlich erinnerte. »Gepriesen sei Gott für alles, was grünt«, sagte sie und überbot damit Joe und Gerald Manley Hopkins. »Hat Jim Ihnen von dem Reporter erzählt, Father?«

»Nein.«

»Bin noch nicht dazugekommen«, erklärte Jim. »Hab' über meine Bestände geredet.«

»Reporter von der Lokalzeitung, Father.« Nan freute sich, daß sie ihm die gute Nachricht überbringen konnte. »Er schreibt eine Story über uns, wie wir vielleicht hier wegmüssen. Er war richtig aufgeregt deshalb.«

»Selber Familienvater«, erklärte Jim.

Joe fragte sich, wie er ihnen die schlechte Nachricht beibringen könnte, beschloß, es nicht zu tun, und benutzte den Minzezweig in seinem Drink, um die Eiswürfel in Bewegung zu setzen, trank einen Schluck – tatsächlich, der billige Rotwein.

»Wo sind die Kinder, Nan?«

»Beim Badger, Father. Geprüfte Erzieherin im Spielzimmer.«

Jim erklärte: »Ist nicht umsonst. Man muß einen Kassenbon vorweisen.«

Nan sagte: »Aber ich deponiere unsere Kinder nicht gerne zu lange dort, Father.«

Joe nickte feierlich als Tribut an ihr Mutterherz und wollte sich mit dieser Geste verabschieden, aber das ging nicht, noch nicht. »Hören Sie. Wenn ich Sie wäre, würde ich mich nicht zu sehr auf diese Story in der Lokalzeitung verlassen.«

»O nein«, sagte Nan. »Darauf nicht.«

»Die Radiosender werden es aufgreifen«, erklärte Jim.

»Und das Fernsehen«, sagte Nan.

Joe schnaufte. »Hat der Reporter Ihnen das erzählt?«

»Nein, aber so funktioniert das«, erklärte Jim.

»Das kommt dauernd vor«, sagte Nan.

Joe schniefte. »Ich dachte, Sie wollten weg von hier.«

»Früher, aber jetzt nicht mehr«, erklärte Jim.

»Und warum – Nan?« (Joe redete ein bißchen lieber mit ihr.)

»Father, bevor dieser Reporter uns und die Kinder interviewt und Fotos gemacht hat, wußten wir, glaub' ich, gar nicht richtig, was wir für diesen Ort empfinden.«

»Und was empfinden Sie, Nan?«

»Father, es ist unsere *Heimat.*«

»Verstehe. Geht es Ihnen auch so, Jim?«

»Muß außerdem noch an mein Lager denken.«

»Verstehe.«

Als Joe an diesem Abend ins Pfarrhaus zurückkam (nachdem er von der kleinen Krankenschwester, die bei Father Day wachte, in die Stadt gerufen worden war), saßen Bill und Father Felix biertrinkend im Arbeitszimmer, und bei ihnen war Greg, ein muskulöser, langhaariger Kerl in einem (was positiv auffiel) schlichten weißen T-Shirt, aber mit Jeans und Turnschuhen, die um die Zehen herum ausgefranst waren und deren lose Schnürsenkel Bazillen vom Boden aufsammelten.

»Habe Greg gebeten zu warten«, sagte Bill, »aber dachte nicht, daß du so lange wegbleibst.«

»Brauchte länger, als ich dachte.« Joe hatte nicht gesagt, wohin er fuhr, nur »Muß ein paar Besuche machen«, was sich jedoch als wahr herausgestellt hatte, als er endlich seinen alten Beichtvater im Krankenhaus aufgespürt hatte, der dort im Bett lag und schnarchte. »Tut mir leid, Greg.«

»Nicht der Rede wert«, sagte Pater Felix. »Gab uns die Möglichkeit zu schwatzen.«

Joe dachte, daß dieses Wort bald veraltet sein würde, aber nicht schnell genug, und setzte sich in seinen Barcalounger – er war warm. Bill? Pater Felix? Bill.

»Greg hat uns gerade von seinem Wehrdienstproblem erzählt.«

»Würden Sie *mir* davon erzählen, Greg?«

»Sie wissen doch alles. Barb hat's Ihnen erzählt.«

Barb, hm? »Ihre Mutter hat mir nicht viel gesagt. Ich habe sie nicht gefragt. Dachte, ich warte und frage Sie selbst.«

»Bin gegen Krieg, sonst nichts. Alles Scheiße.«

»Aber, aber«, sagte Pater Felix. »Wir sind alle gegen den Krieg, wenn es darum geht, Greg.«

»*Wenn*? Sie meinen *bis.*«

Wahr, dachte Joe.

»Es geht noch nicht darum«, sagte Pater Felix. »Dieser Krieg ist noch nicht erklärt worden, Greg.«

»Für Sie, nicht für mich.«

Wahr, dachte Joe.

Bill sagte: »Greg hat uns erzählt, daß er Sprachen studiert hat, bevor er vom College abging, Joe.«

»Und?«

»Und wir haben überlegt, ob er nicht bei der Armee weiterstudieren könnte – vielleicht Russisch.«

»Oder sogar Chinesisch.«

Joe, enttäuscht, aber nicht überrascht, daß Greg die Augen schloß und angewidert den Kopf schüttelte, wie er es aus dem Fernsehen kannte, sagte: »Nicht gerade sein vordringliches Problem, oder – sein Studium fortzusetzen?«

»Vielleicht nicht«, sagte Bill, »aber wie ich gehört habe, kommt nur einer von zehn an die Front.«

Greg öffnete die Augen. »Ich habe nicht vor, einer von den zehn *oder* den neun zu sein. Und ich habe nicht vor, mich auf Gnade und Ungnade meiner örtlichen Einberufungsstelle als Verweigerer auszuliefern.«

»Da haben Sie recht«, sagte Pater Felix. »Greg, wenn es Ihrem Gewissen soviel ausmacht und es zum Schlimmsten kommt, schießen Sie auf ihre Beine. Das würde ich tun.«

»Ich weiß nicht genau – macht er Witze?« sagte Greg zu Joe.

»Leider nicht.« Joe steuerte das Badezimmer an und sagte: »Den habe ich schon mal gehört, wenn auch nicht in letzter Zeit. Im Seminar. Es ist eine verrückte Welt.«

»Mag sein«, sagte Pater Felix, und seine Stimme verfolgte Joe bis ins Bad, »aber es gibt mehr als eine Art, gegen den Krieg zu sein *und* – was wichtiger ist – sich für den Frieden einzusetzen.«

»Über ihre Köpfe schießen?« fragte Greg.

Joe hörte ihrem Gespräch vom Bad aus zu, während er sich ein Glas eingoß; immer noch zuhörend, gesellte er sich wieder zu den anderen.

»Greg, denkst du auch an deine Familie – genug, meine ich?«

»Und deinen Bruder in Vietnam?«

»Vergessen Sie die Scheißnachbarn nicht«, sagte Greg.

Joe – er hatte jetzt genug gehört – begann zu sprechen.

Mit gewisser Berechtigung

Da er (und nicht die hier anwesenden Priester) Gregs Pfarrer war und da er sich mit dem Thema Krieg eingehend befaßt hatte, mehr als die meisten Menschen und sicherlich mehr als die meisten Geistlichen (»Ompf!« sagte Pater Felix), einschließlich des heiligen Thomas von Aquin und des verstorbenen Kardinals Spellman (»Du meine Güte!« sagte Pater Felix), sprach er (Joe) mit gewisser Berechtigung und wünschte, wenn möglich, angehört zu werden (»Ompf!«, sagte Pater Felix).

Das Beste hoffen

Die Priester hier wollten, daß Greg sein Studium fortsetzte und den entsprechenden Nutzen daraus zöge, nicht zuletzt auch die Achtung und Dankbarkeit der Nation – »heißt es hier« – und der kopulierenden Nachbarn (»Joe, hier geht es um ernste Dinge«, sagte Pater Felix, und Bill nickte). Die Priester hier wollten auch, daß Greg erkannte, daß er, falls er einen anderen Weg einschlüge, sich selbst wie auch seinen Nächsten und Liebsten viel Leid zufügen würde. Er käme ins Gefängnis oder müßte untertauchen, wäre fürs Leben gezeichnet. Daher solle Greg keinen Zweifel hegen, daß die Priester hier ihm wohlgesonnen seien und das Beste hofften.

Gehässiger Vergleich

Andererseits seien die Priester *dort*, in Italien und Deutschland, während des Zweiten Weltkriegs und zuvor – in Abessinien und Spanien – ihrem Land durchaus auch wohlgesonnen gewesen und hatten das Beste gehofft.

»Ein gehässiger Vergleich!« rief Pater Felix. »Die italienischen und deutschen Geistlichen befanden sich im Zweiten Weltkrieg in einer sehr unglücklichen Lage.«

»Wie im Ersten Weltkrieg auch«, sagte Joe, »damals marschierten sie als Feinde verschiedenen Trommlern hinterher, aber im Grunde demselben, und sie haßten sich nicht gegenseitig, sondern nur die Ideen der anderen. Das hat man während des letzten Krieges oft gehört – während des vorletzten, meine ich.«

»Ich nicht.«

»Nie gehört?«

»Selten«, sagte Pater Felix. »Auf jeden Fall, Joe, richte nicht, damit du nicht ...«

»Kapiert. Dresden, Hiroshima, Nagasaki.«

Den Schwarzen Peter weitergeben

Hätten die Gläubigen in Deutschland einen anderen Weg beschritten, hätte dies für sie – wie für viele andere auch – die Axt bedeutet, ganz buchstäblich. Heldentum war gefragt, und das war für die meisten Menschen, die vom Nationalismus, dem schlechten Wein des Landes, gelähmt oder elektrisiert waren, undenkbar – buchstäblich. (»Geben Sie nicht dem Klerus die Schuld«, sagte Pater Felix.) Der deutsche Klerus, der wußte, wie sich die Menschen in Kriegszeiten verhalten, und der sich selbst nicht so sehr von ihnen unterschied – genau wie wir –, hatte wieder einmal den Schwarzen Peter weitergegeben, an die lieben Brüder in Christo, zunächst in der Tschechoslowakei, dann in Polen, dann in Frankreich. *Dulce et decorum est pro patria mori!* Wie süß und verdienstvoll ist es, für das Vaterland zu sterben! Und ein paar gleich mit mir zu nehmen, unter Zustimmung der Kirche. Daß die Gläubigen – woran glauben sie? – von sich selbst und von der Kirche nicht mehr erwarten, das ist der schlimmste und langlebigste Skandal von allen. (»Geben Sie nicht der Kirche die Schuld«, sagte Pater Felix.)

Jesus weinte

Jene Worte, so heißt es, seien die traurigsten, die je geschrieben wurden, aber das war, bevor die Bedingungen für einen gerechten Krieg festgelegt worden waren. Daß es nämlich einen schwerwiegenden und gerechten Grund für einen Krieg gäbe, daß er von Rechts wegen erklärt und geführt werden könne, nicht in die Länge gezogen werden dürfe, daß der Friede gerecht sei und so weiter. Diese Bedingungen, niedergelegt in den Tagen des »Christlichen Herrschers« (der nur in den Köpfen der Theologen regiert habe), waren damals nicht eingehalten worden und waren heute weniger denn je einhaltbar, und dennoch dienten sie als Ausflucht. (»Geben Sie nicht den Theologen die Schuld«, sagte Pater Felix.)

Die Theologen des gerechten Krieges würden in der nächsten Welt eine Menge zu erklären haben. Wenn der heilige Thomas und andere behaupteten, daß Wehrpflichtige gewöhnlich annehmen könnten, ihr Land sei im Recht, und sich im Zweifelsfall unbedenklich fügen konnten, weil die zivilen und kirchlichen Autoritäten vermutlich im Recht waren, und wenn das Falsche nicht verurteilt werden konnte, solange es aus Gewissensgründen geschah, dann waren ihre Anschauungen hoffnungslos veraltet. Aber was sie über den Primat des Gewissens gesagt hatten (»Ein *informiertes* Gewissen«, sagte Pater Felix, und Bill nickte), informiert oder nicht, wenn nur aufrichtig – das galt immer noch. Die heutigen Autoritäten könnten sich für das Gewissen der anderen ebensowenig verbürgen wie der christliche Herrscher im dreizehnten, dem größten – oder Hitler oder Mussolini im zwanzigsten, dem miesesten Jahrhundert. Oder FDRoosevelt. Oder JFKennedy. Oder LBJohnson. »Stellt euch vor, *ihn* würde man mit seinen Beratern einschließen und sie müßten versuchen, die Bedingungen für einen gerechten Krieg zu erfüllen.« Das Problem der Kirche jedoch (obwohl man es nie weiß) ist nicht der einzelne Verweigerer aus Gewissensgründen, nicht einmal der Verweigerer aus anderen Gründen, sondern die Menge gewissenhafter, nicht so gewissenhafter und gewissenloser Befürworter des Krieges – und sie selbst. Die Kirche hatte, indem sie mit den herrschenden Mächten von Konstantin bis Johnson zusammenarbeitete, ihre Pflicht versäumt.

»Ihre Pflicht versäumt?« sagte Greg. »Schiß hatte sie.«

»Okay«, sagte Joe, »das akzeptiere ich.«

»Nein, nein«, sagte Pater Felix.

»Joe«, sagte Bill.

Er (Joe) und einige andere am Seminar hatten damals beschlossen, die Zurückstellung vom Wehrdienst als Theologiestudenten abzulehnen und sich als Verweigerer registrieren zu lassen, aber der Rektor hatte davon Wind bekommen und sie selbst registriert. Als sie ihre Zurückstellung erhielten und es an der Zeit gewesen wäre, Widerspruch einzulegen, hatten sie gesagt: Wozu der Aufwand. Sie hatten die Sache schleifen lassen. »Ich denke immer noch daran. Wenn ich jemandem wie Greg begegne, was nicht oft vorkommt, fühle ich mich wie Diogenes – und zwar wie ein unaufrichtiger.«

»Der Rektor hat richtig gehandelt«, sagte Pater Felix. »Das müssen Sie doch auch gedacht haben.«

»Ach, wirklich?«

»Wenn nicht, warum haben Sie die Sache schleifen lassen?«

»Aus dem selben Grund, aus dem ich immer noch daran denke. Ich habe meine Pflicht versäumt – hatte Schiß, meine ich.« Joe wandte sich an Greg. »Als Ihr Pfarrer mußte ich Ihnen das sagen. In gewissen Weise wünschte ich, Sie würden sagen, was soll's, und sich einziehen lassen – ich möchte nicht für das verantwortlich sein, was mit Ihnen passiert, wenn Sie es nicht tun. (Sie könnten ja vielleicht Ihr Studium fortsetzen, Offizier werden, eine maßgeschneiderte Uniform tragen und Ihr Haar schneiden lassen.) Aber ich muß meinem Gewissen folgen, informiert oder nicht, und Sie auch. Das, auch wenn das Gegenteil erwiesen zu sein scheint, ist der Geist der Kirche.«

Pater Felix sagte: »Ich behaupte nicht, daß Sie Unrecht haben, Joe, im Prinzip, aber ich sage, möglicherweise haben Sie Greg eine falschen Eindruck vermittelt. Kommentatoren haben oft angemerkt, wie freundlich Jesus dem Militär begegnete. Wenn er ihren Beruf mißbilligt hat, warum hat er es nicht deutlich gesagt und ihnen Vorhaltungen gemacht? Denken Sie daran, wie er im Garten Gethsemane Petrus zurechtgewiesen hat, weil er das Ohr eines Dieners des Hohen Priesters abschlug? ›Meinst du, ich könnte nicht meinen Vater im Himmel bitten und er würde mir nicht sogleich mehr als zwölf Legionen Engel zur Seite stellen?‹ Wahrlich eigenartige Worte für einen, dem angeblich alles Kriegerische widerstrebt.«

Joe verdrehte die Augen und stand auf. »Wer möchte Bier?«

»Nein, danke«, sagte Bill. »Es ist spät.«

»Nein, danke«, sagte Pater Felix. »Muß in die Federn.«

»Bier, Greg?«

»Nein, danke. Ich nehme dasselbe wie Sie. Nein, war nur ein Witz, ich muß gehen.«

Pater Felix und Bill sagten Greg gute Nacht – »Auf Wiedersehen, meinen Sie wohl« –, und Joe brachte ihn zur Haustür, wo sie sich die Hand schüttelten und Joe ihn gerne gesegnet hätte.

»Arme Barb«, sagte Greg. »Sie hat Sie ganz falsch verstanden.«

»Machen Sie Ihrer Mutter keinen Vorwurf, Greg. Tun Sie mir einen Gefallen, bevor Sie gehen, ja?«

»Klar. Was?«

»Binden Sie sich die Schnürsenkel.«

Greg sah Joe an. »Wozu?«

»Einfach aus Gefälligkeit.«

Greg beugte sich hinunter, um die Schnürsenkel zuzubinden, und während er unten war, segnete Joe ihn heimlich.

Am nächsten Tag erhielt Joe zwischen den Messen einen Anruf von Barb.

»Ich möchte mich nur bei Ihnen bedanken, Father. Sie haben Ihr Bestes getan.«

»Hat Greg das gesagt?«

»Ja.«

»Verstehe.«

»Er ist fort, Father, aber Brad weiß es noch nicht. Wenn Sie ihn sehen sollten ...«

»Ich sage nichts, Barb.«

»Danke, Father.«

24
Ein Inspektor kommt

»Gib mir ein Zeichen, wenn du das Ding wirfst«, sagte Joe, nachdem er einen Schlag verpatzt hatte, nahm den Ball auf, hielt ihn hoch, um Bill Zeit zu geben, und schleuderte ihn zurück. *Plong.*

Das Thermometer zeigte um die 30 Grad, aber sie hatten zum Nachtisch Eis gegessen und mußten es abarbeiten, Joe im Schatten des Pfarrhauses, Bill im Schatten der Garage, zwischen ihnen die Sonne – auch auf Spielfeldern im Freien ein Problem, dachte Joe, die untergehende Sonne, der kriechende Schatten.

Bill gab mit seiner behandschuhten Hand ein Zeichen und warf eine schnelle Kurve, einen Slider. *Plop.*

»So ist es besser.« *Plong.*

»Jemand hat mich gefragt, ob wir Spenden für EDE annehmen.« *Plop.*

»Wer?« *Plong.*

»Mr. Lane.« *Plop.*

Plong.

»Ich hab' ihm gesagt, er kriegt Bescheid.« *Plop.*

»Du kennst die Antwort darauf.« *Plong.*

»Ich hab' wohl an unsere Quote gedacht.« Plop.

»Bill, wenn jemand für EDE spenden will, gut, aber nicht durch die Gemeinde. Das würde ein schlechtes Licht auf andere werfen.« *Plong.*

»Joe, und wenn andere es wollten?« *Plop.*

»Geht nicht, Bill. Nicht durch die Gemeinde. Die anderen würden dadurch schlecht dastehen. Sie sind dagegen nicht geschützt.« *Plong.*

»Ja.« *Plop.*

»Die Leute stecken dir eine Spende zu, Bill, oder versuchen

es, für sowas wie EDE, und dann glauben sie nicht nur, daß sie bei dir enorm Eindruck schinden, was ja sein mag, sondern auch, daß sie ein echtes Werk der Barmherzigkeit tun, ein Opfer bringen – stimmt aber nicht. Genauso, wenn sie spenden, um die Kirche zu unterstützen, dabei bezahlen sie nur für Waren und Dienstleistungen.« *Plong.*

»Weiß, was du meinst, Joe. Ein Opfer sollte geheim bleiben. ›Und der himmlische Vater, der im Verborgenen sieht, wird dich belohnen.‹« *Plop.*

»Richtig. Sonst ist es, abgesehen vom materiellen Nutzen, den es bringen mag, verschwendetes Geld.« *Plong.*

»Wow, Joe.« *Plop.*

»Hardball, Bill. Die Bibel ist eine harte Nuß, und es ist schwer, sich nach ihr zu richten. Die Leute können nicht beides haben, und wir – die Geistlichen – können es auch nicht, obwohl wir's, bei Gott, versuchen.« *Plong.*

»Gäbe viel mehr Wohltätigkeit – echte Wohltätigkeit, Joe – wenn alle so dächten wie du.« *Plop.*

»Und viel weniger Kraftmeierei wie EDE.« *Plong.*

Plop.

Plong.

»Hab' gestern einen getroffen, Joe, der mit dir über die Anmeldung geredet hat, nur geschafft hat er es nie. Gumball heißt er.« *Plop.*

»O ja. Hat angerufen. Ist nie gekommen.« *Plong.*

»Soll dir sagen, es tut ihm leid, Joe.« *Plop.*

»Und wann kommt er nun?« *Plong.*

»Joe, ich hab' ihm gesagt, er braucht nicht zu kommen, unter diesen Umständen (»Welchen Umständen?«), weil ich ihn getroffen habe und er in seiner ganzen Freizeit im Haus zu tun hat. Sie auch. Sie renovieren es von Grund auf. Aber er hat gesagt, er schickt einen Scheck mit der Post.« *Plop.*

»Hervorragend.« *Plong.*

»Wie meinst du das, Joe?« *Plop.*

»Ich sag' ihm, er oder seine Frau müssen sich anmelden kommen, und du sagst, laßt es bleiben.« *Plong.*

»Ich dachte, unter diesen Umständen ...« *Plop.*

Plong.

Plop.

»Du willst der Gute sein, Bill.« *Plong.*

Plop.

»Und ich soll den Bösewicht spielen.« *Plong.*

Plop.

»So kann man keine Gemeinde führen, Bill.« *Plong.*

Plop.

Plong.

Plop.

»Also gut, Bill. Der Mann muß nicht kommen.« *Plong.*

Plop.

»Aber nur, weil ich nicht will, daß du dich blamierst – und die Kirche.« *Plong.*

Plop.

Plong.

Plop.

Plong.

»*Au!*«

Als er sah, daß ein neuer Patient vor der Haustür stand – dies war ihre erste Begegnung – hatte Dr. Wylie »Oh, Scheiße« gesagt, aber das Fernsehgerät drinnen abgestellt und den Patienten in sein Behandlungszimmer hinübergescheucht, dort das Gerät eingeschaltet und ihn während der restlichen Minuten von »Gunsmoke« schweigend untersucht.

Jetzt, wo die Luft rein war, konnte der Arzt den Patienten befragen. »Haben Sie was dagegen, mir zu sagen, wie das passiert ist?«

Joe hatte etwas dagegen. »Im Hof Baseball gespielt. Hardball.«

»Kein Scheiß? In dem Aufzug? Sie sehen nicht danach aus.«

Joe – in untadeligem Schwarzweiß – fand diesen Ton von einem Akademiker seiner Generation (und im übrigen kleiner Statur), der Cowboystiefel, einen Overall, kein Hemd und eine Kette mit Anhänger trug, schwer zu ertragen. »Habe gebadet und mich umgezogen, bevor ich kam.« Und ein Glas getrunken – es hätten zwei sein sollen.

»Schwer, sich anzuziehen, oder, mit einer Hand?«

»Ja.« Und sich etwas einzugießen.

Dr. Wylie blies Joe Rauch ins Gesicht und sagte: »Tja, das hat man davon, wenn man bei so einem Wetter Ball spielt.«

»Versuche nur, in Form zu bleiben.«

»Bleiben? Sie sehen mir verdammt nochmal nicht so aus, als ob Sie in Form wären.«

»Sagen wir, ich versuche, mein Gewicht zu halten.«

»Halten? Bei wieviel? Sie haben zwanzig Pfund Übergewicht.«

»Sagen wir, ich will nicht dreißig haben.«

»Das werden Sie aber, wenn Sie nichts anderes dagegen tun, als mit Kindern Baseball zu spielen. Haben Sie in letzter Zeit eine Vorsorgeuntersuchung machen lassen?«

»Nein.«

»Wer ist Ihr Hausarzt?«

»Habe keinen – seit meiner Kindheit nicht.«

»Höchste Zeit, daß Sie sich einen zulegen. Aber denken Sie nicht, ich bin auf Patienten scharf. Sind Sie dagegen, wenn ich Sie frage, wie alt Sie sind?«

Aus irgendeinem Grund hatte Joe etwas dagegen. »Vierundvierzig.«

»Ja? Raten Sie mal, wie alt *ich* bin.«

»Warum?«

»Na los, raten Sie. Ich berechne nichts dafür.«

»Danke. Sie sind etwa so alt wie ich, vielleicht jünger.«

»Den Teufel bin ich. Ich bin vierund*fünfzig*.« Dr. Wylie drückte seine Zigarette aus. »Wie mach' ich das, hm?«

»Halten Sie eine spezielle neue Diät ein?«

»Diät, Scheiße. Ich esse wie ein Pferd, trinke wie ein Fisch.« Dr. Wylie zündete sich eine Zigarette an. »Nächster Versuch.«

»Sie rauchen viel?«

Dr. Wylie sah Joe respektvoll an, als hätte er ihn bisher unterschätzt. »Rauchen kann ein Faktor der Gewichtskontrolle sein, und in diesem Sinne ist es ein Plus, aber es hat auch Nachteile. Der Gesundheitsminister hat entschieden, daß Rauchen der Gesundheit schadet.«

Joe nickte.

»Aber Rauchen oder Nichtrauchen – das hier könnte es nicht erklären.« Dr. Wylie, nun im Profil, posierte mit verhakten Händen und schwellenden Armen, Bizeps und Brustmuskeln herausgestreckt, wie der verblichene Charles Atlas.

Joe nickte.

Dr. Wylie entspannte sich, jedoch nur kurz, dann entblößte er eine kräftige Wade und ließ die Muskeln spielen.

Joe nickte.

Dr. Wylie schlug sich auf den Bauch, der hart wie eine Trommel war, und warf einen Blick auf Joes: ein peinlicher Kontrast.

Doch Joe nickte.

»Wie mach ich das, hm?«

»Stemmen Sie Gewichte?«

»Gewichte, Scheiße.«

Joe nickte.

Dr. Wylie lachte. »Okay, ich sag's Ihnen. Als letztes jede Nacht mach ich – betrunken oder nüchtern – einen kleinen Ritt.«

Für den Fall, daß das bedeutete, was Joe vermutete, und er in Versuchung geführt werden sollte, aus medizinischen Gründen sexuell tätig zu werden – der Zölibat war immer noch der Trumpf der Kirche und Anlaß zu der Heiden Zorn –, wartete Joe auf Erläuterungen und nickte nicht.

»Schlafe wie ein Murmeltier.«

Joe nickte nicht.

»Wache quietschvergnügt auf.«

Joe nickte nicht.

»Haben Sie das Pferd im Vorraum gesehen?«

Joe blickte in die angegebene Richtung und versuchte, durch die Wand zu sehen, was ihm jedoch nicht gelang. »Pferd?«

»Mechanisches Pferd, für Kinder. Gibt's im Supermarkt.«

»O ja.«

»Hab' eins im Schlafzimmer. Muskelmodell. Läuft mit 22 Volt. Beutelt einen windelweich. Was Sie brauchen.«

»Wirklich?«

»Wenn Sie eine Vorsorgeuntersuchung durchstehen, was ich bezweifle.«

»Wirklich?« Joe stand auf – genug war genug –, aber dann sah er seinen Daumen, taub in seiner rosa Plastikhülle, und fragte sich, wie wohl die Prognose lautete. »Wird nicht entstellt sein, oder? *Knorrig*?«

»Scheiße, nein«, sagte Dr. Wylie.

Als Joe ins Pfarrhaus zurückkam, brauchte er unbedingt etwas zu trinken, aber er mußte es sich verkneifen, denn Bill saß im Arbeitszimmer, und bei ihm war ein großer, vierschrötiger, weißhaariger, rotgesichtiger Typ in einem korrekten Sommeranzug mit ausgestellten Hosen.

»Mr. McMaster«, sagte Bill. »Mayer, Mayer, Maher, Chicago.«

Mr. McMaster, der sich aus der Couch hochgehievt hatte, zog seine ausgestreckte Rechte wieder zurück. »Haben Sie Ihre Hand verletzt, Father?«

»Daumen.«

»Autotür?«

»Nein.«

»'Tschuldigung«, murmelte Bill an Joe gewandt, grüßte Mr. McMaster und ließ sie allein.

Mr. McMaster saß bereits wieder, aber Joe blieb – vielsagend, fand er – stehen.

»Schönes Plätzchen haben Sie hier, Father.«

»Danke. Nichts Besonderes, abgesehen vom Bürotrakt – im Untergeschoß, aber erstaunlich hell und luftig.«

»Das habe ich gehört, Father.«

Joe setzte sich in der Hoffnung, mehr zu erfahren, in seinen Barcalounger.

»Es heißt, Sie haben das Pfarrhaus gebaut, Father.«

»Und die Schule und das Kloster.«

»*Das* wußte ich nicht.« Bestürzt legte Mr. McMaster seinen

fetten Kopf in den Nacken und ließ seine runden Augen hervorquellen, dann blinzelte er. »Und alles bezahlt, Father?«

»*Nein.*«

Mr. McMaster nickte lächelnd, als ob er nie so direkt und ehrlich sein könne, aber es gern sein würde. »Father, immer, wenn Ihr Name auftaucht – im Ordinariat, zum Beispiel –, habe ich nur Gutes gehört.«

»Wirklich?«

»O doch. Doch, wirklich.«

Joe – er hatte jetzt genug davon – sagte: »Was kann ich für Sie tun, Sir?«

Erneut war Mr. McMaster bestürzt und sagte: »Father, Sie nehmen mir das Wort aus dem Mund!«

»So?«

»Doch, doch. Es gehört zu meinem Beruf, sonst würde ich mir die Frage nicht erlauben, aber wie läuft das Programm hier?«

»Wenn Sie von EDE sprechen, Mr. McMaster, gibt es hier kein Programm.«

Mr. McMaster litt offensichtlich Qualen. »Und warum *das*, Father?«

»Dachte, daß Sie's wüßten.« Und dachte es immer noch. »Hat mein Assistent es Ihnen nicht erzählt?«

»Ich war noch nicht lange hier, Father, bevor Sie kamen.«

Also erläuterte Joe, obwohl er seine Zweifel hatte, daß das nötig war, Mr. McMaster sein Finanzsystem. »Sie müssen auf Ihren Reisen doch Ähnliches kennengelernt haben.«

»Ja und nein, Father. Es gibt oft Ausnahmen, wenn es um große Summen geht. Die Pfarrer – Gott sei's gelobt – sind dann nicht so rigide.«

»Ausverkauf, meinen Sie.«

»Father« – Mr. McMaster schüttelte seinen dicken Kopf –, «ich könnte – und wollte – das von keinem der vielen ausgezeichneten Männer wie Ihnen behaupten, denen ich begegnen durfte.«

Joe rümpfte die Nase. »Ich versuche, alles einzukalkulieren, was kommen könnte. Auf dem Rasen um *meine* Kirche wird es kein Thermometer geben.«

»*Das* ist freiwillig!«

»Hier nicht!«

»Father, wie können Sie *das* denn einkalkulieren?« Als Profi in seinem Beruf kannte Mr. McMaster zweifellos Joes Quote.

Beim Gedanken daran wurde Joe mulmig. »Zum Glück ist sie über drei Jahre verteilt.«

»Drei *Jahre*! Sie könnten das in drei *Wochen* hinter sich bringen!«

»Tut mir leid. Ich habe mich für den schweren Weg entschieden.«

»Zu schade.« Mr. McMaster starrte auf Joes Daumen. »Damit können Sie keine Messe halten, oder?«

»Leider nicht.« Nicht viele Laien hätten daran gedacht, kam Joe in den Sinn. »Hören Sie, Mr. McMaster.«

»Nennen Sie mich einfach Mac, Father. Alle meine Freunde nennen mich so.«

»Mhmm. Hören Sie, Mac, wir kommen nicht ins Geschäft, aber ich kann Ihnen einen Drink anbieten.« Und mir endlich auch.

»Danke. Bourbon, wenn Sie haben, und Wasser.«

Während Joe im Badezimmer, dessen Tür er offengelassen hatte, beschäftigt war, berichtete Mac ihm von einem gewissen Monsignore Pat (»in einer anderen Diözese, Father, ich plaudere also nicht aus der Schule«), den eine völlig vernichtende Quote getroffen hatte, und dessen administrative Fähigkeiten für einen Pfarrer in der modernen Welt von heute mager waren; er hatte Hilfe von außen (Mac?) abgelehnt und daraufhin einen massiven Schlaganfall erlitten – welcher jedoch das Programm in seiner Gemeinde erst ins Rollen gebracht hatte. »Sagenhafte Einnahmen, Father.«

Joe, der seine Hände – Hand – zum Gläserfüllen brauchte, brachte ein volles Tablett aus dem Bad. »Was ist mit Monsignore Pat? Hatte er eine wunderbare Genesung?«

»Nein, bedauerlicherweise nicht.« Mac neigte gramvoll seinen dicken Kopf, straffte sich jedoch sofort wieder und rutschte auf der Couch nach vorne, wobei die Spitzen seiner quastengeschmückten Halbschuhe auf Joe zeigten. »Father, meiner demütigen, aber fachmännischen Meinung nach – man nennt mich nicht umsonst den Großen Alten Mann des Geldbeschaffens – könnte und sollte hier eine Ausnahme gemacht werden. Dies ist ein Härtefall. Manchmal, Father, sind es die kleinen Dinge, die zählen.« Mac starrte auf Joes Daumen.

Joe hielt ihn ihm unter die Nase. »Und wenn ich Ihnen sage, daß ich mir dieses kleine Ding beim Baseballspielen geholt habe? Hardball.«

Mac nickte nur. »Na und? Das ist nicht dasselbe wie ein massiver Schlaganfall. Aber, Father, Tatsache ist: Sie. Können. Keine. Messe. Halten. Können *Sie* sich etwas Schlimmeres für einen Priester vorstellen? Ich nicht. Jeder in der Gemeinde, der Kinder hat oder auch keine – jeder, der mal ein Kind war –, würde sich hinter Sie und das Programm stellen. Es würde laufen, Father, glauben Sie mir. Wie geschmiert.«

»Tut mir leid, Mac.«

»Father, darf ich Ihnen etwas sagen – mit Ihrer gütigen Erlaubnis?«

Joe nickte gütig.

»Father, machen Sie weiter so, allein – das juckt mich nicht. Aber was Sie auch tun – alleine oder mit dem Programm – Sie sollen wissen, daß ich vor Ihnen den Hut ziehe.« Er klaubte seinen grauen, buntverzierten Strohhut auf, der auf dem Tischende neben der Couch verkehrt herum auskühlte, lüftete ihn vor Joe und ließ ihn richtig herum auf den Tisch fallen, als wäre die Angelegenheit damit erledigt. »Father, wenn es nicht zuviel verlangt ist, würde ich gerne den Bürotrakt sehen, bevor ich gehe.«

»Warum nicht gleich?«

Sie nahmen ihre Drinks mit hinunter in den Bürotrakt, der Mac alles andere als unbeeindruckt ließ (anders als manche Geistliche), ebenso wie Joes Vortrag über Büro/Büros (»Nein, wirklich! Wirklich!«), nach dem er, angeblich davon zum Nachdenken angeregt, deprimiert schien.

»Father, ich mache mir dieser Tage Sorgen um die Kirche. So viele Veränderungen und nicht alle, würde ich sagen, zum Guten.«

»Praktisch keine, finde ich.«

»Nein, aber das würde ich nicht laut sagen.«

»Warum nicht? Wen kümmert's?«

»Father, ich bin ein Konvertit.«

»Kaum zu glauben.« (Mac lächelte und schien das als Kompliment aufzufassen.) »Von was konvertiert?«

»Nicht viel.«

Joe nickte. »In diesem Fall sollten Sie sich in unserer Zeit richtig heimisch fühlen.«

Mac grinste. »Gibt nicht mehr viele wie Sie, Father.«

»Ach, ich weiß nicht, Mac.«

»Aber ich, Father – ich höre und sehe so manches auf meiner Reise von Diözese zu Diözese.«

»Wir müssen einfach durchhalten, Mac.« Das Telefon klingelte. »St. Franziskus.«

»Father, ich weiß, es ist spät, und ich will nicht sagen, wer ich bin, aber mein Mann und ich, wir zahlen keine regelmäßigen Beiträge, und jetzt überlegen wir, ob wir nicht sollten. Der andere war vor einer Weile hier und hat gesagt, wenn Leute für die Kirche spenden und jemand weiß davon, außer Gott, dann ist das keine wahre Wohltätigkeit. Das hat er gesagt, Father.« (Ein Mann, vermutlich ihr Ehemann, redete dazwischen: »Wenn Sie mich fragen, quatscht der andere Scheiße.«) »Wir dachten, Sie sollten das wissen, Father.«

»Ich werde es mir merken. Sonst noch etwas, Madam?«

»Nein, Father.«

»Danke für den Anruf. Gute Nacht.«

Unglücklicherweise mußte Mac, bevor er ging, noch einmal ins Arbeitszimmer zurückkehren, um seinen Hut zu holen, mit dem er sich – während er einen Moment vom Treppensteigen ausruhte – das Gesicht fächelte. »Ich weiß nicht warum, Father, ich muß immer wieder an meinen Freund Lou denken.«

»Lou?«

»Cooney.«

»*Cooney*? Ach, Sie meinen Father Cooney.« Joe hatte erwartet, dies würde (auf einen Laien und Konvertiten von Macs Kaliber) mehr Wirkung zeigen.

»Richtig. Lou, falls Sie es nicht wissen, Father, hatte Ihr System, aber er fand nachts keinen Schlaf. Ein schlimmer Fall von Zähneklappern – geldmäßig, Father. Dasselbe bei Lad – Ladislaw, Lous Assistent. Arme Kerle, Lou und Lad. Jede Nacht unterwegs, Klinkenputzen für ein paar armselige Dollars, um ihre Quote zu erfüllen.« Mac schüttelte seinen dicken Kopf. »Sie ist nicht so unerreichbar wie manch andere – wie Ihre zum Beispiel, Father –, aber immer noch ein hübsches Häufchen Zaster. Natürlich wollte ich helfen, aber Lou kann ein sehr starrköpfiger Geselle sein, Father. Ich ließ meine Karte dort. ›Rufen Sie mich an, wenn Sie es sich anders überlegen, oder auch, wenn nicht – wir können uns jederzeit auf einen Drink treffen.‹ Ein paar Tage später rief mich Lou an – mitten in der Nacht. Ich zog mich an und fuhr zu ihm. Etwas, was ich gesagt hatte, meinte er, hätte ihn veranlaßt, seine Situation zu überdenken, nämlich daß sie nicht hoffnungslos sei, daß er alles in wenigen Wochen überstanden hätte, ohne eigentlich gegen sein System zu handeln – gegen den Buchstaben, vielleicht, aber nicht gegen den Geist. Das ist es, was zählt, meines Wissens.«

»Mhmm.«

»Lou ist jetzt aus dem Schneider. Er hat ein Zwölf-Personen-Team – drei davon Frauen, eine hübsche Mischung –, die sich ganz im Sinne des Programms wie die zwölf Jünger nennen und entsprechende Schildchen tragen, die sie behalten dürfen. Eine meiner Ideen.«

»Und wer ist Lou – Judas?«

Mac beantwortete den Kern der Frage. »Lou und Lad machen nicht mit – nur die ›Jünger‹, alles zuverlässige Gemeindemitglieder.«

»Verstehe. Und wie nehmen es die *anderen* – die anderen zuverlässigen Gemeindemitglieder – auf?

Mac beantwortete die Frage mit einem Nicken und fragte

Bill, der ins Arbeitszimmer gekommen war: »Wie war's, mein Sohn?«

Sohn, dachte Joe. Wie war *was*?

Vom Bad aus, wo er sich einen Drink machte, sagte Bill: »Nicht gut.«

Mac schüttelte seinen dicken Kopf.

Oho, dachte Joe, er weiß Bescheid.

Mac hievte sich aus der Couch und besaß die Unverfrorenheit, seine Karte auf dem Beistelltisch zu legen. »Tut mir leid, das mit Ihrer Hand, Father, aber es könnte ein Plus sein, wenn Sie wissen, was ich meine. Rufen Sie mich an, wenn Sie es sich anders überlegen oder auch nicht. Wir können uns jederzeit auf einen Drink treffen, Joe.«

Joe, dachte Joe.

Joe begleitete den Mann hinaus, kehrte ins Arbeitszimmer zurück, goß sich einen dringend benötigten Drink ein, ließ sich auf den Barcalounger nieder und ließ einen Moment des Schweigens verstreichen, dann noch einen und noch einen. Dann sprach er Bill an. »Okay. Raus damit.«

»Hab' nur drei Besuche gemacht«, sagte Bill, von der *Sportillustrierten* aufblickend. »Ging 0 zu 3 aus.«

»Das meine ich nicht. Warum hast du ausgerechnet diesen Mann wissen lassen, wie wir unsere Abende verbringen?« Nun würde die interessierte, die ach so interessierte Geistlichkeit (»Wie kommst du damit klar, Joe?«) ebenfalls Bescheid wissen. *Arme Kerle, Joe und Bill. Jede Nacht unterwegs, Klinkenputzen für ein paar armselige Dollars, um ihre Quote zu erfüllen.* Brrr ... Und alles – wie Joes Daumen – allein Bills Schuld.

»Ich habe ihm nur die Wahrheit gesagt, Joe. Schämst du dich dafür?«

»In der Tat, ich schäme mich. Glaubst du, ich will, daß das Ordinariat, Catfish Toohey, Judas Cooney und alle anderen wissen, daß wir jeden Abend versuchen, Geld aufzutreiben?«

»Aber das tun wir doch, Joe – an den meisten Abenden. Ich schäme mich nicht dafür.«

Joe rümpfte die Nase. »Für dich ist es nicht dasselbe, Bill.«

»Nein?« Als wüßte Joe nicht zu würdigen, was er jeden Abend durchmachte.

»Ich meine nur, daß ich hier der Pfarrer bin, und nicht du. Ich bin der Dumme, nicht du.«

Bill sah aus, als würde er das gerne anzweifeln. »Tut mir leid, Joe, wenn du es so verstehst.«

Joe rümpfte die Nase. »Könnte ich es denn anders verstehen?«

»Hör mal, Joe. Du hast deiner Gemeinde versprochen: keine Sonderkollekten, unter keinen Umständen, und du haltst das ein. Der Klerus respektiert dich dafür – vielleicht gegen seinen Willen. Selbst dieser Mann respektiert dich, Joe. Er zieht seinen Hut vor dir, hat er mir gesagt.«

»Der zieht vor jedem seinen Hut.«

»Okay, Joe, auch wenn es unmaßgeblich ist, *ich* respektiere dich. Und du dich selbst, Joe. Wen kümmert's also, wer der Dumme ist?«

Joe schwieg und dachte, daß der Respekt vor ihm wohl nicht so weit verbreitet sei, wie Bill sagte, und nicht über sie beide hinausging, aber daß es auf jeden Fall nett von Bill war, das zu sagen; daß Bill nicht gewußt hatte, was er tat, als er sie an Mac verraten hatte; daß Bill es vielleicht auch getan hätte, hätte er es gewußt, daß Diskretion, nicht Loyalität es war, was ihm fehlte; daß Joe, nicht Bill, dafür bezahlen würde, daß er für den Klerus, bei allem Respekt – falls überhaupt vorhanden – zur Witzfigur würde; und daß in dem Ganzen Gerechtigkeit läge, eine Gerechtigkeit, die von denen ausgeübt wurde, die er zu täuschen versucht hatte (»Ich versuche, alles einzukalkulieren, was kommt«), eine ausgleichende Gerechtigkeit ...

»Hab' ich recht, Joe?«

»Vermutlich.«

»Also dann.« Bill trank sein Glas aus und stand auf. »Nacht, Joe. Oh, wie geht's der Hand?«

»Daumen. Taub.« Fing aber an, sich bemerkbar zu machen, weh zu tun.

»Mein Fehler, Joe, aber ich übernehme deine Messen, bis du wieder kannst.«

»Danke.«

»Nacht, Joe.«

»Nacht, Bill.«

25

Noch ein Inspektor kommt

Joe streckte die Hand nach dem Telefonhörer aus, zog sie wieder zurück und hob ihn mit seiner gesunden ab. »St. Franziskus.«

»Barb, Father. Das FBI war hier.«

»So?«

»Netter junger Mann, aus den Südstaaten, sehr höflich und freundlich – er heißt Tom –, aber ich dachte, ich warne Sie lieber, Joe.«

»Sie sind ein bißchen spät dran.« Joe nahm an, daß sie vorher ein oder zwei Liköre getrunken hatte.

»Es tut mir leid, Father.«

»Schon gut. Ich rufe später zurück. Im Moment habe ich Besuch.« Joe legte auf und nickte Tom zu. »Was sagten Sie gerade?«

»Schade, daß wir mit Greg nicht Kontakt aufnehmen können, Sir.«

»'Kontakt', hm? Damit Sie ihn einsperren können?«

»Nicht unbedingt, Sir. Bei der guten Familie und so weiter – Brad habe ich nicht kennengelernt, aber Barb, und Scott dient ja schon, deshalb ist es möglich, daß das Gericht bei Greg Nachsicht walten läßt, vorausgesetzt, er meldet sich bei der Einberufungsbehörde.«

»Warum sollte er? Das ist doch der Grund, weshalb er sich abgesetzt hat.«

»Er könnte seine Meinung ändern. Hoffentlich hat er das schon.«

»Das bezweifle ich. Für ihn ist es eine Gewissensfrage.«

»Sir, können Sie mir sagen, warum er nicht verweigert hat?«

»Kann ich. Ich habe ihn gefragt. Als er sich für den Wehrdienst eintragen ließ, sagte er, hätte er nicht gewußt, was er tat, und später, als er es wußte, wollte er seine Familie nicht aufregen. Sein Vater spinnt, was den Krieg angeht.«

»Sir, wie meinen Sie das?«

»Er ist ganz begeistert davon.«

»Das sind viele, Sir.«

»Viele nicht. Ich nicht. Greg hoffte, er würde einfach aufhören. Wie viele andere. General Maxwell Taylor gab ihm vor einigen Jahren noch sechs Monate.«

Tom wechselte das Thema. »Barb sagte, Sie hätten für Greg Ihr Bestes getan, Sir.«

»Das hat Greg ihr erzählt.«

»Haben Sie nicht Ihr Bestes getan, Sir?«

»Doch. Aber das war nicht das, was seine Mutter sich vorstellt.«

»Darf ich fragen, Sir, was es war?«

»Sie dürfen. Ich muß es Ihnen nicht erzählen, aber ich will. Ich habe Greg geraten, seinem Gewissen zu folgen – nicht daß er auf einen anderen Rat gehört hätte. Ihnen – oder jedem, der von mir einen Rat wollte – würde ich dasselbe sagen.«

Tom lächelte. »Dann habe ich Glück, Sir, daß ich von Ihnen Informationen und keinen Rat will.«

»Den haben Sie trotzdem bekommen.«

Tom zuckte die Schultern. »Keine Idee, wie wir mit Greg Kontakt aufnehmen könnten, Sir?«

»Nein, da kann ich Ihnen nicht helfen.«

»Würden Sie es, Sir, wenn Sie es könnten? Dies ist nur eine hypothetische Frage.«

»Nicht, wenn es bedeuten würde, daß man Greg einsperrt – was ja der Fall wäre. Dies ist nur eine hypothetische Antwort.«

Tom lächelte. Er stand auf und griff nach seiner Aktentasche, die auf dem Schreibtisch lag. »Das wäre dann alles, Sir.«

»Nicht ganz.«

Tom ließ die Aktentasche liegen und setzte sich. »Zu Ihrer Verfügung, Sir.«

»Wird mein Telefon abgehört?«

»Nicht daß ich wüßte, Sir.«

»Wüßten Sie es, wenn es so wäre?«

Tom zuckte die Schultern. »Ich will zu Ihnen offen sein. Vielleicht, vielleicht auch nicht.«

»Okay. Ich will zu Ihnen auch offen sein. Wenn mein Telefon abgehört wird und ich es beweisen kann, verklage ich Sie, daß Ihnen der Arsch auf Grundeis geht.« Aber wie? »Und meine Post?«

Tom zuckte die Schultern.

»Desgleichen.«

»Desgleichen, Sir?«

»Sie kriegen eine Klage an den Hals.« *Wie*?

»Sir, Sie glauben mir vielleicht nicht, aber dies ist ein nationaler Notstand.« Als könne das, sosehr Tom sich wünschte und bemühte, höflich und freundlich zu bleiben, Joe zur Vernunft bringen.

Joe rümpfte die Nase. »Sie glauben das wirklich? Oder müssen Sie das sagen?«

»Ich glaube das wirklich, Sir.«

»Pech, daß Sie dann *hier* sind.«

»Wenn man mich ruft, Sir, werde ich gehen.«

»Großartig. Aber dieser Fall wird wohl kaum eintreten, oder?«

»Das weiß ich nicht, Sir.« Tom stand auf. »Wenn das alles ist, Sir.« Joe aktivierte seine gesunde Hand und war als erster an der Aktentasche. »Was ich über Telefon und Post sagte, gilt auch für dieses Ding, wenn eine Wanze darin ist.« Mit seiner guten Hand schob Joe die Aktentasche über den Schreibtisch zu Tom hinüber.

»Danke, Sir. Einen schönen Tag, Sir.«

»Ich werde darüber nachdenken. Mehr kann ich nicht tun.« Am nächsten Morgen entdeckte Joe, als er die Post sortierte, eine Postkarte aus Kanada. »Sagen Sie Mom und Dad, mir geht's gut – nur keine Sorge. Habe guten Job. Ernähre mich gesund für die beiden, binde Schnürsenkel für Sie. G.«

»Oh, Sie sind das.« Barb schien nicht erfreut, ihn zu sehen – hatte Tom mit ihr gesprochen? – aber sie entriegelte und öffnete die Gittertür. »Oh, Ihre *arme* Hand!«

»Daumen.«

Barb schien zu glauben, er sei gekommen, um ihr davon zu berichten, und deshalb tat er es, in Kürze. »Oh, Sie *armer* Mann!« Barfuß und in Shorts führte sie ihn – nicht ungeschickt, aber mit einer leichten Schlenkerbewegung des linken Beins – in das tiefer liegende Wohnzimmer, wo sie sich in Stühle mit Leopardenmuster einander gegenübersetzten.

»Brad ist nicht da, Father.«

»Das hatte ich auch nicht angenommen.« Es war erst kurz nach drei. »Sollte er denn?«

Barb zog ein Gesicht – nein, du lieber Gott, sie weinte. »Father, sie haben Brad gestern gekündigt, aber er ist heute hingegangen, um seinen Schreibtisch auszuräumen, und seither habe ich ihn nicht mehr gesehen. Als ich um Mittag die Zeitung anrief – ›*Er ist nicht mehr bei uns*‹. Oh, *Father*! Was, wenn das *wahr* ist!« Barb brach schluchzend zusammen.

Joe mußte die Stimme heben, um sich Gehör zu verschaffen. »Warum sollte es denn nicht wahr sein?«

»Father, was, wenn er nicht länger unter uns *weilt*?« Barb brach erneut zusammen.

Joe mußte schreien, um gehört zu werden. »Seien Sie still! Er trinkt irgendwo etwas. Er hat Freunde getroffen. Er wird jeden Augenblick hier sein. Sie werden ihn nur zu bald sehen.«

»Father, ich mache mir solche *Sorgen* um Brad.«

»Ich weiß. Das haben Sie mir neulich schon erzählt. Ärger bei der Zeitung.«

»Aber damals wußte ich nicht *warum*.«

»Brad ist zu kontrovers, sagten Sie.«

»Nein, alles ist *mein* Fehler. Brad hat's mir gestern abend gesagt – sie haben es seit meinem Unfall bei Badger auf ihn abgesehen.«

Obwohl Joe das nicht bezweifelte (und neulich schockiert gewesen war – vielleicht nicht als einziger, denn Parkplätze haben Augen –, ausgerechnet Barb bei Badger zu sehen), sagte er:

»Das glaube ich nicht, Barb. Brad ist schlicht zu kontrovers. So einfach ist das.«

Aber Barb wußte es anscheinend besser, wußte, daß er versuchte, sie loszusprechen, und fing wieder an zu weinen.

Diesmal unterbrach Joe sie nicht, sondern wartete schweigend.

»Father, wie können Menschen so gemein sein?«

»So sind sie – wir – geschaffen.«

Barb schluchzte, und Joe wartete.

»Father, haben Sie sich vorgestellt, daß das Leben so sein würde?«

»Nicht direkt, nein.«

Barb stand plötzlich auf und ging zum Panoramafenster.

»Na, hatte ich nicht recht?« sagte Joe und dachte, als er sah, wie Barb mit mürrischem Gesicht zu ihrem Stuhl ging: Da habt ihr die Menschheit.

Brad kam ins Wohnzimmer, warf ein paar Zeitschriften auf das Anbausofa und bemerkte dann, erst dann, daß er nicht allein war. »He, seht mal, wer da ist. Ich meine *mich.* Ho, ho, ho.«

»Brad, du *wolltest* doch nicht.«

»Und habe nicht, Butterblümchen. Aber jetzt werde ich. Was kann ich Ihnen anbieten, Padre? He, was ist mit der Hand los?«

»Daumen.« Joe berichtete ihm davon, in Kürze.

»Soso. Hoffen wir, daß Sie ihn nicht verlieren. Was kann ich Ihnen derweil bringen?«

»Nur ein Bier, wenn Sie eines haben, und ein Glas.«

»Ich bin gleich wieder da«, sagte Brad, und er brachte die Gläser auf einem Tablett herein – ein Schnapsglas und eine Flasche Kahlua für Barb, zu der er »Ho, ho, ho« sagte.

»Brad.«

Aufmerksam goß er erst den anderen, dann sich selbst ein, setzte sich auf das Anbausofa und hielt sein Highball-Glas in die Höhe: »Auf mich!«

»Entschuldigen Sie, Father.«

»Barb, ich glaube, Brad versucht, Ihnen etwas mitzuteilen.«

»Clevere Leute, diese römischen«, sagte Brad. »Also. Ich fange am Anfang an.« Er sagte, er habe seinen Schreibtisch ausgeräumt und der anderen billigen Aushilfskraft einen Abschiedskuß gegeben und gerade die Tür seines Büros zum letzten Mal hinter sich schließen wollen, da habe das Telefon geklingelt. Könnte er sich zum Mittagessen mit dem Personalchef eines großen ortsansässigen Konzerns in der Kantine treffen? Er konnte. (Barb: »Welcher Konzern?«) »Warte.« Da saß er also mit der Personalchefin, einer nicht unattraktiven Frau, und siehe da, kein anderer als der Geschäftsführer setzte sich zu ihnen an den Tisch. (Barb: »Geschäftsführer wovon?«) »Warte.« Die Personalchefin trank ihren Tee und aß ihren Salat, dann entschuldigte sie sich – bezeichnenderweise, dachte Brad, aber als sie weg war, verlief das Gespräch wie zuvor, sehr allgemein gehalten. Das änderte sich auch nicht, als der Geschäftsführer Brad durch die verschiedenen Abteilungen führte – bei den Automobilen saßen sie auf dem Rücksitz eines Wagens, der geschmiert wurde, sogar noch, als er auf der Hebebühne stand –, »das ist kein Scherz« –, und bei den Möbeln lagen sie plaudernd auf Wasserbetten, erst auf zwei einzelnen, dann auf einem Doppelbett. Sie fingen an, sich kennenzulernen und, wenigstens in Brads Fall, sich sympathisch zu finden. Aber das Gespräch war immer noch sehr allgemein und führte, soweit Brad es beurteilen konnte, zu nichts. Zum Schluß waren sie dann aber doch im Büro des Geschäftsführers gelandet. »Kurz und gut, ich habe akzeptiert, für den Großen Badger die *Einkaufsnachrichten* herauszugeben.«

»Oh«, flüsterte Barb, »*nein.*«

»Warte. Für mehr – wesentlich mehr – als ich bei der Zeitung verdient habe.«

»*Nein*, Brad.«

»Warte. Ich bekomme eine Kolumne unter meinem Namen, und sie wird nicht gekürzt. Mein Leserkreis wird sich vergrößern, ganz enorm.«

»Leserkreis! Das Ding liest doch keiner!«

»Bis jetzt nicht, Butterblümchen, aber alle *werden* es lesen!«

»Wegen deiner Kolumne? Oh, *Brad*!«

»Nein, Butterblümchen. Nicht wegen meiner Kolumne. Aber dazu beitragen wird sie schon.«

»Was noch?« fragte Joe.

»Warte.« Brad stand auf und ging mit seinem Glas hinaus. »Ich bin gleich wieder da.«

»Oh«, flüsterte Barb, »Gott.«

»Warten Sie«, erwiderte Joe. Ihm schien, als stecke in Brads Fall mehr dahinter, mehr als die Politik des Badger, Alte und Behinderte zu beschäftigen – nämlich Bekehrungseifer auf Kosten der Arkade (wie bei Mr. Barnes).

»Ich werd' Ihnen sagen, was noch«, sagte Brad, als er zurückkam. »Eine Menge.« Die *Einkaufsnachrichten* bekämen einen neuen Namen und eine neue Struktur, hießen dann *Der Neue Shopper* und wären eine richtige Zeitung. Sie würde natürlich Anzeigen von Badger bringen, aber auch die von anderen Konzernen in der Gegend und (gegen Gebühr) Anzeigen von jedermann, Kleinanzeigen, Vermählungen, Todesanzeigen eckzetera eckzetera. »Warte.« Barb gab Laute von sich. Warum andere Konzerne und die Allgemeinheit im *NS* inserieren sollten? Verbreitung. Ja, das hatte die alte *EN* auch gehabt. Verbreitung ja, Leser nein. Der *NS* hätte beides. Er wäre verbreitet, weil er, wie die alte *EN* ein Wegwerfprodukt wäre, und Leser, weil er, anders als die *EN*, lesbar und damit sozusagen unwegwerfbar wäre. Der *NS* wäre nicht wie das lausige *Universum* voller Mist über das Schulamt und die Erweiterung des Highway. Der *NS* würde den Menschen geben, was die Menschen wollen, in leichtverdaulicher Pillenform, aus Politik, Sport, Verbrechen, Raumfahrt, Frauenfragen, Fernsehen, Ernährung. Außerdem wäre er, anders als die alte *EN* und das lausige *Universum*, kontrovers. »Kontrovers, aber fair«, um Dave zu zitieren (den Geschäftsführer Mr. Brock). »Er liest diese.« Brad hielt die *Nation* und die *New Republic* hoch. »Er liest *Bücher*.«

»Hmmm«, sagte Joe.

Barb war still, vielleicht erholte sie sich.

»Jetzt hört zu«, sagte Brad. »Dave will, daß ich für den *NS* nach Vietnam gehe. ›Sehen Sie sich an, was da drüben los ist, Brad, und schauen Sie auch gleich nach Ihrem Jungen.‹ Ich hatte ihm vorher von Scott erzählt.«

Barb faßte sich an den Kopf. »Ich sage das nicht gerne, Brad, aber was ist mit ...«

Brad schauderte. »Das Schwerste, was ich je tun mußte, Butterblümchen, aber ich dachte, es wäre besser, und ich hab's getan. Ich habe Dave von Greg erzählt. Und weißt du was? Er war sehr verständnisvoll. Was sagst du dazu?«

Barb genehmigte sich ein Gläschen Kahlua.

Brad kippte den Rest seines Drinks. »Weißt du, was Dave noch gesagt hat? ›Finden Sie heraus, wie hoch er steht und wie groß im Durchmesser, und Sie haben mehr Erfolg.‹ Er meinte den *Wetterball.*«

»Oh, oh«, sagte Barb.

»Oh«, sagte Joe.

Brad stand auf: »Ich bin gleich wieder da.«

»Warten Sie«, sagte Joe. »Ich habe von Greg gehört – nur eine Karte.«

Er stand auf, holte mit seiner guten Hand die Karte aus der Jackentasche, hielt jedoch die Ansicht von Montreal zu sich gewendet und die Finger fest über Briefmarke und Poststempel gelegt, während Barb und Brad den Text lasen und die Anspielung auf die Schnürsenkel erklärt bekamen.

»Jaja«, sagte Brad und griff nach der Karte. »Wo zum Teufel steckt er?«

Joe schüttelte den Kopf und trat einen Schritt zurück, während er die Karte einsteckte.

»Das verstehe ich nicht«, sagte Brad und sah von Joe zu Barb.

»Brad, er fürchtet, wenn er uns sagt, wo Greg ist, werden wir es Tom sagen.«

»So? Weißt du was? Das sollten wir auch. Los, Padre. Her damit.«

Joe gefiel dies alles überhaupt nicht. Er zog die Nase hoch. »Ich weiß nicht, wie Sie – oder Tom – Greg erreichen könnten. Ich kenne seine Adresse nicht. Und wenn, würde ich sie Ihnen nicht geben. So will es Greg, und ich fühle mich durch sein Vertrauen verpflichtet. Er hat mich gebeten, Ihnen auszurichten, daß es ihm gut geht. Ich habe schon mehr getan.«

»Wir sind seine Eltern«, sagte Barb. »Was ist mit Ihrer Verpflichtung uns gegenüber?«

»Ja«, sagte Brad, »was ist damit?«

»Darauf wollte ich gerade zu sprechen kommen.« Was er nun tat. »Ich dachte, Greg hätte es Ihnen erzählt, aber er hat es nicht – wahrscheinlich mir zuliebe. Ich habe ihm geraten, seinem Gewissen zu folgen – in dieser Angelegenheit wie in anderen. Nicht, daß das nötig gewesen wäre. Und Tom weiß das, Sie brauchen es ihm nicht erst erzählen.«

Brad stand offenbar so unter Streß, daß er sich setzen mußte. Er tat es und krächzte: »Ihm geraten, sich *nicht* zur Einberufung zu melden?«

»Es tut mir leid«, sagte Joe zu Barb. »Ich hätte Ihnen das vorher sagen sollen.«

»Mir mußten Sie es nicht erst sagen«, ließ sich Brad vernehmen. »Ich habe es in den Knochen gefühlt. Und wissen Sie was, Padre? Padre, Mist! Der Ärger in Vietnam wäre schnell vorbei, wenn es nicht solche Arschlöcher wie Sie gäbe!«

Joe stand schnell auf, sagte »Wenn ich wieder von Greg höre, gebe ich Ihnen Bescheid« und hörte sie im Weggehen hinter ihm herrufen:

»Nicht nötig!«

»Doch!«

26
Und noch ein Inspektor kommt

Es hatte keine anonymen Beschwerden über Bill mehr gegeben. Im Gegenteil: eines Nachts, als Bill schon im Bett war, hatte er ein anonymes Kompliment erhalten, das Joe, als er sich am nächsten Abend daran erinnerte, an ihn weitergab. »Irgendeine Frau hat angerufen, um zu sagen, daß die Kirche mehr junge Priester wie dich gebrauchen könnte, Bill. *Und* alte, sagte ich. Sie hat aus ganzem Herzen zugestimmt.« Bill: »Joe, so alt bist du doch nicht.« Das hätte, auch wenn es gut gemeint war, nicht eigens erwähnt werden müssen, dachte Joe und stand unverzüglich auf, was er nicht vorgehabt hatte, um sein Glas frisch zu füllen. Er wußte nicht, was der Frau gefallen hatte – sie hatte ihm nichts anderes gesagt als er Bill –, aber er befürchtete, es könne dasselbe sein, was die andere Frau (und ihren Mann) so schockiert hatte, »echte Wohltätigkeit«. Wenn ja, wenn das so weiterging, würden die Gemeindemitglieder, und nicht nur die zuverlässigen, sich und andere fragen: »He, wessen Handschrift« – die des Pfarrers oder die des Vikars – «ist das hier?«

Mit Bill reden? Und ihm was sagen? Ihm auf nette Art beibringen, daß er die Heilige Schrift nicht strapazieren soll. Auf nette Art wortbrüchig werden, meinst du wohl. Du bist doch derjenige, der ihn dazu angestachelt hat, weißt du, du mit deinem ›die Bibel ist eine harte Nuß‹, und es ist schwer, sich nach ihr zu richten, die Leute können nicht beides haben und die Geistlichen auch nicht, obwohl sie es bei Gott versuchen. Und dein himmlischer Vater, der im Verborgenen sieht, wird dich belohnen – richtig, Joe?

Verstehst du, wir müssen unterscheiden zwischen dem, was wir Akte echter Wohltätigkeit nennen könnten, und simplen Beiträgen zur Unterstützung der Kirche, wobei ersteres nicht auf Kosten des letzteren geschehen darf. Die Gläubigen sind verpflichtet, die Missionen, Geistlichen, Grundstücke usw. der Kirche zu unterhalten, gemäß dem göttlichen positiven Recht. *So hat der Herr auch verordnet, daß die, welche das Evangelium verkünden, vom Evangelium leben sollen* – 1 Kor 9,14. Wenn man dies auf beide Arten liest, gilt es gleichermaßen für Laien wie für Kleriker. So lautet auch eine der Lehren der Kirche, Bill. Joe, das weiß ich. Wir hatten es im Seminar, gleich nach dem Fingerfarben-Malen. Aber wenn die Leute es sich nicht leisten können, die fällige Rate zu *bezahlen*, dann laß sie doch *spenden*, soviel sie können – das ist besser als nichts, oder? Und wenn sie das in aller Stille tun, um so besser. Der himmlische Vater, der im Verborgenen sieht, wird dich belohnen. Immer sachte, ja, Bill? Joe, das sage ich nur zu denen, die die fällige Rate nicht bezahlen können. Was ist daran so falsch? Soll Gott, der die Anzahl der Haare auf unserem Haupt kennt, die Buchhaltung übernehmen, Joe. Großartig, Bill. Aber wenn sich das herumspricht, wenn zahlende Gemeindemitglieder davon Wind bekommen, was geschieht dann mit unserem Finanzsystem – mit der *Gemeinde*? Joe, du meinst die Gemeinde, *wie wir sie kennen*, nicht? Nun ja, Bill, so ist es. Ach, *das*. Einer der Wendepunkte der Kirchengeschichte, Eure Heiligkeit, Eminenzen, Exzellenzen, das Beispiel, darf ich sagen, einer Idee, deren Zeit endlich gekommen ist – und gerade noch rechtzeitig für mich. Ich war mit der geschäftlichen Seite der Kirche nie glücklich. Selbst als Kind, als Ministrant, dessen Gedanken bei der Predigt oft abschweiften, hörte ich immer noch zuviel vom Dollar-pro-Sonntag-Club – einer aufpolierten Version des Briefumschlag-Systems, vom Zehner aufwärts (»Ein paar Lire Exzellenz«). Der Tag, an dem ich in meiner Heimatgemeinde meine erste Messe hielt, wird auf ewig in Schande weiterleben. Als ich daher meine eigene Gemeinde erhielt, war ich entschlossen, mir und meinen Leuten alles Gerede über Geld von der Kanzel herab zu ersparen (» *Warum*, Exzellenz? Man könnte wohl sagen, ich bin da eigen«), und so führte ich das System der Country Clubs, Kaliforniens oder der Tierparks ein (auch bekannt als

Menü). Damit fuhr ich so gut wie erwartet, aber nicht gut genug, was an der Gier der Erzdiözese lag. Verzweifelt bemüht, Kohle zu machen, und taub gegenüber den Sirenengesängen des Spendenjägers, führte ich dank des prophetischen Rates meines Vikars (das waren Sie damals, Eminenz) das Schecksystem ein, das heißt, überhaupt kein System, das, unnötig zu erwähnen, inzwischen von Diözesen überall angewandt wird sowie von einer nicht geringen Anzahl von Regierungen, die vielleicht vom Erfolg unseres Finanzamts inspiriert wurden? Wir alle wissen, *wie* dieses System funktioniert, aber nun ein Wort über das *Warum.* Die Menschen – und nicht nur tiefsinnige Heilige und Mystiker – haben stets versucht, mit Gott in Kontakt zu treten, insbesondere in Krisenzeiten. Doch die meisten müssen mit den gewöhnlichen, allzu gewöhnlichen Tröstungen der Religion auskommen, zum Beispiel mit der Achtung und Sympathie anderer Gläubiger (einstmals eine Minderheit). Die Religion hatte zu unserer Zeit an Geltung verloren, war zum Opfer wechselnder Trends der Leichtgläubigkeit geworden, so wie die »Naturwissenschaft« zu deren Nutznießer. Wer hätte sich damals träumen lassen, daß die Religion zu dem würde, was sie heute ist – zu einem Anlaß, blind zu spenden, heimlich zu opfern, um der Liebe Gottes willen? Könnte es dies sein, worauf der Große Buchhalter – so eifersüchtig auf seine Privilegien bedacht und ach so stumm seit den Zeiten des Alten Testaments – gewartet und was er erhofft hat? Meiner Ansicht nach ist Buchhaltung schlecht für die Menschen, für diejenigen, die sie machen, und sogar für die anderen, die sich darin gefallen, nicht so zu sein wie die, die sie machen. Eine Plage für beide Häuser, finde ich. *Sursum corda,* allerseits!

»Übrigens, Bill, hast du eine Idee, von wem die Fünf- und Zehndollar-Scheine in der letzten Blumenkollekte stammen?«

»Nein. Aber ist doch gut, oder?«

Dank des Schecksystems und dank meines jungen Vikars (damals war er das noch), der an mich und an die Menschen glaubte (von deren Großherzigkeit ich, wie ich gestehe, nur die Spitze des Eisbergs bemerkte), habe ich jetzt keine Geldprobleme mehr. Ich überlasse Gott die Buchhaltung, esse wie ein Pferd, trinke wie ein Fisch, schlafe wie ein Murmeltier, wünsche, das täte jeder, oder würde mich jedenfalls nicht mitten in der Nacht anrufen. »St. Franziskus.«

»Wenn *Sie* St. Franziskus sind, bin *ich* Lyndon B. Johnson.«

»Gar nicht übel. Was haben Sie auf dem Herzen, Lyndon?«

»Hab' in der Bibel gelesen und mag nicht, wie Sie da drüben die Dinge anpacken.«

»So?«

»Kann Ihre Methoden nicht leiden.«

»Ich bin zerknirscht. Was kann ich sonst noch für Sie tun?«

»Fragen Sie nicht, was Sie für mich tun können. Fragen Sie, was Sie für sich selbst tun können.«

»Okay. Was?«

»Sie brauchen ein Vorbild. Wie wir alle. Ihres ist vielleicht nicht meins, meins nicht Ihres.«

»Wer ist Ihres?«

»Um *Ihres* geht's. Wissen Sie, wer das sein sollte?«

»Nicht auf Anhieb, nein.«

»Geb' Ihnen einen Tip. Er hält sich genau an die Bibel und seine Methoden auch.«

»Treffer, Lyndon.«

»*Sie* sollten *sein* Assistent sein.«

Joe drückte auf die Gabel und beendete damit das Gespräch; den Hörer ließ er auf dem Tisch liegen. »Der Wiederkäuer«, sagte er zu Bill, und dann, da Bill ins Bett ging: »Eine Frau und ihr Mann haben angerufen, um sich über dich zu beschweren – und die echte Wohltätigkeit.«

»Wirklich?«

»Wirklich. Ich wäre zurückhaltender, wenn ich du wäre, Bill. Denk daran, was der Herr über die Ehelosigkeit gesagt hat, und ein anderer über die Realität – nicht daß es das gleiche wäre, vielleicht aber doch: wenige können sie ertragen.«

Nach einem Augenblick des Nachdenkens nickte Bill. »Verstehe, was du meinst, Joe. Danke. Aber eigentlich *wußte* ich das. Nacht, Joe.«

»Nacht, Bill.«

Am nächsten Nachmittag, wenige Minuten, nachdem Joe eine Nummer gewählt und seine eigene Nummer dem Antwortdienst gegeben und wieder aufgelegt hatte, klingelte das Telefon. »St. Franziskus.«

»Dom, Father.«

»Oh, Dom. Ein Freund von mir will die Gewinnquote für Gene.«

»Für die Kandidatur, Father?«

»Und die Wahl.«

»*Beides*, Father?«

»Beides, Dom.«

»Father, wieviel will Ihr Freund?«

»Nur einen Tausender, Dom. Er hat ein Bargeldproblem.«

»Bleiben Sie dran, Father.«

Joe blieb dran und hörte ein Klopfen, aber an der Tür nebenan.

»Herein«, hörte er Bill sagen.

»Sie Hackett?« hörte er einen Mann sagen.

»Ich Schmidt – *Father* Schmidt«, sagte Bill. (Schöne Abfuhr, dachte Joe, hat ihn abblitzen lassen.) »*Father* Hackett ist im anderen Büro.«

»Entrez«, sagte Joe, als es an seiner Tür klopfte – ein junger Mann mit Aktentasche. »Setzen Sie sich. Ich habe gleich für Sie Zeit. Ja, Dom.«

»Kandidatur zehn, Wahl ausgeglichen.«

»Hmmm. Mein Freund hatte gehofft, Sie könnten mehr erreichen, Dom – bei der Wahl.«

»Tut mir leid, Father. Aber da könnte Ihr Freund kassieren.«

»Dom, wie wär's mit einem erneuten Einsatz – einer Verdoppelung?«

»Bleiben Sie dran, Father.«

»Was haben Sie auf dem Herzen?«

»Staatliches Gesundheitsamt.« Der junge Mann stand auf, zog seine Brieftasche, anscheinend, um Joe seinen Ausweis zu zeigen.

Joe winkte ihn auf den Stuhl zurück. »Dom, könnten Sie das bitte wiederholen?«

»Elf und sechs zu fünf, Father.«

»Das ist alles, ja?«

»Mehr geht nicht, Father. Anteilmäßig.«

»Sie würden dabei aufhören?«

»Zweite Runde, wenn's eine gibt, Father. Weiß Ihr Freund etwas?«

»Nur, was ihm jemand geflüstert hat. Ich selbst halte nicht viel davon.«

»Father, wenn ich versichern muß, kriege ich sechs zu fünf aber nicht.«

»Okay, Dom. Mein Freund macht mit.«

»Einen Tausender auf Gene, elf und sechs zu fünf, verdoppelt.«

»Genau. War nett, mit Ihnen zu reden, Dom.«

»Ganz meinerseits, Father.«

Joe stellte einige Berechnungen an und fand heraus, daß er mit Glück etwas mehr als ein Drittel seiner Quote gewinnen konnte. »Entschuldigung«, sagte er, »daß ich Sie warten ließ. Worum geht es? Hat es mit der Schule zu tun?«

Wieder stand der junge Mann auf, obwohl ihn Joe niederwinkte, und klappte seine Brieftasche auf, damit Joe lesen konnte.

»George Z. Barnhart«, las Joe laut und fragte »Was bedeutet das Z?«

Mr. Barnhart sagte »Haben Sie etwas dagegen, wenn ich die Tür schließe?« und schloß dabei die Tür zwischen den Büros.

Woraufhin Joe sagte »Nein, nein, tun Sie das«, aber nicht feststellen konnte, daß dies irgendeine Wirkung auf den Mann hatte; er war offenbar einer aus der neuen prähistorischen Spezies. »Um was handelt es sich, Sir?«

Mr. Barnhart hatte sich gesetzt und den Reißverschluß seiner Aktentasche geöffnet, der er ein Dokument entnahm. »Ich bin dazu ermächtigt, Ihnen die folgenden Verordnungen vorzulesen. ›Gonorrhö, Syphilis und Schanker, im folgenden als

Geschlechtskrankheiten bezeichnet, werden hiermit für ansteckend, infektiös, übertragbar und gefährlich für die öffentliche Gesundheit erklärt. Es ist die Pflicht jeder Person, die eine entsprechende Diagnose stellt oder einen Fall von Gonorrhö, Syphilis oder Schanker behandelt, dies unverzüglich dem Staatlichen Gesundheitsamt zu melden und ein dafür vorgesehenes Formular zu verwenden, Name und Adresse, Alter, Geschlecht, Hautfarbe, Beruf, Familienstand und vermutliche Ansteckungsquelle der erkrankten Person zu nennen und alle darüber hinaus erforderlichen Informationen anzugeben. Örtliche Beamte des Gesundheitsamtes werden hiermit angewiesen, jedes verfügbare Mittel einzusetzen, um die Existenz aller bekannten oder vermuteten Fälle von Gonorrhö, Syphilis oder Schanker innerhalb des jeweiligen Distrikts zu ermitteln und sofort zu untersuchen, sowie die Überträger der Infektion festzustellen. Bei solchen Untersuchungen sind besagte Beamte des Gesundheitsamtes in vollem Umfang dazu befugt, Kontrolle, Isolierung oder Quarantäne sowie die Desinfektion aller infizierten Personen, Orte und Gegenstände anzuordnen. Es gilt als Verstoß gegen diese Verordnung, wenn eine infizierte Person wissentlich eine andere Person der Infizierung mit den genannten Geschlechtskrankheiten aussetzt oder wissentlich eine Handlung begeht, die eine andere Person der Infizierung mit einer Geschlechtskrankheit aussetzt. Alle einer Geschlechtskrankheit verdächtigten Personen müssen sich einer Untersuchung unterziehen, falls das Staatliche Gesundheitsamt dies für erforderlich hält, unter der Voraussetzung, daß, sofern diese Untersuchung privater Natur ist, diese nur von einem zugelassenen Arzt vorgenommen werden darf. Alle mit einer Geschlechtskrankheit infizierten Personen müssen sich einer Behandlung oder sorgfältigen Beobachtung unterziehen, bis sie die Krankheit nicht mehr übertragen können. Im Falle von Schanker bedeutet dies, bis alle Geschwürbildungen vollständig verheilt sind. Wenn ein Fall oder vermuteter Fall von Geschlechtskrankheiten in Räumlichkeiten auftritt, die für unmoralische Zwecke benutzt werden, oder wenn ein Fall von Geschlechtskrankheiten an einer Örtlichkeit auftritt, die nicht ausreichend isoliert oder kontrolliert werden kann, oder wenn die infizierten Personen einer Überstellung in ein Krankenhaus oder Sanatorium, wo sie während der Zeit ihrer Infektiosität ausreichend isoliert oder kontrolliert werden können, nicht zustimmen, muß der Beamte oder Vertreter des Staatlichen Gesundheitsamtes an einem gut sichtbaren Ort am Eingang des Geländes, auf dem eine Geschlechtskrankheit aufgetreten ist, ein Warnschild mit folgenden Worten anbringen: Achtung, hier ist eine Geschlechtskrankheit aufgetreten, angebracht auf Anordnung des Gesundheitsamtes (Name des Beamten und Datum). Ein solches Warnschild muß in fetten schwarzen Buchstaben auf rotem Karton gedruckt sein, das Wort Geschlechtskrankheit darf nicht weniger als 7,5 cm groß geschrieben sein.‹« Mr. Barnhart zog einen roten Karton aus seiner Aktentasche und hielt ihn Joe unter die Nase. »Irgendwelche Fragen?«

»Viele. Wenn Sie andere Leute meinen, warum reden Sie dann mit mir? Und wenn Sie von mir reden, was soll das alles?«

»Ich rede von Ihnen.«

»Sie glauben, ich bin geschlechtskrank?«

»Sie werden verdächtigt.«

»Und wieso das?«

»Ihr Name wurde in Verbindung mit einem weiteren Fall genannt.«

Joe rümpfte Nase. »Mit einem weiteren Fall, hm?«

»Wir müssen allen Hinweisen folgen.«

»Jemand, der geschlechtskrank ist, hat mich als möglichen Kandidaten genannt?«

»Verdächtigen.«

»Wer?«

»Das muß vertraulich bleiben. Das Amt muß alle Fälle schützen, sonst würden sie nicht kooperieren. *Sie* können das doch verstehen.«

»Nicht ganz. Was, wenn Sie im Unrecht sind? Was, wenn ich nicht ›ein weiterer Fall‹ bin?

»Wir müssen allen Hinweisen folgen. Das ist Gesetz. Ich tue nur meine Pflicht.«

Joe rümpfte die Nase. »Ich drücke das mal anders aus. Was, wenn das ein mieser Trick ist, wenn jemand das für einen gelungenen Scherz hält?«

»Das ist kein Scherz.«

»Ganz meine Meinung. Ich will es noch anders ausdrücken. Ist das Amt je verklagt worden?«

»Verklagt?«

»Weil es Menschen in sinnlose, schmerzliche Verlegenheit bringt?«

»Das kann man nicht ändern.«

»Nicht? Warum nicht Briefe schreiben? Was wäre daran verkehrt?«

»Manche würden einen Brief nicht beantworten.«

»Mag sein. Gehen Sie eben erst dann zu ihnen. Warum kommen Sie hierher und spielen sich auf? Manche Leute fänden das vielleicht ebenso unverschämt wie ich, wären aber nicht so höflich. Das Amt könnte verklagt werden. Sie könnten einen Tritt in den Hintern bekommen. Ich wundere mich, daß das noch nicht passiert ist, *falls* es noch nicht passiert ist.«

»Ich bin ermächtigt, Sie zu informieren, daß Sie verdächtigt werden, geschlechtskrank zu sein, und daß Sie achtundvierzig Stunden Zeit haben, dem Amt einen medizinischen Beweis des Gegenteils zu erbringen.« Mr. Barnhart stand mit seiner Aktentasche unter dem Arm auf und ließ seine Visitenkarte auf der Kante von Joes Schreibtisch. »Was ist mit Ihrer Hand?«

»Daumen«, sagte Joe, »Geschwürbildungen.«

Nachdem der junge Mann gegangen war – eiligst und ohne ein weiteres Wort – blieb Joe am Schreibtisch sitzen und fragte sich: *Wer*?

Joe vereinbarte noch für denselben Abend einen Termin bei Dr. Wylie. Nachdem sein Daumen geröntgt worden war – er kam ohne Schiene aus, mußte aber vorsichtig sein –, zog sich Joe bis auf die Unterhosen aus und wurde gründlich untersucht.

»Das wär's«, sagte Dr. Wylie und blies Joe Rauch ins Gesicht. »Ziehen Sie sich an, um Himmels willen.«

»Und was ist mit Geschlechtskrankheiten?«

»Was ist damit?«

»Ich dachte, ich würde daraufhin untersucht.«

»Warum haben Sie das nicht gleich gesagt?«

»Ich dachte, wie die Dinge heutzutage stehen, gehört das mit zur allgemeinen Routine.«

»Da haben Sie falsch gedacht. Wenn Sie sich Sorgen machen wegen Syph, das wird sich beim Bluttest zeigen. Haben Sie Angst wegen Tripper, oder was?«

»Nein, ich will nur den medizinischen Beweis, daß ich topfit bin.«

»*Topfit? Sie?* Wenn Sie jemanden sehen wollen, der topfit ist, dann schauen Sie *mich* an!« Diesmal trug Dr. Wylie einen Overall mit abgeschnittenen Hosenbeinen und Cowboy-Stiefel (mit erhöhten Absätzen, dachte Joe), und sein Oberkörper war, abgesehen von der Kette, nackt.

»Ich brauche einen medizinischen Nachweis, daß ich nicht geschlechtskrank bin, falls ich mich entschließen sollte, Kaplan zu werden.«

»Falls Sie das vorhaben, sollten Sie Ihr *Hirn* untersuchen lassen.« Dr. Wylie kickte einen Metallschemel in Joes Richtung und setzte sich. »Okay, sehen wir mal nach, was Sie da haben. Holen Sie ihn raus.«

Joe entblößte sich und sagte: »Wenn dies und das andere – der Bluttest – negativ sind, würden Sie mir das schriftlich bestätigen?«

»Klar, für den Oberbefehlshaber. Melken Sie ihn.«

Joe tat wie geheißen und fragte sich erneut, diesmal mit größerer Schärfe denn je, wer ihn in diese sinnlose, peinliche Verlegenheit gebracht hatte.

»Noch mal.«

Joe tat wie geheißen und fragte sich wieder, *Wer?*

Dr. Wylie sagte: »Sie sollten sich lieber über Ihren Schmerbauch Sorgen machen. Es wird immer schlimmer, wissen Sie. Ihr erzählt uns ständig vom süßen Leben und dem Lohn der Sünde. Mann, *das* ist es. Haben Sie schon mal an das Pferd gedacht?«

»Pferd? O ja, manchmal.« Halte ihn bei Laune.

»Noch einmal.«

Joe tat wie geheißen.

»Alles bestens. Ziehen Sie sich an.« Dr. Wylie wandte sich angeekelt ab und zündete sich eine Zigarette an. »Ich sag' Ihnen was. Meine bessere Hälfte ist zu Hause, und sie haßt die katholische Kirche, aber wir gehen einfach in meine Bude und kippen ein paar hinter die Binde. Ich zeige Ihnen mein Pferd. Lasse Sie vielleicht mal drauf reiten, im Schritt oder leichtem Galopp.«

»Vielen Dank, ein andermal«, sagte Joe und fragte sich wieder, *Wer?*

27

August

Sie nahmen sich ein paar Abende frei von ihren Betteltouren, um den Parteitag der Demokraten im Fernsehen zu verfolgen. Bill konnte dabei etwas lernen, denn Joe erklärte ihm, wer wer war und was was, und kommentierte die neuesten Modetrends. »Walter Conkite trägt eine gestreifte Krawatte.« – «Sieh dir nur die Zuhälterkoteletten bei Sander Vanocur an.« Am Ende des zweiten Abends traten die Realitäten des politischen Lebens, die Auswirkungen der Ursünde in Chicago zutage, und Joe, der gehofft hatte, daß sich für Gene noch ein Erdrutsch ergeben würde, trank mehr als gewöhnlich (Bill auch, aber nicht dasselbe) und fühlte sich miserabel. »Ist das wirklich unser Bestes?« fragte er von Zeit zu Zeit oder rief: »Schmeißt diese Hinterwäldler aus der Regierung!« Sein Alkoholvorrat, den er – kluger- oder unklugerweise, je nachdem, wann er daran dachte – nicht aufgestockt hatte, war schon am zweiten Abend aufgebraucht. Am Morgen darauf hatte er mit bleiernem Kopf beschlossen, abstinent zu werden oder zumindest weniger zu trinken, wenn auch nur um Bills willen. Am folgenden Abend tranken sie also Bier.

»Eigentlich«, sagte Bill, »ist mir das lieber.«

»Wenn es heiß ist«, sagte Joe und griff nach dem Telefon, das am Boden neben seinem Barcalounger stand. »St. Franziskus.«

»Father Schmidt, bitte.«

»Einen Augenblick.«

Während Bill, der den Ton des Fernsehers leise gestellt hatte, den Anruf entgegennahm, schaute Joe ohne Kommentar weiter auf den Bildschirm (noch mehr Hinterwäldler) und hörte Bill zu.

»Mein Fehler, Herb. Wir hatten hier so viel zu tun. Nein,

ich frage ihn heute abend und rufe Sie morgen zurück. Sicher. Gute Nacht, Herb.« Bill drehte den Ton lauter und ging zu seinem Stuhl. »Das war Mr. Lane, Joe.«

»Herb?«

»Er will, daß ich ihn so nenne.«

»Was will er noch?« Beide Kinder in die Schule?

»Es ging um die Cheerleader.«

»Die was? Oh.«

Die Cheerleader, deren einziger Daseinszweck darin bestand, sich mit den Chefs neuer Unternehmen und Baufirmen in Inglenook fotografieren zu lassen, trugen Hütchen und T-Shirts mit der Aufschrift ›I‹ und traten mit Megaphonen, Fähnchen und Pompons (die weiblichen Exemplare) und einer Baßtrommel mit aufgemaltem Lächeln in Erscheinung; sie waren in Wirklichkeit Ladeninhaber und Geschäftsleute aus der Arkade, die vom *Universum* (wo die Bilder abgedruckt wurden, wenn genug Platz war) unweigerlich als »jene Gruppe von Gratulanten« bezeichnet wurde.

»Sie möchten gerne herkommen, Joe.«

»Wozu?«

»Joe, du weißt wozu.«

Ja, um ihm zu seinem neuen Pfarrhaus zu gratulieren. Entweder waren sie vorher nicht auf die Idee gekommen, oder sie hatten sich davor gehütet, bis Lane auftauchte. »Tut mir leid, Bill, aber die Antwort muß negativ sein. Geht nicht.«

Bill schien dem Urteilsvermögen seines Pfarrers nicht zu trauen. »Also gut, Joe. Ich habe nichts versprochen. Aber ich hätte nicht gedacht, daß du etwas dagegen hast.«

Joe rümpfte die Nase. »Um ehrlich zu sein«, sagte er und beugte sich zum Telefon hinunter, »ich würde eher einem lebenden Huhn den Kopf abbeißen. St. Franziskus.«

»Joe, bist du gerade beschäftigt?«

»Nein. Nicht besonders.«

»Würde gerne mit *dir* reden.«

»Nur zu.«

»Nicht am Telefon. Wenn's dir recht ist, komme ich raus.

Ich bin bei Horse, das ist nicht so weit. Ich bleibe nicht lange, Joe.«

»Okay, Left.«

Joe durchsuchte sein Schlafzimmer und das Bad nach möglicherweise übersehenen Flaschen und kehrte zu seinem Stuhl, dem Bier und dem Parteitag zurück. Doch der Gedanke an die Cheerleader ließ ihn nicht zur Ruhe kommen. »Joe, wenn Lane wissen will, warum nicht, sag ihm, du weißt es nicht – was ja stimmt. Oder sag ihm, er soll mich fragen – was er nicht tun wird.«

»In Ordnung, Joe.«

»Wenn Father Beeman kommt, bevor ich zurück bin, sag ihm, ich bleibe nicht lange.« Schon halb im Gehen wartete Joe noch ab, bis der Parteitag von seinem Vorsitzenden, einem Mann aus dem Südwesten, zur Ordnung gerufen wurde, sagte »Schmeißt diese Cowboys aus der Regierung« und verließ den Raum.

Als sich Joes Wagen rückwärts aus der Ausfahrt schob, wurde er fast von einem zerbeulten schwarzen Impresario gestreift; Joe rief dem Fahrer zu: »Die Hintertür ist offen. Bin gleich zurück. Bill ist im Arbeitszimmer.«

»Bill? Ich will mit dir reden!«

»Dann steig ein.«

Lefty quetschte sich in Joes Auto und atmete immer noch schwer von dieser Anstrengung, als Joe schon um die Ecke fuhr und Großmaul und Patton sichtbar wurden, letzterer machte sein Geschäft auf dem Rasen des Pfarrhauses.

Lefty schrie aus dem Autofenster: »Kirchliches Eigentum!«

Großmaul winkte nickend und lächelnd.

»Wer war das denn?« sagte Lefty zu Joe. »Gemeindemitglieder?«

»Was sonst?«

»In den Hintern treten, Joe. Das habe ich immer getan, als ich – immer wenn ich – Pfarrer war. Ich tue es noch, aber nicht mehr so oft.«

»Du machst dich, Left. Was hast du auf dem Herzen?«

»Oh.« Lefty öffnete und schloß das Handschuhfach. »Joe,

ich weiß nicht, wie ich dir's sagen soll. Aber vielleicht weißt du es schon.

»Sie haben dir eine Gemeinde angeboten. Kathedrale?« Gemein.

»Joe, das ist nicht zum Lachen. Hat Bill es dir bestimmt nicht erzählt?«

»Was könnte *Bill* mir erzählen?«

»Eine Menge.«

Joe bog auf den Highway ein und blieb auf der rechten Spur. »Zum Beispiel?«

»Joe, erinnerst du dich an den Tag, als ich dich anrief, um zu fragen, ob Traumtänzer bei dir sei – oder Bill?«

Joe schwieg.

»Der Tag, an dem du von den Exerzitien zurückgekommen bist, weißt du noch?«

»Nicht alle Einzelheiten.«

»Wußtest du, daß die Idioten mit diesem gräßlichen Conklin zusammen waren?«

»Nicht, als du angerufen hast. Bill hat es mir später erzählt. Er sagte, daß Conklin auf den Klerus sauer sei – daß er irgendwie seinen Schnurrbart verloren hat oder jedenfalls die Hälfte davon.«

»Joe, das tut mir leid, und Horse auch. Wir haben uns hinreißen lassen. Conklin ist wirklich schwer zu ertragen, obwohl ich ihm eines zugute halten muß – Traumtänzer ist schlimmer. Joe, hat Bill dir erzählt, wo sie damals waren?«

»So in etwa.«

»Hat er gesagt, was sie gemacht haben – vielleicht Bill nicht, aber Traumtänzer und Conklin?«

»Nicht direkt, nein.«

»Traumtänzer hatte Glück, aber Conklin hat etwas abgekriegt.«

Joe schüttelte den Kopf, fuhr auf den Parkplatz von Badger, blieb vor der Spirituosenabteilung stehen und schüttelte noch einmal den Kopf. »Es ist eine verrückte Welt, Left.«

»Noch etwas, Joe. So ein Mistkerl vom Staatlichen Gesundheitsamt wollte wissen, ob ich geschlechtskrank sei. Sagte, mein Name sei bei einem anderen Fall zur Sprache gekommen. ›Bei welchem Fall?‹ habe ich gesagt. Er wollte nicht damit herausrücken. So ist das, Joe, der Unschuldige trägt die Beweislast. Man soll sich zu einer ärztlichen Untersuchung bereit erklären. ›Wenn Sie glauben, daß ich das tue, haben Sie sich getäuscht‹, habe ich gesagt. ›Wenn nicht, hänge ich diese Tafel an Ihre Haustür‹, sagt dieser Mistkerl und zeigt sie mir. Da bin ich ausgeflippt, ich hab' die Kontrolle verloren, Joe.«

»Es ist eine verrückte Welt, Left.«

»Das ist nicht alles, Joe. Jetzt weiß ich, daß Horse dasselbe passiert ist. Aber *er* hat klein beigegeben und sich untersuchen lassen. »

Joe schwieg.

»Armer Horse. Anstatt es für sich zu behalten und sich zu grämen – es heißt, er sei ein Trottel, und das stimmt, aber er ist ein sensibler Trottel – hätte er zu mir kommen sollen.«

»Zu dir kommen«, antwortete Joe schnell. »Woher hätte er wissen sollen, daß er nicht der einzige war? Warum bist du nicht zu ihm gegangen? Oder zu *mir*?«

»Bin ich doch, Joe, aber es war schon zu spät.«

Lefty holte aus der Brusttasche seines schwarzen Sommeranzugs eine Gummizigarre. »Joe«, sagte er durch die Zähne, »ich hab's ihnen gezeigt.«

Joe sah ihn und seine Zigarre schweigend an.

»Hab' einen Riesenstunk gemacht. Noch am selben Tag. Beim Abendessen – zum Glück war Traumtänzer anwesend – sagte ich Nijinski, ich würde den Staat verklagen, wenn die Tafel angebracht wird. Du weißt, wie bleich der Mann sowieso schon ist, Joe. Na, er wurde noch bleicher. Irgendwie tat er mir leid. (Es ist seine erste Pfarrstelle, weißt du.) Ich sagte, ich würde mich ärztlich untersuchen lassen, wenn die Sache vor Gericht käme, was meines Erachtens nicht der Fall sein wird. Ich bot sogar an, mich am nächsten Tag untersuchen zu lassen, aber das Ergebnis so lange für mich zu behalten, bis die Sache vor Gericht käme. Aber nichts schien zu helfen. Nijinski war immer noch gewissermaßen sprachlos. Er stand vom

Tisch auf. Traumtänzer ebenfalls, er fuhr weg. Etwa um Mitternacht klopfte er an meine Tür. (Ich war schon im Schlafanzug, trank gerade ein letztes Glas und hatte die Flossen im Wasser – Joe, ich habe eine dieser Massage-Fußwannen). Also, Traumtänzer packte aus. Er erzählte mir, was ich dir eben erzählt habe, wie Conklin sich angesteckt hat und er selbst Glück hatte (er muß sich aber trotzdem untersuchen lassen), und auch, warum Conklin Horse und mich da hineingezogen hat: wegen seines Schnurrbarts, Joe, wegen der einen Hälfte.«

Joe nickte, wunderte sich allerdings, warum er hineingezogen worden war.

»Und weißt du was, Joe?«

»Was?«

»Conklin hat Traumtänzer gebeten, *mich* um Verzeihung zu bitten. ›Das soll er selbst tun‹, habe ich gesagt, ›und dann werden wir weitersehen.‹ Ich würde ihm immer noch gerne in den Hintern treten.«

»Und soll Horse ihm auch verzeihen?« Und ich?

»Horse auch. Und weißt du, was noch, Joe?«

»Was?«

»Traumtänzer ist überzeugt davon, daß er sein Leben – sein *spirituelles* Leben – für seinen Freund hingegeben hat, und daß es keine größere Liebe gibt.«

Joe war gewissermaßen sprachlos.

»Schwachsinn, was? Und weißt du, was noch, Joe?«

»Was?«

»Traumtänzer sagt, Conklin habe es auch auf *dich* abgesehen. Warum, weiß ich nicht. Du?«

»Nein.«

»Ich werde versuchen, es herauszufinden, wenn dieser Widerling kommt, um mich um Verzeihung zu bitten.«

»Nicht nötig. Vergiß es.«

»'Vergiß es', sagt er. Du würdest nicht so reden, Joe, wenn dir das passiert wäre – und ich denke nicht so sehr an mich als an den armen Horse.«

»Ich weiß.«

»Joe, es ist komisch, daß Bill dir nichts davon erzählt hat. Na, vielleicht auch nicht.«

»Soweit ich weiß, hat Bill Conklin und Potter in letzter Zeit nicht getroffen.« Joe öffnete die Autotür. »Bin gleich wieder da, Left.«

»Ich zottele mit, Joe.«

Als Joe die Tür zum Laden öffnete, sah er, wie zwei Jugendliche ihn durch die andere Tür verließen, und hörte, wie einer von ihnen – wohl beim Anblick von Geistlichen in Priestertracht – kreischte: »Huch, Gespenster!«

Lefty rannte ihnen nach.

»Nein, nein«, sagte Joe, und dachte, Anlaß zu Verärgerung besteht schon, aber nicht zu einer solchen Aufregung, und als er Lefty folgte, kam er gerade noch rechtzeitig, um zu sehen, wie ein altes Auto, eines von denen, die ihren Hintern unanständig in die Höhe strecken, davonröhrte.

»Weg«, sagte Lefty.

»Gut«, sagte Joe.

Lefty warf einen Blick auf Joe und sah dann angewidert weg. »Wach auf, Sohn. Das war ein Raubüberfall.«

Sie gingen hinein, wo Mr. Barnes, der vorher an der Kasse gestanden hatte, drei Kunden – zwei Männer mittleren Alters und eine ältere Frau – aus dem Kühlraum befreite. Mr. Barnes und die Kunden, besonders die Frau, waren Lefty und Joe – in dieser Reihenfolge – dankbar, dem ersteren, dem wahren Helden, mehr als dem letzteren, weil sie auf dem Schauplatz erschienen waren – gerade noch rechtzeitig, sagte Mr. Barnes, weil die Räuber, wie er sie nannte, nichts erbeutet hatten, »dank Ihnen, Gentlemen«.

Der wahre Held sagte bescheiden: »Zu schade, daß die Scheißkerle davongekommen sind.«

Nachdem die drei Kunden, deren Namen, Adressen und Telefonnummern notiert wurden, gegangen waren (die Frau nur zögerlich, da sie Lefty und Joe für zwei muntere Fernsehdetektive zu halten schien), lehnte Mr. Barnes höflich die Bezahlung für eine Flasche Bourbon und zwei Flaschen Gin ab und sagte, die Geschäftsleitung, Mr. Brock, würde es nicht anders wollen. Joe bezahlte für seinen Gin, aber Lefty nahm seinen Bourbon so mit und beharrte auf unnötigen Einzelheiten, als er Mr. Barnes seine Adresse gab. »Heilige Ruhestätte heißt es jetzt, aber Heiliges Grab erreicht mich jederzeit.«

Auf dem Heimweg drehte Joe das Autoradio an, den Parteitag, und Lefty holte seine Zigarre heraus.

»Fürchte, Gene wird's nicht schaffen, Joe.«

»Hätte ich dir gleich sagen können, Left.« Oho. Ein Tausender.

Als Joe den Parteitag abschaltete, steckte Lefty seine Zigarre weg.

»Joe – weißt du schon, der alte Pfarrer ist im Krankenhaus.«

»Dollar Bill. Er ist schon eine Weile dort.«

»Nein, Van.«

»Oh, *Van.*«

»Sie habe ihn unters Sauerstoffzelt gelegt.«

Nach einem Augenblick des Nachdenkens sagte Joe: »Er ist doch seit Jahren in einem.« Gemein.

»Joe, da bin ich mir nicht mehr so sicher wie früher. Mir reicht es allmählich mit dem Leben hier unten. Ich habe immer mehr das Gefühl: Mein Herz ist im Hochland, mein Herz ist nicht hier.«

»Ich weiß, was du meinst, Left.« Joe bog in seine Einfahrt ein, umkurvte den unfallverdächtigen schwarzen Impresario in weitem Bogen und hielt in der Garage an, wo er das Autolicht abstellte und im Dunkeln sagte: »Hör mal, Left. Bill hat den Eindruck, daß ich weniger trinke, und ich will nicht, daß er glaubt, ich hätte eine Extratour gemacht. Deshalb erzählen wir nichts von dem Überfall.«

»Erzählen wir nicht?«

»Nein, wir sagen einfach, du hättest sie mitgebracht – die Flaschen.«

»Weißt du was, Joe?«

»Was?«

»Ich fände es schrecklich, wieder Pfarrer zu sein, mit einem superbraven Assistenten.«

»Wirst du aber, Left.«

»Hast du etwas gehört, Joe?«

»Nein.«

»Oh.«

Wie es der Zufall wollte, brachte die Täuschungsaktion mit den Flaschen gar nichts, denn Bill telefonierte gerade mit dem Sicherheitsdienst vom Großen Badger. Joe übernahm. »Nein, spontan würde ich sagen, es waren Weiße. Nein, gestohlen war es wohl kaum, so wie es aussah. Modell? Das weiß ich nicht. Nein, er ist hier. Nein, nein« – die Sicherheitsbeamten hatten anscheinend schon mit einem der anderen Zeugen gesprochen –, »er ist nicht mein Partner.« Lefty übernahm. »Nein, wenn ich sie wiedersehen würde – und den am Steuer habe ich *nicht* gesehen – würde ich sie nicht erkennen – nur einfach Scheißkerle. Die Karre schon. Alter viertüriger Biscayne, grün übermalt, und keine Nummernschilder, soviel ich weiß. Ja, richtig, Heiliges Grab, aber in den nächsten ein, zwei Stunden bin ich unter dieser Nummer zu erreichen.«

Während Joe die Gläser füllte (Bill blieb bei Bier), erzählte Lefty Bill von dem versuchten Überfall ..., aber Schlimmeres passierte in Chicago, im Fernsehen: die Polizei tobte in den Straßen, und Kriegsgegner, unschuldige Zuschauer, und selbst Journalisten wurden zusammengeschlagen; Senator Ribicoff (Connecticut) protestierte gegen diese Ausschreitungen von der Tribüne aus und wurde vom Saal aus von Bürgermeister Daley und seinen Claqueuren ausgebuht.

Lefty regte sich über das, was innerhalb und außerhalb des Sitzungssaales geschah, so auf, daß er, jetzt auf dem Barcalounger sitzend und über Joes stumme Mißbilligung hinwegsehend, Chicago anrief, den Kardinal verlangte (»Sie kennen ihn?« sagte Bill – «Was hat denn das damit zu tun?« sagte Lefty), aber ein anderer kam an den Apparat, und Lefty war zwar willens, sich zu legitimieren (»Keine Sorge, Monsignore. Ich bin ein ordentlicher Priester. Ich stehe im *Schematismus*«), wollte aber seine Botschaft keinem anderen als dem Kardinal persönlich anvertrauen, wollte nur sagen, daß es um eine Frage von Glaube und Moral gehe, wurde gebeten zu warten, dann aus der Leitung geworfen, rief wieder an (»Es ist keine Angelegenheit für meinen Ordinarius, Monsignore. Es ist eine für *Ihren*, für den Kardinal. Was glauben Sie, warum ich ihn anrufe? Er ist *außer Dienst*? Soll das ein Witz sein? Oh, ins Bett gegangen. Nein, wenn seine Gesundheit angegriffen ist, wekken Sie ihn nicht. Also dann gleich morgen früh. Notieren Sie. Anführungszeichen: Mit allem Respekt schlage ich vor, nein, dränge ich darauf, daß Euer Gnaden und andere Gläubige in Polizei und Nationalgarde persönlich dazu angehalten werden, öffentlich für ihre Sünden gegen die Gesellschaft Buße zu tun, andernfalls sollen sie ordnungsgemäß exkommuniziert werden. Schlußzeichen. Monsignore, was heute in Chicago passiert, stinkt, das brauche ich Ihnen hoffentlich nicht erst zu sagen, zum Himmel«); er verlor wieder die Verbindung, rief aber nicht noch einmal an, weil Joe, der die Türklingel gehört hatte, mit zwei Polizisten im Gefolge ins Arbeitszimmer kam. Nachdem Joe ihnen Erfrischungen angeboten hatte (höflich abgelehnt) und sie nun ihre Fragen stellten, wanderte Lefty, nicht mehr im Barcalounger, mit seinem Glas in der einen und der Gummizigarre in der anderen Hand wie ein Raubtier im Käfig auf und ab und belehrte die Polizisten über die Verbrechen der Bullen im besonderen und die des Establishments im allgemeinen (»Klar, ich bin ein Radikaler – aber was *das* bedeutet – schlagt es nach – es bedeutet, daß man zu den Wurzeln eines Problems vordringt«). Dann prophezeite er eine Revolution (»Rot oder grün, sucht es euch aus«); Joe, mit dem Blick auf dem Parteitag, rief: »Schmeißt diese Arschlöcher aus der Regierung«, und die Polizisten traten besonnen ihren Rückzug an, begleitet von Bill, der, wie Joe erst später auffiel, nicht mehr ins Arbeitszimmer zurückkehrte.

In Bills Abwesenheit stürzten sich Joe und Lefty, beide kragenlos und in einem Fall schuhlos (immer irgendwo ein Mißklang, dachte Joe, selbst in den harmonischsten Momenten des Lebens) in das Empyreum priesterlicher Gemeinschaft. Sie vertrauten sich einander an, was sonst nicht vorkam, sie sagten die Wahrheit, die Sprache Gottes, die nach all dem, was sie sich vorher erzählt und nicht erzählt hatten, um so reinigender und erfrischender wirkte. Lefty gab zu, daß er nichts dagegen hätte, wieder Pfarrer zu werden, es sich sogar wünschte, und daß er sich deshalb bei seinem Gespräch mit dem Erzbischof (Nijinski hatte für ihn einen eiligen Termin vereinbart) scheinbar höherer Weisheit und Autorität gebeugt und seine erklärte Absicht, den Staat zu verklagen, wiederrufen hatte, was insgeheim für ihn schon längst beschlossene Sache gewesen war. »Der Große Albert war hingerissen, das konnte ich sehen, aber ich habe kein gutes Gefühl dabei. Ziemlich faul«, beichtete Lefty.

»Du bist zu hart zu dir, Left«, sagte Joe und sprach ihn damit frei.

»Nicht hart genug, Joe.«

Gerührt von solcher Redlichkeit und mit einem unfairen moralischen Vorteil, den er im Interesse der Wahrheit und der Gemeinschaft der Priester ausgleichen wollte, gab Joe zu, daß auch er vom Staatlichen Gesundheitsamt Besuch bekommen hatte und – »Left, deshalb habe ich es dir nicht erzählt« – sich hatte ärztlich untersuchen lassen. »Ich habe klein beigegeben wie Horse, Left. Ich hätte zu dir kommen sollen«, beichtete Joe.

»Sicher, aber wie hättest du wissen sollen – wie Horse –, daß du nicht der einzige warst, Joe?« sagte Left und sprach ihn damit los.

Lefty verbrachte die ganze Nacht bei Joe, zum Schluß im Gästezimmer.

Über den gescheiterten Überfall erschien ein Artikel im *NS*, bei dem der Schwerpunkt auf dem heldenhaften Verhalten von Joe und Lefty lag, in *dieser* Reihenfolge, und auf der panischen Flucht der Räuber. »›Huch, Gespenster!‹ keuchten sie, als sich ihnen die beharzten (sic) Geistlichen in den Weg stellten. Sheriff Shorts Morsberger sagte auf die Frage, ob die gesuchten Personen gläubige Katholiken seien: ›Wir können es nicht ausschließen. Wir ermitteln in alle Richtungen.‹« Das *Universum* ignorierte die Geschichte, dafür wurde sie landes- und weltweit aufgegriffen. Brad rief an, um zu sagen, er sei stolz darauf, abgesehen von dem Druckfehler (»*Beherzt*, Father«), und hoffe, Joe würde sie als »eine Art Friedenspfeife oder so« betrachten. Joe, der das Thema wechseln wollte und damit vielleicht zugab, daß er befürchtete, die Geschichte könne ihm bei den Arkade-Leuten schaden, erkundigte sich nach Barbs linkem Bein.

28

Den starken Mann markieren

Als Joe hereinkam, blickte der Erzbischof, der auf seinem üblichen Stuhl saß, von seiner Zeitschrift auf und rief: »Heil dem siegreichen Helden!«

Joe wurde rot, ging auf seinen Stuhl und Friseur zu und murmelte ein theatralisches »Oh, oh«, während der EB laut fragte, ob hier irgend jemand *nicht* über den gescheiterten Überfall in Inglenook informiert sei, worauf sein Friseur sich einschaltete: »Sir, es kam auch im Fernsehen«, und andere Friseure das bestätigten und, wo nötig, ihre Kunden ins Bild setzten.

»Hierher!« rief der EB, nachdem er mit dem Friseur gesprochen hatte, der zu dem Stuhl neben ihm gehörte.

Joe und sein Friseur gingen hinüber.

»So, Father. Und wie geht es *sonst*?«

»Keine nennenswerten Probleme, Exzellenz.« Joe war erleichtert, daß er nicht um einen Augenzeugenbericht seines Heldentums gebeten wurde; daß es sich an einem solchen Ort abgespielt hatte und nicht beispielsweise in einer Bank, belastete ihn in den Augen der vielen, die ihn (und Lefty) nicht kannten, wahrscheinlich ebenso wie in den Augen einiger beharzter Geistlicher, die, wie sie glaubten, ihn (und Lefty) nur zu gut kannten.

»Hmmm«, sagte der EB. »EDE?« bellte er.

Kaum beruhigt, wurde Joe schon wieder mißtrauisch. »Wir schlagen uns, so gut man es in unserer Situation erwarten kann« – eine verschleierte, zweideutige Anspielung auf sein System und seine Quote.

»Was soll denn *das* bedeuten?« Unverblümt.

»Kein Problem.« Frech.

»Gut. Sie führen ein strenges Regiment, Father.«

»Danke, Exzellenz. Ich versuche es.«

»Sie tun sicher mehr als das.«

Nun ja, richtig – im Augenblick lüge ich das Blaue vom Himmel herunter. »Kein Problem, Exzellenz.«

»Heutzutage Musik in meinen Ohren, Father.«

»Wirklich?« Hatte der EB Ärger mit EDE? Joe hoffte es, und obwohl er nicht erwartet hatte, daß der EB, ein Ordinarius für Ordinarien, gemäßigt in allem außer in der Mäßigung (und Erpressung), die Namen säumiger Pfarrer herunterschnurren würde, hatte er doch erwartet, daß sein besorgtes »Wirklich?« *irgend*eine Reaktion hervorrufen würde – das folgende Schweigen war Joe peinlich.

Dann: »Ich habe ein kleines Hühnchen mit Ihnen zu rupfen, Father.«

»Oh, oh.« Die schlechte Publicity, die sein Heldentum ausgelöst hatte? Die schlechte Gesellschaft, in der er sich bewegte (Lefty)? Seine Weigerung, mit Mac zusammenzuarbeiten? Mit Tom? Mit – aber das war es sicher nicht, denn selbst wenn der EB von Joes Beziehungen zum Staatlichen Gesundheitsamt wüßte, was zweifelhaft war, hatte er, Joe, wie Horse, aber anders als Lefty, korrekt gehandelt, klein beigegeben, eine Untersuchung vornehmen lassen und sie – immerhin – bestanden ...

»Dachte, Sie würden mich einladen, um Ihr neues Pfarrhaus zu segnen.«

»Oh, oh. Nun, wissen Sie ...« Wissen Sie, ich habe das Ordinariat genau deswegen angerufen, EB, und Catfish hat mich sauber abblitzen lassen. Wenn man eins segnet, muß man alle segnen, hat er gesagt, worauf ich – bekümmert um das materielle wie das spirituelle Wohlergehen der Kirche – darin, wenn auch nur darin, ganz wie Sie, EB – traurig erwiderte, wie viele neue Pfarrhäuser gibt es denn heutzutage? Sind beschäftigt, segne es selbst, hat er mich angeschnauzt und aufgelegt. Typisch. »Es tut mir leid, Exzellenz.«

»Schon selbst gesegnet, Father?«

»Nein, noch nicht.«

»Hätten Sie gerne, daß ich mal vorbeischaue?«

»Natürlich.«

»Alles klar. Monsignore Toohey wird Ihnen ausrichten, wann.«

Das bezweifle ich, dachte Joe, erneut in Versuchung, alles loszuwerden, Toohey *dranzukriegen.* »Vielen Dank, Exzellenz.«

Der EB stieg, eine Wolke von Rasierwasser und Talkumpuder verbreitend, von seinem Stuhl herab und ließ seine Zeitschrift auf Joes Schoß fallen: *Forbes.*

Ein paar Tage später konnte Bill, der gerade erst (durch einen Anruf von Potter) erfahren hatte, daß Joe beim Staatlichen Gesundheitsamt unter Verdacht gestanden hatte, jetzt aber als »sauber« betrachtet wurde, erklären, warum Conklin falsches Zeugnis wider Joe abgelegt hatte. Angefangen hatte alles an jenem fatalen Tag im »Wau Wau«. Was Bill Joe damals berichtet hatte, stimmte im großen und ganzen, aber nicht der Teil, wie Bill in seinem kleinen Auto auf Conklin gewartet hatte, der aus dem »Wau Wau« herauskommen sollte – Bill war ihm nachgegangen; den nächsten Teil hatte Bill vollständig unterschlagen, den Teil, in dem Dom Joe »in unmißverständlichen Worten« einen Heiligen genannt und Conklin ihm ins Gesicht gelacht hatte. Da hatten Dom und die Küchenhilfe vollendet, was Father Beeman und Father Power mit Conklins Schnurrbart begonnen hatten. »Bill, was meinst du damit, daß Dom mich einen Heiligen ›in unmißverständlichen Worten‹ genannt hat?« – «Er hat es sehr kraß ausgedrückt.« – »Raus damit, Bill.« – »Joe, er hat dich einen ›beschissenen Heiligen‹ genannt.« – »Ja? Und was, wenn Conklin *darüber* gelacht hat?« – »Nein, ich glaube, es war die Vorstellung überhaupt.« – »Ja, die ist lustig, irgendwie.« Bill hatte Doms Loyalität und Respekt gegenüber Joe heruntergespielt, weil er nicht wollte, daß Joe sich auch nur für ein Ereignis des Tages verantwortlich fühlte. »Danke.« Bill hatte die Konsequenzen nicht vorausgesehen – hatte sogar den endgültigen, totalen Verlust von Conklins Schnurrbart gut gefunden – und war schockiert gewesen, als er (von Potter) gehört hatte, daß Conklin *Joe*, neben Father Beeman und Father Power, die Schuld gab und daß er sogar in ihrem Fall solche Rache genommen hatte.

»Die Sache ist die, Joe, ich fühle mich verantwortlich für das, was du durchgemacht hast. Schließlich war oder ist Conklin *mein* Freund.«

»Laß gut sein, Bill.«

»Das würde ich gerne, Joe, aber ich kann nicht. Und Pot sagt, ich soll dir ausrichten, daß Conklin dich persönlich um Verzeihung bitten will.«

»Das ist nicht nötig. Er hat meine Verzeihung, sag ihm das. Nein, sag Potter, er soll es ihm ausrichten.«

Joe stand auf, um sein Glas aufzufüllen, und wettete, als das Telefon klingelte (in Anbetracht der Uhrzeit) mit sich selbst, daß es LBJ wäre, aber er verlor. Es war Mac, betrunken. »Joe, ich ziehe meinen Hut vor Ihnen ..., wenn ich Ihnen jemals zu Diensten sein kann ..., ich ziehe meinen Hut vor Ihnen, Joe.«

Joe brachte es fertig, das Gespräch auf nette Art zu beenden. »Mr. McMaster«, erzählte er Bill. »Er zieht seinen Hut vor mir.«

»Der Überfall?«

»Was denn sonst?«

Joes Heldenmut war von anderen nah und fern kommentiert worden. Mrs. P., Steve, Großmaul, Patton. Dave Brock, in einem Dankschreiben. Die Frau des Weinhändlers (nach der Sonntagsmesse): »Wir vermissen Sie als Kunden, Father, aber es ist alles *sein* Fehler, weil er dem netten Mr. Barnes gekündigt hat.« Nan Gurrier, deren Jim immer noch sein Lager und sein Haus hatte, jetzt aber gegen Lohn bei Badger in der Versandabteilung beschäftigt war, was er der Fürsprache des Herausgebers der *NS* verdankte, welcher äußerst geneigt war, eine riesige Kampagne anzuzetteln, sollte je wieder von der Erweiterung der Müllhalde die Rede sein: »Wir sehen Sie und die ganze weite Welt jetzt mit anderen Augen, Father.« Earl, auch ein Familienvater, der sich bald verbessern würde, indem er in der Möbelabteilung des Großen Badger anfing – als leitender Angestellter – nachdem er sich auf eine Anzeige in der

Ausgabe des *NS* mit der Überfall-Story beworben hatte: »Wow, Father. He, als bei der Bewerbung herauskam, daß ich Sie persönlich kenne und Ihr Pfarrhaus eingerichtet habe, war alles gebongt.« Smiley von Smileys Garage, dessen Bruder Ed, nur dem Namen nach Pfarrer, sich im Juli davongemacht hatte und über den Smiley daraufhin gesagt hatte: »Ed war nicht imstande, die Uniform zu tragen, die er nicht getragen hat« und jetzt (über den Überfall) urteilte: »Super gemacht, Father. Es wird Sie interessieren, daß Ed wieder Uniform trägt – hat einen Schreibtischjob bei der Polizei von Seattle ergattert.« Father Day: »Joe, ganz große Klasse. Übrigens, Dollar Bill und Van geht es ziemlich schlecht.« Joes Familie, jetzt das ganze Jahr über in Florida, empfahl ihm sinngemäß, die Räuber das nächste Mal nicht zu belästigen, denn das Leben sei wertvoller als Moneten. Desgleichen Schwester Agatha, auf einer Grußkarte mit beigefügtem Heiligenbild, aus dem Mutterhaus ihres Ordens, wo sie offenbar in der Vergangenheit lebte: »Gott segne dich, mein Junge.« Onkel Bobby, in einem Telegramm aus Honolulu, seiner momentanen Operationsbasis: RUNTER MIT DEM GESÖFF. Von LBJ dagegen, bevor Joe schnell wieder auflegte: »Diesmal hat man Sie auf frischer Tat ertappt, was?«

»Keine Silbe von Toohey«, sagte Joe zu Bill. »Na, es wundert mich nicht.«

Bill starrte Joe an. »Hast du erwartet, daß er reagiert?«

Joe starrte Bill an und verstand langsam. »Auf den Überfall – nein, zum Teufel. Weil der EB kommen will.«

»Oh.«

»Um das Pfarrhaus zu segnen – das hab' ich dir doch erzählt.«

»Ach, richtig.«

»Also. Ich wundere mich nicht. Ich weiß nicht, wie Catfish es anstellen könnte, die Sache jetzt noch zu vermasseln, aber ich würde keinen Cent dagegen wetten.«

Zuerst hatte sich Joe gefragt, wie Toohey, wenn – nein, falls er anrief, zu Kreuze kriechen würde. Würde er so tun, als hätte er zuerst nicht abgelehnt, oder dazu stehen und darauf auch noch stolz sein, oder würde er einen anderen aus dem Ordinariat anrufen lassen – vielleicht eine der Frauen? Zuerst wollte er einfach abwarten. Mit jedem Tag, der verstrich, hielt er es für wahrscheinlicher, daß er vergeblich warten würde. Ruf den EB an, erzähle ihm alles, *krieg* Toohey *dran*? Das war eine wiederkehrende Phantasievorstellung, die sich aufblähte und an Intensität zunahm; dann rief eines Morgens sehr früh Catfish tatsächlich an.

»Weiß nicht, worauf zum Teufel du aus bist« – war das eine Anspielung auf Joes Heldentum? –, »aber wir werden morgen bei euch draußen sein. Elf Uhr. Pünktlich. Er macht zuerst das andere. Fünf Minuten dafür. Mehr nicht. Dann den Segen.«

»›Das andere‹? Welches ›andere‹?« fragte Joe, und Toohey legte auf.

Am späteren Vormittag kam Bill ins Büro – er hatte sich einen Zahn ziehen lassen –, und Joe ging zu ihm hinüber.

»Schmerzen?«

»Nein, noch nicht.«

»Gut. Toohey hat angerufen.«

»Oh?«

»Oh?« Hatte Bill bewußtseinstrübende Medikamente bekommen? »Der EB kommt, um das Pfarrhaus zu segnen. Erinnerst du dich?«

»Joe, ich glaube, ich habe angenommen, daß es nicht mehr wahr wird ... wie das Ende der Welt.«

»So? Na, jedenfalls wird es jetzt wahr. Morgen. Pünktlich elf Uhr.«

»Joe« – Bill schien es immer noch kaum zu glauben –, »willst du, daß ich dabei bin?«

»Wenn du nichts dagegen hast«, sagte Joe mit, wie er glaubte, Sarkasmus in der Stimme, der jedoch nicht zu Bill durchzudringen schien. Joe berichtete ihm von dem Gespräch mit Toohey, wenn man es so nennen konnte. »Hast du eine Ahnung, was er mit ›dem anderen‹ meinen könnte?« Aber Bill war keine Hilfe.

Joe zog sich in sein Arbeitszimmer zurück, um nachzudenken, was mehr oder weniger den ganzen Tag beanspruchte. Kurz vor Büroschluß rief er das Ordinariat an, in der Hoffnung, von jemand anderem eine Erklärung zu erhalten, falls Toohey nicht da war, aber entschlossen, falls Toohey da war, sie ihm zu entreißen, und falls er wieder auflegte, den EB anzurufen oder ihn vielleicht gleich aufzusuchen und alles klarzustellen – ich habe es satt, dieses Rindvieh zu decken, Exzellenz.

Aber Toohey war da, und als Joe in einschüchterndem Ton nach ›dem anderen‹ fragte, war er überraschend höflich.

»Eine Gruppe, mit er sich photographieren lassen soll. Warte mal. Hier ist es. ›Mr. Lane, Cones, Verpackungen‹ steht hier. ›Cheerleader‹. Cheerleader?«

Joe schwieg.

»Sagt dir das etwas?«

Joe schwieg.

»Weißt du *überhaupt* nichts darüber?«

»Das habe ich nicht gesagt«, sagte Joe und legte auf.

Joes erster Gedanke war, den EB sofort anzurufen und ihm zu erläutern, was es bedeutete, wenn er sich mit den Cheerleaders fotografieren ließ: er würde einen seiner besten Männer diskreditieren (»Sie führen ein strenges Regiment, Father«), der die Cheerleader aus demselben Grund abgewiesen hatte, aus dem manche Eingeborene, wie er gehört hatte, es ablehnten, sich fotografieren zu lassen: weil sie Verlust oder Minderung ihres Lebens fürchteten.

Joes nächster Gedanke war, den EB nicht sofort anzurufen, sondern erst einmal zu begreifen, was vor sich ging. Deshalb schrieb er eine Liste:

a) EB weiß nicht, was er tut, daß ich die Cheerleader abgewiesen habe.

b) EB weiß, was er tut, daß ich die Cheerleader abgewiesen habe, aber findet das nicht richtig.

c) EB ist sich in beiden Fällen meiner Niedertracht (in den Augen der Arkaden-Leute) bewußt und hofft, daß er mein Image (in den Augen der gesamten Einwohnerschaft) aufpoliert, wenn er sich mit mir und den Cheerleaders fotografieren läßt.

d) EB versieht, in *jedem* Fall, wie üblich seine Geschäfte – Publicity-Maßnahme.

Joe beschloß, es dabei bewenden zu lassen, den EB nicht anzurufen, und in den nächsten Stunden versuchte er, ganz gelassen zu sein, was ihm unter diesen Umständen schwerfiel. Am Abend besuchte er wie üblich PGs, wozu er sich zwingen mußte, wie er sich am nächsten Morgen würde zwingen müssen, wenn er bis dahin die Stärke oder Schwäche – welches von beiden? – fand, ›das andere‹ zu tun. Konnte so etwas bei aller Absurdität göttlichen oder teuflischen Ursprungs sein, eine Prüfung seiner Demut oder eine Verführung zum Hochmut, dazu bestimmt, ihn aufzubauen oder in die Tiefe zu reißen? Oder war es einfach wieder einmal das Übliche, *gar nichts* – in diesem Falle vielleicht des Teufels?

Endlich! Ein Heiliger unserer Zeit! Heiliger Joseph von Inglenook, Beistand der Opfer von Public Relations, bitte für uns!

Wie es sich traf, brachten ihm die Besuche, außer daß er sich dazu zwingen mußte, nichts ein, und er kehrte im Zustand akuter Dehydration ins Pfarrhaus zurück. Er war beim zweiten Drink, als Bill von dem, was er seine »Hausaufgaben« nannte, nach Hause kam und nach einem Telefonat in seinem Zimmer mit einem Bier in der Hand das Arbeitszimmer betrat.

»Schlechte Nachrichten, Joe. Al Fresco ist im Krankenhaus. Sein Magengeschwür blutet.«

Joe traf das mehr, als er gedacht hätte, aber er sagte: »Das hat er davon, daß er Bohnen aus der Dose ißt.«

»Frucht befürchtet, daß er nicht zurückkommt.«

»Sie brauchen nicht zwei beim Heiligen Kreuz. Slumgemeinden sind nicht mehr das, was sie waren. Jemand sollte das dem EB beibringen.«

»Er hat das große Zittern.«

»Wer?«

»Fruchtenberg. Jetzt hat er die Leitung.«

Joe rümpfte die Nase. »Und was soll das in so einer Gemeinde schon ausmachen?« Er stand auf, um sich einen Drink zu holen. Seine Gedanken kehrten wieder zu seinen eigenen Problemen zurück, zu möglichen Auswegen, und er versuchte die gegenwärtige als eine jener Situationen zu erkennen, aus denen ein kluger Pfarrer sich ostentativ zurückzieht und sie von seinem Assistenten bewältigen läßt – »Father ist nach Florida geflogen, Exzellenz, an das Bett seiner Eltern geeilt (›*eines* Elternteils, Bill‹) und bedauert zutiefst, daß er heute nicht unter uns sein kann« –, und war immer noch ratlos. Oh, diese Demütigung, wenn er Bill, der es wirklich erfahren mußte, erzählte, daß die Cheerleader kamen – vorausgesetzt, Bill wußte es nicht schon längst (von Lane?) und hatte keine düsteren Anspielungen gemacht, als er, offenbar nur von dem Vorhaben des EB sprechend, diesen Ausspruch getan hatte (»Ich glaube, ich habe angenommen, daß es nicht mehr wahr wird – wie das Ende der Welt«). Wenn Bill wußte, daß die Cheerleader kamen (und wenn er es wußte, warum sagte er es nicht?), wäre die Demütigung für Joe noch größer, wenn, falls ... nein, nicht. Sag Bill nichts. Laß es laufen. Laß alles am Morgen geschehen – wie das Ende der Welt. Nein, Bill sollte es erfahren, auch wenn er es schon wußte, denn das konnte Joe wiederum nicht wissen, und deshalb sagte er, als er mit seinem Drink aus dem Badezimmer kam:

»Bill, ich habe Toohey angerufen.«

Bill sah ihn nur an.

»Wegen ›dem anderen‹. Weißt du noch?«

Bill brachte eine Art Nicken zustande.

»Bill, was es ist ... *ist*.« Joe schüttelte den Kopf und schwieg, den Blick in sein Glas gesenkt, obwohl er es schon fast auf der Zunge gehabt hatte.

»Joe, ich *weiß*, was es ist – und es tut mir leid.«

Joe sah von seinem Glas hoch und wurde rot.

Bill versuchte, ebenfalls mit rotem Kopf zu erklären. Er sagte, daß Herb den EB bei irgendeiner Veranstaltung in der Stadt getroffen und ihn dazu überredet habe, die Cheerleader einzuladen, aber das war passiert, ehe Joe nein gesagt hatte, und dadurch war Herb dann in der Klemme gewesen. Als der EB Joe später versprochen hatte, das Pfarrhaus zu segnen, war Bill in der Klemme gewesen. Aber er hatte gehofft – »Du sagtest, die Chancen stünden nicht schlecht, Joe« –, daß Toohey die Sache irgendwie verpatzen würde. »Wenn das passiert wäre, Joe, hätte es kein Problem gegeben. Ich meine, Herb hätte verstanden – er ist kein übler Kerl, Joe. Er dachte, du würdest dich freuen. Ich war da nicht so sicher. Aber ich hatte nicht gedacht, daß es dir so gegen den Strich gehen würde.«

»Warum hast du mir das nicht früher erzählt?«

»Herb hat mich darum gebeten. Er sagte, wenn du herausfinden würdest, daß er zuerst mit dem EB geredet hat und nicht mit dir, würdest du denken, er hätte dich absichtlich übergangen. Das hättest du auch.«

Joe sagte es zwar nicht, aber er stimmte zu, schwieg und fragte sich, ob er den Mumm gehabt hätte, nein zu sagen, wenn er gewußt hätte, daß der EB ja gesagt hatte, und ob er – denn darum ging es jetzt – immer noch den Mumm hatte, nein zu sagen.

»Joe, ich sehe es so: als der EB zu Herb ja gesagt hat, war der Wie-heißt-er-Gleich gefallen.«

»Der Würfel.«

»Richtig. Eigentlich sagt man aber ›die Würfel‹.«

»Ach so. Und was läuft jetzt morgen?«

»Das werden wir sehen.«

Bill trank sein Bier aus und erhob sich, was Joe an diesem Abend recht war – nicht, daß er das Ganze Bill übelgenommen hätte, es gab nur nichts zu reden. »Bis morgen früh dann, Bill.«

»Mhmm.« Morgen früh. Was für ein Ausdruck, auch wenn Bill nichts Düsteres damit gemeint hatte.

»Joe, ich weiß nicht, ob du schon daran gedacht hast oder nicht, aber du solltest es vielleicht so sehen, wie ich es sehe, als, nun ja, *Kreuz.*«

Joe rümpfte die Nase. »Schönes Kreuz«, sagte er.

»Nacht, Joe.«

»Nacht, Bill.«

Ein paar Drinks später, etwa um Mitternacht, tat Joe, was er schon früher, Stunden früher, hätte tun sollen, er rief den EB an und hörte ihn sagen:

»Hallo. Hier ist der Anrufbeantworter. Bitte nennen Sie Ihren Namen und Ihr Anliegen. Falls notwendig, rufe ich Sie zurück. Beginnen Sie jetzt.«

»Father Hackett, St. Franziskus und Klara, Inglenook«, sagte Joe und gab sich Mühe, mühelos zu sprechen. »Es geht um morgen früh, Exzellenz. Ich finde, Sie sollten wissen, wenn Sie's noch nicht wissen, daß ich sie abgewimmelt habe, die Cheerleader, jene Gruppe von Gratulanten. Es ist ein so drittklassiges Unternehmen, daß kein Priester, und schon gar nicht ein Bischof – die Kirche, Exzellenz – etwas damit zu tun haben sollte. Als ich also erst heute früh erfuhr, daß es angesagt ist und Sie dabei, also, um es milde auszudrücken, war ich verdammt schockiert. Ich weiß schon, daß es spät ist, aber nicht zu spät, hoffe ich, um den Besuch morgen abzusagen, selbst wenn das bedeutet, daß der Segen verschoben werden muß. Mehr habe ich nicht zu sagen. Danke. Gutnacht.«

Das »Gutnacht« könnte am nächsten Morgen albern klingen, vielleicht *alkoholisiert*, dachte Joe und war mit seinem leeren Glas schon auf dem Weg ins Badezimmer, als er es sich anders überlegte, womit er sich selbst überraschte, aber nicht sehr (beim nächsten Mal war es möglicherweise schon wieder anders). Er schlenderte zur Fensterfront und sah den Wetterball – rot – und wünschte sich, er könnte die Botschaft rückgängig machen. Hätte das – nichts zu sagen – Resignation bedeutet? NOO, sagte die Zisterne. Bedeutete das – etwas gesagt zu haben – Hoffnung? NOO. Bedeutete irgend etwas irgend etwas? NOO. War das das Telefon? NOO.

»St. Franziskus.«

»Wenn *Sie* St. Franziskus sind, bin *ich* Lyndon B. Johnson.«

»Heute nicht.«

Am Morgen hatte Joe Mühe aufzustehen, sein Kopf war bleischwer, aber es tat ihm nicht leid (wie er befürchtet hatte), daß er den EB so spät noch angerufen hatte. Denn jetzt gab es immerhin eine gewisse Chance – er schätzte sie auf zwei zu eins –, daß das Ordinariat anrufen würde, um mitzuteilen, daß der Erzbischof indisponiert sei, in welchem Fall es Bill übernehmen konnte, die Cheerleader zu informieren (»Herb würde das verstehen«). Bevor er in die Kirche ging, um die Messe zu lesen – natürlich hatte er, gerade wenn er seinen Schlaf gebraucht hätte, die Frühmesse – sagte er Bill (noch im Bett), er solle, falls das Ordinariat telefonisch mitteile, daß der EB indisponiert sei, unbedingt herausfinden, ob die Cheerleader schon informiert seien. »Und laß Toohey nicht einfach auflegen. Sei hartnäckig. Das bin ich auch immer.«

Nach der Messe sagte Bill auf Joes Frage hin, vom Ordinariat sei keine Nachricht gekommen. Es war noch früh, zu früh, beruhigte sich Joe. Zum Frühstück trank er Orangensaft und zermarterte sich den Kopf, wie er es fertigbrächte, weniger zu trinken, dann setzte er sich in sein Büro. Als der Zeitpunkt gekommen war, an dem es hieß, jetzt oder nie, wenn man eine Verabredung für elf Uhr absagen wollte – eine, bei der unter anderem eine große Baßtrommel eine Rolle spielte –, hatte sich das Ordinariat immer noch nicht gemeldet. Die Chancen standen jetzt fünf gegen eins, und das war Joes Einschätzung – jeder andere Buchmacher hätte sie verdoppelt. Dann – aber konnte das nicht jeder andere sein – klingelte das Telefon.

»St. Franziskus.«

»Dies ist nur eine Bestätigung, daß er pünktlich um elf Uhr draußen sein wird«, sagte Toohey und legte auf.

Während der nächsten Stunde war die Tür zwischen den Büros geschlossen und Joe in miserablem Zustand, er wanderte im Kreis herum und verließ seine Bahn nur gelegentlich, um Staub zu wischen; schließlich begab er sich, um Bills Tippen zu entgehen, das sonst wie Musik in seinen Ohren klang, heute jedoch an seinen Nerven zerrte, in sein grellbuntes Badezimmer, wo er vor dem offenen Medizinschränkchen stehenblieb – er hatte schon vier Aspirin geschluckt – und ein Augenschälchen entdeckte, woraufhin er sich doch lieber etwas anderes, nämlich ein kleines Glas Gin, verordnete. Er kniete nieder (die Milchglasscheibe war leicht gekippt), um zu sehen, ob er das, was er zu hören glaubte, wirklich hörte: ja, dort am Straßenrand stiegen sie aus ihren Autos, ihre Trommel hoben sie von einem Lieferwagen, die Cheerleader in voller Kriegsbemalung (als Mann und Frau erschuf er sie, aber dafür?), und ein schwer beladener Fotograf, nein, zwei, o *nein*, Brad ... und sie alle, diese Heerscharen der Hölle, marschierten nun auf das Pfarrhaus zu, und dann glitt in die Einfahrt die erzbischöfliche Limousine von der Länge und Breite eines Leichenwagens mit Dreckspritzern an den Seiten, die ihr das finstere Aussehen eines Militärfahrzeugs gaben, fand Joe, der sich aus seiner knienden Stellung erhob, mit wackeligen Kniegelenken vom Fenster wegstolperte und sich noch ein Glas Gin eingoß. Als er die Türglocke hörte, setzte er sich auf die Toilette, deren Deckel unten war, nicht weil sie, wie sonst, als Sitz diente, während er seinen Aperitif trank, sondern aus Prinzip; und dann hörte er Bill unbarmherzig näherkommen und durch die Badezimmertür in aller Ruhe das Ende der Welt verkünden.

»Der EB ist hier, Joe, und Toohey hat es eilig.«

Schweigen.

»Joe?«

Schweigen.

Bill drückte die Türklinke herunter – abgeschlossen.

Joe, der befürchtete, sich zu sehr bloßzustellen, antwortete schwach: »Mir ist nicht gut, Bill.«

»Dir ist nicht gut, Joe?«

»Gräßlich.«

»Magenverstimmung?«

»Könnte man sagen.«

»Joe, brauchst du einen Arzt?«

»Nein.«

»Okay, Joe. Ich geh' und sag' es ihnen.«

Als er sich vorstellte, wie das auf den EB und Toohey wirken würde, wenn sie beide seine nächtliche Botschaft gehört hätten oder wenn der EB sie nicht kannte und Toohey sie ihm übersetzt hatte: »Seien Sie nicht überrascht, Bischof, wenn er indisponiert ist« –, stand Joe auf, nahm einen Schluck Mundwasser für den Atem und hätte die Tür aufgerissen, wäre sie nicht verschlossen gewesen, also schloß er sie auf und eilte hinaus.

Als er an die Haustür kam und die Stimmen auf der anderen Seite hörte, war er in Versuchung, in den Bürotrakt hinunterzugehen, in das dortige Badezimmer, aber er ließ es sein. Er trat aus der Tür und wurde von den Cheerleaders – ohne Herb – herzlich begrüßt, ebenso von dem EB, welcher Toohey (der mit Brad abseits im Schatten des Pfarrhauses stand) zurief: »Was habe ich Ihnen gesagt, Monsignore?«

»Ich dachte, wir machen es gleich hier auf den Stufen«, sagte der Fotograf vom *Universum* zu Joe.

»So?«

Der Fotograf vom *NS* kam aus dem Schatten und beklagte sich bei Joe: »Die sagen, wir dürfen keine Aufnahmen machen.«

»So?«

»Die sagen, sie haben Ihre Erlaubnis.«

»So?«

»Und wir nicht.«

»Okay. Jetzt haben Sie sie.«

»Danke, Father. Sie werden es nicht bereuen. *Wir* machen *Farb*fotos.«

Wenn die Cheerleader und der Mann vom *Universum* (dem es allerdings völlig gleichgültig zu sein schien) erwartet hatten, daß Joes Entscheidung von höherer Autorität revidiert werden würde, hatten sie sich getäuscht, denn es gibt keine höhere Autorität auf der Welt als einen Pfarrer in seiner Gemeinde, und der EB, der das wußte und unverdrossen lächelte, war offenbar sehr zufrieden, daß Joe sich so entschieden und pfarrherrlich geäußert hatte. Auch Joe war zufrieden, obwohl er wußte, daß lediglich sein Gerechtigkeitssinn dafür gesorgt hatte, daß die geplante Hinrichtung von beiden Henkern ausgeführt werden konnte.

»Dachte, wir erledigen es gleich hier auf den Stufen«, sagte der eine.

»Wo denn sonst, zum Teufel«, sagte der andere.

Und so – mit dem EB in der Mitte, flankiert von Joe und Bill, neben denen zwei Frauen standen, dahinter vier Männer, und auf Knien ganz vorne, rechts und links neben der Trommel zwei weitere, von denen einer vor jeder Aufnahme (drei) die Trommel schlug, was, mit einer unerbittlichen Ausnahme, Lächeln und Heiterkeit auf allen Seiten auslöste – wurde die Tat vollbracht.[1] Joe, der als erster die Formation aufbrach, wurde von Toohey angehalten: »Hoffe, du hast drinnen für ihn alles bereitgestellt« oder, wie Joe es verstand: Hör mal, Kurzer, falls dir entfallen ist, was er hier noch vorhat, dann bring mal schleunigst Weihwasser und eine Kerze bei.

»Mein Vikar hat für alles gesorgt«, sagte Joe.

Sie standen in unbehaglichem Schweigen nebeneinander und beobachteten, wie der EB jedem einzelnen der Cheerleader ausführlich die Hand schüttelte. »Nun mach schon«, murmelte Toohey. Und der EB kam, als hätte er es gehört, zum Schluß, blickte suchend um sich und steuerte auf Joe zu. Er hatte die Hand ausgestreckt, Joe ergriff sie, und der EB sagte zu ihm:

»Nette Gruppe, Father. Oh, etwas ist schon dran an dem, was sie letzte Nacht sagten, aber viel mehr an dem, was sie heute morgen taten.«

»Das befürchte ich auch.« *Peng.*

Der EB lächelte frostig.

Joe hatte sich eine deutlichere Reaktion erhofft, weil er glaubte, daß die Trennung von Kirche und Unrat eine Sache auf Leben und Tod für die Welt sei, daß die Kirche die einzige Macht der Welt war, die diese vielleicht retten konnte (doch zunächst: »Arzt, heile dich selbst!«), und er hoffte immer noch auf eine Antwort, als Toohey eingriff: »Wir verspäten uns, Bischof«. Und so gingen sie hinein und beeilten sich mit dem Segen.

---

[1] Auf dem Farbfoto, das im *NS* erschien, sah man den EB, Joe – besonders Joe – und Bill breit lächelnd, und die Cheerleader mit all ihrem Gepränge waren nirgendwo zu sehen.

29
September

Joe saß im Chorraum der Kathedrale, zusammen mit Egans Clique und anderen, die entweder prominent oder, wie er selbst, mit dem Verstorbenen irgendwie verbunden gewesen waren. Kaum Laien anwesend, und wenige der Geistlichen gingen mit zum Friedhof. Nach den Gebeten am Grab wurde Joe auf dem Weg zu seinem Auto von einem Laien gelehrten Aussehens aufgehalten – in kleidsamem Schwarz, aber viel zu hochgewachsen –, der sagte: »Ich wurde von dem Verstorbenen instruiert, Ihnen dies hier zu übergeben, auf dem Friedhof, Father. Ich bin sein Anwalt.«

Joe nahm den Umschlag entgegen und las darauf in zittriger blauschwarzer Schrift *Auszuhändigen durch Mr. Von Keillor* und fragte: »Und wenn es mir nicht möglich gewesen wäre, auf den Friedhof zu kommen?«

»Ich war instruiert, Sie aufzusuchen.«

»Und wenn ich gar nicht zur Beerdigung gekommen wäre?«

»Ebenfalls.«

Also hatte der Verstorbene, genau wie Joe, diese Möglichkeit bedacht. Joe hätte den Umschlag aus reiner Neugier am liebsten auf der Stelle geöffnet, aber gerade deshalb hielt er sich zurück. »Danke, Sir.«

»Guten Tag, Father.«

In der Abgeschiedenheit seines Wagens öffnete Joe den Umschlag und las:

> *Lieber Joseph –*
> *Du hattest recht.*
> *Ich hatte unrecht.*

Bete für mich.

W. Stock

Ein paar Tage später kam ein Brief von Mr. Von Keillor, der besagte, daß der Verstorbene Joe einen Betrag von 10 000 Dollar vermacht habe. Weil er wissen wollte, ob der Verstorbene etwas über das *Warum* gesagt hatte, rief Joe den langen Anwalt an, der ihm in dieser Hinsicht nicht weiterhelfen konnte oder wollte, jedoch vorschlug, sich mit Father Butler in Verbindung zu setzen. Joe hatte bereits daran gedacht und griff noch einmal zum Telefon.

»Ich habe gehört, daß Sie Father Stocks Testamentsvollstrecker sind.«

»Das ist richtig.«

»Sie wissen also, daß er mir zehn Riesen vermacht hat.«

»Ja.«

»Gab es andere Begünstigte?«

»Ja. Der Pfarrer bedachte alle seine noch lebenden Assistenten.«

»Die noch im Geschäft sind, meinen Sie.«

»Ja.«

»Inklusive Father Day?«

»Ja.«

»Das ist gut. Er hat es verdient. Und Beeman?«

»Wer?«

»Lefty Beeman. Er war kurze Zeit bei ihm.«

»Oh. Nein, keiner von denen. Aber Haushälterinnen und Hausmeister oder deren Nachkommen. Das meiste ging an die Schwestern.«

»Das ist gut. Sie haben es verdient. Wie alle. Ich habe mich nur gefragt, warum ich?«

Schweigen.

»Irgendwas im Testament, das es erklären würde?«

»Nein.«

»Wissen Sie irgendwas, das es erklären würde – vielleicht weil ich ein Junge aus seiner Gemeinde war?«

»Nein, das nicht.«

»Hat er Toohey etwas hinterlassen?«

»*Monsignore?* Nein, Father.«

»Das ist gut. Father, etwas würde ich gerne wissen. Haben Sie, ganz zufällig, ihm gegenüber erwähnt, daß ich bei der Sammlung für ihn etwas gespendet habe?«

Schweigen.

»Kann er es *gewußt* haben?«

Schweigen.

»Ich meine, die *genaue* Summe?«

Schweigen. Und dann, in einem Atemzug, »Father, ich war *neu.* Nichts – einfach gar nichts – kam herein, bis ..., er hat mich *gezwungen*, es ihm zu sagen – *Sie* wissen, wie er war ...«

»Ich weiß, ich weiß, und ich mache Ihnen keine Vorwürfe. Das wollte ich nur wissen. Danke.«

Es war also, wie Joe gedacht hatte: er hatte das Geld zum biblischen Wechselkurs zurückerhalten: hundertfach. Obwohl das Geld in Anbetracht seiner Herkunft und aus Gründen der Schicklichkeit dem Gemeindekonto und damit EDE zugute kommen mußte, würde Joe dennoch sehr davon profitieren – wie sein Wohltäter, wo immer er sich jetzt befand, besser als er würdigen konnte. Für den Rest des Jahres, wenn nicht, ach! gar für absehbare Zeit konnten und würden Joe und Bill ihre abendliche Jagd auf PDs einstellen.

Das war die gute Nachricht im September.

Die schlechte Nachricht begann mit einer Predigt, deren herausragende Teile Joe aufschnappte, als er auf und ab schritt, wo einst Petunien geblüht hatten ...

»Die Geschichte berichtet uns von einem gewissen Mann, der dafür bestraft wurde, daß er am Sabbat und anderen heiligen Tagen arbeitete. Was nicht besagen soll, daß nicht manchmal die Umstände einen Fall ändern mögen. Im Gegensatz zu dem, was die alten Pharisäer glaubten, die den Nerv hatten, unseren Herrn zu tadeln, weil er seinen hungrigen Jüngern erlaubte, am Sonntag Getreide aufzusammeln. Was, erwiderte unser Herr, ist mit David und seinen Männern, als sie hungrig waren und in das Haus des Herrn kamen und die Schaubrote aßen? ›Der Sabbat wurde für die Menschen geschaffen und nicht die Menschen für den Sabbat.‹ Wie dem auch sei, ein gewisser Mann setzte, obwohl er von Geistlichen wie Nachbarn immer wieder ermahnt worden war, nicht am Sabbat und an anderen heiligen Tagen zu arbeiten, sein arges Treiben fort. Und an einem solchen Tag, als er sich in seinen Weinberg in der Cocaigne – oder vielleicht war es die Champagne – begab, in einem Land, das wir heute als Frankreich kennen, und kaum einen Fuß auf den Spaten gesetzt hatte, oho!, da wurde sein Kopf nach hinten verdreht und blieb in dieser unschönen und unbequemen Position sozusagen festgeklemmt, so daß er wohl oder übel nach hinten blicken mußte. Ungefähr so, nur noch weiter, ganz herum. Autsch. Nun, liebe Gemeinde, ihr könnt euch vorstellen, welche Wirkung das auf die Nachbarn des Mannes und deren Kinder hatte. Ganz zu schweigen von seiner eigenen Frau und seinen Kindern. Ja, so war es. Glücklicherweise bereute der Mann seine Tat so aufrichtig, daß er innerhalb weniger Tage geheilt war. Woraufhin er seinen Dank öffentlich an Gott und St. Avit abstattete, letzterer war ein heiliger Abt, der im sechsten Jahrhundert großes Ansehen genoß und an dessen Festtag (einem obligatorischen Feiertag in der Gegend) sie geschah – die Heimsuchung, nicht die Heilung – und der, wie allgemein geglaubt wurde, beide Wunder vollbracht hatte.«

Joe hatte damals nicht viel an die Predigt gedacht oder von ihr gehalten. In der folgenden Woche hörte er jedoch hier und da, daß die Leute aus der Arkade – viele von ihnen natürlich Kirchgänger – die Predigt als Warnung an die Geschäfte, die auch am Sonntag öffneten, verstanden hatte, insbesondere an den Great Badger, da er am Ort der erste und größte Laden war. Am folgenden Sonnabend erwähnte Joe, als er Pater Felix vom Bus abholte, die Predigt, den Beschuß und bekam zu hören: »Beschuß, Stuß. Nichts läge mir ferner, Joe, aber wem der Schuh paßt, der soll ihn sich anziehen, sage ich immer.« Außerordentlich schlecht gewählte Worte, fand Joe, denn der

Mönch, der sich, wenn er das Kloster verließ, in der Welt umschauen wollte, hatte einige Wochen zuvor Bill beim Kauf von Boxer-Shorts begleitet, trug jetzt die praktischen schwarzen Sandalen, die ihm Dave Brock bei jener ansonsten wenig denkwürdigen Gelegenheit vermacht hatte. Aber Joe verlor kein Wort mehr über die Predigt und hoffte, sie würde eines natürlichen Todes sterben – doch es kam anders.

In den darauffolgenden Wochen war die Wirkung auf die Jugendlichen, die Joes wiedereröffnete Schule besuchten, beklagenswert; überall sah man Kinder, die ihre Köpfe herumwarfen, ein Mädchen und drei Jungen mußten ärztlich behandelt werden, wonach das Mädchen um ihre Halskrause allgemein beneidet wurde – Joe war froh, daß der alte Herzog von Brunswick mit seinem »Reichet dies Eurem Nachbarn weiter« die Gemeinde während der Sommerferien heimgesucht hatte.

Auch in der zweiten Woche machten sich die Auswirkungen der Predigt noch bemerkbar, denn Bill und die Schwester, die die Schule leitete, berichteten von Kindern, mehr Mädchen als Jungen, die Alpträume von dem Mann mit dem verdrehten Kopf bekommen hatten. »Wirklich?« sagte Joe, dem das natürlich leid tat, der aber ebensowenig wie Bill und die Schwester wußte, was da zu tun war.

Am Freitag jener Woche kam Bill zu Joe und erzählte ihm, ein Mädchen aus der sechsten Klasse, das nach dem Unterricht noch in der Schule geblieben war, habe gesehen, wie der Mann mit dem verdrehten Kopf in die Mädchentoilette ging, aber die Schwester, die die Schreie des Mädchens gehört hatte und als erste zur Stelle gewesen war, habe die Toilette leer vorgefunden.

Was in anderen Schulen Treffen oder gar Schulfeier genannt wurde, hieß in Joes Schule Versammlung (nach der verfassunggebenden Versammlung), da der erste Rektor (der jetzt in der Marine diente) auf die Verfassung fixiert war und Redner um Redner anschleppte, um über sie zu dozieren – ein weiteres Beispiel für den Patriotismus, den Nationalismus und den Minderwertigkeitskomplex der amerikanischen Kirche.

Doch diese Versammlung, früher für Schüler und Lehrer ein monatliches Ärgernis, hatte sich gewandelt und bot nun andere Attraktionen: Missionare, Zauberer, Akrobaten, Ernährungsberater und Folksänger.

Von den letzteren waren einige im September angereist, und da es die erste Versammlung des Jahres war, ließ sich Joe blicken, aber er erschien spät und hatte vor, früh wieder zu gehen. Er hatte erwartet, die Folksänger in ausgeblichenen zerknitterten Jeans vorzufinden, und er behielt recht, aber er hatte nicht erwartet, Bill in seinen zu sehen, ihn Gitarre spielend und singend oben auf der Bühne zu entdecken.

Während sie »Ol' Man Moses« anstimmten – nicht sehr gut, dachte Joe, der sich an Louis Armstrongs Version erinnerte –, war der Sturm, der seit etwa einer Stunde in der Ferne gerumpelt hatte, auf einmal über ihnen, Blitz und Donner folgten aufeinander im Abstand weniger Sekunden, aber die Folkgruppe spielte geistesgegenwärtig weiter, selbst als das Licht ausging und ein Kind irgendwo im Zuschauerraum, verwirrt von der plötzlichen Dunkelheit und dem Durcheinander, schrie:

»Ich hab' ihn *gesehen*! Ich hab' ihn *gesehen*!«

»Bleibt auf euren Stühlen!« hörte Joe Bill brüllen, ohne Erfolg. »Betet mit mir! Gegrüßet seist du, Maria, voller Gnaden – «

»Halt!«

Joe hatte sich damit in die Nesseln gesetzt, so schien es ihm später. Obwohl bei dem Exodus aus dem Saal keiner verletzt worden war, wurden mehrere Schüler im Anschluß daran von der Schule genommen, was vielleicht auch sonst geschehen wäre – die Alpträume gingen weiter – und was immerhin ermöglichte, beide Lane-Kinder aufzunehmen. Das wurde von Bill und der Schwester abgewickelt. Seltsamerweise hatte das Kind, das geschrien hatte, als die Lichter ausgingen, und das von der Schwester und Bill befragt worden war, nicht den Mann mit dem verdrehten Kopf gesehen, wie es sagte, sondern den alten Moses – in gewissem Sinne eine Erleichterung. Joe mußte sein Eingreifen Bill natürlich erklären. »Ich sage ja nicht, daß es falsch war, zu beten, Bill, oder daß diese Hinterwäldler mit einem Kirchenlied loslegten. Der Grund war, daß die Kinder auf die Ausgänge zurannten.« – »Als du ›Halt‹ gerufen hast, hast du also die *Kinder* gemeint?« Joe zögerte einen Moment, dann nickte er Bill zuliebe. In Wirklichkeit war Joe schockiert gewesen, daß ein Gebet als Beruhigungsmittel offeriert worden war – ganz abgesehen davon, daß es nicht gewirkt hatte. Ahnte Bill das, hielt er es unter den gegebenen Umständen für übertrieben von Joe, und nahm er es ihm übel? Nahmen die Nonnen es übel? (Eine bestimmt: »Ich weiß *nicht*, was Unsere Liebe Frau von Ihnen halten muß, Father.«) Es schien Joe, als läge eine Anti-Joe-Stimmung in der Luft. Er fragte sich, ob dies nicht der Zeitpunkt wäre, an dem ein weiser Pfarrer ein oder zwei Wochen Urlaub nimmt, in der Hoffnung, daß Abwesenheit wieder Zuneigung in die Herzen sät, vorausgesetzt, daß er – aber nicht durch das Ordinariat (»Fall tot um«) – eine Vertretung finden kann. Der erste, der ihm in den Sinn kam – aber nicht der erste, den er anrief, auch nicht der zweite oder dritte –, sagte, er könne es sich gegebenenfalls einrichten, sein Kloster für eine Woche zu verlassen. »Oder vielleicht auch zwei, Joe.«

30
Oktober

Damit Joe unterwegs nicht ständig in Gespräche verwickelt wurde, reiste er in Zivil, in einem dunkelgrauen Anzug mit hellgrauem Sporthemd, letzteres, damit er keine Krawatte tragen mußte, was er (wie andere Priester seiner Generation) für ein Zuviel an Verkleidung gehalten hätte, schon fast für Transvestitentum.

Er überquerte die Grenze nach Kanada am späten Nachmittag, fuhr noch eine Stunde weiter und stieg im offenbar einzigen Hotel einer mittelgroßen Stadt ab. Nach einem schlechten Essen im Speisesaal setzte er sich in die angrenzende Bar und blieb dort – zu lange. Am nächsten Morgen trank er in der Cafeteria gerade sein drittes Glas Orangensaft, als sich Duke zu ihm gesellte, den er am Abend zuvor in der Bar kennengelernt hatte und der ihn als erstes gefragt hatte, ob er zufällig Katholik sei. Auf Joes unschlüssiges »Nun – ja« hatte er erwidert: »Man muß schon einer sein, um einen zu erkennen.« Duke machte in Uran, Joe in Lebensversicherungen. (»Welche Gesellschaft?« – »Eterna.« – »Ah ja.«) Es war eine lange Nacht geworden; unter anderem hatten sie sich über Massagestühle unterhalten und in diesem Zusammenhang über »einen von Gottes Gentlemen«, wie Duke einen gewissen Father Antoine von den Blauen Brüdern nannte (Missionare vom Orden des heiligen Ludwig) oder einfach die ›Blauen‹, der einen Massagestuhl besaß, ein neues Niagara-Modell und mehr als bereit wäre, ihn Joe zu zeigen, wenn Duke sich für ihn einsetzen würde, was Duke nur zu gerne täte, sagte er, und nun erinnerte er sich (im Gegensatz zu Joe) aus irgendeinem Grund auch noch am Morgen daran.

»Joe, wenn Sie immer noch vorhaben, Richtung Osten zu fahren, statten Sie doch Tony einen Besuch ab. Halten Sie nach dem blauen Schild Ausschau. Es liegt direkt am Weg, das Kloster.«

»Tut mir leid, Duke. Ich wollte mich eigentlich hinlegen.« Joe schüttelte seinen bleiernen Kopf.

»Kreislaufschwäche?«

»Könnte man sagen.«

»Hmmm. Das Dumme ist, daß ich Tony schon angerufen habe. Er erwartet Sie, Joe.«

»Dann rufen Sie ihn besser nochmal an.«

Duke machte sich auf den Weg und kam stirnrunzelnd zurück. »Joe, ich habe ihm ausgerichtet, was Sie gesagt haben, aber er ist nicht mehr der Jüngste, wissen Sie, und ich fürchte, er erwartet Sie immer noch.«

»Bedaure, Duke.«

Ungefähr eine Stunde später sah Joe das blaue Schild, änderte seine Meinung, verließ den Highway und fuhr durch Wälder, die einen Förster bitter nötig hatten, bis er an das Kloster gelangte, ein nichtssagendes Gebäude aus roten Backsteinen, Jahrgang 1900 – wie Father Antoine. Joe traf ihn in seinem Zimmer an, dessen Tür die Aufschrift PROCUREUR – PROKURATOR trug, er saß auf einem Stuhl, der Joes vertrautem Barcalounger im Aussehen sehr ähnelte. »Wie geht's Duke ?« Nach dieser Frage, auf die Joe mit gedankenvollem Nicken reagiert hatte, zündete Father Antoine seine Pfeife an, und sein inquisitorisches Gebaren stand nach Joes Ansicht einem von Gottes Gentlemen schlecht zu Gesicht.

»Verheiratet, Joe?«

»Nein.«

»Gewesen?«

»Nein.«

»Irgendwelche Pläne in der Richtung?«

»Nein.«

»Und beruflich?«

»Oh, Bürotätigkeit.«

»Leitende Stellung?«

»Ja, Filialleitung.«

»Großer Betrieb?«

»Wir sind multinational.«

»Ha. Das sind wir auch.« Father Antoine ließ sich tiefer in seinen Stuhl sinken und blies einen Rauchring in die Luft. »Sie haben es satt, was? Sie denken daran, ins Kloster zu gehen?«

Joe hätte Duke gerne in den Hintern getreten. »Nicht direkt.«

Father Antoine schien sich jetzt nur noch mehr für Joe zu interessieren. »Haben Sie von unserem Programm für Spätberufene gehört – zum *Priesteramt*?«

»Kann ich nicht behaupten, aber das ist immerhin ein Gedanke.«

Father Antoine wies ihn zurecht, ganz wie Joe es mit einem Laien gemacht hätte: »Das ist ein ausgezeichneter Gedanke, Mister.«

»Hören Sie, Father. Ich bin nur hier, um mir Ihren Stuhl anzusehen.«

»Meinen *Stuhl*?« Father Antoine schien nicht zu verstehen, dann begriff er plötzlich. »Oh.«

»Es tut mir leid, Father.«

Father Antoine nickte geistesabwesend. »Duke hat den Stuhl nicht erwähnt. Ich hatte irgendwie den Eindruck, Sie wären an ... mehr interessiert. Verzeihen Sie, Joe.«

»Nein, *Sie* müssen verzeihen. Ich habe mich nicht soviel mit der Missionsarbeit befaßt, wie ich wahrscheinlich sollte.«

Father Antoine, der aus einem solchen Eingeständnis eines Laien hätte Kapital schlagen können, sagte: »In diesem Fall – wie wäre es mit einem kühlen Bier?«

»In Ordnung.«

»Und während ich es hole, probieren Sie den Stuhl aus.« Während Father Antoine zwei Flaschen aus einem kleinen braunen Kühlschrank holte (»Den hat mir Duke geschenkt«), wechselte Joe von seinem gewöhnlichen Clubsessel in den Niagara über, den Father Antoine für ihn anstellen mußte. »Ich benütze den Strom nicht oft. Oh, manchmal, wenn ich nachts nicht schlafen kann. Aber man kann herunterrutschen, deshalb schnalle ich mich nachts immer an.«

»Laut Duke«, sagte Joe angenehm vibrierend, »wurde der

Niagara in Pennsylvania erfunden, und die Riemen unter dem Sitz laufen nach demselben Prinzip wie die, die man zur Kohleförderung benutzt.«

»Das würde mich nicht wundern.« Father Antoine, der die Gläser mit dem Saum seiner blauschwarzen Kutte poliert und mit geübter Hand eingegossen hatte, reichte Joe ein Bier mit zitternder Schaumkrone. »Nein, nein, bleiben Sie sitzen.«

Also blieb Joe sitzen, das Bierglas in der Hand, das jetzt ebenfalls angenehm vibrierte. »Mein -« setzte er an, und wollte schon fortfahren *Vikar*, dann setzte er noch einmal neu an. »Ein Freund von mir hat einen Scheck an Ihre Leute irgendwo in Afrika geschickt – für eine Milchkuh. Sie brauchten eine. Außerdem Bücher und T-Shirts.«

»Milchkuh? Ja, das klingt wie unsere irische Ordensprovinz – sie beschickt Afrika und Asien. Aber wann war das?«

»Vor einigen Monaten.«

»Nun, wenn der Scheck noch nicht eingelöst wurde, sagen Sie Ihrem Freund lieber, er soll die Zahlung stoppen und einen anderen ausstellen. Wissen Sie, wir sind – sie sind wieder zurück in Irland. Von der neuen Regierung gezwungen, das Land zu verlassen.«

»Wie bedauerlich.«

Father Antoine seufzte. »Ja, wir parieren heutzutage.«

»Wirklich?«

»Ja, aber auch in Irland gibt es viel zu tun. Oh, eine Menge. Und auch *diesseits* des Meeres.« Father Antoine befürchtete anscheinend, ein solcher Eifer könnte einen Laien schockieren, und beobachtete Joe scharf.

»Hier in Kanada, meinen Sie?«

»So ungefähr. Ha.« Father Antoine setzte sein Glas an und trank es aus.

Joe tat es ihm nach, stellte den Niagara ab und stand mit der festen Absicht auf, sich zu verabschieden. Er hielt auch daran fest, als er aufgefordert wurde, einen zweiten »Trunk« (ein Wort, das er nicht mochte, ohne zu wissen warum) zu sich zu nehmen, und sagte: »Danke, Father, aber ich muß fahren« – was in seinen eigenen Ohren unaufrichtig klang, in Anbetracht seines Alkoholkonsums (wenn man Bier dazu rechnete), seiner trockenen Kehle und der unbezweifelbaren Gastfreundschaft des alten Mönchs.

»Teilen wir uns eins.«

»In Ordnung.«

Nachdem er Joe (zurück im Clubsessel) und sich selbst eingeschenkt hatte, setzte sich Father Antoine wieder in den Niagara und sprach von der Arbeit des Ordens in Lateinamerika, die so gut lief, wie man es eben erwarten konnte. Oder so schlecht, folgerte Joe und fühlte sich veranlaßt, einen Reisescheck auszuschreiben, der dankbar akzeptiert wurde, und dann, um sein Gewissen noch mehr zu erleichtern:

»Father, ich muß Ihnen etwas sagen. Sie wissen, wie es ist, wenn man in Priesterkleidung reist – die Leute stürzen sich auf einen.«

Offenbar wußte Father Antoine das – er gehörte zu einer Generation, die von Verkleidung nichts hielt –, aber er sagte: »›Stürzen‹? So würde ich das nicht ausdrücken, Joe. Die Menschen meinen es im allgemeinen gut.«

»Schön, Father. Ich will nicht das Gegenteil behaupten. Aber ich muß Ihnen trotzdem etwas sagen – ich bin selbst Priester.«

»Ach, sind Sie das?«

(Joe hatte mehr Überraschung und weniger Besorgnis erwartet und hielt die Frage für vieldeutig, daß er nämlich in Wirklichkeit gefragt wurde: »Ach, sind Sie das *noch*?«) »Ordensgeistlicher oder Weltgeistlicher, wenn ich fragen darf?«

»Weltgeistlicher, aber in guter Position, wie wir es nennen. Ich kann Ihnen meinen Führerschein zeigen« – Joe griff nach seiner Brieftasche –, »und Sie können mich im *Schematismus* nachschlagen.«

»Nein, nein, Joe, Father. Ich glaube Ihnen. Wo sind Sie? Welche Diözese?«

Joe sagte es ihm.

»Na, Sie haben mich hereingelegt, Joe, aber ich kann mir etwas zugute halten, Father. Gleich von Anfang an dachte ich, daß mit Ihnen etwas nicht stimmt, nicht richtig zusammenpaßt – was Duke mir da erzählt hat, aber dann … Armer Duke.«

»Ja, und das tut mir auch leid, Father.«

»Joe, da kann man nichts machen, Father. Keine Tragödie. Ich liebe Gesellschaft dieser Tage. Und jetzt, da ich weiß, wo Sie – wir – stehen, muß ich Ihnen auch etwas sagen. Duke war einer von uns, nein, *ist.* ›Du bist Priester auf immerdar.‹«

Joe nickte zustimmend.

»Wenn auch nicht« – Father Antoine seufzte – «in guter Position.«

»Ist Duke gerade erst abgesprungen, oder was?«

»Gerade erst. Ich weiß nicht, warum. Frauen nicht, glaube ich, oder Alkohol, und Geld allein ist es auch nicht. Ich kann's wirklich nicht sagen.« Father Antoine seufzte.

»Alles, was man sagen kann, Father, ist, daß das heutzutage in der Luft liegt.«

»Sehr gut ausgedrückt. Meine Theorie ist – und mehr ist es nicht –, daß Duke jetzt mit sich selbst unzufrieden ist und es wiedergutmachen will. Sie sind nicht der erste, den er zu mir geschickt hat, und Sie werden wohl auch nicht der letzte sein. (Bisher keine Beitritte.) Mit Dukes Verstand ist vielleicht kein Staat zu machen, aber er hat ein gutes Herz. Er hat mir diesen Stuhl geschenkt.« Father Antoine seufzte. »Armer Duke.«

Joe nickte. »Er findet vielleicht zurück.«

»Das hoffe ich natürlich, und wenn wir schon davon sprechen, sollten *Sie* jemals …«

»Danke, Father, aber ich glaube nicht, daß mir das Missionieren liegen würde.«

»Nun, behalten Sie uns in guter Erinnerung. Bei jemandem wie Ihnen müßte es nicht unbedingt *Latein*amerika sein. Sehen Sie, wir haben so ein Projekt – zwar noch in der Diskussionsphase –, daß wir auch in den Staaten tätig werden wollen. Zweifelsohne würden wir hier für eine solche Entscheidung von Menschen aller Glaubensrichtungen und auch von Ungläubigen sehr viel Rückhalt und emotionale Unterstützung bekommen.«

»Meinen Sie wirklich?«

»Zweifelsohne. Zwar sind die Vereinigten Staaten nicht mehr als Missionsgebiet eingestuft, aber das könnte man hoffentlich ändern, wie die Dinge da unten stehen. Das Problem wäre eher die Kirchenhierarchie in den Staaten – sie müßte in Rom die Rückstufung beantragen, und dazu ist sie vielleicht noch *nicht* bereit.«

»Möglicherweise nicht.«

»Joe, was halten Sie selbst von so einem Projekt, Father?«

»Ich bin ganz und gar dafür«, sagte Joe, »und ich werde sehen, was ich bei der Hierarchie ausrichten kann.« Damit und mit einem Lächeln erhob sich Joe, um zu gehen.

»Joe, es ist schon elf, Father. Bleiben Sie doch zum Mittagessen. Wir hätten noch Zeit zum Reden und für einen Trunk.«

Joe schüttelte den Kopf, der merklich leichter und klarer geworden war. »Nein, lieber nicht, Father. Ich muß noch fahren.«

»Genau deswegen Joe. Sie sollten etwas *essen*, Father.«

Joe schüttelte den Kopf, widerstand seinem Durst und, wie er befürchtete, Father Antoines Bedürfnis nach Gesellschaft dieser Tage.

»Na, also gut, Tony.«

Gegen Ende seines Urlaubs, nachdem er die letzten elf Tage in Montreal verbracht hatte, ohne einen Tropfen zu trinken, abgesehen vom täglichen Meßwein, und obwohl er in einem Hotel gewohnt und anstrengende Arbeit geleistet hatte (in dem katholischen Arbeiterheim, in dem Greg einen, wie er auf seiner ersten Postkarte meinte, guten Job gefunden hatte), verabschiedete sich Joe von den liebevollen und, ja, liebenswerten Obdachlosen, erteilte ihnen, da sie darum gebeten hatten, seinen Segen und ging zu seinem Auto hinaus, das während der elf Tage gute Dienste geleistet hatte und zweimal vollgekotzt worden war.

»Tun Sie mir jetzt einen Gefallen«, sagte Greg.

»Klar. Was?«

»Halten Sie durch.«

»Was?« sagte Joe, obwohl er es wußte.

Greg sah ihn nur an.

»Wir werden sehen«, sagte Joe und fuhr los.

Am Morgen nach dem Abend, an dem er zurückgekommen war und immer noch durchhielt, obwohl er wieder im Kloster Station gemacht hatte, suchte er den Erzbischof auf.

31
November

Joe war an jenem Sonntag nachmittag mit bösen Vorahnungen zu Brad hinausgefahren, denn er befürchtete, daß Barbs telefonische Einladung (»Wir hoffen, Sie um vierzehn Uhr bei uns zu sehen, Father – es ist wichtig«) bedeuten könnte, Brad wolle in die Kirche eintreten. Aber Joe hatte sich getäuscht. Es war einfach ein Trick gewesen, um ihn auf eine Überraschungsparty zu locken, ein Grillfest ihm zu Ehren. Bereits anwesend und um das Lagerfeuer geschart oder über den Rasen verstreut waren (wie der Gastgeber es ausdrückte) »Alle Ihre Freunde, Padre« – Mr. Barnes, Earl, Earls Frau und ihre Kinder, die Gurriers mit den ihren, Pater Felix, Lefty, Bill und Father Day, den Bill aus dem Krankenhaus abgeholt hatte, der auch erklärte, Mrs. P. könne nicht kommen, lasse aber herzlichst grüßen. Joe wanderte umher, um allen ein Wort mit dem Ehrengast zu ermöglichen, und nahm an den verschiedensten Gesprächen teil oder hörte zu. Man sprach über die Wahl, an der sich Joe nicht beteiligt und zu der er nichts anzumerken hatte, und viel ausführlicher über Brads baldige Abreise nach Vietnam, zu der Joe ebenfalls nichts anzumerken hatte. Als Barb Joe einen Augenblick allein erwischte, sagte sie: »Ich habe ihn gebeten, die Reise nicht zu erwähnen, aber Sie wissen ja, wie er ist, Father.« Joe sagte ja und erzählte ihr, daß er Greg getroffen hatte, von dem guten Job und wie er sich darin bewährte, worüber Barb sich freute. »Aber sagen Sie Brad nichts, Father.« – »Nein, bestimmt nicht«, sagte Joe und ging weiter, da Barb zum Grill geeilt war. »O nein«, sagte er, als er zufällig hörte, wie Bill Pater Felix erzählte, daß Conklin nicht nur seinen verlorenen Glauben wiedergefunden habe, sondern auch daran denke, sein Priesteramtsstudium wiederaufzunehmen. »Wo?« sagte Pater Felix. »Weiß er noch nicht – *hier* nicht«, sagte Bill. »Er soll mir gelegentlich schreiben«, sagte Pater Felix, »oder – wie ist seine Adresse?« Joe schlenderte weiter. Die Kinder hatten einen Football. Vor und nach dem Essen – Steak – rannte er mit ihnen herum, zeigte ihnen, wie sie dem Ball einen Drall geben konnten, und deutete geheimnisvoll an, daß die Zeit vor dem Spiel, in der sich die Spieler aufwärmen, das Beste von allem sei. Er und die Kinder tranken wieder Limonade, und er schielte und machte »Hick«, was sie zum Lachen brachte, aber nicht mehr so sehr wie beim ersten Mal. Als es für ihn Zeit zum Aufbruch wurde – früh, ja, aber nicht zu früh –, faßte er Father Day am Arm, führte ihn zum Auto und half ihm auf den Beifahrersitz. Lefty, der bei dieser Operation danebengestanden hatte, falls sein Beistand nötig wurde, und der dann das Auto umkreiste, wies darauf hin, daß *alle* Radkappen fehlten. »Ja, ich weiß«, sagte Joe. »Du lieber Gott«, sagte Lefty. Er sprach von Bill, den man hörte und sah, wie er mit seiner Gitarre eine Gruppe sangesfreudiger Gäste am Lagerfeuer anführte, »schau dir meinen superbraven Assistenten an.« – »Ja, ich weiß«, sagte Joe – er hatte keinen mehr. Ein Lieferwagen fuhr in die Einfahrt, und Dave Brock, minus Sombrero, stieg aus. Weil er ihn einmal mehr oder weniger kennengelernt und einen Dankesbrief von ihm erhalten hatte, stellte Joe Lefty vor und entschuldigte sich dann mit den Worten: »Ich muß jetzt los.« Er lief schnell zu seinem Auto, das am Bordstein geparkt war; sein Beifahrer war mittlerweise außer Sicht. Als Lefty ihm nachrief »Willst du diesen Stuhl *wirklich* nicht?«, schüttelte Joe den Kopf und rief im Weiterfahren »*Ja*« zurück, und als Dave ihm nachrief »Wie heißt das, wo Sie jetzt sind, irgendwas mit dem Heiligen … Glauben?«, schüttelte Joe den Kopf und rief im Weiterfahren zurück: »*Kreuz.*«